Como el Viento de otoño

Como el viento de otoño

© 2018 Teresa Cameselle

© de esta edición: Libros de Seda, S.L.
Estación de Chamartín s/n, 1ª planta
28036 Madrid
www.librosdeseda.com
www.facebook.com/librosdeseda
@librosdeseda
info@librosdeseda.com

Diseño de cubierta: Mario Arturo
Maquetación: Rasgo Audaz, Sdad. Coop.
Imagen de la cubierta: © Lee Avison / Arcangel Images

Primera edición: febrero de 2019

Depósito legal: M-38445-2018
ISBN: 978-84-16973-41-5

Impreso en España – Printed in Spain

Teresa Cameselle

Como el Viento de otoño

Libros de
seda

*Este libro va dedicado especialmente a Ramón Alcaraz,
maestro y amigo. Sin sus lecciones, guía y buenos
consejos, mis escritos estarían aún guardados en algún
cajón. Gracias de todo corazón.*

«Con esta reforma, que es a la vez social, cultural y económica, la República tiene la convicción de formar, independizar, sostener y fortalecer el alma del maestro, con el fin de que sea el alma de la escuela».

(DOMINGO Y LLOPIS.
Citado en *Las maestras de la República,* pág. 60).

CAPÍTULO 1

Enma de Castro Latorre tenía veinticinco años recién cumplidos aquel octubre de 1934, un título de maestra y muy pocas ilusiones en la vida.

Del armario de su madre había rescatado una blusa de finas listas grises sobre blanco que, al ponérsela, la envolvió con el aroma del recuerdo. Ató el largo lazo del cuello con discreto adorno y sometió la tela, muy floja, alrededor de la cintura, bajo la recta falda negra. En el espejo se vio desmejorada, cada vez más delgada y más pálida, con oscuras ojeras enmarcándole los ojos castaños. Era hora de dejar el luto atrás y empezar a usar otros colores, aunque el gris no le favorecía más que el riguroso negro que llevaba desde hacía un año largo.

Procuró mejorar de aspecto rizando con unas tenacillas calientes las puntas de sus cortos cabellos, que apenas le rozaban la nuca; se puso abéñula en las pestañas y un toque, apenas perceptible, de carmín en los labios. No quería que los vecinos se escandalizaran al verla salir así a la calle, pero estaba harta de las servidumbres del luto.

Bajó las escaleras desde el tercer piso sin cruzarse con nadie para dirigirse a la calle. Ni siquiera la portera estaba en su cuartito. Salió pisando fuerte cuesta arriba, hacia la Puerta del Sol.

11

Otra entrevista de trabajo, otra decepción esperada. «Demasiado preparada», le decían, «seguro que con sus estudios puede encontrar algo mejor». Pero pasaban los meses y ella no hallaba más labor ni objetivo en su vida que estar en su casa, mano sobre mano, viendo pasar las horas en el reloj.

—Enma de Castro.

—¿Emma?

—No, «Enma», la primera con ene.

—¿Está segura?

—Era el nombre de mi abuela.

—Es un error.

—Así figura en mis documentos.

Esa era la conversación más larga que tenía en cada oficina a la que se presentaba buscando trabajo.

Tras salir por el portal, que olía a verdura hervida y a lejía, decidió caminar sin rumbo. No tenía nada, ni mejor ni peor, que hacer aquella mañana. De allí al Congreso era un paseo entre la gente que llenaba la calle, el alboroto, los vendedores y charlatanes y los manifestantes que protestaban, nadie sabía por qué, más los policías que hacían su trabajo con desgana.

Recordó un día, tres años atrás, que hizo aquel mismo camino y oyó las voces altas y claras; voces femeninas que se imponían al alboroto matutino y le llegaban a los oídos antes de que alcanzara a verlas. El voto para la mujer, pedían aquellas exaltadas, nada menos. El voto para la mujer en igualdad de derechos y edad que el hombre.

La señorita Clara Campoamor, diputada del Partido Radical, había logrado que en la Constitución que se votaba en las Cortes se incluyera la igualdad de derechos de ambos sexos, y ahora continuaba con su verdadero caballo de batalla: lograr que el voto femenino se aprobara en la Carta Magna y no se pospusiera a una eventual ley electoral.

Enma se había detenido en la acera de enfrente mirando a aquellas mujeres que agitaban sus papeletas, inmunes al desaliento y a la desaprobación masculina. Notó una presión extraña en el pecho, una congoja, un latido desconocido, y poco a poco fue recordando esa sensación. Era la ilusión, la esperanza, todo lo que había perdido un año atrás.

Cruzó la calle, firme sobre sus tacones, y se acercó a la que parecía llevar la voz cantante, que la midió de arriba abajo con una mirada severa, y por fin le ofreció una papeleta.

—En realidad, venía a preguntar si puedo ayudar.

La mujer cambió el gesto, le dedicó una sonrisa cómplice y le puso en las manos un buen lote de papeletas.

Una hora después, agotada, afónica y con las mejillas arreboladas, Enma se sentía más viva que nunca.

Tres años habían pasado, y gracias al intenso trabajo y denuedo de doña Clara Campoamor, diputada en Cortes, Enma había podido ejercer su derecho al voto el año anterior. Con el corazón aún roto por la reciente pérdida de su padre había acudido a depositar su papeleta en las urnas ante la expectación de la prensa, que tomaba fotos que al día siguiente llenarían las portadas de los diarios. Las mujeres habían votado, sí, incluso en mayor número que los hombres en muchos colegios electorales, y los comentarios alababan su entusiasmo y admirable tranquilidad al hacerlo, como si aún esperasen que les invadiese un ataque de esa histeria femenina que el doctor Novoa Santos había alegado para no aceptar el sufragio femenino.

—¿Enma? ¿Qué haces aquí?

Un hombre con traje gris y sombrero de ala que ensombrecía sus rasgos se le había acercado por sorpresa. Antes de que pudiera responder, la agarró por el codo y la alejó del Congreso calle arriba por la carrera de San Jerónimo como si pretendiera llevarla a rastras de vuelta a casa.

—¡Suélteme! —exigió Enma, tirando del codo—. Me está haciendo daño, suélteme ahora mismo o pediré socorro.

El hombre miró a una pareja de la guardia municipal, que los observaba con cierto interés, y aflojó la garra con la que la mantenía presa sin llegar a soltarla.

—¿Es que no sabes que es peligroso andar por las calles? Está todo revuelto con esa locura de la huelga general. Han intentado asaltar la Presidencia General.

—Sé lo que ocurre, leo la prensa —se debatió, aún reacia a permitirle que la obligara a desandar su camino.

—Este no es sitio para ti, por el amor de Dios, Enma, tú eres una señorita de buena familia, con estudios, si tu padre levantara la cabeza...

—Si mi padre estuviera aquí, se sentiría muy orgulloso de ver que me intereso por lo que ocurre en mi país.

Se habían detenido a un lado de la acera, frente a frente, como dos contendientes a punto de iniciar la lucha. Enma se soltó por fin; se frotó el antebrazo, segura de que le habían quedado las marcas de los dedos en la piel.

—Una maestra tiene que dar ejemplo; tienes que cuidar tus modales, tu presencia, tu vida pública —insistía el hombre.

—Mire, don Lisardo, ya sé que me lo dice por mi bien y que, como amigo que era de mi padre, cree que debe protegerme ahora que estoy sola en el mundo, pero ya soy mayorcita para necesitar un tutor.

Lo vio echarse atrás el ala del sombrero, mostrando las bolsas oscuras bajo sus ojos azul turbio. Siempre le había inquietado aquel hombre: aunque se mostraba en general amable y paternal, a veces lo sorprendía mirándola con un interés muy diferente. Puesto que estaba casado y tenía tres hijos ya adolescentes, Enma quería creer que solo era «el interés de cualquier hombre por una chica bonita», palabras que él mismo había utilizado en más de una ocasión para declararle su admiración, incluso delante de su padre cuando vivía, aunque procuraba mostrarse respetuoso y benevolente.

—Me preocupo por ti y así me lo pagas. No me esperaba que fueras tan desagradecida.

Le dolió el reproche; de todos los que podía hacerle, aquel era el más certero.

—Perdone, don Lisardo, si he sido demasiado brusca. Estaba disgustada y un poco atemorizada por la forma en que me ha asaltado.

—Perdóname tú, entonces, criatura. —Y aquí aparecía de nuevo el gesto paternal, una mano sobre el hombro, conciliadora—. Acompáñame a mi despacho, te contaré las noticias que traigo de la FETE.

Enma se llevó una mano al corazón, de nuevo ilusionada al ver su sonrisa. Aquel estaba siendo un gran día, el mejor de los últimos trece meses, desde el terrible accidente que la dejara huérfana y sola. Todos sus planes se habían visto truncados y paralizados por la desgracia y ahora por fin llegaba el momento de retomarlos, de ocupar su puesto de maestra en un colegio y dedicarse a la profesión que tanto ansiaba empezar a desempeñar.

Don Lisardo tenía su propio despachito de abogado, allí cerca, en la calle del Príncipe, y además trabajaba para la FETE, la Federación Nacional de Trabajadores de la Enseñanza de la Unión General de Trabajadores, UGT. En el entierro de su padre le prometió ocuparse personalmente de que la destinaran a algún buen colegio de la capital; desde entonces habían pasado todos aquellos meses sin verlo apenas.

—¿Tendré por fin mi plaza de maestra? —le preguntó, con el corazón encogido por la emoción.

—Te dije que yo me ocuparía de todo y siempre cumplo mis promesas.

Se habían detenido ante un edificio que Enma conocía. Allí se ubicaba el despacho del abogado, que le abrió la puerta y se apartó para dejarla pasar. Subieron a la oficina, vacía y con las luces apagadas. Enma se acercó a una ventana, agobiada por aquella semioscuridad, esperando que don Lisardo se decidiera a encender alguna lámpara.

—Dígame, entonces. No me haga esperar más —le suplicó con el bolso apretado contra el pecho.

El abogado le ofreció una pitillera, que Enma rechazó. Él se puso un cigarrillo en los labios y lo encendió con parsimonia.

—Estoy a la espera de que surja alguna vacante. Ahora que aumenta el número de colegios, y por tanto de demanda de docentes, no tardará mucho. —Le ofreció asiento. Enma declinó la invitación, impaciente por marcharse.

—Entonces, no hay nada aún.

—Podría enviarte a provincias, pero no creo que quieras alejarte de Madrid, ¿no es cierto?

—Aquí tengo mi hogar.

—Tienes familia en Galicia, ¿no?

—No la conozco apenas.

—Entiendo. Entonces es verdad que estás sola. —Se volvió para apagar el cigarrillo en un gran cenicero de mármol—. Bueno, sola no, me tienes a mí.

—Le agradezco mucho sus gestiones, don Lisardo.

El abogado se acercó y extendió la mano derecha. Enma no pudo negarse a entregarle la suya, fría y pálida, mientras con la izquierda apretaba más el bolso hasta notar el cierre metálico clavándose en el pecho.

—Quiero cuidarte, Enma, sabes cuánto apreciaba a tus padres, y a ti te conozco desde niña. No voy a decir que eres como una hija, porque no soy tan mayor. Y tú... Tú ya eres toda una mujer.

Y allí estaba aquel gesto que la ponía en alerta, la mirada más oscura que nunca, la sonrisa apenas insinuada en sus labios húmedos.

—Don Lisardo, yo...

—No digas nada. —Le puso un dedo sobre los labios. Enma sintió un vuelco en el estómago—. Eres una mujer muy válida, culta, con estudios, pero necesitas un hombre a tu lado, Enma. A pesar de todo, de los discursos encendidos de Clara Campoamor, y de esta república tan nueva que pretende igualar a ambos sexos, querida niña, el camino es muy largo y difícil para vosotras. Necesitáis la guía y el amparo de quienes lo han recorrido antes.

Debía rebatir sus argumentos, declarar su independencia, su valor y su fuerza para vivir su propia vida. Abrió la boca en cuanto él retiró el dedo de sus labios consciente de que el agradecimiento y la buena educación no se lo permitirían.

—Siempre ha sido usted muy bueno conmigo —dijo, odiándose por el tono lastimero de su voz.

Él sabía cómo socavar su seguridad, cómo aquietar su ímpetu. Le daba una de cal y una de arena. Le decía que era una mujer hecha y derecha y luego la llamaba «criatura» y «niña». Y ella se sentía nadando entre dos aguas, a punto de ahogarse.

—Me preocupa tu seguridad, Enma, me preocupa sinceramente. Recuerda que nunca se supo quién fue el culpable del atropello. Ese asesino anda por ahí suelto sin pagar por sus crímenes. Tus pobres padres...

—Por favor, no me lo recuerde.

—Tu padre siempre fue un hombre con importantes convicciones políticas, defensor de la República desde hacía muchos años, opositor al régimen de Primo de Rivera. Con una trayectoria como la suya se va uno creando muchos enemigos que en el momento más inesperado deciden vengarse.

—No quiero pensar en eso. —Enma ahogó un sollozo y el abogado le ofreció un pañuelo, que se llevó a los ojos para contener las lágrimas.

—Siento disgustarte con este asunto, prometo no volver a hacerlo. Quiero que me prometas que serás cuidadosa y que, si algo te preocupa, si temes por tu seguridad, acudirás a mí para que te proteja. Sabes que puedo hacerlo.

Enma asintió, agradecida, sin poder reaccionar más que con renovado dolor ante los recuerdos que aquel hombre removía apagando la ilusión de aquel día y haciéndole aborrecer el momento en que se le ocurrió salir a la calle.

—Lo haré —aseguró, esperando que así la dejara marchar de una vez, o al menos que se retirara, porque su cercanía le robaba hasta el aliento.

—Me quedo mucho más tranquilo, entonces.

Él no se retiraba; por el contrario, se acercaba tanto que Enma se encontró arrinconada contra la pared, con la espalda tan tiesa que notaba cómo se le iban agarrotando los músculos hasta sentir una jaqueca que le subía del cuello a la frente.

—Sé que tuviste más de un pretendiente en tus tiempos de estudiante y que no te has casado porque no has querido, una chica tan bonita como tú.

—No quiero casarme. Solo quiero ejercer la profesión para la que he estudiado tanto.

—Entonces eres de esas, tan modernas y emancipadas, que quieren tener los mismos derechos que un hombre.

Cada palabra estaba cargada de insinuaciones que le resultaban repulsivas.

—Tengo que irme ya, se me hace tarde...

Durante un largo minuto se hizo el silencio en la habitación. Al fin, el abogado pareció recuperar el sentido y, con gesto nervioso, se retocó el nudo de la corbata mientras daba varios pasos atrás.

Enma caminó hacia él, firme, con una mirada tan retadora que no le quedó otro remedio que dejarla pasar.

—No pienses que me olvido de tu puesto —le dijo, cuando ella ya ponía la mano sobre el pomo de la puerta—. Por la amistad que tenía con tu difunto padre, haré todo lo posible por conseguirte una plaza en Madrid.

Enma respiró hondo, giró el pomo y abrió la puerta. Necesitaba asegurar su vía de escape antes de hablar.

—Se lo agradezco, don Lisardo. Que tenga un buen día.

No esperó respuesta y bajó las escaleras hasta el portal con las rodillas temblando. Su madre había sido una mujer temerosa hasta del aire que respiraba y desde muy pequeña le había advertido de los peligros de quedarse a solas con un hombre. Y esto era lo que ocurría cuando una olvidaba los buenos consejos de sus progenitores: que se encontraba en una situación violenta sin saber si solo eran imaginaciones suyas o si, de haberle seguido el juego, el abogado habría intentado cobrarse su ayuda de una manera que ella no estaba dispuesta a pagar.

Todas sus gestiones resultaron infructuosas. El «no tenemos nada para usted, señorita» y el «vuelva usted mañana» se repetían en cada puerta a la que llamaba. En el Congreso, Clara Campoamor había luchado y ganado cada batalla por la igualdad de los derechos de las mujeres; en las calles, sin embargo, una persona como ella, maestra titulada, con derecho a escuela en propiedad, seguía siendo tratada con condescendencia cuando tenía suerte y con descaro o menosprecio cuando no la tenía.

En Asturias se luchaba a vida o muerte. Los socialistas y la UGT, con el apoyo de la CNT, anarquista, se habían alzado contra el gobierno de Alejandro Lerroux y sus pactos con la CEDA de Gil Robles, la coalición de ideología clerical, que rechazaba muchos de los grandes logros de la República, desde la laicidad del Estado hasta la reforma de la enseñanza, que exigía la retirada de los crucifijos en los colegios y aprobaba las aulas mixtas.

La huelga general revolucionaria convocada en toda España había fracasado salvo en la zona minera, en especial Mieres y Sama de Langreo, donde los obreros se habían hecho fuertes. El presidente Lerroux había declarado el estado de guerra y llamado a los generales Goded y Franco para que dirigieran la represión de la rebelión, por lo que se hizo venir a las tropas de la Legión y a los Regulares de Marruecos. El gobierno consideraba estar ante una auténtica guerra civil y como tal reaccionó, permitiendo una masacre que terminó rápidamente con la Comuna Asturiana, rendida y aterrorizada ante tal baño de sangre.

Enma leía los periódicos con el corazón encogido. Sus penalidades le parecían menos importantes al ver que otros luchaban por sus ideales y se dejaban la vida en ello. ¿Acaso la República nunca sería lo que habían soñado? ¿No estaba destinada España a vivir por fin en paz y avanzar sin miedo hacia el futuro?

A lo largo del día, mientras se dedicaba a las tareas del hogar, necesarias pero odiosas, o releía manuales y libros acumulados en sus años de estudio, la congoja se iba aliviando. Recordaba charlas y conferencias, animadas discusiones tras las clases, en algún bar, en posición casi de igualdad, entre jóvenes de ambos sexos que se preparaban para ser los maestros de los niños de la República. Podían discutir durante horas, pero todos tenían una idea clara: la única manera de transformar el país era mediante la educación, la buena educación recibida en la escuela pública y con los métodos más modernos que ofrecía la pedagogía. Enseñando a los niños a pensar por sí mismos, no aleccionándolos con ideas anticuadas y manidas. De nada servía aprender y memorizar lecciones como se aprendían las oraciones de misa si no calaban en el alumno, si no entendía su significado y sus aplicaciones.

Entre sus libros tenía anotadas las sabias palabras de la profesora Aurelia Gutiérrez Blanchard:

> Hacer trabajar intensa, eficazmente, con gusto, con alegría; proteger, presidir los ensayos de vida que realiza la infancia, tal es hoy el papel del maestro. A la escuela del

alfarero ha seguido la del jardinero. No es barro inerte al que hay que dar forma convencional y petrificada: son seres vivientes que en lo físico y en lo espiritual han de crecer siguiendo sus leyes propias.

Pero Enma seguía allí, paralizada, inutilizada, incapaz de poner en práctica aquello para lo que se había preparado durante largos años, la profesión a la que soñaba entregar su vida.

Temía las horas nocturnas. Cerraba la puerta con doble cerrojo y se acostaba en su cama, cada día un poco más fría ahora que el otoño avanzaba, con los ojos abiertos al techo, al que miraba sin ver, y los oídos alerta a cada pequeño crujido de la casa, pasos en la escalera, voces en la calle. Todo la alteraba y le impedía conciliar el sueño. Y entonces le daba mil vueltas a sus posibilidades.

Sabía que algunos conseguían la plaza a base de sobornos, siempre había sido así, o de favores y amistades interesadas. Pero a las mujeres, y más a las pobres como ella, que apenas disponían de rentas de las que vivir, solo les quedaba un patrimonio. Así había sido desde el principio de los tiempos. Tal vez si fuera algo más fea, si tuviera algún defecto de nacimiento o cualquier tara que la hiciera menos deseable... Pero no, aún tenía que arrepentirse de la imagen que le ofrecía el espejo; de que, a pesar de todas las penalidades, su cutis siguiera siendo terso y sin imperfecciones, sus ojos grandes y relucientes, su cuerpo con las curvas justas marcadas por la seda de la blusa. Y bajo la falda recta, sus pantorrillas bien torneadas.

Ya había rechazado antes su aspecto. En aquellas reuniones de estudiantes se había visto en una situación violenta con algún joven con las ideas confundidas por el vino. Y era cierto que también había tenido sus pretendientes, los que se acercaban con versos y flores declarando su amor con palabras encendidas; pero que también, si la oportunidad era propicia y se encontraban a solas en algún lugar discreto, al momento sus manos parecían multiplicarse. Sí, se había visto en más de un aprieto para defender su virtud y huir de atenciones indeseadas.

Tal vez era ese el motivo por el que descartaba un futuro matrimonio. No confiaba en los hombres, que parecían perder el seso cuando el instinto se apoderaba del cuerpo. Conocía más de un caso de compañeras, rendidas a poemas y requerimientos, que luego eran abandonadas como mercancía en mal estado. La Constitución de la República podía reconocer los derechos y la igualdad de las mujeres, pero la virtud seguía siendo el mayor de sus valores; si se perdía, se llevaba con él la decencia y el respeto. Cuando se corría la voz de que una joven había sucumbido, los compañeros se cernían sobre ella como aves de rapiña, acosándola y exigiéndole, puesto que ya no tenía nada que guardar, que compartiera con ellos lo que tan alegremente había entregado a algún afortunado.

Y así llegaba la mañana al frío lecho en el que Enma apenas descansaba, entre miedos y elucubraciones, esperando que la luz del nuevo día le trajera por fin las buenas noticias.

Llegados a aquel punto, aceptaría la escuela más humilde en la provincia más remota por alejarse de Madrid y todo lo que le robaba el sueño y empezar tal vez de nuevo en donde nadie la conociera. Llegaría precedida por su título y su puesto; con eso, sus estudios y sus finos modales de la capital se ganaría el respeto y hasta la admiración de las gentes de algún pueblo desconocido con el que ya empezaba a fantasear.

❀ ❀ ❀

Entonces sí, llegó la carta, con sus sellos oficiales. Enma corrió escaleras arriba a encerrarse en su salita con el corazón a punto de estallarle en el pecho.

Una escuela en propiedad. En el ayuntamiento de Serantes, provincia de La Coruña.

Su cabeza daba vueltas, llena de ideas contradictorias. La enviaban a una tierra que desconocía, donde no había estado jamás, por más que su padre naciera en la misma provincia. Ya no le parecía tan idílica la idea de vivir en un pueblo pequeño, de ser la maestra doña Enma, de que los paisanos la respetaran y la trataran como a una de las autoridades civiles.

Galicia estaba muy lejos de Madrid. Si se marchaba, quizá nunca volvería a ver la ciudad en la que había nacido, las calles en las que se había criado, su hogar... Notó lágrimas calientes correr por sus mejillas y caer sobre el papel, emborronando la tinta.

Se las secó de un manotazo, camino de su dormitorio, y dejó el comunicado oficial abandonado sobre la mesa. Tenía mucho que hacer y un plazo muy breve para organizar su viaje.

CAPÍTULO 2

El viaje en tren resultó tan largo que Enma se preguntó más de una vez si se habría equivocado de destino al subirse al vagón en la estación del Norte y si avanzarían ya por el centro de Europa camino de la fría Rusia.

Ni la lectura que llevaba en su bolso de mano ni el repaso de sus manuales ni los mil cambios de postura sobre el duro asiento lograban aliviar su hastío y su incomodidad. Los únicos entretenimientos eran las breves paradas en apeaderos y estaciones y las subidas y bajadas de los atareados pasajeros.

Cuando dejaron atrás la llana Castilla, el paisaje se dibujó de montes y valles, bosques y nubes cada vez más grises, y al menos encontró en la vista, desde su ventanilla, un poco de distracción. Imaginó a su padre treinta años atrás haciendo ese mismo viaje a la inversa, saliendo por primera vez de su tierra natal para nunca volver. Sus abuelos, gente humilde de una pequeña aldea cuyo nombre ni recordaba, tuvieron un solo hijo, tan listo y bien dispuesto en el humilde colegio al que acudía que el maestro recomendó encarecidamente a sus padres que no desperdiciaran tanto talento poniéndolo a trabajar en las tierras familiares. Así, el joven comenzó estudios en la facultad de Filosofía y Letras de la Universidad de Santiago. Para costearle la carrera, su padre vendió buena parte de sus propiedades dándolas ya por perdidas, puesto que no habría heredero que se ocupara de ellas.

El abuelo de Enma falleció meses antes de ver a su hijo licenciado. Sin nada que lo atase a su pobre aldea, el joven Emilio de Castro vendió la casa y la huerta que le quedaron como herencia y se encaminó a Madrid, donde obtuvo una plaza como profesor de instituto. Se casó y tuvo a su única hija, a la que crio como si de un niño se tratara, no escatimando escuelas ni estudios para ella en una época en la que más de las tres cuartas partes de las mujeres del país eran analfabetas.

Su madre, Aurora, era a su vez una mujer culta e interesada en el ambiente intelectual en el que se movía su esposo. Aun así, a veces se arrepentía del camino que habían seguido con la educación de su única hija, y más al ver que pasaban los años y Enma no traía un novio formal a casa.

Ahora que ya no estaba su madre para mirarla con aquellos ojos tristes reclamándole los nietos que le alegrarían sus últimos años, Enma se había librado de la única razón por la que hubiera considerado contraer matrimonio. Atrás quedaban los dos, sus amados padres, enterrados juntos en un cementerio al que no sabría cuándo podría volver, confiado el cuidado de su sepultura y un ramo de flores al mes a una vecina. Las misas por sus almas también las había dejado pagadas; quizá podría encargarlas también en la nueva parroquia a la que se dirigía para al menos encontrar consuelo ofreciendo sus oraciones en el ya cercano Día de los Santos Difuntos.

—¿Está libre, señorita?

Un joven se le había acercado sin que se diera cuenta, absorta en sus pensamientos. Asintió cuando se le pasó el sobresalto. Esquivó la mirada apreciativa y la sonrisa de medio lado bajo el bigote bien recortado volviendo el rostro hacia la ventanilla.

—¿Viaja usted sola?

—Disculpe, no tengo por costumbre hablar con desconocidos.

—Eso se soluciona rápido, mujer. Soy Ramón Hermida, para servirla.

Enma miró la mano que le tendía y la educación pudo más que la prudencia. Cuando se la estrechó, el joven se la retuvo más tiempo de lo correcto en una caricia tan desagradable como indeseada.

—Enma de Castro —dijo, con su voz más seria, retirando su mano con un tirón poco discreto.

—¿Y adónde se dirige, señorita de Castro?, si no es mucho preguntar.

—A Galicia.

El tipo soltó una carcajada y la miró con gesto fanfarrón mientras señalaba por la ventanilla la estación de pasajeros en la que estaban detenidos.

—¿Pero no ve usted, alma cándida, que ya está en Lugo?

Enma enrojeció tanto por su despiste como por la libertad que se tomaba el hombre, que se inclinaba sobre el reposabrazos hasta casi tocarse.

—Disculpe.

Se puso de pie, con el bolso bien aferrado contra el pecho, y esperó a que su indeseado compañero de asiento se moviera para dejarla pasar. Con paso firme y sin volver la vista, cruzó el vagón y caminó hasta el siguiente buscando un asiento libre.

Fuera adonde fuese, los hombres parecían ver en ella a una víctima propicia. ¿Acaso aparentaba ser una mujer fácil? ¿Algo en ella los animaba a violentarla de aquella manera? No soportaba aquella falta de modales, aquel descaro. Y si para evitarlo tenía que convertirse en lo que no era, una de esas mujeres duras como una roca, esas solteronas amargadas y desagradables de las que se murmura a sus espaldas, pagaría el precio con gusto.

El tren se movía de nuevo. El juego de luces y sombras convirtió el cristal de la ventanilla en un espejo en el que vio reflejado el contorno de su rostro. Era bonita, sí, no necesitaba que nadie se lo dijera ni que lo confirmara el espejo. En el fondo, muy en el fondo, esa coquetería femenina de la que todos hablaban y tanto quería rechazar se hacía presa de ella y la hacía caer en el orgullo y la soberbia.

—¿Quiere una?

La mujer que iba sentada a su lado había desatado un pañuelo sobre el regazo. En su interior, como un pequeño tesoro dorado, había un puñado de manzanas pequeñas y olorosas.

—Es usted muy amable —dijo, aceptando la ofrenda, verdaderamente agradecida de poder comer algo fresco y sabroso.

—Son de mi huerta, yo misma las recogí esta mañana. También llevo castañas.

Tenía las mejillas sonrosadas y unos bonitos ojos verdosos. Mientras comía a pequeños bocados su fruta, Enma observaba de reojo su vestimenta de campesina, las faldas muy largas, el delantal, el pelo cubierto con una toca negra. Calculó que podían tener la misma edad, pero no podían lucir un aspecto más diferente. La falda hasta media pantorrilla de Enma se ajustaba a sus piernas y le marcaba la cintura. Formaba parte de un traje gris, con la parte de arriba muy entallada y amplios hombros. Debajo llevaba una blusa lila con una gran lazada al cuello. Lo más coqueto de su atuendo era el sombrero en forma de capota, del mismo color que la blusa, con un lazo a un lado.

Mirando a su alrededor comprobó que el pasaje había ido cambiando a lo largo de los kilómetros. Aunque a la salida de la capital casi todas las pasajeras vestían conjuntos similares al suyo, ahora la mayoría de las mujeres parecían campesinas que se dirigían a algún mercado. Entonces comprendió el interés de aquel dudoso caballero que se había sentado a su lado y casi pudo disculpar sus modales.

—¿Está sabrosa? —preguntó su vecina, viendo que terminaba de comer la fruta.

—Sí que lo está, mucho. Gracias.

—No se merecen.

Se recostó sobre el asiento, moviendo la cabeza a uno y otro lado para estirar el dolorido cuello. Cerró los ojos un instante, convencida de que su amable compañera de viaje vigilaría su sueño y le ahorraría nuevos encuentros indeseables.

❧❧❧

En la estación de destino, en la ciudad de Ferrol, la esperaba un hombre de mediana edad, gastado traje de lana y boina en la mano. Se le acercó dudoso, como un niño que no se atreve a dirigirse a sus mayores.

—Será usted la maestra —indagó, sin preguntarle directamente.

—Sí, soy Enma de Castro.

Extendió su mano enguantada, que el otro miró con sorpresa. Por fin la estrechó, con rapidez y ligereza, como si temiera contagiarse de algo con su contacto.

—Yo soy Benito —dijo sin más explicación, como si careciera de apellido o no fuera relevante—. Me envía el señor alcalde a acompañarla, la esperan en el ayuntamiento.

Un mozo se acercaba ya con su equipaje y el hombre le hizo señas para que los siguiera. Fuera los esperaba un taxi, un Hispano-Suiza que había conocido tiempos mejores conducido por un chófer con visera.

Sentada en el asiento trasero, y ante el mutismo de sus acompañantes, agotada y mareada por el larguísimo viaje, Enma apenas podía concentrarse en la vista de las calles por las que circulaban. Solo la sorpresa y la curiosidad le hicieron fijarse en el trazado rectilíneo y en la cuidadosa cuadrícula que formaban, que hacía pensar en un arquitecto armado con escuadra y cartabón diseñando una ciudad desde los cimientos. Aquella ilusión de continuidad desapareció de repente y el automóvil enfiló una calle que bajaba hasta el puerto.

Por primera vez en su vida, Enma vio el mar. Un mar domesticado por las construcciones portuarias, cerrado de montes que a lo lejos se inclinaban formando un paso estrecho que, después lo sabría, llevaba al verdadero mar abierto, pues lo que estaba viendo en ese momento era parte de la ría de Ferrol.

El vehículo circulaba, lento y pesado, por la orilla, que le traía intensos olores desconocidos hasta ahora. Atrás iba quedando la ciudad y se internaban en una zona rural con pequeñas casas y huertas.

—¿Esto es ya el ayuntamiento de Serantes? —preguntó. Antes de partir se había informado de que el lugar al que se dirigía era una zona limítrofe con el ayuntamiento de Ferrol que desde hacía años se hablaba de anexionar a la ciudad.

—Sí, señorita, ya llegamos —contestó Benito, sin volverse.

Al poco se detuvieron ante una casa pequeña, pintada de blanco, con un balcón en la ventana central del primer piso y el escudo de España sujeto por dos leones encima.

Enma comprobó que ningún mechón se escapaba de su sombrero. Pensó que su aspecto debía de ser deplorable, con la ropa arrugada y la mezcla de olores que se le habían ido pegando a la tela y a la piel durante el camino. Deseó que le hubieran dado tiempo para cambiarse y asearse, pero Benito ya le abría paso por el pequeño consistorio.

—Don Manuel, aquí tiene a la señorita.

Sin más presentaciones, Benito se alejó y la dejó frente a un caballero que parecía demasiado ocupado para atenderla. Enma esperó a que entregara al ayudante que le seguía los papeles que estaba firmando y se decidiera por fin a mirarla a la cara. El alcalde tenía la frente ancha, surcada por dos profundas arrugas, y un grueso bigote que compensaba la incipiente calvicie.

No supo si su cabeza estaba más pendiente de los documentos que leía o si simplemente había olvidado quién era ella y por qué debía atenderla.

—Enma de Castro —se presentó, impaciente, alargando la mano—. Soy la nueva maestra.

—Claro, claro. —Le estrechó la mano, sin dudarlo, e incluso le ofreció una sonrisa de bienvenida—. Manuel Pisos, alcalde accidental, para servirla.

Tenía ese acento suave que su padre nunca había perdido del todo y que se intensificaba cuando leía en voz alta, encandilándola con sus vocales abiertas y la forma en que subía y bajaba la entonación en cada sílaba, cantando sin necesidad de música.

—Lamento mi aspecto —dijo, necesitada de justificación—. Ha sido un viaje muy largo y agotador.

Esperaba que con esas palabras abreviara al mínimo los recibimientos y las explicaciones. Solo quería que la condujeran a su alojamiento y dormir, quizá, durante dos días.

—Sí, claro, viene usted de Madrid. —El alcalde se pasó la mano por la frente, pensativo—. Siéntese un momento, prometo ser breve, y enseguida Benito la acompañará a la escuela.

—Gracias.

Enma se sentó en la butaca que le ofrecía conteniendo un suspiro de puro cansancio. Cruzó las piernas bajo la estrecha falda y aguardó en vano la mirada admirativa del alcalde. Aquel hombre parecía tener muchas y mayores ocupaciones que mirar los tobillos de una mujer, por atractiva que fuera.

—La escuela de niñas de Esmelle, sí —dijo, como recordándose a sí mismo cuál era su destino—. Es un pequeño edificio; en el piso superior está su vivienda. Espero que se encuentre cómoda.

—Seguro que sí —aceptó con la boca seca, notando que le pesaban los párpados.

—¡Benito! —llamó el alcalde; el hombre apareció con paso apurado—. Tráele un vaso de agua a la señorita. —Cuando el otro se volvió a ir, con las mismas prisas, le ofreció una sonrisa tan cansada como la suya—. No se me vaya a desmayar ahora.

—Solo es cansancio.

—No la entretendré mucho tiempo.

Benito apareció raudo y le entregó un vaso de agua fresca que a Enma le supo a gloria a pesar de que no hacía más calor en el edificio que en el exterior. Bajo las finas medias notaba los tobillos fríos y tuvo que contener las ganas de frotárselos.

—Gracias —dijo, depositando el vaso vacío sobre una mesita.

—Este es un ayuntamiento pequeño, ¿sabe? Apenas doce mil vecinos, y durante años se ha hablado de anexionarlo al de Ferrol, pero siempre se retrasa el acuerdo. La parroquia de San Juan de Esmelle, donde está la escuela de niñas y su nueva residencia, es una aldea en un bonito valle, cerca de las playas. Seguro que usted, que es de tierra adentro, disfrutará con las vistas del mar. No hay nada igual.

—Sí, sí —aceptó Enma, a la que la visión de aquel trozo de agua embalsada que era el puerto no había impresionado lo más mínimo.

—Quizá se encuentre un poco extraña al principio, una señorita de la capital en una zona rural en la que lo único que importa son los cultivos, el clima, el ganado. Tendrá que acostumbrarse a gente de pocas palabras y escaso mundo, pero le aseguro que de total confianza, nobles y desprendidos.

—Mis estudios me capacitan para ejercer el magisterio en cualquier clase de condiciones —declaró Enma, recuperando un poco el ánimo—. Vengo como maestra de niñas, sí, pero también puedo organizar la educación de las mujeres adultas en caso de que existan casos de analfabetismo. Educar a las madres, enseñarles los rudimentos básicos de la lectura y la escritura, redundará en beneficio de sus hijos y de la sociedad.

El alcalde asintió con cierta condescendencia. Enma se sintió demasiado joven y un tanto ilusa. Llegaba cargada de energía, dispuesta a llenar su vida con su trabajo y sus alumnas para olvidar todo lo que había tenido que dejar atrás; no podría soportar que le echaran abajo sus grandes planes.

—No espere demasiado de gente tan humilde. Trabajan muchas horas. Las mujeres se ocupan de la casa y de las tierras, de los animales, de mil tareas que no les dejan tiempo ni ganas, me temo, para dedicar a unos estudios que no consideran necesarios.

—Discúlpeme, señor alcalde, si le llevo la contraria. Ustedes, los hombres, tienden a creer que la mujer no tiene más aspiraciones ni más meta en la vida que la de ser esposa y madre. Y así es mientras no descubre que puede llegar a ser mucho más.

—No espere encontrar literatas en esta humilde parroquia.

—¿Literatas? Una palabra que usaba su paisana, Rosalía de Castro. Ya ve, ella también nació en una aldea y su nombre es conocido hasta en el extranjero.

—Enma de Castro. ¿No será usted pariente de la insigne escritora?

—No tengo el honor, aunque mi padre también nació en una aldea cercana a Santiago de Compostela.

El alcalde le ofreció la mano. Enma la tomó y se puso de pie. Detrás de ellos Benito aguardaba de nuevo con la boina en las manos.

—Que nada apague ese espíritu, señorita de Castro. Por suerte, le hemos dado solo agua, no imagino cómo hubiera reaccionado si hubiese sido aguardiente. —Le dio unas palmaditas con la mano izquierda sobre la que le sostenía; olvidada ya la condescendencia, parecía observarla hasta con admiración—. Benito la acompañará ahora a Esmelle.

—Gracias, don Manuel, por su recibimiento.

De nuevo en el Hispano-Suiza, que botaba inestable sobre un camino poco preparado para vehículos modernos, Enma miraba sin ver el paisaje verde que a veces parecía a punto de engullirlos. El gesto amable del alcalde, sus palabras sencillas y su evidente preocupación por su bienestar la habían conquistado. Era un buen comienzo para su vida en aquellas tierras remotas.

❧❧❧

Al anochecer se encontró sola en su pequeña vivienda abuhardillada sobre la escuela; recordaba los sucesos del día entre la bruma del cansancio con una mezcla de sentimientos difíciles de concretar.

Cuando el taxi que la llevaba se detuvo ante el edificio, se encontró con una pequeña comitiva de bienvenida. Más que alegrarse y festejar su llegada, parecía una corte de magistrados sin toga ni peluca dispuestos a juzgarla.

El cura de la parroquia, don Jesús, y dos caballeros vestidos con discretos abrigos de paño eran los únicos hombres. A su lado, un grupo de mujeres con delantales y pañuelos y sus hijas, de todas las edades. La más pequeña se había acercado para entregarle un pequeño ramo de flores silvestres.

Le abrieron paso hacia el aula, que encontró descuidada y poco equipada. Apenas había libros, una pizarra un tanto desconchada y unos pocos pupitres. Nada de material científico ni mapas ni láminas ilustradas. Era desolador, pero intentó no mostrar su decepción.

Al lado de la pizarra, justo sobre la mesa que ocuparía, había un crucifijo colgado. La normativa indicaba que debía retirarlo, pero fue prudente: no quería ofender al párroco el mismo día de su llegada.

Precisamente fue este, don Jesús, según se presentó a sí mismo, el que tomó la voz cantante y empezó a recitarle lo que esperaban de ella con tanto detalle y puntualización que más bien parecía una lista de exigencias. Religión y labores del hogar, lectura y escritura y, al parecer mucho menos importante, algunas nociones de cálculo.

—Les agradezco muchísimo este amable recibimiento —dijo poniéndose tras la mesa, ocupando así su puesto de mando, en el que solo aceptaba órdenes de la inspección y del ministerio—. Me veo en la necesidad de recordarles las leyes de la República vigentes. Esta es una escuela pública, por lo tanto las enseñanzas que se imparten son obligatorias; también es gratuita —hubo un asentimiento general—, activa, solidaria —algunos gestos de incomprensión— y laica.

El último término sí lo entendieron todos. Había intentado evitar el enfrentamiento, pero la actitud del párroco no le dejó alternativa. Con el gesto más amable que pudo componer, se volvió para retirar el crucifijo de la pared. Con él entre las manos como si fuera el más preciado tesoro, se lo ofreció a don Jesús.

—¿Qué cree que está haciendo?

—Lo que tendría que haber hecho la anterior maestra, puesto que la normativa vigente es de 1931. —Depositó el crucifijo en las manos del cura, aún reacio—. Llévelo usted a la iglesia, que es su verdadera casa.

Las mujeres se santiguaron. De los dos únicos hombres que las acompañaban, uno la miraba con una sonrisa apenas insinuada en sus gruesos labios; el otro fruncía el ceño, desconcertado.

—No permitiremos que una atea dé clase a nuestras hijas —dijo este último, enfrentándola con gesto agresivo.

—Bien dicho, Figueirido, bien dicho —animó el cura, mirando a las mujeres para que se unieran a la queja.

—He dicho que la escuela es laica, no que yo lo sea —respondió Enma en el mismo tono beligerante, mirando de frente a aquel campesino que se atrevía a censurarla. Supuso que aquel abrigo, gastado en los codos, y la camisa mal planchada que asomaba debajo eran sus mejores ropas, las que se pondría el domingo para acudir a misa y a la feria después.

El hombre posaba sus manos enormes sobre los hombros de una niñita de unos siete años con los mismos ojos oscuros que su padre. Si los de este eran tormentosos, los de la pequeña eran pura dulzura.

Olvidando su momento de indignación, Enma no pudo resistirse a inclinarse ante ella para acariciarle una mejilla. La pequeña le devolvió una sonrisa admirada que recorría desde su ajado sombrero hasta la punta de sus zapatos de tacón.

—Pero la religión... —insistió el párroco.

—De eso se ocupan en la parroquia, y seguro que lo hacen admirablemente —respondió, volviendo a la batalla, cada vez más dispuesta a sentar su autoridad sobre aquellas gentes—. Aquí aprenderemos a leer y escribir, saldremos al campo para estudiar Ciencias Naturales, haremos ejercicios para fortalecer el cuerpo además de la mente y nos olvidaremos de las aburridas lecciones aprendidas de memoria y recitadas a coro.

—Esto no es Madrid, señorita —le dijo el otro hombre, el de los labios gruesos y la sonrisa descarada—. Estas niñas no tienen más futuro que ser buenas esposas y madres. Enséñelas a coser y bordar, a llevar su casa y poco más. No pierda usted el tiempo con materias que de nada les han de servir.

Le pareció que la retaba con aquellas palabras. Observó su pelo negro engominado, su rostro atractivo, en el que procuró no demorarse bajando la vista hasta sus manos, que sujetaban el sombrero sobre el pecho. Solo llevaba un anillo, en la mano izquierda. Una especie de sello con un águila.

—Mi padre nació en una aldea muy humilde, señor...

—Elías Doval, para servirla.

—Señor Doval. Como le decía, mi padre era de una familia como cualquiera de las de aquí, pero siempre fue buen estudiante.

Se licenció en la Universidad de Santiago de Compostela y fue profesor de instituto en Madrid. —Miró a su alrededor, de una en una, a las mujeres que la escuchaban sin intervenir, buscando su aprobación—. No me diga que no hay más futuro que seguir los pasos de los que nos rodean.

—Pero era un hombre —dijo el otro, sobresaltando a su hija al apretarle las manos sobre los hombros—. ¿Qué tendrá que ver?

Enma lo enfrentó de nuevo, con la barbilla levantada, el pecho hacia delante, retándolo con cada uno de sus gestos.

—Señor Figueirido —silabeó el apellido, tan difícil de pronunciar—. Como ve, yo soy una mujer, y también tengo estudios y un título de maestra.

Las mujeres murmuraban entre ellas, sin atreverse ninguna a mezclarse en la discusión, santiguándose y escandalizándose a ratos con lo que oían. Elías Doval, sin embargo, parecía encantado con su beligerancia. La miraba como si fuera una mercancía valiosa que estuviera tasando antes de comprarla. Tenía el ojo derecho enmarcado por una sombra negra, lo que acentuaba su gesto canalla sin restarle ni pizca de elegancia.

—Una maestra republicana —dijo, sacando del bolsillo una pitillera de plata.

—¿Acaso no lo somos todos?

Los miró a los tres, de hito en hito, obligándolos a sostenerle la mirada. Doval le ofreció el tabaco. Enma negó con la cabeza.

—Por supuesto. —Encendió un cigarro y le dio una larga calada. Sus ojos quedaron ocultos tras el humo que exhalaba—. ¡Viva la República!

El párroco continuaba acunando el crucifijo entre las manos como si no diera crédito a lo que ocurría. Enma decidió que no era un mal hombre: cualquier otro la habría amenazado con la excomunión y el infierno; este solo parecía sorprendido y apenado.

—Don Manuel Azaña dijo que la escuela pública debe ser el escudo de la República —añadió, volviendo el rostro hacia la concurrencia, como si estuviera en un mitin.

—También dijo que España ha dejado de ser católica —respondió el párroco, lo que hizo que las mujeres se santiguaran. Después, sin volver la vista atrás ni despedirse, salió de la escuela.

Doval dio otra calada a su cigarro.

—Llega usted como esas ventoleras de otoño que remueven las hojas de los árboles y cambian el paisaje.

Le hizo un breve gesto de saludo, inclinando la cabeza, y se marchó también. Tras él lo hicieron las mujeres y sus hijas, murmurando frases de cortesía entre labios. «Tenga usted un buen día, que usted siga bien».

Enma se quedó sola con Figueirido y su hija, que se movía inquieta, sin duda deseando salir a jugar con sus amigas.

—Creo que no me has dicho tu nombre. —Sonrió a la pequeña, que le devolvió el gesto con las mejillas sonrosadas.

—Se llama Claudia. Su madre murió el invierno pasado, de la gripe.

—Lo siento mucho. —Enma se agachó para ponerse a la altura de la niña y tocarle de nuevo la carita suave—. Te va a gustar mucho el colegio, Claudia, tengo libros de cuentos para que aprendáis a leer con ilustraciones y juegos.

La pequeña abrió mucho los ojos y luego encogió los hombros, emocionada.

—Lo que le dijo Doval es cierto, las niñas no necesitan saber tantas cosas.

—El saber no ocupa lugar, señor Figueirido. Quién sabe, a lo mejor Claudia también quiere ser maestra de mayor.

—Y quiero llevar un traje tan bonito como el suyo —dijo la pequeña, atreviéndose a hablar por primera vez.

Enma se alisó la falda, arrugada tras el largo viaje, aceptando el cumplido de la niña.

—Vamos, Claudia. Adiós, señorita.

—Adiós. —Enma no podía creer que se despidiera tan bruscamente de ella. No iba a hacer nada por detenerlos, a saber a qué habladurías darían pie si se quedaban mucho tiempo a solas la maestra y el viudo—. Nos vemos mañana, Claudia.

La niña dijo adiós con la mano y se marcharon, dejándola sola en su aula, su pequeño reino aún por conquistar.

Horas después, en su pequeña cama, fría y poco ventilada, a pesar del agotamiento y las emociones no lograba conciliar el sueño, demasiado nerviosa para entregarse a tan necesitado descanso. Decidió levantarse y, envuelta en un grueso chal, avivó el fuego de la cocina de leña, que amenazaba con apagarse. Ordenó sus libros de texto sobre la mesa de la cocina. Debía preparar su primera clase.

❖❖❖

Eran veinte niñas con edades entre los cinco y los diez años. Veinte pares de ojos que la miraban como si fuera una actriz de cine salida de la gran pantalla. Enma había observado a sus madres cuando las llevaron ante la puerta, vestidas aún más humildemente que el día anterior, cuando fueron a recibirla. Ropas gruesas y fuertes, gastadas por el uso, y un pañuelo cubriendo la cabeza. Las compadecía por la vida que llevaban. Imaginaba largas jornadas de trabajo cultivando la tierra, ocupándose del hogar y de las gallinas, cerdos y alguna vaca que compartía con sus propietarios el espacio en las humildes casas.

Esmelle era una aldea pequeña, apenas un puñado de casas repartidas en varios caminos, la pequeña iglesia de San Juan y una taberna como único negocio. Recordó la ciudad a la que había llegado el día anterior en tren: Ferrol, famosa por su arsenal y sus astilleros. Al cruzar las calles había visto comercios y cafeterías, cines, sastrerías, consultas médicas, boticas; casi todo lo que se podía encontrar en Madrid, pero a pequeña escala. Sabía que había varios colegios, también. ¿No podían haberla destinado a uno de ellos? ¿Tenían que darle la aldea más remota de la provincia más remota?

Se esforzó por recuperar la concentración en su labor volviéndose hacia las niñas, que permanecían en pie detrás de los pupitres, sin decidirse a sentarse.

—Las más pequeñas delante —dijo, haciéndoles señas para que cambiaran de sitio—. Os quiero ordenadas por edades... Así, muy bien.

Hubo algunas discusiones, empujones, risas ahogadas; por fin estuvieron más o menos colocadas y Enma pudo ver sus caritas, ilusionadas y preocupadas a la vez, expectantes ante lo que les depararía aquella primera jornada.

Les hizo señas para que se sentaran y abrió uno de sus libros.

—Empezaremos con un dictado.

CAPÍTULO 3

La pequeña vivienda era perfecta para una sola persona, con sus techos abuhardillados, su cocinita de leña a un lado, un chinero de madera de pino para guardar loza y provisiones, un pequeño fregadero bajo la ventana que daba a la fachada principal de la casa y una mesa con dos sillas. Al otro lado, mirando al patio, estaba su dormitorio, con un escritorio en vez de tocador, lo que era muy de agradecer y bastante más útil. En una esquina, en una sola pieza, espejo, jofaina y jarra para su aseo diario.

Darse un baño resultaba complicado y frustrante. Lo único apropiado era un escaso barreño en la cocina en el que ni siquiera podía sentarse. Calentaba agua y la volcaba en el barreño, se metía de pie, con el agua a la altura de los tobillos, y se aseaba con una esponja. Para lavarse el pelo hacía algo parecido: calentaba agua, ponía el barreño sobre la mesa de la cocina, sumergía la cabeza y se daba el champú.

Aparte de este inconveniente, no tenía queja; no era muy dada a las labores del hogar y apenas le robaba tiempo mantener limpios aquellos escasos metros de alojamiento. Cocinaba muy sencillo con los productos de la huerta que generosamente le regalaban los vecinos, otra tarea en la que no era muy ducha, pues nunca le había interesado. También le ofrecían carne, pollo, cerdo, vaca que ella insistía en pagar, y a veces pasaba una mujer por la aldea vendiendo pescado con una cesta sobre la cabeza repleta de sardinas y otras especies que Enma iba aprendiendo a distinguir por los nombres que allí les daban: fanecas, jureles, a veces chocos con los que preparar un buen guiso.

El domingo, a la salida de misa, el párroco se acercó a saludarla. Durante el sermón, ella había descubierto que era más amable y bondadoso de lo que le pareció el día de su llegada. Incluso daba la impresión de haber olvidado el incidente del crucifijo.

—¿Cómo le va en la escuela, señorita? ¿Se acostumbra a las niñas? —le preguntó con una expresión entre sorprendida y agradecida.

Enma imaginó que el hombre había dado por supuesto que ella era atea y que no acudiría a los oficios.

—Estoy muy contenta con todas, don Jesús —mintió, para no descubrir que había un grupito de rebeldes con las que aún no conseguía hacerse.

—Deles tiempo —aconsejó el párroco, que parecía leer más allá de su falsa sonrisa—. La maestra anterior era de las antiguas, ya sabe, mucha lectura sagrada, muchas labores, y una regla de madera para mantener el orden.

Enma se encogió al recordar una maestra así en su infancia. Le dolía pensar cómo la obligaba a poner la mano con la palma hacia arriba, los dedos juntos, para darle un golpe seco en las uñas que resonaba en la muñeca y le llegaba hasta el hombro. Se reconocía una niña revoltosa y dicharachera, por eso ahora hacía examen de conciencia y trataba de ser paciente con las alumnas que se parecían a ella.

—Creo que la recompensa funciona mejor que el castigo. Alabar la labor de la alumna, cuando es digna de ello, consigue que se esfuerce por seguir haciendo bien sus tareas.

—Un buen método, debo darle la razón, y espero que funcione.

Una niña se acercó corriendo con las coletas rubias saltando a su paso. Extendió las dos manos hacia el párroco, que rebuscó en el bolsillo de la sotana para sacar unas peladillas.

—Primero saluda a tu señorita. Pregúntale si esta semana te las has ganado.

Claudia Figueirido elevó su tierno rostro hacia Enma, que asintió con la cabeza para que la niña pudiera obtener su dulce recompensa.

—Gracias, señorita. Gracias, don Jesús.

La niña se volvió corriendo hacia donde la esperaba su padre, que saludó con un gesto de la cabeza, sombrero en mano y la misma mirada torva del día de la bienvenida.

—Parece siempre muy triste —dijo Enma, aceptando la peladilla que el párroco le ofrecía—. No se ha recuperado de la pérdida de su esposa.

—Nunca ha sido un muchacho muy alegre. Tiene fincas y unas cuantas vacas que le dan mucho trabajo, pero no gana lo suficiente para pagar peones que le ayuden, solo en los días de cultivo y cosecha. Ahora además debe ocuparse de la niña él solo. No tiene familia cerca que lo ayude.

—Entonces debería volver a casarse.

—Es un hombre de pocas palabras y medita mucho sus decisiones. Vamos, que es muy gallego, ya se acostumbrará usted a nuestro carácter.

—Creo que los voy conociendo.

Enma rio y se echó atrás un mechón de pelo que se escapaba de su sombrerito. De reojo pudo ver a Elías Doval, que la contemplaba sin disimulo. Por lo visto, había muchas formas de ser gallego.

Una mujer vestida de negro de los pies a la cabeza, con la mantilla casi cubriéndole el rostro, se acercó indecisa hasta que el párroco le dio los buenos días. Enma se despidió y se llevó la peladilla a la boca; se alejó con paso firme por el camino de vuelta a su pequeña escuela. Frente a la iglesia había una fuente de piedra construida en la ladera del monte que cerraba el valle por aquel lado. Se agachó, se quitó un guante, metió la mano bajo el chorro y probó el líquido, tan frío que parecía agua de deshielo.

Sabía que Doval se acercaba sin hacer el menor esfuerzo por evitar la tentación de seguirla. Ella se quedó allí, esperando, mientras se secaba la mano con un pañuelo y volvía a ponerse el guante.

—Buenos días, señorita de Castro —dijo, sombrero en mano, con su pelo negro perfectamente peinado con la raya a un lado y el bigote enmarcando una sonrisa insolente.

—Buenos días tenga usted, don Elías.

—Por favor, ahórreme el «don», no soy tan mayor.

—Entonces, olvídese usted de llamarme «señorita».

Lo miraba directamente a los ojos, aprovechando la ventaja que le daba estar subida a la fuente, un escalón por encima de él.

—Nada me gustaría más que llamarla Enma, es un precioso nombre.

—Y yo lo llamaré Elías siempre que comprenda que eso no le da permiso para más familiaridades. —Extendió una mano que Doval tomó, sujetándola mientras bajaba el pequeño escalón—. No nos conocemos aún lo suficiente.

El muy truhan amplió su sonrisa. Se llevó su mano al brazo e inició el camino cuesta abajo hacia la escuela.

—Espero solucionar esa cuestión cuanto antes. ¿Vendrá un día a comer a mi casa? A mi madre le gustaría conocerla.

—¿Tiene usted madre? —preguntó Enma. Entonces se rio en alto, provocando que las beatas de mantilla y libro de salmos en las manos se volvieran a mirarlos, sorprendidas.

—¿No creerá que he crecido en el campo, como esas berzas? —Doval señaló una finca cultivada, aumentando la hilaridad de Enma.

—Discúlpeme, creo que algo en el agua de la fuente se me ha subido a la cabeza.

—No se prive, es encantador oírla reír así.

Enma respiró hondo y logró controlarse. Se pasó la mano enguantada por la frente.

—Y dígame, ¿cuál es su casa?

Doval señaló a su derecha; por supuesto, se trataba de la casa más grande de la aldea, en la ladera del monte que rodeaba el valle por el lado sur.

—La llaman «la casa grande» o «casa Doval». Como ve, no tiene pérdida.

—No podía ser otra.

—¿Por qué lo dice?

—Su traje. —Enma frotó la tela con la mano—. Buen tejido, corte a medida. Le habrá costado más de lo que se han gastado en equipar mi pequeña aula.

—¿Encuentra la escuela desabastecida? Quizá podría hacerle un donativo.

Ya ante el edificio, Enma se soltó del brazo y lo miró de frente.

—A mí no, Elías, a las niñas; a sus vecinos, tal vez. Hable con las autoridades competentes.

El hombre se tocó el ala del sombrero que llevaba, inclinándose para despedirse.

—Lo haré por usted, Enma. Y luego vendrá a la casa, para celebrarlo.

Se marchó con paso ligero, silbando una tonada, con una mano en el bolsillo y saludando con la otra a los vecinos con que se cruzaba.

Enma logró reaccionar y darle la espalda. Entró en casa. No quería dar pie a murmuraciones mirándolo marchar embobada como una tonta enamorada del rico granuja del pueblo que seguro que contaba conquistas y corazones rotos por docenas en toda la comarca.

45

Sus alumnas no reaccionaban como ella quería. Acostumbradas a recibir breves lecciones de moral y conducta, de religión y lectura, la escritura quedaba en un segundo plano. Ahora se sentían intimidadas ante sus preguntas, ante sus exhortaciones para que participasen de forma activa en los ejercicios que les proponía.

«La maestra ha de ser jardinera y no alfarera», había dicho la profesora Aurelia Gutiérrez Blanchard años atrás. Refiriéndose a los alumnos, añadía que no son «barro inerte al que hay que dar forma». Enma no podía estar más de acuerdo. No quería moldear a aquellas niñas a su antojo, sino verlas crecer y florecer, abrir sus mentes, descubrirles el mundo y dejar que lo exploraran con auténtico interés.

A pesar de las palabras del alcalde sobre la falta de aspiraciones de aquellas niñas, Enma se negaba a reducir sus esperanzas y expectativas a un futuro idéntico en todo al de sus madres. Se negaba a creer que no lograría encender en ellas la chispa, esa ansia por el saber que había regido su vida; que ninguna de ellas, alentada por sus enseñanzas, aspiraría en el futuro a continuar sus estudios más allá de aquella escuela primaria, a cursar el bachillerato y llegar, por qué no, incluso a la universidad. Ese sería su gran logro como maestra, su orgullo personal más íntimo.

Para despertar su curiosidad y mostrarles el valor de las mujeres con estudios les citaba a escritoras de la tierra, como Rosalía de Castro, que tanto le había leído su padre de niña, o Emilia Pardo Bazán, autora prolífica e incluso catedrática. Les hablaba de científicas como *madame* Curie o de la enfermera Florence Nightingale. Y también, cómo no, de las sufragistas inglesas y de la mujer que había logrado el derecho al sufragio femenino: Clara Campoamor.

Las niñas escuchaban en silencio, como si les contara cuentos de hadas, y poco de aquello parecía calarles hondo. Solo algunas, las de mirada más despierta, que ya iba identificando y separando mentalmente, contenían el aliento cuando citaba los logros de aquellas ilustres damas. Sus manos se crispaban sobre los pupitres cuando les hablaba de las duras pruebas y los tropiezos que también habían sufrido en sus vidas.

«Con solo una que escuche y entienda, que se inspire y emocione con estos ejemplos, me doy por contenta», se decía a sí misma.

Del resto, daba por bueno que aprendieran a leer y escribir correctamente, a sumar y restar. Cuando el día se mostraba propicio para dar un buen paseo, era ella la que se convertía en alumna: les preguntaba por los cultivos, por el cuidado de los animales, por las tareas en sus casas.

Esto gustaba a las niñas, que disfrutaban su momento de gloria cuando explicaban a la maestra en qué época se plantaban las patatas o qué buenas habían sido aquel año las castañas y la llevaban hasta los árboles, que ya perdían sus hojas descoloridas, para que viera el suelo sembrado de erizos secos y vacíos.

Desde las casas las saludaban al pasar. A veces las madres se asomaban a las puertas, limpiándose las manos en el delantal, y le ofrecían a la maestra una taza de café para el frío de aquel noviembre que ya avanzaba a pasos agigantados.

❊ ❊ ❊

Una mañana llegaron ante la casa de Claudia Figueirido, que se empeñó en que todos debían ver el cerdo que tenían en la cuadra, el cerdo más grande del mundo, según ella, y que iban a sacrificar a la jornada siguiente, Día de san Martín.

Enma dejó que las niñas discutieran sobre si el animal era el más grande que habían visto o si era más grande el de Maruja, la del molino, fuera quien fuese aquella señora. Se apartó un poco para saludar al padre de su alumna, que había salido de la casa alertado por el alboroto.

—Perdone usted la invasión, su hija se empeñó.

—¿Es parte de sus lecciones? —preguntó él, con su acostumbrado semblante serio, señalando con un gesto de la cabeza hacia la cuadra—. ¿Les habla de los animales?

—Mal podría hablar de lo que desconozco. Son ellas las que me enseñan a mí sobre estas cuestiones.

Enma le ofreció una sonrisa amable. Él no se la devolvió, como era habitual. En realidad, parecía juzgarla con aquella mirada profunda que abarcaba desde el lazo de su sombrero hasta los botines manchados de barro por la caminata. Sabía que su ropa y calzado eran demasiado finos para aquellas gentes; en aquella humilde aldea destacaba tanto como lo haría una actriz de cine vestida con lentejuelas y una boa de plumas.

—Esto es lo que hay aquí —dijo el padre de Claudia—. Animales y tierras de cultivo. Molinos y frutales. Y poco más.

—Es un hermoso sitio para vivir —comentó Enma, tratando de no parecer condescendiente.

—La belleza no da de comer.

Enma se sobresaltó. No estaba muy segura de qué quería decir con aquella afirmación. Evidentemente, se refería a que, por bonito que fuera el paisaje, eso no garantizaba que las cosechas fueran buenas y las granjas rentables. Aunque le pareció que había un doble sentido en aquella frase. Podía ser descarada, responder que las mujeres bellas tenían más posibilidades de conseguir un marido rico; pero se negó a insultar a las de su mismo sexo con tal afirmación.

—Al menos los animales se crían bien —dijo, por decir algo—. Claudia afirma que su cerdo es el más grande que se haya visto nunca.

—Claudia es muy pequeña aún y tiene la cabeza llena de pájaros. —Una vez más se detuvo y miró al grupo de niñas que se había cansado del cerdo y salía ahora a corretear entre las gallinas—. No necesita más cuentos que los que le leo para dormir.

Al menos sabía leer, pensó Enma; solo por eso le iba a perdonar comportarse siempre con ella como el patán que sin duda era.

—Si alguien le ha dicho que les leo cuentos a las niñas, se equivoca, señor Figueirido.

—Les habla de mujeres científicas y escritoras.

—¿Le parece mal?

—No lo veo necesario.

—Por suerte no es usted el maestro.

No podía seguir discutiendo con él, las niñas se darían cuenta y sería un mal ejemplo. Se volvió, sin prestarle atención, para llamarlas y ordenarles que formaran una fila camino de vuelta a la escuela.

Cuando la pequeña Claudia pasó cerca de su padre, le tiró de la pernera del gastado pantalón hasta que él se agachó y dejó que depositara un beso en su mejilla. Su gesto se enterneció por un instante, y una sonrisa cansada puso arrugas en su mandíbula, falta de afeitado.

—Mañana matamos al cerdo —le dijo de repente, al incorporarse—. Venga pasado a probar la carne.

—¿Teme que me desmaye si acudo a la matanza? —Enma no se pudo resistir a provocarlo, aunque estaba agradecida por la invitación.

—No le gustaría.

Le dio la espalda y volvió a su trabajo sin despedirse. No era hombre de muchas palabras ni de florituras al hablar. De vuelta al colegio, las niñas cantaban una canción que Enma les había enseñado. Ella las seguía pensativa, riéndose a ratos al imaginar cómo habría sido el cortejo del padre de Claudia a su madre. Recordó una curiosa película que había visto: *Tarzán de los monos*. Ahora imaginaba a Figueirido golpeándose el pecho con la mano, como Johnny Weissmuller, y diciéndole a la pobre Claudia aquello de «yo Tarzán, tú Jane».

A la mañana siguiente tenía una reunión a la que había convocado a las mujeres de la aldea. Quería organizar la escuela de adultas, pues enseñar a las madres era parte de la educación de las hijas. Temía, y pronto descubrió que con razón, encontrar un alto índice de analfabetismo. La educación de la mujer solo consistía en aprender labores del hogar y religión, un poco a leer y las menos de las veces a escribir.

Le contaron que en la comarca había mujeres que aún daban este tipo de clases en sus casas. Estas maestras sin título ejercían una profesión socialmente aceptada, ya que permanecían en sus hogares sin acaparar puestos de trabajo y se hacían con unos ingresos con los que mejorar la economía familiar.

—Debemos alabar su labor en lo que vale, ni mucho menos despreciarla —les decía a las mujeres que ocupaban ahora los pupitres de sus hijas—. Sin embargo, esos tiempos quedarán atrás, ahora miramos al futuro. Actualmente tenemos una ley de educación progresista, la más avanzada de Europa. Imaginemos los años venideros llenos de oportunidades para las niñas educadas en la República. Ellas harán de España un país más culto, más avanzado, un motor de futuro entre los países civilizados.

—¿Nuestras hijas? —preguntó una de las mujeres, incrédula, cruzando los brazos sobre el pecho.

—La mía, suerte si aprende a encender el fuego sin quemarse.

Hubo risas ahogadas y cabezas gachas, para disimular.

Enma suponía que se habían acercado al colegio movidas unas por la curiosidad y otras por la idea de que la maestra ejercía una autoridad que no se podía ignorar, como si fuera el alcalde o un miembro de la Guardia Civil. Y a pesar de que al principio la escuchaban en completo silencio, respetuosas e interesadas, su gesto fue cambiando al de un profundo escepticismo, en especial cuando habló de coeducación y de estudios universitarios.

—Todo se andará —concedió por fin, agotada por su propio ímpetu y el escaso eco que recibía de la concurrencia.

—No se haga usted muchas ilusiones —dijo una de las madres, más amable que la que había hablado antes—. Esto es muy diferente de la capital, ya lo verá.

Enma miró a aquella mujer, que no debía de ser mucho mayor que ella. Sus ropas oscuras y gastadas y el cabello recogido en un tieso rodete la avejentaban y endurecían sus rasgos. Se había presentado como María, la madre de su alumna del mismo nombre, y luego le había aclarado que a ella la llamaban Maruja.

—Ya lo veo, ya —aceptó—. Pero aquí estoy yo para traerles un pedacito de la capital a sus casas.

Forzó una sonrisa que no le devolvieron y que marcó el comienzo del fin de la reunión.

Tuvo que darse por contenta con que la mitad de las mujeres asistentes aceptaran acudir una hora a la semana, las tardes de los viernes, para mejorar la lectura y la escritura. Eso la inspiró para tomar uno de sus tomos de poesía y leerles en voz alta los versos de Antonio Machado: «Al andar se hace camino, y al volver la vista atrás se ve la senda que nunca se ha de volver a pisar».

❧ ❧ ❧

En el descanso de mediodía se acercó a casa de los Figueirido llevando de la mano a la pequeña Claudia, que desapareció en el interior y la dejó sola ante aquel extraño espectáculo de la matanza.

Había un trajín intenso en el que colaboraban varios vecinos. Un hombre, al que nombraban como el Matachín, despiezaba el enorme animal, colgado de una viga, siguiendo las indicaciones del dueño. Varias mujeres iban tomando los trozos resultantes y se ocupaban de ellos. La cabeza y las patas delanteras ya estaban sumergidas en sal gruesa, en un gran cajón de madera que parecía a propósito para tal fin. Las vísceras estaban apartadas a un lado. Los trozos restantes se iban desmenuzando y adobando con sal y pimentón para elaborar los chorizos.

Los trabajadores la saludaron con respeto y recelo, como era costumbre entre los habitantes de la pequeña comunidad. Parecían preguntarse a la vez a qué se debía su visita y si estaría juzgando su trabajo.

Enma procuró no interferir, simplemente observó y saludó a cada uno de los que cruzaba la mirada con ella. Ya estaba dispuesta a volverse por donde había llegado, harta del olor de la sangre y de ver despedazar a aquel hermoso animal que dos días antes vivía feliz en su cochiquera, cuando Figueirido la detuvo.

—Ahora vamos a descansar un poco y a comer —le dijo, limpiándose las manos en un trapo manchado de sangre—. Hígado frito con cebolla, si le gusta. —Enma aceptó, aunque el espectáculo le quitaba el apetito—. También los riñones. Y *filloas* de sangre.

—¿Sangre? —preguntó, con un ligero estremecimiento.

Figueirido le hizo un gesto y la llevó hasta donde una mujer preparaba una masa suelta con agua, sal, harina y huevos bajo la atenta mirada de la pequeña Claudia. A la orden de la cocinera, la niña añadió a la masa un vaso del líquido rojo y viscoso que Enma fácilmente pudo identificar.

—Están muy ricas —le dijo la niña, con su sonrisa llena de hoyuelos.

Enma se llevó el pañuelo a la boca y tuvo que salir de la cocina para que el aire frío le aliviara las ganas de vomitar.

—Ya imaginaba que tenía usted un estómago delicado.

Figueirido la miraba con una sonrisa apenas insinuada en su rostro pétreo. Desde dentro, una mujer lo llamó.

—¡Miguel! ¡Miguel! *¿A zorza tamén?*

—Una poca, a ver si le gusta a la señorita.

Enma hizo un esfuerzo para respirar hondo y recuperar la compostura. Para eso la había invitado, para probarla, y no estaba dispuesta a que se burlara de ella por sus remilgos de mujer de ciudad.

—¿También lleva sangre? —preguntó, combativa.

—No se preocupe. Solo son trozos de carne adobados para hacer chorizos. Fritos están muy buenos.

No lo dudaba, pero necesitaría un rato más para asentar su estómago antes de volver al calor de la cocina y a sus intensos olores.

—Hay mucha gente ayudándole —dijo, para alargar un poco el momento.

—Cada uno se lleva un trozo. Un hombre solo no puede ocuparse de la matanza y la *desfeita*.

—Supongo que otro día será usted el que ayude.

—Supone bien.

Enma no conocía aún lo suficiente a los vecinos para garantizar si eran como una gran familia bien avenida o si solo se ayudaban por puro interés. El vecino que plantaba hortalizas se las regalaba al que plantaba patatas y viceversa. También le habían contado que funcionaban varios molinos a lo largo del estrecho río que surcaba el centro del valle. Imaginaba que si hubiera una guerra y el valle quedara cercado, como un castillo medieval asediado, podría sobrevivir abasteciéndose de lo que tenían, cultivos y animales, los frutos de los árboles y los peces del río.

—Eso huele muy bien —dijo cuando le llegó un intenso olor a carne frita.

—Y sabe mejor.

Miguel Figueirido se apartó a un lado, invitándola a entrar de nuevo en la cocina. Enma dio dos largos pasos, la falda ajustándose a sus muslos y rodillas al caminar, y esperó una mirada admirativa que él de nuevo le negó. Quizá no llevara luto en sus ropas, se dijo para consolarse, pero sin duda aquel hombre aún lo llevaba en el corazón por la madre de su hija.

Las tres mujeres que se afanaban en la cocina eran las madres de María, Carmiña y Finita, alumnas suyas. Trabajaban con rapidez y eficiencia sirviendo el hígado encebollado, los riñones y la carne del chorizo, todo frito, reluciente de grasa y muy apetitoso. A la mesa se sentaron los hombres: Figueirido, el Matachín, que se llamaba Roque, y el esposo de Josefa, padre de Finita, que se llamaba José.

—¿Va a quedar ahí de pie todo el día? —le preguntó Roque, y al momento Figueirido estaba separando un banco para que se sentara a su lado.

—¿Y las mujeres? ¿No se sientan?

—Nosotras aún tenemos mucho trabajo —le dijo la madre de Carmiña.

—¿Puedo ayudar?

Las tres se volvieron a la vez, mirándola de arriba abajo, con su fino traje, sus zapatos de tacón, y se pararon, hipnotizadas, en la blancura de sus manos, que asomaban según se iba quitando los guantes.

—No se preocupe —dijo Maruja, la única de la que recordaba el nombre.

—Nos las arreglamos solas.

—Total, de esto usted no sabe.

—Siéntese y no le dé más vueltas —le ordenó Figueirido. Llenó un vaso de un vino oscuro y denso como la sangre de las *filloas*—. No deje que la carne se enfríe, es una pena.

La pequeña Claudia había vuelto a la cocina. Se sentó al lado de su padre y levantó su plato para que le sirviera. Enma se sentó al otro lado, junto a José, y aceptó agradecida la fuente que él le pasaba, de hígado encebollado.

Pensaba que no comería mucho, que el calor del fuego de la cocina y los intensos olores a carne demasiado fresca, a sangre y a frito no le dejarían disfrutar de aquellos platos sencillos, pero se equivocó por completo. El primer bocado le supo a gloria, y a partir de ahí se sintió como en el mejor de los banquetes. Probó toda la carne y el pan recién horneado, de gruesa corteza tostada y miga oscura. Y al final de la comida, cuando rechazó las *filloas* de sangre con la excusa de haber comido demasiado, no era del todo mentira.

—Le agradezco que me haya invitado —le dijo en la puerta a Miguel Figueirido, cuando ya se marchaba apresurada, con el tiempo justo para las clases de la tarde.

—A usted por venir —dijo el hombre con su acostumbrada economía de palabras y una sonrisa de despedida dirigida exclusivamente a su hija, que se marchaba de la mano de la maestra.

Enma se alejó con paso firme llevando a Claudia, que daba saltitos sobre las piedras del camino e iba tarareando una tonada infantil.

Notaba su mirada clavada en la espalda; segura de que, si se volvía, la estaría observando, incapaz de resistirse a la figura de reloj de arena que el traje le marcaba, tan distinta de las mujeres de la aldea, con sus faldas largas sueltas, sus delantales y el pañuelo sobre la cabeza.

Fue Claudia la que miró hacia atrás y agitó su manita, diciendo adiós a gritos.

Sí, las estaba mirando, y quizá hasta se habría fijado en sus pantorrillas; pero lo único que arrancaba una sonrisa a aquel hombre impasible era su preciosa hija.

CAPÍTULO 4

Durante diez días interminables llovió sin tregua, como nunca había visto llover antes. Ante la ventana del colegio, Enma se desesperaba, se sentía encerrada, apresada por la lluvia. Las niñas llegaban al aula calzadas con zuecos de madera. Ella, con sus finos zapatos y sus botines de charol, no podía ni salir al patio para que le diera el aire.

En vano trataba de buscar actividades entretenidas para sus alumnas, que se contagiaban de su malestar. Sentada a su mesa corregía los dictados del día mientras las niñas correteaban por el aula, único entretenimiento que se podían permitir en tan reducido espacio. A ratos se mordía la lengua para no reñirles, para no ordenar silencio y orden como aquellos maestros a la antigua que se ganaban el respeto de los niños a fuerza de castigos y reprimendas.

Carmiña tenía una letra bonita, lástima que fuera incapaz de distinguir la be de la uve. María Jesús no había cometido ningún fallo; aunque les seguía dictando textos muy sencillos, debería felicitarla por aquel logro.

—Señorita, señorita, Claudia me tiró del pelo.

—No es verdad, empezó ella.

—Mentirosa.

—Mentirosa tú.

Enma se puso de pie y dio una palmada sobre la mesa que hizo callar a las niñas.

—Se acabó el recreo.

—Pero, señorita...

—¡Silencio! —Durante un breve momento solo se oyeron los pasos de las alumnas corriendo a ocupar sus pupitres—. Vais a dibujar un paisaje con un sol bien grande, a ver si con eso conseguimos que pare la lluvia.

Las niñas rieron mientras buscaban sus lápices. Enma se dio cuenta de que había sonado absurdamente supersticioso, pero le daba igual. Lo único que quería era un poco de paz, sin gritos, sin risas, y sin la lluvia golpeando en los cristales para volverla loca.

A mediodía, mientras las niñas volvían a sus hogares para comer, se dedicó a colgar los dibujos en la pared libre del aula buscando consuelo en su contemplación

—¿Se puede?

Un hombre estaba parado en la puerta con el paraguas en la mano.

—Pase, pase, señor Doval, no se quede ahí, que se va a empapar.

Elías Doval dejó el paraguas y entró después de tratar en vano de limpiarse los zapatos en el suelo mojado.

—¿Tanto tiempo ha pasado desde la última vez que nos vimos que ya se ha olvidado de mi nombre?

Enma rio por primera vez en días, cruzó entre los pupitres y ofreció una mano al recién llegado.

—Diría que sí, Elías. Ni siquiera le he visto en misa.

Él le devolvió la sonrisa, que resultaba más cálida que su pequeña estufa de leña. Le acarició la mano, en lugar de estrechársela.

—Entre el trabajo y el sindicato he estado tan ocupado que he tenido que quedarme en la casa de Ferrol varias semanas.

—No sabía que trabajaba usted.

Enma se frotó las manos tratando de conservar el calor que él le había transmitido.

—¿Pensaba que vivo de las rentas, como el señorito terrateniente que soy? —Le guiñó un ojo, descarado, y la siguió hasta el rincón de la estufa, donde ambos extendieron las manos a la vez hacia el calor del fuego.

—¿No lo es, entonces?

—Nunca me ha interesado esa vida, la verdad. Tengo arrendatarios que trabajan las tierras y un administrador que se ocupa de las cuentas. —Enma enarcó las cejas con gesto irónico. Tal cual lo describía él, parecía exactamente la vida de un terrateniente—. No me juzgue aún, espere al menos a que le diga que soy ingeniero y que trabajo en la constructora naval de Ferrol.

—¿Hace usted barcos?

—No con las manos, me temo. Me limito a diseñarlos.

—Qué interesante. —Enma sintió un nuevo respeto por su visitante—. ¿Y también está afiliado a un sindicato?

—A la UGT, sí.

Eso la dejó sin palabras. La Unión General de Trabajadores, nada menos. Con el apoyo del Partido Socialista, habían convocado la huelga general del pasado mes de octubre con trágicas consecuencias en Asturias, donde las tropas llegadas de África para reprimir a los huelguistas habían causado centenares de muertes.

—No tengo muchas noticias del mundo exterior desde que he llegado a su tierra; supongo que aquí también les habrán afectado los sucesos de octubre.

Elías buscó la pitillera en el bolsillo de su americana. Esta vez Enma aceptó el cigarro.

—Ferrol estuvo muy revuelto, con tropas acantonadas a la espera de salir hacia Asturias, aunque al final no fue necesario, ya que se ocuparon los legionarios y los regulares. —Le esquivó la mirada, pensativo, y la posó sobre las gotas de lluvia que formaban regueros en los cristales—. Hubo sabotajes de vías férreas e instalaciones eléctricas para evitar precisamente que las tropas pudieran partir. —Tomaba aliento y reflexionaba, entre frase y frase, como si no quisiera contar demasiado—. Y muchos acabamos en el cuartel de la Guardia Civil.

Enma tragó saliva y arrojó el cigarro al fuego, incapaz de saborearlo, sintiéndolo como serrín en el paladar. Recordó con claridad la primera vez que vio a Elías, el día de su llegada a Esmelle, y la sombra morada que le rodeaba un ojo.

—¿Estuvo usted detenido?

—No mucho tiempo. Ya sabe, soy un rico heredero afiliado al PSOE solo por una especie de rebeldía juvenil, aunque ya no tenga edad para esas tonterías.

Sabía que había mucho más que no contaba y que eso era lo que lo había mantenido tanto tiempo alejado del valle. Le puso una mano sobre el brazo, ofreciéndole comprensión y consuelo.

—Mi padre pertenecía al Partido Radical; hoy no lo reconocería, aliado con la CEDA, retrocediendo paso a paso en los ideales republicanos de vuelta a tiempos más oscuros.

—Eso cambiará en las próximas elecciones. No nos rindamos aún, Enma, nuestra república es aún muy joven, como un niño dando sus primeros pasos; pero pronto se afianzará y llegará a ser muy grande y fuerte, imbatible.

Ni él mismo creía en sus palabras. Los dos las aceptaron porque eran mejores que cualquier alternativa.

—Le invitaría a comer, pero me temo que mis habilidades culinarias son escasas —ofreció, al ver que no quería seguir hablando de temas políticos.

—Se lo agradezco, pero mi madre me espera. Solo he venido a invitarla yo a comer, el domingo, si le viene bien.

—Será un honor conocer a su madre y su hogar.

—No se haga muchas ilusiones.

Enma lo acompañó hasta la puerta, donde se detuvieron un rato sin saber bien qué decir.

—Vendré a buscarla a la una.

Solo entonces se dio cuenta Enma de que en la puerta de la escuela había un automóvil aparcado. Sí que era rico, se dijo. No había visto otro en la aldea desde el que la llevó allí.

—Puedo ir dando un paseo.

—Olvídese de los paseos hasta mayo por lo menos, a menos que se acostumbre a caminar con zuecos.

Enma le ofreció la mano y una sonrisa de despedida. Él, con gesto anticuado y galante, se la llevó a los labios y le besó los nudillos.

Se quedó allí, parada, viéndolo subir al vehículo y partir bajo el aguacero. Quizá debería suspirar como una damisela de novela romántica al ver alejarse a su galán. Solo que ni ella era una damisela ni Elías Doval el galán de aquella historia. Quizás el pérfido seductor de jovencitas enamoradizas sería mejor papel que ofrecerle. Decidió que lo haría para que le quedara claro que tenía escasas oportunidades de rendir a la recatada maestra. El domingo, si se presentaba la oportunidad.

Lo que no se reconoció a sí misma, ni siquiera ante el espejo al anochecer, cuando vio sus mejillas sonrosadas y sus ojos más brillantes que en los últimos diez días, fue la ilusión por aquella invitación a la casa grande de los Doval.

❋❋❋

La escuela de adultas no suscitaba el interés deseado. El cupo de alumnas se reducía a cinco mujeres mucho menos colaboradoras y habladoras que sus hijas; tanto, que Enma tenía la sensación de que hacerles pronunciar una palabra era como descorchar una botella de vino. Se imaginaba mentalmente girando y tirando, girando y tirando para sacar, las más de las veces, solo un trozo de corcho.

Buscaba formas de interesarlas, de conmoverlas, de despertar en ellas interés e ilusión por saber. Les leía poesía y teatro, capítulos de novelas y hasta el libro de texto de las niñas, sondeándolas con su mirada intensa, en busca de sus reacciones, apáticas, desconcertadas, preocupadas ante las preguntas que vendrían al finalizar la lectura.

Una tarde rescató de su pequeña biblioteca su tomo de Pedro Salinas, *La voz a ti debida*, lleno de marcas y con las cubiertas gastadas a pesar de los pocos meses de su edición. «Quítate ya los trajes, las señas, los retratos...». Risas y rubores en el aula. «Yo no te quiero así, disfrazada de otra, hija siempre de algo». Extrañeza y dudas. «Te quiero pura, libre, irreductible: tú.» Apreció movimiento en los bancos, incomodidad.

—¿Qué nos dice el poeta con estos versos? —preguntó a su audiencia. Amalia, la más decidida del grupo, levantó la mano para pedir permiso para hablar. Enma les había dicho repetidamente que no era necesario. Era como predicar en el desierto.

—Bueno... Dice... Le dice a esa mujer... Que se quite el traje —se tapó la boca con la mano y hubo un coro de risas casi infantil.

—¡Y que la quiere pura! —se atrevió a añadir Carmen—. Pues como todos.

Las risas se convirtieron en carcajadas.

Enma las dejó divertirse y después, poco a poco y con mucha paciencia, fue desmenuzando los versos y aclarando el contenido. Por primera vez consiguió algo similar a un debate. Con mucha reticencia y añadiendo siempre coletillas a sus frases, ese «bueno» omnipresente o el «yo creo» o «a mí me parece». Exponían sus opiniones, que a Enma le parecían más o menos válidas, pero siempre interesantes, con muchas dudas y dificultades, como si no estuvieran acostumbradas a que nadie les preguntara por nada y no se sintieran autorizadas a tener una opinión propia.

Esta era la utilidad de la escuela de adultas, se decía el domingo por la mañana mientras se alisaba ante el espejo las puntas rebeldes del pelo, que ya le llegaba a la mitad del cuello. No solo enseñar a aquellas mujeres a leer y escribir, a sumar y restar, sino formarlas en el pensamiento crítico, darles una cultura de base; sin eso, de nada valdrían todos los derechos que pudiera otorgarles la Constitución republicana ni la lucha de otras mujeres más sabias y preparadas.

Se puso su gorro más elegante, de color crema con un lazo negro, sometiendo sus rebeldes cabellos mientras pensaba en preguntarle a la madre de Elías Doval por una buena peluquería para volver a cortárselos. Bien pensado, tal vez la señora sería de las antiguas, de las de moño severo, como sus alumnas de la escuela de adultas, que aún no se acostumbraban a su pelo corto y se mostraban fascinadas cada vez que la veían pasarse la mano por la nuca despejada.

Era el 14 de abril de 1931. Madrid estaba revuelta y alborotada. Enma iba y venía con su padre desde el edificio de Correos y Telégrafos, en la plaza de Cibeles, donde se había izado la bandera republicana, a la Puerta del Sol, donde estaba el Ministerio de la Gobernación. Aquella misma tarde, después lo sabrían, el rey Alfonso XIII se dirigía a Cartagena para tomar un barco y abandonar España. Entre los manifestantes había un ambiente de fiesta y celebración por la seguridad de haber conseguido grandes logros por el país; pero también estaban los exaltados, los violentos, y por eso al final su padre se llevó a Enma de la plaza, de vuelta a su barrio, y como regalo de cumpleaños le dijo que la invitaba a cenar en el restaurante que más le gustase. La dejó en la puerta de la peluquería y Enma entró con paso decidido. Se miró por última vez su larga trenza en el espejo y le dijo a la encargada que quería un corte *a lo garçon*.

Seguía lloviendo, ahora un agua mansa, incansable, que convertía en riachuelos los caminos del valle. Enma pegó la nariz al cristal húmedo a tiempo de ver llegar el automóvil ante la puerta del colegio. Elías Doval hizo sonar la bocina y ella corrió a recoger su bolso y repasó por última vez su aspecto ante el espejo.

Bajó las escaleras con más prisa y emoción de lo que quisiera reconocer. Cuando llegó a la puerta, Elías le hizo señas para que esperase. Se apeó y abrió un gran paraguas, con el que vino a buscarla.

—Buenos días, señorita —le dijo con su mejor sonrisa de conquistador.

—Buenos días, caballero.

—Hace una bonita mañana para salir a pasear.

—Para las truchas del río, supongo.

Enma enlazó su brazo con el de él y se pegó a su pecho para cobijarse mejor bajo el paraguas. Olía a loción de afeitar y a tabaco y desprendía un calor que la hizo estremecer. Se dejó conducir hasta el automóvil procurando no meter sus finos zapatos en los charcos. Se acomodó en el interior mientras Elías aguardaba, paciente, evitando que la lluvia la tocase en lo más mínimo.

—Debería comprarse unos buenos zuecos —le aconsejó, ya acomodado en su asiento, y girando el volante para volver por donde había llegado.

—¿Me imagina con zuecos? —preguntó ella, y dejó escapar una carcajada que fue enseguida correspondida.

Era muy fácil hablar con aquel hombre, el único de la parroquia que no se mostraba reacio a ello, que no respondía a una pregunta con otra pregunta y que no la miraba como si fuera sospechosa de algo.

—Me la imagino de muchas maneras, Enma, incluso con zuecos. Es usted demasiado bonita como para que pueda desmerecer por un calzado inapropiado.

Por una vez fue ella la que dudó antes de responder. Con la mano enguantada desempañó el cristal y miró el paisaje monótono, mezcla de árboles de hoja perenne, que mantenían un verdor cada vez más apagado según avanzaba el otoño, y de hoja caduca, que ya desnudaban sus ramas bajo la intensa lluvia.

—¿Tiene más invitados hoy en su casa? —preguntó, para alejarse del territorio pantanoso de los cumplidos inapropiados.

—Solo estaremos mi madre, usted y yo. ¿Esperaba una gran fiesta?

—No, en absoluto. Era solo curiosidad.

Doval no apartaba la vista del camino, embarrado y poco adecuado para circular por él. Perdido el breve momento de calor que le había otorgado su contacto, Enma se cruzó de brazos, odiando aquella humedad que parecía habérsele metido hasta los huesos.

—¿Cuándo dejará de llover? —preguntó, hosca. Elías rio, negando con la cabeza.

—Con suerte, para mayo.

—Espero que esté bromeando.

—¿Acaso en Madrid no llueve?

—No de forma constante durante dos semanas.

—Tendrá que armarse de paciencia, porque esto no ha hecho más que empezar.

Enma tuvo que contenerse para no resoplar con disgusto. Se sentía al borde de una pataleta infantil.

—No se puede hacer nada con este tiempo. Las niñas ni siquiera pueden salir al recreo ni dar nuestra caminata diaria, que es un buen ejercicio, necesario para la clase de Ciencias Naturales.

Elías asintió y por su brillante pelo negro se deslizaron cuatro gotas que le cayeron sobre el hombro.

—Se lo digo en serio, Enma. Hágase con un calzado fuerte y resistente u olvídese de volver a salir hasta la primavera.

—Supongo que tendré que ir a la ciudad, a ver qué puedo encontrar.

—Estoy a su disposición para cuando guste.

—¿Y su trabajo?

—Sí, un engorro eso del horario laboral. —Su buen humor la contagiaba, conseguía que se olvidase del disgusto que le provocaba aquel clima—. ¿Qué le parece el sábado por la mañana? Podrá hacer algunas compras y después la invitaré a comer.

—Ya me invita a comer hoy, y como me hará un gran favor llevándome a la ciudad, deberá dejar que sea yo quien le invite el sábado.

—Querida Enma, no se ofenda; el mundo no ha cambiado tanto aún como para permitir que una mujer invite a un hombre.

—En los últimos años ha cambiado bastante, tanto que nuestros abuelos no lo reconocerían. Ya ve, yo soy mayor de edad, dueña de mis actos, tengo una profesión, los mismos derechos constitucionales que un hombre, y podré votar en las próximas elecciones.

El automóvil se adentró en un patio enlosado de piedra, y la casa, que desde el valle se veía grande, se convirtió en imponente ante los ojos de Enma. Se dio cuenta entonces de que llevaba demasiadas semanas en aquella aldea, rodeada de casas humildes y pequeñas, y de repente se sintió casi abrumada por el tamaño del hogar de los Doval.

Elías aparcó bajo un tejado que hacía las veces de cochera y los resguardaba de la lluvia mientras se apeaban.

—No vamos a discutir por esto, ¿verdad? —le preguntó, sosteniendo su mano aun después de que ella hubiera salido del vehículo y mirándola a los ojos hasta hacerla dudar de su decisión.

—Sería una grosería discutir con mi anfitrión.

Cruzaron el patio bajo la lluvia y se adentraron en un amplio recibidor donde se quitaron los abrigos. Mientras Elías los colgaba de un perchero de madera, Enma miró a su alrededor, apreciando los techos altos con su artesonado de madera, la escalera que se abría hacia el piso superior y la gruesa alfombra que le daba pena pisar con sus zapatos mojados.

Cuando terminó su contemplación, se dio cuenta de que Elías hacía lo mismo, pero el objeto de su interés era ella. Se alegró de haber renunciado definitivamente al alivio de luto y haberse puesto aquel conjunto que tenía sin estrenar en el fondo del armario, comprado días antes del accidente que causó el fallecimiento de su padre. La falda, marrón con un ligero jaspeado, cortada al bies, caía suelta hasta la mitad de las pantorrillas, y la blusa de color vainilla iba ceñida con un cinturón fino de piel; se cerraba en el cuello con dos botones sobre las clavículas. Los colores favorecían su cutis, cada vez más pálido en aquel oscuro otoño.

—¿Le gusta lo que ve? —preguntó con cierto descaro, puesto que Elías no decía nada.

—Es usted como un rayo de sol iluminando mi oscuro hogar, querida Enma.

—No se me ponga poético, que no va con su carácter.

Enma se quitó los guantes con gesto enérgico. Elías le ofreció una mano para que se los entregara y acarició por un momento la suave piel que guardaba el calor de la suya propia antes de dejarlos sobre una mesita al lado del perchero.

—Usted saca lo mejor de mí.

—Ya ve, soy una buena samaritana.

Dejó que la guiara hasta la puerta de su izquierda, que abrió para dejarla pasar. Entraron en un salón demasiado amueblado, con pesadas piezas de madera, alfombras de colores apagados, lámparas repartidas sobre mesitas en cada rincón y cuadros con paisajes de campo y mar. En la chimenea ardía un buen fuego; sentada cerca, con una revista de figurines de moda, esperaba la madre de su anfitrión, que la miró por encima de sus anteojos.

—Madre, le presento a la señorita Enma de Castro. Enma, mi querida madre, doña Virtudes de Doval.

Enma se acercó y extendió una mano, que la señora estrechó blandamente.

—Es un placer, doña Virtudes.

—Es usted tan encantadora como dice mi hijo.

Su voz tenía un tono rasposo, como si se hubiera tragado un papel de lija. Enma soportó a pie firme su escrutinio mirándola a su vez, pensando en lo mucho que le recordaba a su abuela materna. La misma forma de sentarse, con la espalda recta sin tocar el respaldo, las rodillas juntas y las manos sobre el regazo, ahora que había dejado su revista. El pelo gris, recogido en un moño y, como único adorno, una medalla de la Virgen sobre su anticuado vestido negro, que la cubría de pies a cabeza.

—Son muy amables conmigo —dijo con una sonrisa abarcando a madre e hijo.

—Supongo que se aburrirá muchísimo encerrada en su casita, sin poder salir con esta lluvia. — Enma asintió, sentándose en la silla que Elías le acercó—. Está usted acostumbrada a una gran ciudad, a calles bulliciosas, cafés y teatros. Parece un castigo que la hayan enviado a este lugar.

—He esperado mucho tiempo para ejercer mi profesión y estoy agradecida por la escuela que se me ha asignado —contestó, poco dispuesta a compartir con desconocidos sus cuitas.

Doña Virtudes insistió en que deberían haberle asignado un colegio en Madrid. Le preguntó por los motivos por los que no había podido ejercer antes. Para cuando se dio cuenta, Enma le estaba hablando del accidente que causó la muerte de su padre, de su largo tiempo de luto, de su vida en la capital, de su falta de familia... Una criada vestida de negro, con delantal y cofia blancos, se asomó a la puerta para anunciar que la comida estaba servida.

Al cruzar el recibidor, de camino al comedor, se dio cuenta de que la criada era María, una de sus alumnas de la escuela de adultas.

—No sabía que trabajabas aquí —le dijo, acercándose a saludarla. La mujer dio un paso atrás y bajó la cabeza, avergonzada.

—Antes venía algunas horas —le explicó la señora de Doval, haciéndole señas para que siguieran su camino—. Ahora me ha pedido quedarse interna; y claro, en su situación no he podido negarme.

—¿Puedo preguntar qué situación?

—Su marido... En fin, pobre Maruja, y con esa niña tan pequeña. Por suerte tenemos un buen cuarto en la buhardilla.

No hubo más explicación ni posibilidad de que Enma siguiera preguntando sin quedar de entrometida. Ocupó su lugar en la mesa agradeciendo a Elías que le apartase la silla para sentarse.

Durante la comida, doña Virtudes marcó su territorio, tan firme como delicada. Si Elías prestaba demasiada atención a su invitada, al momento su madre le pedía que le sirviera un poco de vino o le preguntaba algo referido a su trabajo, tema en el que Enma tenía poco o más bien nada que aportar.

Más divertida que ofendida, se imaginó a cuantas jóvenes enamoradizas la señora habría espantado con su evidente amor incondicional por su hijo y comprendió que Elías siguiera soltero a su edad, que calculaba por encima de los treinta años.

El menú parecía pensado para impresionarla. Se sirvió consomé de primero, filetes de lenguado en salsa de segundo, y por último pollo a la cazadora. Enma tuvo que hacer un esfuerzo por comer de todo, a pesar de estar acostumbrada a platos frugales que se preparaba en su pequeña cocina con tan poca pericia como interés. Aun tuvo que esforzarse más con el postre, un surtido de pastelitos, y el orgullo de su anfitriona, unas copas de helado de mantecado traído de La Ibense, una famosa heladería artesana del centro de Ferrol, según le explicó.

Al menos el helado resultaba digestivo. Con la excusa de saborearlo mejor, Enma se demoró en tomarlo, cucharada a cucharada, mientras sentía el estómago tan pesado que solo podía pensar en dormir una larga siesta hasta que toda aquella comida terminara de hacerle la digestión.

Cuando por fin Elías la llevó de nuevo a la escuela ya se había hecho de noche y los faros del vehículo y las pocas casas esparcidas por el valle eran la única luz bajo el negro insondable del cielo.

—Está usted muy pensativa —le dijo.

—Perdone, estoy un poco cansada.

—Espero que no la hayamos aburrido demasiado. Mi madre no tiene muchas visitas ni divertimentos y adora los juegos de cartas.

—Ha sido divertido. —Enma rio, recordando la emoción de la señora cada vez que le ganaba una mano. Por contentarla, no puso demasiado empeño en su juego y la dejó ganar como se hace con los niños pequeños.

—Tendremos que repetirlo.

Elías detuvo el vehículo y se bajó para abrirle la puerta. Enma se dio cuenta de que por fin había dejado de llover. Respiró hondo el aire frío y todavía muy húmedo.

—Dígame que no lloverá más hasta primavera, por lo menos.

—Se lo diría, solo por no apagar esa sonrisa.

Buscó las llaves en el bolso y abrió la puerta. Se volvió para despedirse.

—Me ha gustado conocer a su madre y su casa. Gracias por invitarme.

Lo miró allí, parado, como si por primera vez no encontrara las palabras para dirigirse a ella, alto y apuesto como un actor de películas. Sí, tenía un aire a Clark Gable, pero sin orejas de soplillo.

—Recuerde que tenemos una cita para ir a Ferrol.

—No lo olvido.

—La llevaré al cine y tal vez a tomar un helado, creo que le ha gustado.

—Sí —Enma recordó el sabor dulce de la crema de mantecado y se pasó la punta de la lengua por el labio inferior—, me ha gustado mucho.

Elías no pudo resistirse ante aquel gesto. Se inclinó sobre ella, abrumándola con su tamaño, y la besó despacio, con más cuidado y ternura de lo que hubiera esperado.

—Enma...

Ella le puso las manos sobre el pecho y lo empujó hacia atrás, rechazándolo con firmeza.

—No busco un pretendiente ni un enamorado, Elías.

Esperaba que él no lo estropeara echándose a reír ni diciéndole que solo la consideraba una conquista fácil, que una mujer como ella, de ciudad y con mucho mundo a sus espaldas, con edad para ser llamada solterona y tan independiente, no podía salirle ahora con remilgos de mojigata.

—Pues lo ha encontrado, me temo.

Eso la desarmó. Sería fácil enamorarse de aquel hombre, tanto como para renunciar a la vida que había construido y convertirse en esposa y madre, en la nueva señora de Doval de la casa grande.

—No —se dijo más a sí misma que a él—. Paremos ahora que acabamos de conocernos. No tengo ninguna idea romántica sobre el amor y el matrimonio. Valoro mi trabajo y mi independencia por encima de todo.

—Nadie manda sobre su corazón, Enma.

—Yo sí.

Levantó la barbilla, firme, decidida, sin hacer caso del leve temblor de sus rodillas, que controló agarrándose fuerte a la puerta.

Elías extendió una mano y le acarició la mejilla con tanta ternura que estuvo a punto de hacerla llorar.

—No pienso rendirme.

Y se marchó sin más. Se puso el sombrero y subió a su auto, que hizo rugir y patinar en el suelo encharcado antes de alejarse.

Enma cerró la puerta temblando aterida, sin saber si era por el frío o por todas las emociones despertadas en aquella breve escena.

Corrió a encender el fuego en la cocina. Se quedó allí, embobada, mirando las llamas lamer la madera y tratando de recuperar el calor antes de cambiarse de ropa. Solo quería ponerse el camisón y echarse a dormir hasta el día siguiente, pero eran las siete de la tarde y tenía que preparar las lecciones para sus alumnas.

Se dejó caer sobre un taburete, desanimada y al borde de las lágrimas. Apreciaba la amistad de Elías Doval, era la persona más interesante que se había encontrado en el valle y no quería perderlo. Se llevó la mano a los labios, palpando con las yemas de los dedos la piel sensible por aquel beso. ¿Qué había sentido? Ni rechazo ni disgusto. Tampoco un placer arrebatado como el que fingían las actrices del cine. Había sido agradable, eso sí. Por un momento, incluso deseó que la estrechara entre sus brazos y quedarse allí, segura en su cobijo.

Se dio cuenta entonces de que estaba muy sola y de que esa sería su vida en adelante. La vida que había elegido. Su trabajo y sus alumnas por toda compañía y consuelo. Y en aquel momento, con la oscuridad tras los cristales, en su pequeña habitación, le pareció por primera vez una vida triste y sin sentido.

CAPÍTULO 5

Aquel viernes, en la clase de adultas, faltaba una de sus alumnas, lo que era muy notorio, puesto que solo eran cinco.

—¿No ha venido María? —preguntó a las otras, que se miraron entre ellas, dudando.

—¿Maruja? —preguntó Fina. Enma asintió—. Está trabajando en la casa grande.

—Ya lo sé, la vi allí el domingo —les dijo, lo que despertó un repentino interés. Sintió la ridícula necesidad de explicarse—. La señora viuda de Doval me invitó a comer.

—Doña Virtudes no suele tener visitas —afirmó Fina.

—De los que vivimos aquí no, por lo menos —se burló Amalia con una mueca despectiva.

Enma pidió silencio y les ordenó que abrieran sus cuadernos. No pretendía convertir su clase en un corro de chismorreos. Era evidente que la familia Doval se situaba unos peldaños por encima del resto de la población de la aldea, y también que eso suscitaba rencores y envidias entre sus vecinos.

Sin embargo, le preocupaba que María, Maruja, dejara de asistir a las clases.

—Si alguna ve a María, a Maruja, por favor, ¿pueden preguntarle si volverá a las clases? —les pidió cuando ya terminaban.

—Es que ahora está interna en la casa grande.

—Hablaré con doña Virtudes, si es necesario.

—A lo mejor es que no quiere salir de allí.

—¿Qué quiere decir?

—Que no querrá pasar por delante de su casa.

—¿Alguien me quiere explicar cuál es el problema? —preguntó exasperada, harta de que nadie hablara con claridad.

—El problema es el marido —aclaró Chelo, y todas asintieron, con las bocas apretadas y los ceños fruncidos.

—¿Se ha peleado con su marido?

—No es una pelea. Él bebe. Y cuando bebe, bueno, no hay quien lo aguante.

—¿Es tan grave como para que se haya ido de casa? ¿Se ha llevado a la niña con ella? —Respuestas afirmativas, murmuradas entre dientes—. Entonces debería pedir el divorcio.

Sus cuatro alumnas la miraron con los ojos muy abiertos.

—Bueno..., eso... son palabras mayores —dijo Fina.

—Están casados por la iglesia, eso no se puede deshacer —aseguró Carmen.

—Si no puede vivir con él, lo mejor es regularizar su situación.

—En las cosas de marido y mujer no hay que meterse —sentenció Chelo, y fue como una orden para que todas se dirigieran a la salida, con los cuadernos apretados contra el pecho.

Mientras las despedía en la puerta, Enma decidió que al día siguiente escribiría una nota para doña Virtudes rogándole que dejara a María acudir a las clases. El sábado por la mañana siempre había niños jugando cerca del colegio. Le pediría a uno de los mayores que llevara la nota a la casa grande.

Si la madre de Elías había sido tan generosa y compasiva como para acoger en su casa a una mujer que huía de su marido y a su pequeña hija, sin duda también lo sería para permitirle que continuara con su educación. Tenía la confianza de que así sería.

Recogió sus libros, borró lo que había escrito en la pizarra y comprobó que todo estaba en su sitio antes de subir para hacerse la cena. Cuando ya iba a apagar las luces, alguien llamó a la puerta, sobresaltándola. Miguel Figueirido apareció con un paquete entre las manos. Inclinó la cabeza, tocada por la boina, para saludar.

—Le traigo unos chorizos —dijo ofreciéndole el presente, que Enma aceptó agradecida—. Están algo frescos; cuélguelos en la cocina para que se aireen y se vayan curando.

—Es usted muy amable, no tenía que molestarse.

—Si tiene un momento... Quería hablar con usted.

Enma le ofreció asiento. Él miró los pupitres con gesto contrariado. Era imposible sentarse en uno de aquellos bancos, apenas cabrían sus largas piernas bajo la mesa.

—Dígame, ¿está bien Claudia?

—Está muy bien, gracias. Yo... Ella, bueno, me cuenta cosas que le enseña en clase.

Se quitó la boina y jugó con ella entre los dedos, rehuyéndole la mirada.

Algo iba mal. Enma lo presentía a pesar de sus escasas palabras. Repasó mentalmente las lecciones de los últimos días, esperando no haber enseñado nada a sus niñas que fuese contra la religión, demasiado político o socialmente escandaloso. Llegó a la conclusión de que estaba libre de culpa.

—¿Y bien?

—No les enseña tareas del hogar ni a rezar.

—Ya dejé claro el primer día que la escuela pública es laica. A rezar se enseña en las iglesias. Claudia ya tiene edad para ir al catecismo.

—Sí, sí, pero...

—¿Pero qué?

—No sé de qué le sirven a una niña esas clases de Ciencias Naturales.

Enma miró a su alrededor como si estuvieran en el exterior, en medio del campo.

—Vive rodeada de naturaleza, lo normal es conocer el medio en el que se desenvuelve.

—Todos lo conocemos. No hace falta la escuela para eso. Sabemos cuándo plantar las patatas y cuándo recoger las castañas, cómo alimentar a los animales y cómo... —hizo un gesto hacia el paquete de chorizos—... sacrificar el cerdo. Pero usted... Usted les enseña que hay cosas tan pequeñas que no se ven a simple vista y les habla de volar a la luna y de que todos, hombres y mujeres, somos iguales, incluso los negros de África o los amarillos de la China...

El hombre se mostraba disgustado y confundido. Hilaba un discurso sin sentido y mezclaba lecciones y lecturas. Recordaba perfectamente haberles hablado a las niñas de lo que se podía ver a través de un microscopio, leerles algunos pasajes de *De la tierra a la luna* de Julio Verne y enseñarles unas láminas con las razas que existían en el mundo.

—No entiendo qué le disgusta de mis clases.

—Una niña no necesita que le llene la cabeza de esas cosas. Tanta ciencia, tantas matemáticas, ¿para qué le sirven aquí?

Enma empezaba a impacientarse.

—¿Es que su hija, o cualquier otra niña de la aldea, no tiene más destino que seguir el paso de sus madres? Casarse, traer más hijos al mundo, trabajar duro en la tierra, ¿es eso lo que desea para Claudia? —Figueirido enderezó la espalda y estrujó la boina, como si tal vez deseara estrujar el cuello de la maestra—. Su hija es una niña despierta, inteligente, con ansia de conocimiento.

—Lo sé.

—¿Y cuál es el problema? —Enma se dio cuenta de que le estaba levantando la voz, pero no podía contenerse.

—¡Que me hace preguntas! —estalló Miguel Figueirido, que dio dos pasos atrás y se volvió para dejar de tenerla enfrente y mirar por la ventana hacia el oscuro exterior—. Me hace preguntas para las que no tengo respuesta.

Enma sintió como si la hubiera abofeteado. Por un largo, larguísimo momento, no encontró palabras para dirigirse al padre de su alumna. No entraba en sus cálculos humillar a un hombre por medio de una hija a la que sin duda adoraba. Desde que había llegado, le costaba transigir con Miguel Figueirido, le resultaba irritante y su cercanía le provocaba una animosidad desconocida. Y sin embargo, se dijo para sus adentros, reconocía que le parecía un hombre noble. Orgulloso y terco, pero de buen corazón.

—Los viernes doy clases para adultos —ofreció, porque era lo único que podía decir.

—Ya fui al colegio de pequeño —dijo, y ante la mirada escéptica de ella, añadió algo que la sorprendió—: y al instituto. Tengo el título de bachiller en casa, si quiere verlo.

Ahora empezaba a comprender a Miguel Figueirido. Él ejercía de pobre campesino, como si representara un personaje delante de ella. Sin embargo, su forma de hablar y el orgullo, disimulado con su falsa timidez, probaban que era mucho más de lo que prefería mostrar.

—No pretendía ofenderlo.

—No importa.

Figueirido dio un paso adelante, otros dos atrás, y por fin abrió la puerta para marcharse.

—¡Miguel! —Enma lo alcanzó y le puso una mano sobre la manga. Él la miró como si su contacto le quemara—. ¿Por qué no siguió sus estudios?

—¿En la Universidad? Eso no era para mí.

Y desapareció engullido por la oscuridad del exterior. Enma se quedó en la puerta, buscando su sombra al cruzar por delante de alguna casa iluminada, hasta que la invadió el frío y volvió al interior, aterida. Cerró la puerta con el cerrojo.

Miró el aula vacía y le pareció oír las risas de sus niñas, las voces monótonas de las madres cuando les pedía que leyeran en voz alta, y ahora un nuevo eco que venía a sumarse a los otros más conocidos. Sacudiendo las manos como si quisiera espantar a una mosca, alejó de sí el recuerdo de Miguel Figueirido, que había llenado el lugar con su presencia. Corrió escaleras arriba, al refugio de su cálido hogar.

Al viernes siguiente amaneció un día extraño. Una luz blanca se colaba entre las cortinas e hizo parpadear a Enma cuando se asomó a la ventana. La niebla lo cubría todo, desdibujando el paisaje, del que solo se adivinaban las ramas de los árboles desnudas atravesando los jirones blanquecinos.

El día anterior había estado soleado. Incluso había salido con las niñas a dar una buena caminata, animándolas a un paso ligero para espantar el frío del invierno que ya se anunciaba. Aprovechando que se quedaron un poco rezagadas, le preguntó a María por su madre. La niña solo le respondió «bien, gracias» y corrió a reunirse con sus compañeras.

Doña Virtudes había contestado a su nota con otra en la que le indicaba que Maruja podía asistir a sus clases si lo deseaba, pero llegó el viernes sin que apareciera. Se preguntó si habría perdido el interés o si sería verdad que temía encontrarse con su marido, como le habían dicho sus compañeras.

Aquel breve rayo de sol del mediodía trajo una helada que cubrió los cristales del aula a la tarde, cuando llegaban sus alumnas adultas. A falta de Maruja, tenía dos nuevas incorporaciones que se presentaron como María Jesús y Amparo, dos chicas jóvenes que no habían cumplido los veinte años. Dieron breves explicaciones sobre su deseo de mejorar los pocos estudios que habían recibido de niñas.

Pronto resultó evidente para Enma que les interesaba más su persona que su labor como maestra. Miraban fascinadas su pelo corto, cuyo corte seguía necesitando un buen repaso, sus medias finas y sus zapatos de tacón. Con el paso de los días se esforzaban por imitar su acento y su forma de hablar, tropezando con los verbos compuestos, que nadie en aquella tierra utilizaba.

A Enma no le molestaban en absoluto aquellas dos admiradoras. Cuando después de clase se quedaban a preguntarle por cosméticos y rizadores para el pelo, satisfacía su curiosidad con la mejor de las disposiciones, agradeciendo la compañía en aquellas largas tardes oscuras.

Un día, a la hora de entrar en clase, las vio remoloneando en la puerta acompañadas de dos jóvenes vestidos con camisas azules, a pesar del frío, que se pavoneaban como si estuvieran en un salón de baile. A Enma le inquietó su presencia. En el tiempo que llevaba en la aldea, se había sentido tranquila, alejada de las revueltas políticas de Madrid que, un día sí y otro también, causaban altercados, cuando no heridos y hasta muertos. Y ahora se encontraba a aquellos dos jóvenes falangistas, organización que tanto había repudiado su padre, en la puerta de su colegio, tonteando con sus alumnas.

Los vio despedirse, con el brazo en alto, y alejarse con paso firme como si fueran dueños del suelo que pisaban y del aire que respiraban.

María Jesús y Amparo entraron en el aula, estremecidas de frío, cuchicheándose secretos entre risitas.

—¿Esos son vuestros novios? —les preguntó Enma. Las dos enrojecieron, mirando nerviosas a sus compañeras, vecinas y conocidas de sus madres.

—No, no, qué va.

—Son dos chicos del instituto.

—Que fuimos a Ferrol, a unos recados, y se empeñaron en acompañarnos.

Enma les pidió que se sentaran con gesto serio. Solo les llevaba unos pocos años a aquellas chicas, pero todo un mundo separaba sus cabecitas llenas de pájaros de la suya.

—Qué amables.

—Sí que lo son.

Se rieron de nuevo, tapándose la boca, llenas de rubores y con los ojos brillantes. Enma solo pudo rezar para que aquellos chicos encontraran otro entretenimiento que los mantuviera alejados del valle.

Una hora más tarde, emocionadas aún por su pequeña aventura, las chicas se fueron con el resto de compañeras, cuchicheando otra vez, y dejaron a Enma a solas con una nueva visita.

—¿Me ha echado de menos? —preguntó Elías Doval, con el sombrero en la mano, parado en el vano de la puerta.

—No he pensado en usted ni por un momento.

Le ofreció una sonrisa y su mano, que Elías acarició como si fuera un preciado tesoro.

—Me rompe el corazón.

—Estoy segura de que bien puede comprarse otro para reemplazarlo.

Se llevó una mano a la cara, apoyándola contra su mejilla helada.

—Enma... Yo sí que la he echado de menos.

Deseó que la abrazara. No supo por qué ni de dónde vino aquella ansia. Solo podía achacarla a su inmensa soledad, a las noches largas en las que oía el viento silbar en el tejado y la lluvia tocar en su ventana. Noches en las que se permitía soñar con unos brazos fuertes que le dieran cobijo y consuelo a su corazón.

—Venga conmigo arriba, prepararé café.

—¿Cree que es adecuado?

—No. Si alguien nos ve, daremos mucho que hablar.

—¿Entonces?

Enma giró la mano, que él aún le sujetaba, para envolver sus dedos y apretarlos con gesto cariñoso.

—Es usted mi único amigo en este lugar. La soledad y el invierno son malas compañías.

Se dio la vuelta, cruzó el aula y abrió la puerta que daba a las escaleras para subir a su pequeño hogar. Elías la siguió. Enma esperaba que se fijara en aquella falda que tan bien le sentaba, ciñéndose a sus muslos y caderas, y se alegró de haberse puesto medias finas: así podría ver lo bonitos que eran sus tobillos.

Se movió por la pequeña cocina, avivando el fuego y preparando la cafetera. Cuando de reojo miró a Elías, parado en medio de la estancia, llenando con su presencia aquel espacio siempre tan vacío, le pareció notarlo pensativo, casi preocupado.

—¿Cómo está su madre? Tiene que darle recuerdos de mi parte.

—Está bien, gracias. Se los daré. —Se sentó en la silla que le ofrecía y recuperó su sonrisa de conquistador—. Usted está aún más guapa que la última vez que la vi.

—Ya sabe que no debe gastar conmigo sus halagos.

—No veo mejor forma de emplearlos.

Enma se acercó con la cafetera humeante y sirvió el oloroso café en dos tazas.

—Pasa usted más tiempo en Ferrol que en el valle, seguro que allí hay muchas mujeres bonitas que estarían encantadas de contar con su atención.

—Las mujeres de Ferrol tienen por toda aspiración atrapar en sus redes a un oficial de Marina.

Se sentó a su lado, después de servir también unos bizcochos y acercarle el azucarero.

—Debo decir que las entiendo. Esos uniformes son irresistibles. —Dio un sorbo a su café disimulando una sonrisa traviesa—. Hablando de uniformes, esta misma tarde mis dos alumnas más jóvenes han venido acompañadas de dos falangistas.

Una sombra oscura cruzó el rostro de Elías como si le hubiera mentado al mismísimo demonio.

—No es la mejor compañía para dos jovencitas.

—Eso creo, aunque he procurado quitarle importancia. Ya sabe lo que ocurre a ciertas edades; basta que se les prohíba algo para que pongan más empeño.

—¿Hablará con sus familias?

—Quizá no haya nada que hablar. Me contaron que habían estado en Ferrol y que allí los conocieron y se empeñaron en acompañarlas de vuelta. —Como el semblante de Elías se iba tornando más y más preocupado, Enma procuró quitarle importancia al incidente—. Solo son unos muchachos que seguramente no entienden muy bien la ideología que abrazan.

—Precisamente porque son jóvenes, y con poco seso, son más peligrosos de lo que cree. Se pasean por la ciudad uniformados y armados haciendo ese absurdo saludo copiado del nazismo alemán. Van provocando altercados. En el instituto han intentado quemar libros de autores extranjeros, especialmente si tienen alguna relación con la religión judía. La jefatura local la lleva un letrado que hace un año, en *El Correo Gallego*, abogaba por la encarcelación de socialistas, comunistas y judíos.

Enma había esperado que las cosas no estuvieran tan mal en la ciudad vecina. Ahora las palabras de Elías le pintaban un panorama desolador, no muy diferente al de la alborotada capital de la que venía.

—Ferrol suena como un polvorín a punto de estallar: la Marina, los falangistas, los socialistas... —Hizo un gesto hacia Elías y él asintió—. Republicanos... ¿Me dejo algo?

—Hay de todo, sí, en una ciudad de poco más de treinta y cinco mil almas. Lo ha descrito muy bien, un polvorín al que solo le falta una mecha.

—Creía que había dejado atrás todos esos conflictos políticos que tanto aborrezco.

—Aquí en el valle puede sentirse tranquila y segura. Lo único que preocupa a los vecinos son las buenas cosechas y que el clima sea benigno.

—Es un refugio.

—Lo es.

Enma extendió una mano sobre el mantel, Elías la cubrió con la suya.

—Tengo que ir a la ciudad, me temo —dijo, aclarándose la voz al sentir que la garganta se le secaba ante emociones desconocidas.

—Para eso había venido, no he tenido oportunidad de decirlo. Si no tiene nada que hacer mañana, me encantará acompañarla a sus recados e invitarla después a comer en el Hotel Ideal.

—Siempre tan amable.

—Se lo debía. Y no se confunda, no es amabilidad, trato de ganarme su afecto por más que se empeñe en negármelo.

«Sería tan fácil querer a ese hombre», dijo una vocecita interior que Enma no reconoció. En realidad, insistía, lo quería ya. No con un amor arrebatado que la pudiese llevar a la locura si lo perdía, más bien con el cariño sereno que se tiene a las personas importantes en la vida.

—Es usted el mejor amigo que podría encontrar.

Elías cerró los ojos y exageró un largo suspiro.

—Y usted una mujer cruel. Se lo perdono por lo mucho que la adoro.

Enma compuso su mejor gesto de maestra infantil, con la barbilla alzada y las cejas enarcadas.

—Si ha llegado la hora de las declaraciones amorosas, tendré que pedirle que se vaya.

—No tiene corazón.

Elías se puso de pie y ella lo imitó y se acercó hasta casi tocarse.

—Le estaré esperando a primera hora, no me vaya a dejar plantada —bromeó.

Él se inclinó hasta que sus labios casi la tocaron. Enma volvió el rostro para rehuirle. Sintió su roce, levísimo, en la mejilla y más allá, en el lóbulo de la oreja.

—Yo también la estaré esperando, todo el tiempo que haga falta.

Su aliento cálido le erizó la piel. Se aferró con las dos manos a su propia falda para no dejarse vencer por la necesidad de abrazarlo, de colgarse de su cuello y dejar que la estrechara contra su pecho. Necesitaba ese contacto más que nada en el mundo, pero la cordura se impuso y logró dominar sus instintos.

Horas después, acostada e insomne, tuvo que secarse de vez en cuando alguna lágrima al recordar el tumulto de sentimientos que Elías Doval provocaba en ella con su sola presencia. Al fondo de la estancia podía ver cómo se iba extinguiendo la leve luz de las brasas en la cocina. Sobre ella, la ristra de chorizos que dejaba secar, tal y como le había indicado Miguel Figueirido. Pensó en esos dos hombres, Miguel y Elías, tan diferentes el uno del otro. Figueirido solo pensaba en sus animales y sus tierras, en trabajo duro, cosechas y clima benigno. Con sus estudios de bachillerato podría haber aspirado a un futuro mejor, y sin embargo eligió quedarse en el valle y vivir igual que sus antepasados. Y ahora le preocupaba que su hija pudiera llegar a tener más cultura que la suya, quizá porque eso le abriría horizontes que él se había negado a descubrir.

Elías, sin embargo, era un hombre culto, con estudios, de buena familia y con intereses en la política. Si Enma tuviera algún interés por el matrimonio, sería el mejor compañero que podría elegir. Sin embargo, el cariño que le inspiraba y el placer que le daba su compañía no eran suficientes como para hacerle cambiar sus principios.

Se dijo, siendo cruel consigo misma, que, para ser una mujer que había decidido renunciar al matrimonio, se interesaba demasiado por los dos hombres disponibles de la aldea. Más tarde, cuando ya el sueño enturbiaba sus razonamientos, también se dijo que renunciar al matrimonio no debería suponer una vida de castidad como si hubiera hecho algún tipo de voto religioso. Era una mujer libre, en pleno siglo XX, con estudios, con los mismos derechos que un hombre y con las mismas necesidades, ¿por qué no confesarlo? Por suerte, el sueño la venció antes de que tomara alguna loca decisión que la avergonzara a la luz del día.

❦❦❦

La noche casi en vela le pasó factura al amanecer. Cuando oyó acercarse el automóvil de Elías Doval y detenerse ante la escuela estaba a medio vestir. Se echó un chal de lana sobre los hombros, se asomó a la ventana y le rogó que la esperara unos minutos. Él se levantó el ala del sombrero Fedora, le guiñó un ojo y volvió al interior del vehículo, huyendo del frío mañanero.

Terminó de rizarse las puntas del pelo, pensando que en el fondo era un desperdicio de tiempo, puesto que iba a la peluquería a que se las cortasen. Luego se puso abéñula en los párpados y se pintó los labios de carmín rojo oscuro.

Se miró en el espejo y admiró sus piernas, demasiado descubiertas bajo la falda que le llegaba apenas por debajo de las rodillas. Se alisó la blusa de seda y buscó su abrigo bueno, el de hombros anchos y estrecho a partir de la cintura, con un solo botón grande y las solapas forradas de suave piel de zorro. Con su sueldo de maestra, poco más de tres mil pesetas anuales, apenas podía permitirse un abrigo como aquel que le habían regalado sus padres al terminar sus estudios; por eso debía cuidarlo para que le durase mucho tiempo. La ocasión lo merecía: por fin iba a conocer la ciudad más cercana, pasear por sus calles y recordar cómo era la vida en sociedad.

Elías le abrió la puerta del automóvil cuando por fin apareció con paso apresurado. Se abstuvo de hacer ningún comentario sarcástico que recordase cómo le había apremiado la noche anterior para que no llegase tarde.

—¿Cómo se encuentra esta mañana? —le dijo tan solo, manteniendo la puerta abierta mientras ella se acomodaba.

—Feliz —contestó, ofreciéndole una sonrisa radiante. Se abrió el botón del abrigo y dejó que Elías contemplara a placer su atuendo.

—Ahora yo también —le dijo, parándose en sus largas piernas al descubierto—. Gracias por esta visión.

Después de rodear el vehículo para ocupar su asiento y encender el motor, aún se reía sin disimulo.

—Siempre he sabido que era usted un truhan, desde la primera vez que lo vi.

—¿Lo llevo grabado en la frente? —preguntó, pasándose una mano por encima de las cejas.

—Como si lo llevara.

El automóvil traqueteaba por el camino, hecho para carros y animales, no para modernos vehículos de motor. Enma veía pasar el paisaje, plagado de secos esqueletos de las especies que ya se habían desprendido de su follaje y dormitaban a la espera de una nueva primavera. Pasaron cerca del río, con el agua que se imaginaba helada repiqueteando entre las piedras, y el molino con su rueda en movimiento. Fueron dejando atrás el pequeño grupo de casas que formaba Esmelle para dirigirse hacia el centro del ayuntamiento de Serantes.

—Está muy callada hoy.

—Lo siento, no he dormido muy bien.

—Espero no haber sido la causa de sus desvelos.

—No se haga ilusiones.

Se enderezó en el asiento. Los continuos vaivenes la hacían deslizarse hasta una posición incómoda. Miró a Elías por el rabillo del ojo esperando la respuesta a su pulla.

—Le sienta muy bien... —Aprovechó un tramo de camino recto para pasar su mirada por sus piernas y subir hasta encontrar sus ojos—... ese sombrerito —concluyó—. Parece usted Greta Garbo.

—Nunca me habían encontrado tal parecido, lo acepto como un piropo.

—Esa era mi intención.

Guardaron silencio otro rato; un silencio cómodo, de amigos que se encuentran a gusto en buena compañía, sin necesidad de cumplimientos.

—Elías, he pensado que deberíamos tutearnos.

—¿Y eso es lo que no te ha dejado dormir? —preguntó él, aceptando ya la proposición.

—¡Por supuesto que no!

Doval echó la cabeza atrás y rio. Enma se detuvo a admirar su mentón, fuerte, sus dientes blancos y el elegante bigote que enmarcaba su boca. No podía creer que aquel hombre no estuviera casado. Las muchachas de Ferrol y de toda la provincia debían de ser o muy feas o muy tontas para no haber intentado cazarlo por todos los medios, hasta los más inaceptables.

Y allí estaba ella, coqueteando alegremente con aquel soltero de oro que había declarado que no se rendiría en su intento de conquistarla. Podía pararle los pies una y mil veces, jurar y perjurar que no ansiaba un romance, que no se veía casada; pero lo que no podía era negar la emoción que la embargaba en su compañía. Sentía como si volviera a ser una niña ante un paquete de regalo, tan ansiosa por abrirlo como incapaz de hacerlo por temor a que lo que hubiera dentro no fuera tan fascinante como lo que su mente imaginaba.

Silenciosos los dos, cruzaron por delante del ayuntamiento de Serantes. Enma estiró el cuello por ver si asomaba algún rostro conocido.

—El alcalde me dijo que lo era de forma accidental —recordó.

—Sí, don Alejandro está en prisión, en La Coruña. Pertenece a la ORGA, la fuerza republicana gallega. El que conociste, Manuel Pisos, es del PSOE, la segunda fuerza más votada en las elecciones.

—¿Por qué está en prisión el alcalde?

—Por la revolución de octubre. Se le acusa de posesión de armas. También lo quieren implicar en el incendio de la casa rectoral de Serantes y otros actos vandálicos. El problema es que está enfrentado con el párroco, don Salustiano, sobre todo por los entierros civiles. Aquí no se hacen a la idea de que ahora los cementerios ya no pertenecen a la Iglesia ni de que no se necesita cura ni parafernalia religiosa para enterrar a un difunto.

—¿Y el párroco de Esmelle?

—¿Don Jesús? Nada que ver, es un buen hombre y procura no meterse en política. Don Salustiano, sin embargo, es la voz de la CEDA desde su púlpito. Predicaba mano dura sin compasión contra los obreros huelguistas y probablemente estará contento con el resultado, cientos de muertos en Asturias a manos de los moros... —Se detuvo un momento, como si le faltara el aire al recordar aquella tragedia—. Ya ves, a esa gente de la derecha, de misa diaria y obispos en la familia, son los mismos a los que no les tiembla el pulso al ordenar la ejecución de pobres obreros que solo luchan por sus derechos y el pan de sus familias.

Elías hablaba como un verdadero sindicalista. Enma no dejaba de maravillarse al pensar por qué él, precisamente, criado en casa grande, sin pasar necesidades ni saber lo que era el trabajo duro y el hambre, se sentía tan cercano a los más necesitados.

—Veo que el asunto te disgusta —le dijo, apoyando una mano con suavidad sobre su hombro—. Siento haber preguntado.

—Puedes preguntarme todo lo que quieras. —Giró el volante y enfiló por la bahía de La Malata, que les trajo un intenso aroma salado del mar, que se remansaba con tranquilidad en sus orillas—. Pero dejemos la política por ahora. Hoy es un día de fiesta y quiero que lo disfrutes.

—Lo disfrutaremos juntos.

Y solo cuando las palabras habían salido de su boca se dio cuenta de que parecían contener una promesa que no sabía si estaría dispuesta a cumplir.

CAPÍTULO 6

Tuvo oportunidad de comprobar que se equivocaba en sus apreciaciones cuando por fin llegaron a la ciudad. De camino al salón de belleza que doña Virtudes le había recomendado se fueron cruzando con gente tan bien vestida y atractiva como la que se podía encontrar paseando por la Gran Vía de Madrid. No eran feas las mujeres de Ferrol, en absoluto, y eso la hacía sentirse más orgullosa de lo que debiera al pasear por la ciudad del brazo de aquel hombre, guapo y elegante, al que ninguna de ellas había logrado echar el lazo.

Tras comprobar que podían atenderla, Elías la dejó con la promesa de volver a recogerla al cabo de una hora. Enma se quedó mirándolo alejarse, tan ensimismada que ni se dio cuenta de las miradas que se intercambiaban la propietaria del local y sus oficialas.

Mientras le colocaba una capa para protegerle la blusa, la peluquera, que se había presentado con el diminutivo de Merchi, la iba interrogando poco a poco, buscando su mirada en el espejo, con esa manera sutil que tenían los paisanos de aparentar como que no estaban interesados.

—Así que es usted la nueva maestra de Esmelle —le dijo—. Será muy distinto para usted vivir allí, en pleno campo, viniendo de la capital.

—Me voy acostumbrando —mintió Enma, poco dispuesta a aceptar su compasión.

—Allí se le estropearán estas ropas tan finas —le dijo, cerrándole la capa en el cuello, y aprovechando para lanzar una mirada crítica a su falda demasiado corta.

—Mi madre siempre decía que la ropa está para usarla. Guardada en el armario no sirve de nada.

—Eso es verdad. Y usted, si me lo permite, tiene buen cuerpo para lucirla.

Enma aceptó el piropo con gesto agradecido, tratando de no observar a su vez el reflejo en el espejo de las caderas demasiado anchas de la mujer y sus piernas gruesas y amoratadas, con muestras de mala circulación de la sangre.

Discutieron acerca del corte de pelo. Merchi se empeñaba en que era una pena, que por qué no se lo dejaba largo, que tenía muy buena calidad; y Enma, firme, marcaba la línea de corte justo bajo las orejas. Al final la peluquera fingió aceptar la voluntad de la cliente y recortó lo justo moviendo las tijeras con pericia. Cuando ya las guardaba, Enma le indicó que no estaba suficientemente corto, y así por tres veces, hasta que se vio el nacimiento del pelo en la nuca.

—No verá muchas mujeres con el pelo tan corto en Ferrol.

—Las modas siempre tardan en llegar a provincias tan alejadas —contestó Enma, encantada con su imagen en el espejo.

—No se crea, esto no es la aldea, aquí verá gente muy bien vestida.

—Ya lo he visto, ya, mientras veníamos caminando hacia aquí.

Se dio cuenta de que la había molestado al insinuar que Ferrol era una ciudad atrasada en comparación con la capital, así que le ofreció una sonrisa conciliadora que la peluquera entendió como una señal para volver a su interrogatorio.

—Es muy amable don Elías trayéndola a la ciudad en su vehículo.

—Todos son muy amables conmigo, allí en Esmelle.

—Y conoce usted a su madre. Doña Virtudes es una señora de las que no quedan, muy devota de la virgen de los Dolores. Siempre que viene a Ferrol va a la iglesia, en la plaza de Amboage, a poner flores y encender velas.

—Me invitaron a comer en la casa grande hace unas semanas. Fue muy considerada conmigo.

—Es afortunada de tener allí a doña Virtudes y a su hijo. Serán las únicas personas de la aldea con las que podrá hacer la vida social a la que estará acostumbrada. Allí no hay más que una taberna, por lo que yo sé, y no es lugar para una señorita como usted.

Enma asentía. Deseaba que la mujer dejara de darle vueltas a su pelo, perfectamente seco ya gracias al moderno secador de mano que empleaba y con cuyo ruido al menos había impedido durante un buen rato la conversación.

Enma por fin estuvo lista y se puso el abrigo ante el espejo, bajo las miradas de trabajadoras y clientes que ocupaban el salón. Incapaz de soportar un minuto más su escrutinio, se despidió y salió a la calle, respirando hondo el aire fresco y cargado de humedad. En la acera de enfrente descubrió a Elías conversando con otro caballero. El desconocido era muy alto y delgado, lucía abrigo de paño y gruesa bufanda anudada al cuello, así como finas lentes que le daban un aspecto de intelectual bohemio. Mientras hablaba, gesticulaba con las manos muy abiertas y de vez en cuando las posaba sobre el hombro de Elías o sobre su pecho con toda confianza.

Enma cruzó la calle temblando un poco, ahora que había dejado el calor del salón de belleza y se enfrentaba al frío exterior. Se acercó a los dos hombres con una sonrisa que se le fue congelando al darse cuenta de que, absortos el uno en el otro, ni siquiera se volvieron al oír sus pasos acercándose.

—Ya estoy aquí —anunció a la espalda de Elías.

El otro hombre por fin la había visto.

—Enma.

Elías se volvió con un sobresalto, demostrándole que había sido una osadía interrumpirles la conversación. Miró a su acompañante y a ella otra vez tratando de recuperarse de la sorpresa.

—¿Interrumpo?

—No, claro que no, es solo que casi no te reconozco. —Elías volvía a mostrar su sonrisa y sus maneras galantes—. Estás aún más guapa que cuando llegamos, aunque parezca imposible.

—¿No me vas a presentar a la señorita?

—Por supuesto. La señorita Enma de Castro. Aquí un buen amigo, Emilio Lamas, periodista y poeta.

El hombre se inclinó ante la mano de Enma con gesto anticuado. Le ofreció una sonrisa tibia que animó su rostro, alargado y muy delgado, como salido de un cuadro de El Greco.

—Así que es usted la nueva maestra que tiene fascinado a Elías.

—Debo confirmar la primera afirmación, pero desconozco la segunda.

—Una señorita de la capital, con estudios, y esos ojos que son como dos interrogaciones, no puede simular ignorancia en ninguna cuestión.

Enma enlazó su brazo en el de Elías buscando su atención y complicidad.

—¿Poeta, has dicho?

—Y rendido admirador de Federico García Lorca. Ya ves, una desgracia como otra cualquiera. —Elías le tocó la mano y notó que temblaba un poco—. ¿Tienes frío?

—Sí, hacía calor en el salón.

—Es temprano para comer, podemos tomar un café. ¿Vienes, Lamas?

—Tengo que pasarme por la redacción a entregar un artículo. Ya ves, la poesía no da para vivir y he de ganarme las lentejas como un mercenario de las letras.

—En otra ocasión será, entonces.

Los hombres se estrecharon las manos y el poeta volvió a inclinar la cabeza ante Enma.

—Su belleza es como la luz eléctrica: blanca, pura y deslumbrante.

—Deja la poesía para cuando la señorita no se esté muriendo de frío.

Se despidieron entre risas. Solo cuando ya bajaban hacia el Cantón de Molins, y Elías le indicó que allí estaba la cafetería de La Ibense, al lado del ayuntamiento, se atrevió a preguntarle por su amigo.

—Siento haber interrumpido, no me di cuenta de que la conversación podía ser importante hasta que me acerqué.

—No te preocupes, Lamas disfruta en su papel de poeta un tanto dramático y de intensos sentimientos. La mayoría de las veces todo lo que dice es palabrería.

Se burlaba de su amigo, pero mostrando cariño y respeto, y eso hizo que Enma se reafirmase en los tiernos sentimientos que aquel hombre despertaba en ella.

—¿Trabaja para algún periódico?

—Para *Renovación*. —Elías negó con la cabeza, con cierto pesar—. Un día se va a meter en un buen lío si no deja de atacar a la Marina y a sus oficiales.

—¿De qué les acusa?

—De nada que no sepa toda la ciudad: de sus abusos, del uso particular que hacen tanto de los materiales y las provisiones como de sus subalternos, que lo mismo les hacen los recados a la mujer de un mando que pintan la iglesia para que se case algún otro.

Habían llegado a una plaza que se abría hacia una alameda rodeada de árboles plantados en filas ordenadas, la mayoría despojados ya de sus hojas. A su izquierda, en una hilera de casas, estaba el café-bar La Ibense.

—¿Qué te apetece? ¿Café o chocolate?

Enma no pudo resistirse al olor dulce que emanaba del local, que le recordó el helado que doña Virtudes había servido como postre. Aceptó un chocolate, sintiéndose una niña golosa, y le preguntó a Elías si no se equivocaba al pensar que el helado que había tomado en su casa procedía de aquel establecimiento.

—La heladería está al fondo —le dijo—. Se puede entrar por la puerta que da a la calle Sagasta. Hace años los dueños venían desde su pueblo en Alicante solo para la temporada de verano. El año pasado decidieron establecerse en la ciudad y abrieron este local, que ya ves que es un éxito.

Lo era. A aquella hora cercana al mediodía estaba lleno de parroquianos que tomaban cerveza y vermut acompañados de aceitunas y patatas fritas que olían a aceite de oliva.

Enma sopló su taza para enfriar el espeso líquido. Elías, sentado frente a ella, le daba sorbos a su Cinzano blanco y saludaba a unos y otros que se acercaban a hablarle.

—Eres muy conocido.

—Son trabajadores del astillero. Una de las puertas está aquí enfrente.

Señaló hacia el exterior. Enma miró a través de la ventana tratando de identificar la zona de construcción naval.

Se armó un alboroto en la barra, repleta de hombres que bebían y charlaban entre ellos y que ahora parecían discutir de fútbol. Las mesas estaban ocupadas por mujeres y niños tomando chocolate como Enma o café con leche, que se servía acompañado de un vasito de agua de Seltz.

—Me temo que me he entretenido en otros asuntos, casi me olvido de los encargos de mi madre, ¿te importa si los hacemos antes de ir al restaurante?

Recuperada gracias al delicioso chocolate, Enma aceptó, encantada de dar otro paseo por la ciudad. Se dirigieron primero a Casa Amador, un despacho de ultramarinos que olía intensamente al café que le daba fama. Desde allí, Elías le mostró el gran edificio de piedra que albergaba el colegio de la Compañía de María, cercado de muro, con una gran puerta de forja en la fachada principal. Imponía su presencia ante la pequeña plaza que dominaba, por la que cruzaba la vía del tranvía. Después de entregar una lista de artículos que llevaba en el bolsillo del abrigo, escrita con una letra elegante y picuda, e intercambiar saludos y bromas con el personal, Elías la llevó de vuelta por la calle de la iglesia y subieron a la calle Canalejas.

Allí por donde iba lo saludaban, con respeto unos, los más con confianza y evidente aprecio. Enma se sentía orgullosa de pasear con aquel hombre por la ciudad, de que le presentara a las personas que consideraba que debía conocer y de que la añadiera así al amplio círculo de sus amistades.

Ferrol era una ciudad mucho más viva de lo que hubiera imaginado, con sus sastrerías y tiendas de confección, confiterías que llenaban las calles de un apetitoso olor a dulce y sus cafés y chocolaterías, acogedores y repletos de clientes que se resguardaban del frío de un invierno que parecía llegar antes de lo anunciado en el calendario.

Elías le habló de pintores y escritores, de los maestros que tuvo de niño, allí en la ciudad, de los teatros y los cines, y así llegaron a otra tienda de ultramarinos, El Rápido, donde saludó al dueño y le recordó el encargo de todos los años de los turrones y mazapanes de Alicante, a punto de llegar para las celebraciones navideñas.

—Y ahora sí, nos vamos a comer, que estarás desfallecida.

—No tanto —rio ella.

Había sido un breve paseo, en realidad, que le había servido para ubicarse en aquella curiosa ciudad trazada con tiralíneas, con sus calles formando una cuadrícula perfecta, como dibujada por un niño.

Subieron por la calle Canalejas hasta la Real. Caminando recto por esta, en apenas unos minutos se encontraron ante la puerta del Hotel Ideal. En el lujoso restaurante los recibió el *maître*, impecable y estirado con sus guantes blanquísimos, que los acompañó a su mesa dándoles la bienvenida y preguntando a Elías por la salud de su madre.

—Conoces a todo el mundo —cuchicheó Enma cuando el hombre se alejó.

—Es una ciudad pequeña.

—Menos de lo que yo creía.

—Si yo tuviera alguna influencia en el ayuntamiento de Serantes aceptaríamos de una vez la dichosa anexión a Ferrol, que llevan años discutiendo —le dijo, desplegando la carta para mirar el menú.

—¿No crees en el dicho? —preguntó ella, imitándolo con el menú—. ¿No vale más ser cabeza de ratón que cola de león?

—Los leones juegan con el ratón cuando ya están hartos de comer gacelas. Cualquier extremidad del rey de la selva me parece más interesante que el pobre ratón. Cerró la carta y la dejó sobre el mantel—. Te recomiendo el lenguado Colbert.

—Estando en un puerto de mar, supongo que es adecuado comer pescado.

—Es la especialidad de la casa.

Enma aceptó y dejó que Elías pidiera para ambos; consomé a la taza para calentarse y abrir el apetito y el famoso lenguado, que llegó rebozado y con una salsa de mantequilla deliciosa. Entre la comida, el vino blanco de sabor afrutado y los pastelillos del postre, Enma se sintió tentada de pedir una habitación en el hotel para dormir una buena siesta. A Elías no le pareció una idea absurda cuando se lo dijo.

—Algunas señoras alquilan por horas las habitaciones libres de los hoteles de la ciudad, sobre todo para hacer uso de su cuarto de baño. El agua caliente en abundancia es un lujo del que no disponen muchas casas.

—Es una idea tentadora —suspiró Enma—. Pero creo que ya he provocado bastante a los murmuradores oficiales paseando de tu brazo arriba y abajo por toda la ciudad. Solo faltaba que nos vieran subir a las habitaciones.

—¿Ya quieres volver a tu casa? —preguntó con gesto desolado, al ver que ella ya se disponía a marcharse.

—Si no tienes más encargos para hoy, sí, te lo agradecería. Debo corregir los cuadernos de las niñas. Mañana es domingo y no se trabaja.

Elías aceptó, exagerando su pena y resignación, y de nuevo salieron al frío de la calle, en busca de su vehículo.

❖❖❖

El sol ya se ponía tras el valle, ensombreciendo la escuela, cuando Enma abrió la puerta seguida por Elías. Se quedaron parados en la entrada, mirándose en el claroscuro del atardecer. Elías le acarició una mejilla y continuó hasta su nuca despejada, provocándole un escalofrío al rozar aquella piel tan sensible.

—¿Tienes frío otra vez? —le preguntó, y la atrajo hacia su pecho, envolviéndola entre sus brazos.

—Elías...

No sabía lo que iba a decir, ni él tampoco le dio oportunidad. La besó, con suavidad primero, y luego de forma más insistente, buscando una respuesta que ella no podía darle.

Poco a poco la fue soltando hasta que al final sus manos la sujetaron por los hombros en un gesto más de amistad y compañerismo que otra cosa que ambos sabían que no existía. Enma no entendía mucho de hombres, había procurado mantenerse alejada de ellos casi toda su vida. Eso no había sido suficiente para evitar alguna experiencia desagradable con compañeros del instituto, por eso sabía cómo reaccionaba un hombre cuando de verdad deseaba a una mujer. Y Elías no la deseaba. De algún modo, parecía cumplir con el papel que alguien, quizás él mismo, esperaba de él.

—Vendrás a comer a casa en Navidad —le dijo, y no era una invitación. En ese momento se sentía demasiado contrariado para cumplimientos.

—Gracias por este día. —Enma se puso sobre las puntas de los pies y lo besó en la mejilla.

Se fue sin despedirse. Cabizbajo, disgustado como antes nunca lo había visto.

Mientras se desvestía, Enma observaba su figura en el ajado espejo. No sabía qué había en ella que la hacía tan poco atractiva para un conquistador nato como Elías. Quizá su pelo corto, o tal vez demasiado delgada. Desde que había llegado allí, tan ocupada con la escuela, a veces hasta se olvidaba de comer, y lo poco que sabía cocinar tampoco podía considerarse una buena alimentación.

Se enfadó un poco consigo misma. Ella no estaba enamorada de Elías y le había dejado claro que no quería una relación formal. No venía a cuento que ahora se frustrase por no despertar en él una intensa pasión. ¿O acaso eso es lo que quería? ¿Que él le impusiera sus atenciones mientras le juraba amor eterno? ¿Era ella una de esas mujeres histéricas, como decían algunos médicos, sometida a sus impulsos, sin mayor control sobre sí misma?

Desanimada, se sentó a la mesa de la cocina, bajo la luz del quinqué, y se envolvió en su chal de gruesa lana para espantar el frío. Delante de ella, los cuadernos de las niñas; más allá, las ventanas empañadas por la helada, que solo mostraban una oscuridad interminable al otro lado de los cristales.

❀❀❀

Las vacaciones navideñas llegaron sin que Enma recibiera la invitación ansiada para disfrutarlas en casa de alguna de sus amistades en Madrid. Las cartas que ella enviaba, contando su nueva vida y rogando noticias de la capital y los conocidos, cada vez recibían respuestas más demoradas y menos entusiastas. Era como si aquellos amigos y vecinos con los que había convivido, que apreciaba como familia, ya la hubieran olvidado y borrado de sus vidas. Incapaz de pedir directamente lo que deseaba, una oportunidad de volver a su lugar de origen, de pasear por las calles bulliciosas de la ciudad y despertar de la melancolía que la invadía con la llegada del invierno, reunió fuerzas para afrontar las fiestas más tristes de su vida y aceptó como único consuelo la invitación de Elías Doval a la casa grande.

La comida, igual que en la ocasión anterior, fue abundante y digna de un banquete en el mejor restaurante. Tras los postres, Elías salió a la galería para fumar. Doña Virtudes le aclaró que lo hacía para no molestarla con el humo. Le habló de su difunto esposo, sorprendiéndola con su sinceridad.

—Juan trabajaba en los astilleros. No como mi hijo; no tenía estudios, solo era un obrero. —Los ojos claros de la anciana se volvieron cristalinos al invadirlos una súbita humedad. Se repuso con un suspiro hondo. Revolvió su taza de chocolate y miró el líquido espeso como si allí estuviera escrita la historia de su vida—. Yo estaba muy sola. Mi padre murió cuando acababa de cumplir veintiún años, y mi madre de una larga enfermedad cinco años después. Entre lutos y cuidados me pasé los mejores años de la juventud; y un día me encontré huérfana, única heredera de la casa y todos sus terrenos, buenas rentas y algunas propiedades más en los alrededores, convertida ya en una solterona que no despertaba más interés de los posibles pretendientes que por el valor de mi herencia.

—He visto su retrato en la galería —dijo Enma, animada por la confianza—. Era usted una mujer muy guapa. Y aún lo es.

—Y también mandona y amargada. Con el tiempo, cada vez más. Solo me soportaba una prima, soltera como yo, con la que a veces iba al teatro o de paseo a Ferrol. Y así conocí a Juan.

—¿Se parecía a su hijo?

Doña Virtudes asintió, tomándose su tiempo para darle un sorbo a la taza.

—Era un conquistador. —Una sonrisa triste alisó las arrugas que rodeaban sus labios—. Sabía cómo encandilar a las mujeres. Sus modales eran tan horribles como irresistibles. Cuando entraba en un local, en un café, en el teatro, conseguía que todo el mundo lo mirara; las mujeres le sonreían, los hombres le saludaban con auténtico aprecio.

—Entonces sí, se parecía mucho a Elías.

—El día que me pidió matrimonio me llenó de promesas. Dijo que sería el mejor de los maridos, que dejaría el astillero para dedicarse a las tierras y la administración de las fincas, que nunca tendría una queja.

—Debía de quererla mucho —dijo Enma; en realidad pensaba que aquel humilde Juan Doval estaría tan agradecido de poder casarse con la rica heredera que por supuesto aceptaría cualquier sacrificio.

—Cumplió con todo lo prometido, no puedo dar una queja de él, que en paz descanse. —Sus ojos volvieron a empañarse y necesitó un buen rato para recuperar la compostura—. Yo, sin embargo, solo pude darle un hijo. Después de nacer Elías, estuve encinta tres veces más, a todos los perdí. Enfermé de la preocupación y Juan, bendito sea, con toda la paciencia del mundo, me decía que no necesitábamos más hijos, que ya éramos una familia Elías, él y yo.

Enma notó un nudo en la garganta y se sirvió un vaso de agua para aliviarlo.

—Era un buen hombre.

Elías volvió a la sala. Por su gesto, Enma supo que algo había oído de la conversación.

—Lo era —afirmó, sentándose junto a su madre y tomándole una mano para consolarla—. No lo decía, pero siempre echó de menos el trabajo en el astillero. Amaba todo lo relacionado con el mar y poder hacer barcos con sus propias manos.

—Se sentía muy orgulloso de ti, lo hiciste muy feliz cuando escogiste la misma profesión.

Enma comprendía ahora muchas cosas. Por qué Elías no era el típico señorito de campo, el cacique que vivía de exprimir a sus arrendatarios, y de dónde le venía aquella conciencia social que le llevaba a implicarse con sindicatos y relacionarse con las luchas por los derechos de los obreros.

Vivían tiempos convulsos. La República se había convertido en una cuerda de la que tiraban dos grupos con idearios muy distintos. Si seguían tensándola de aquella manera, en vez de lograr la victoria uno u otro de los bandos, tal vez solo conseguirían romperla. Preocupada por las actividades políticas de Elías, Enma no podía dejar de recordar que ya lo habían detenido por la revolución de octubre, y a saber en qué asuntos andaba cuando se pasaba días y días sin aparecer por el valle. «Demasiado ocupado con su trabajo», según él.

Así se lo hizo saber cuando ya se despedían en la puerta de la escuela sin que Elías hiciera ademán de seguirla al interior ni de volver a besarla como en ocasiones anteriores.

—¿Te preocupas por mí? —le preguntó, forzando su sonrisa más seductora.

—Mucho. —Enma le puso una mano enguantada sobre el pecho y él la miró pensativo. Lo percibía muy lejos, como si algo se hubiera roto entre ellos con su último beso—. Te aprecio, Elías, eres el mejor amigo que tengo en estos momentos de soledad.

—No me parezco tanto a mi padre —dijo él, para su sorpresa—. No me casaría con una mujer que me aceptara porque soy su única opción.

—Te equivocas con tu madre. Por lo que me ha contado, sé que quería de verdad a tu padre.

—Lo quería, sí, pero era más una mezcla de necesidad y agradecimiento que otro sentimiento más poderoso. —Se alejó de ella y la mano de Enma se quedó flotando en el vacío—. El amor debe ser otra cosa. Tiene que ser una fuerza de la naturaleza que te arranque del suelo como un temporal de invierno, te sacuda y, cuando te devuelva a la tierra, descubras que tu mundo ya nunca volverá a ser el mismo.

Enma se llevó la mano al pecho. Notaba bajo el grueso abrigo los latidos de su corazón.

—¿Crees que el amor es eso? ¿Lo has sentido alguna vez?

—¿Y tú?

No podía mentir. Ni siquiera era necesario que respondiera. En el silencio y la oscuridad de la noche, el momento más propicio para las confesiones, aceptaron que nunca sería así para ellos dos. No bastaba con desearlo o con pensar en lo perfecto que podría resultar.

Enma volvió a acercarse a Elías con pasos cortitos. Se elevó sobre las puntas de los zapatos para darle un largo beso en la mejilla.

—Feliz Navidad, Elías.

Él la rodeó con sus brazos y la estrechó por un momento, hundiendo la cara en el hueco de su cuello. Luego la soltó despacito, caminando un paso atrás y dejando que el frío se instalara entre ellos.

—Feliz Navidad, mi querida Enma.

❀❀❀

En soledad pasó la Nochevieja y recibió el Año Nuevo, aquel 1935 que empezaba en martes, día poco propicio para aventuras. Por la prensa, que ahora recibía con regularidad gracias a Elías, supo que el Ministerio de Instrucción convocaba plazas para la provisión de las escuelas nacionales vacantes. Se preguntó si tendría alguna oportunidad de cambiar su destino, de volver a su añorada ciudad natal, o al menos a alguna capital de provincia donde se sintiera más en su ambiente. No estaba segura de querer intentarlo.

Dedicó aquellos primeros días del año a lecturas atrasadas que guardaba en el fondo de su baúl; a preparar nuevas lecciones para las niñas mientras intentaba también ser una buena ama de casa y mantener su pequeña residencia en condiciones, hacerla más práctica y a la vez acogedora.

Si no llovía, salía a dar un pequeño paseo por los alrededores. Se acercaba hasta el río y veía trabajar los molinos de agua, que le fascinaban. Los paisanos la saludaban con respeto y un perpetuo recelo que no invitaba a iniciar una conversación.

Suponía que Miguel Figueirido no era el único en desacuerdo con sus métodos pedagógicos. A sus pocas alumnas de la escuela de adultas les había preguntado por la escuela de niños, y así se enteró de que los pequeños recorrían cada día varios kilómetros hasta otra parroquia cercana para recibir sus clases. Les habló entonces de la coeducación, aprobada y fomentada en principio por la República, aunque prohibida después por el gobierno del Partido Radical y sus socios de la CEDA. Ella sabía que en pueblos pequeños, en los que solo existía una escuela, se había practicado y seguía practicándose por pura necesidad, aunque solo fuera en la enseñanza primaria. Desde hacía años la Institución Libre de Enseñanza defendía la unión de sexos y sus ventajas. Puesto que niños y niñas, hombres y mujeres, están juntos en la vida, resulta absurdo empecinarse en mantenerlos separados en las aulas.

Las mujeres la escuchaban con atención, incluso asentían; pero Enma sabía que la idea no calaba en sus mentes, y tampoco estaba en sus manos iniciar una revolución. Otra frustración más. Estaba convencida de que las clases mixtas resultarían más valiosas e interesantes para todos. La diferente educación que recibían niños y niñas desde su nacimiento se complementaría en el aula; la osadía y la curiosidad de ellos con el buen hacer y la paciencia de ellas. La prensa más conservadora atacaba aquella práctica; echaba la culpa a la escuela laica y mixta hasta de la revolución de octubre, a la que acusaba de sembrar en los niños el germen de la rebeldía y de envenenar a los adultos con propaganda subversiva.

Enma pensaba en sus pocas alumnas adultas, que progresaban en la lectura y la escritura. Les leía poemas que luego entre todas analizaban, dando cada una su versión de lo escuchado, lo que las obligaba a hablar en voz alta y exponer su opinión, algo que cada vez les iba costando menos. Sus pequeños progresos la llenaban de orgullo. Esperaba con el tiempo llegar a establecer una auténtica amistad con aquellas mujeres, cimentada en aquella experiencia y en los conocimientos compartidos.

Pero de momento seguía sola. Su único amigo era Elías, que una vez más desaparecía durante días, sabía Dios en qué asuntos metido, preocupándola con su ausencia.

En la puerta del molino una de sus niñas, Carmiña, la saludaba con la mano. A su lado estaba su hermano, un poco más pequeño, tan parecido que podían ser gemelos, pero con el pelo muy corto y encrespado. Enma los saludó a los dos y volvió a pensar en la coeducación, tan absurdamente prohibida, otra vez.

Esta era toda su vida. Tanto tiempo esperando su ansiada plaza de maestra la había llevado a este lugar, tan alejado y distinto de su Madrid natal como si la hubieran destinado a la selva africana. Ella, que nunca había sido una mujer paciente, se obligaba día a día a serlo y a sentirse agradecida por lo que tenía y no pensar en lo que había perdido.

CAPÍTULO 7

El Día de Reyes, unos golpes urgentes en la puerta la sobresaltaron. Cuando bajó a abrir se encontró con la pequeña Claudia dando saltitos sobre el barro helado, con las coletas agitadas por un viento que cortaba hasta la respiración.

—¡Tiene que venir a ver lo que me trajeron los Reyes Magos!

La pequeña no quería dar más explicaciones. Su emoción y la intensidad de su reclamo convencieron a Enma, que solo se detuvo a ponerse el abrigo, la bufanda y los guantes para enfrentarse al frío.

Agarrada de su mano, Claudia parloteaba sobre sus abuelos maternos, que estaban de visita y le habían traído una muñeca que los Reyes Magos dejaron en su casa para ella; y también algo de un cuento con el que podría practicar la lectura y que Enma entendió como cosa de su padre. Miguel Figueirido, que tanto protestara contra sus métodos y lecciones, comenzaba a tomarse en serio la educación de su hija. Se felicitó por aquel avance.

Claudia la llevó al pajar, una construcción grande de piedra con un altillo de madera en el que se amontonaba la hierba seca para el ganado, aperos de labranza y restos de cosechas. A un lado, colgado de una viga sobre la paja, había un columpio pintado de verde al que la niña se subió. Se dio impulso y voló entre carcajadas.

—¿A que es el mejor regalo del mundo? —preguntó desde lo alto. Enma asintió y le regaló un pequeño aplauso por su pericia; valoró también el cuidado de Figueirido al colocar el columpio sobre la paja, que haría de colchón si ocurría algún accidente.

—Nena —llamó una mujer, asomándose a la entrada—. Nena, *¿ónde* vas?

—Aquí, abuela.

—Vente, anda, *xa está a merenda.*

La mujer se acercó, entonces descubrió a Enma parada ante el columpio. La miró con ese gesto de desconfianza ante el extraño propio de los paisanos de la zona. Llevaba el pelo gris recogido en un rodete, tenía la cara redonda y sonrojada.

—Soy la maestra de Claudia, Enma de Castro.

Extendió su mano enguantada hacia la abuela de la niña, que la miró como si no supiera muy bien qué hacer. Luego se limpió la suya en el delantal de cuadros y se la estrechó sin fuerza, poco acostumbrada a aquel saludo.

—Claudia habla mucho de usted.

Ya se había acostumbrado a que las gentes de la aldea se comunicasen en su dialecto y cambiasen rápidamente al castellano para dirigirse a ella. Aunque intentó pedirles que no lo hicieran para poder aprender algunas palabras; descubrió que se ofendían si despreciaba aquel esfuerzo que hacían por ponerse a su altura.

—No se lo diga a nadie, pero es mi alumna favorita.

Le guiñó un ojo y la mujer pareció ablandarse un poco.

La pequeña se bajó del columpio y corrió a abrazar a Enma, apoyando su cabecita despeinada contra su vientre.

—Quédese con nosotros, la abuela trajo chocolate y bizcochada.

—Es que tengo mucho trabajo...

—No le haga un feo a la niña, señorita. Venga, venga, que hace mucho frío y le vendrá bien algo caliente.

Enma se dejó conducir hasta la casa. Acomodados cerca de la *lareira** de piedra estaban Miguel Figueirido y su suegro, un hombre recio, de pelo gris como el de su mujer, muy corto y encrespado, con el rostro surcado de arrugas marcadas como cicatrices.

Miguel se puso de pie, sorprendido de verla llegar. Enseguida aceptó las palabras que su suegra le decía en voz baja, explicando con premura su presencia. La mujer le presentó a su suegro y le pidió que se sentara a la mesa de madera con Claudia, que agitaba sus piernecitas, que no llegaban al suelo desde el alto banco.

—Es muy bonito el columpio que... —se detuvo, justo antes de meter la pata, y sonrió a Figueirido, que la miraba con su habitual ceño fruncido—. El columpio que le han traído los Reyes a Claudia.

—Papá dice que lo pusieron en el pajar porque fuera hace mucho frío —dijo la pequeña, tosiendo un poco al acabar la frase.

—¿Estás enferma? —le preguntó Enma, tocándole la mejilla, demasiado caliente.

—*Miña pobriña*, siempre tiene muchos catarros en este tiempo —dijo la abuela, sirviendo unas tazas—. No es chocolate, ¿sabe usted? Solo cascarilla, no sé si le gustará.

Enma asintió; en realidad nunca había probado la infusión, hecha con la cáscara del cacao, que le daba un sabor parecido al auténtico chocolate, pero más amargo. Puesto que el chocolate era un producto casi de lujo, procuró quitarle importancia al apuro de la buena mujer, que debía de pensar que ella solo estaba acostumbrada a lo mejor.

—Está muy bueno. Se agradece, con este frío.

—Ahora es cuando viene el invierno de verdad. De aquí hasta marzo. Abríguese bien, que no estará usted acostumbrada.

---

* N. de la Aut.: En la cocina rústica, hogar de piedra similar a una chimenea, levantado una cuarta del suelo, en el que se enciende fuego para cocinar.

—En Madrid también hace mucho frío en invierno, incluso nieva a veces. Allí es distinto, no tenemos la humedad del mar.

Se dio cuenta de que había utilizado aquel verbo como si ella aún viviera en la capital. Aunque era su ciudad natal, la verdad es que no tenía nada adonde volver: ni casa, ni familia, ni amigos siquiera, o eso se temía al leer las escasas y frías respuestas a sus cartas.

—Nosotros vivimos en Neda —le explicó la abuela—. Para venir aquí hemos de tomar el tranvía y el autobús de línea. No podemos venir mucho, porque tenemos un horno de pan y trabajamos casi todos los días del año.

Le ofreció a Enma un trozo de un bizcocho alto, cubierto de azúcar y muy esponjoso, que sabía a anís.

—Es delicioso.

—Lo hacemos nosotros en el horno. Otro día que volvamos le traigo uno para usted.

—Se lo agradezco… pero ya sabe, yo vivo sola —dijo mirando el tamaño de la hermosa bizcochada sobre la artesa.

—Pues le haré una más pequeña para que no se le eche a perder. Si se pone *resesa,* no sabe igual.

—Se puede mojar en la leche, que está muy buena —añadió Claudia, enseñando un hueco entre los dientes al sonreír. Se frotó los ojos con gesto somnoliento y apoyó la carita sonrosada sobre una mano.

—Me preocupa que tenga la debilidad de mi hija, Dios la tenga en su gloria —cuchicheó la abuela mientras la niña se entretenía desmigando su bizcocho.

—Creía que su hija había fallecido por la gripe.

—Porque ya estaba mal de antes. Desde niña, cada catarro se le agarraba a los pulmones, y esa gripe… —La mujer se llevó la punta del delantal a los ojos y se secó unas lágrimas incipientes.

—Lo siento mucho.

Enma tocó el hombro de la abuela con la mano. Ella se la palmeó, recuperando el aliento.

—Ojalá Miguel se vuelva a casar pronto. Un hombre necesita a una mujer a su lado y Claudia necesita una madre.

Por un breve instante, la mujer examinó a Enma con una interrogación pintada en sus rasgos bondadosos. Luego sacudió la cabeza como quien ha tenido una idea absurda y se ha dado cuenta a tiempo.

—La voy a meter en cama —susurró Figueirido acercándose por primera vez a la mesa.

Las mujeres miraron sorprendidas a la niña, dormida con la carita apoyada en la mesa.

—Ay, *filliño,* que se nos enferma otra vez.

—No se preocupe, que solo está cansada de tanta fiesta.

Enma se contagió de la preocupación de la abuela. Observó el cuidado con el que Miguel Figueirido levantaba a su hija en brazos, murmurándole algo al oído cuando la niña abrió los ojos desorientada.

—Seguro que solo es eso —dijo Enma, extendiendo la mano sobre el mantel y poniéndola sobre la de la abuela; notó su piel endurecida y áspera, resultado de muchas horas de trabajo.

—Yo me los llevaba para Neda. Muchas veces lo hablamos; allí Miguel podía ayudarnos en el horno, es mejor trabajo que estar todo el día deslomado entre la tierra y los animales que cría.

Enma no sabía qué decir, eran asuntos muy personales en los que no debía inmiscuirse. A lo lejos se oía la voz monótona de Figueirido, quizá leyéndole un cuento a la niña para que volviera a dormirse.

—Debo marcharme ya —anunció, poniéndose de pie—. Se acaban las vacaciones y tengo mucho trabajo antes de volver a las clases.

—No se vaya sola, que está muy oscuro y le puede pasar algo.

Sin esperar respuesta, la mujer subió las escaleras. Oyó el murmullo de su voz a través de la madera del piso superior. Al poco, volvió con su yerno.

—No es necesario que nadie me acompañe, de verdad.

—Claro que sí. Lleva el candil, *fillo,* que no se ve nada ahí fuera.

De la casa de los Figueirido a la escuela no había más de cinco minutos andando. Los cinco minutos más largos de la vida de Enma. Aterida, cruzaba y descruzaba los brazos intentando entrar en calor. Alargaba el paso para seguir el del hombre que la acompañaba. Miguel caminaba con la vista al frente, la cabeza baja y los hombros un poco más hundidos de lo normal, con un peso invisible que le doblaba su fuerte espalda.

—Espero que Claudia esté bien y solo sea cansancio, como dijo usted.

Su voz rompió el silencio de la noche y logró hacer más lenta su marcha, se dio cuenta al mirarla de que ella jadeaba por el esfuerzo de seguirlo.

—Tiene fiebre —dijo, breve como siempre en sus expresiones. Enma pudo detectar un matiz de desesperación en su voz.

—Quizá debería verla un médico.

—Ya sé lo que tiene. Lo mismo de siempre. Como su madre.

Ante la puerta de la escuela, Enma demoró el momento de abrirla y despedirse.

—Mañana iré a verla, si le parece bien.

La luz del candil convertía sus rostros en un juego de luces y sombras. Enma extendió una mano y la puso sobre su hombro, procurándole consuelo. Miguel la miró como si fuera una amenaza.

—No la verá mucho en la escuela. Hasta primavera, si hay suerte.

—Es una niña muy lista, con ganas de aprender, sería una pena que perdiera el curso.

Él seguía mirando su mano enguantada como si fuera de allí de donde le llegaba la voz. Enma la dejó caer, desanimada.

—Solo me preocupa su salud.

—Lo entiendo, pero no descuide su formación. Si se encuentra con fuerzas, iré a su casa y le daré allí las lecciones, así se le hará menos pesada la convalecencia.

—¿Qué le importa a usted una niña más o menos?

La ofendía a propósito, como siempre, con su rudeza y desconfianza. Enma estaba decidida a no dejarse arredrar por sus horribles modales.

—Todas mis alumnas me importan. Es mi labor educarlas y solo conozco una forma de hacer mi trabajo, la mejor posible —lo que no le dijo era la especial predilección que sentía por Claudia desde el primer día, desde que posó sus ojos en los de aquel ángel de mejillas sonrosadas y coletas doradas, como pintada en una postal navideña.

—Métase dentro, está muerta de frío.

Enma tenía que darle la razón. No lo expresó en voz alta, podía ser tan huraña como él, si era preciso. Sacó del bolsillo la llave y abrió la puerta.

—Gracias por acompañarme.

Él hizo un gesto con la cabeza que lo mismo podía significar «de nada» que «adiós» y se marchó sin mirar atrás ni una sola vez. Enma lo supo porque no dejó de observar su sombra iluminada por el candil hasta que se perdió de vista.

❋ ❋ ❋

Decidió que aquel mes de enero era bueno para reunir a los padres de sus alumnas y hablar de los progresos y el avance del curso. Se sentía culpable porque había empezado más tarde de lo que debiera, por el retraso en su nombramiento, y así se lo explicó a la nutrida asistencia que llenaba el aula ocupando pupitres o arrimados a paredes y ventanas. Afuera, niños y niñas correteaban bajo el frío sol del invierno aprovechando el descanso que les daba la lluvia.

—La culpa no es suya, sino del ministerio —dijo una voz alta y clara imponiéndose por encima de los murmullos de la asistencia.

Enma dirigió una mirada, tan sorprendida como agradecida, a Miguel Figueirido, apoyado contra la pared del fondo, con los brazos cruzados y la frente baja; como siempre, un toro a punto de embestir.

Asintió con la cabeza y decidió cambiar de tema, temiendo que se iniciase una discusión política sobre la incompetencia del gobierno de la nación y el olvido en el que mantenía las promesas del anterior de llevar la escuela pública hasta el último rincón del país para acabar con la lacra del analfabetismo, tan extendido aún en pleno siglo XX.

—Díganos, señorita —se adelantó el párroco, que se había apuntado a la reunión aprovechando que estaba convocada para después de la misa de domingo—, ¿es cierto que volverá a enseñarse religión en las aulas?

—No tengo instrucciones por ahora, don Jesús. —No añadió que no le extrañaría, puesto que el gobierno radical-cedista estaba deshaciendo muchos de los logros y avances pedagógicos del anterior, como la coeducación, de la que Enma era tan partidaria—. No deben preocuparse por esta cuestión —aclaró, mirando a cada madre y cada padre, agradeciéndoles a estos últimos su presencia, siempre escasa en los asuntos del colegio—. El objetivo de la escuela laica es educar a sus alumnos en la tolerancia y respeto a todas las creencias. Han pasado muchos siglos desde que en España se expulsaba a moros y judíos. En este mundo moderno debemos aprender a convivir en paz.

—Dicen que los judíos fueron los responsables de la Gran Guerra —afirmó Amparo, una de sus jóvenes alumnas de la escuela de adultas—. Y que habría que encarcelarlos a todos, y a los comunistas también.

Hubo un pequeño revuelo y algunos murmullos. Enma pidió silencio mientras reorganizaba sus ideas. No podía dejar pasar aquellas falsedades que sus amigos falangistas sembraban en la mente influenciable de la muchacha.

—La intolerancia, el racismo y los intereses económicos son las causas de las guerras —dijo, sintiendo que la indignación coloreaba sus mejillas—. No estamos aquí para hablar de política, sino de la educación de las niñas y de sus progresos.

Miró a la concurrencia, de uno en uno, hasta que una de las madres le devolvió la mirada con la misma seguridad y un gesto de apoyo que la reconfortó.

—Quiero darle las gracias por enseñarle a mi Carmiña a hacer punto.

La mujer se tocó la bufanda que llevaba al cuello, enseñándosela orgullosa a los que la rodeaban. Y enseguida todos estaban hablando de las manualidades que habían preparado las niñas para Navidad: pequeñas prendas de punto, alfileteros bordados, piñas secas pintadas para adornar las casas. Las clases de manualidades resultaban muy fructíferas, Enma se felicitaba ahora al ver que las familias agradecían sus resultados.

—Ojalá fuera así en el colegio de niños —dijo una madre.

Un padre al fondo se burló de sus palabras:

—Solo faltaba que les enseñaran a nuestros hijos a tejer.

—No es eso —intervino la madre de Carmiña, ante el silencio de la otra, abochornada por la respuesta—. Todos sabemos que el maestro de los niños es de la vieja escuela, solo entiende de castigos y los tiene firmes como si estuvieran en el ejército.

—La mano dura nunca viene mal —insistió el otro, buscando la complicidad de los hombres que estaban cerca.

Enma vio que algunos afirmaban, otros movían la cabeza indecisos. Miguel Figueirido, como de costumbre, no dejaba traslucir ningún gesto que insinuase su opinión.

—«Mucha finura con los niños» —dijo Enma, imponiéndose al alboroto—, nos enseña la maestra María Sánchez Arbós. «Toda clase de delicadezas con ellos, no toleraré palabra fea ni un ademán sucio. Procuro el orden dentro y fuera de clase».

—Solo tenía que buscar sus miradas para hacerlos callar; abrumados, poco acostumbrados a dar su opinión ante alguien que los superaba en facilidad de palabra y conocimientos.

—Eso le funcionará con las niñas —insistió el individuo—. Con los niños es distinto, son más rebeldes y hay que domarlos como a toros bravos.

—Me hubiera gustado que esta fuera una escuela mixta, para que ustedes mismos comprobaran las ventajas de los nuevos métodos pedagógicos, tanto en niños como en niñas. La coeducación favorece el respeto y la armonía entre los sexos y contribuye a la formación ética y cívica de la personalidad. Hoy, en este país, hay mujeres licenciadas que ejercen en puestos que antes les eran vetados, la igualdad entre hombres y mujeres avanza por buen camino, debe cimentarse con la igualdad educativa entre niños y niñas.

—¡Qué igualdad ni qué igualdad! —bramó el hombre, con el rostro enrojecido tras aquel discurso que no acababa de entender—. Esto es una pérdida de tiempo.

Y se fue con gesto airado, seguido por algunos otros que sin duda decidían que mejor pasarían el rato en la taberna, aprovechando su único momento de asueto de la semana.

Enma siguió hablando como si nada hubiera pasado. La madre de Carmiña le preguntó por la escuela de adultas. Hubo varias madres más que parecían interesadas en sumarse a las clases, quizá con la idea equivocada de que les enseñaría algunas labores o manualidades como a las niñas. Las dejó con aquellas ideas; si podía atraerlas, aunque fuera a costa de dedicar algún tiempo en las clases a tejer o a bordar, estaba segura de que poco a poco les iría despertando la curiosidad por el saber. Si desterraba el analfabetismo de las madres, mejoraría mucho la vida de sus hijas y sus familias.

Las semanas más frías del invierno fueron pasando sin que la pequeña Claudia acudiera al colegio más que en contadas ocasiones, siempre muy desmejorada. Cuando pasó una semana entera sin más noticias de ella que las que le traían las niñas, a las que preguntaba a diario, decidió acercarse a la casa de Figueirido.

La recibió una mujer a la que nunca había visto. Era joven, de no más de treinta años, baja y robusta, con la melena castaña recogida en un rodete, un vestido gastado por el uso y un amplio delantal en el que se secaba las manos mientras la miraba de arriba abajo con la mayor de las desconfianzas.

—He venido a ver a Claudia.

—¿Y quién es usted, si puede saberse?

—Soy su maestra, Enma de Castro —extendió la mano, formal.

—No vaya a mancharse —dijo la otra, abarcando con un gesto despectivo tanto su mano enguantada como sus botines, que se hundían en el suelo enfangado de la entrada.

—Gracias.

Enma entró después de que le hiciera un seco ademán de bienvenida y la siguió hasta la cocina. Claudia estaba envuelta en mantas, sentada en una cuna infantil de barrotes de madera al lado de la *lareira*. Alguien había tenido la idea de quitarle un lateral a la cuna y convertirla así en una camita en la que la niña pudiera estar cómoda y abrigada.

—¿Cómo estás, preciosa?

Le tocó las mejillas acaloradas. Cuando se agachó, la pequeña la envolvió con sus bracitos, colgándose de su cuello.

—Yo quería ir al cole, pero la prima Pilar no me deja.

Dio por supuesto que aquel era el nombre de la mujer que la había recibido, que se afanaba en el fregadero pelando patatas fingiendo que no les prestaba atención.

—Tienes que ponerte primero buena del todo, antes de poder volver.

Tomó una banqueta, puesto que nadie le ofrecía asiento. Se sentó al lado de la niña, tratando de disimular lo mucho que le preocupaba ver que seguía perdiendo peso y que tenía la mirada enturbiada, como si un velo apagase el brillo de sus lindos ojos.

—Es que... es muy aburrido estar siempre en casa.

—Te he traído un cuento.

Enma sacó de su bolso un libro ilustrado. Las mejillas de la niña recuperaron un poco de color, tanta ilusión le hacía. Esperó a que pasara las hojas, deteniéndose en cada dibujo, leyendo los títulos de las fábulas y ayudándola cuando se encontraba con una palabra difícil.

La emoción le pasó factura y le sobrevino un ataque de tos que solo se calmó cuando Pilar le acercó un vaso de leche con miel. La mujer le dedicó una mirada acusadora a Enma y volvió a su labor.

—No se vaya aún, por favor, señorita —pidió Claudia, al ver que Enma empezaba a levantarse—. Léame un poco.

No podía resistirse a su petición, así que se acomodó en la dura banqueta y comenzó a leer la historia de la zorra y las uvas. Como era breve, Claudia pidió otra, y otra más. A la cuarta, sus ojos se fueron cerrando y allí estaba Enma, mirándola dormir cuando su padre entró por la puerta. Venía de trabajar en la huerta, con las botas llenas de tierra, que se sacudió antes de entrar y una ropa tan gastada que no parecía suficiente para protegerlo del frío de aquel mes de febrero. La saludó apenas con la cabeza, con solo un atisbo de sorpresa en su gesto, siempre hosco. Venía secándose las manos en un paño y traía la cara y el pelo mojados. Enma se encontró mirando hipnotizada las gotas que le corrían por el cuello, moreno.

—He venido a ver a Claudia, ya me iba.

Habló en voz baja para no despertar a la niña. Al no recibir respuesta, se puso de pie y se dirigió a la puerta de la cocina, que Figueirido ocupaba impidiéndole el paso.

—Ya le dije que no la vería mucho en invierno.

—Si a usted le parece bien, quisiera venir de vez en cuando a leerle. Y si se encuentra mejor, a ponerle algunos ejercicios, para que no se quede atrasada.

—La niña debe descansar —dijo la prima Pilar. Miguel la miró como si acabara de darse cuenta de que se encontraba en la cocina.

—Está bien —contestó él, después de una breve reflexión—. Pero no le pida demasiado.

—Es una niña muy lista.

—Lo sé, no es la primera vez que me lo dice, ni falta que hace.

Enma enderezó la espalda, tratando de apoyar sus palabras con una pose casi militar.

—Si fuera un niño, ¿le preocuparía más su educación?

Una mano enorme la tomó del brazo y Enma se sintió sacudida, como si un terremoto moviera el suelo bajo sus pies. Miguel tiró de ella y se vio tan cerca de él que pudo oler la tierra en su ropa y apreciar la sombra gris de la barba creciéndole en el mentón.

—Claudia es lo único que tengo en este mundo. Me da igual si es analfabeta o doctora en Medicina, lo único que importa es que se cure y crezca sana y feliz.

Para un hombre que medía tanto sus palabras y expresaba tan poco sus emociones, era todo un sentido discurso. Enma tragó saliva, intentando buscar las palabras adecuadas. Solo recuperó el sentido cuando él la soltó y se dio la vuelta, dispuesto a salir de nuevo de la casa.

—Lo siento —le dijo a su espalda—. Es evidente cuánto quiere a su hija, no pretendía insinuar lo contrario.

—Venga cuando quiera —le dijo él, sin volverse. Salió y cerró la puerta.

—No sé yo —decía Pilar, con la cabeza casi metida en la olla que tenía al fuego—. Una mujer soltera, en la casa de un viudo, no sé yo.

Enma se volvió para mirarla, indignada, harta de recibir solo ataques cuando iba a esa casa por una buena razón.

—¿Y usted? —preguntó sin más.

—Yo soy familia. Mi madre y la madre de Miguel eran primas. Y también soy viuda. —La mujer sonrió, animando un poco su rostro de rasgos vulgares—. No tengo hijos, pero quiero a Claudia como si fuera mía.

Así que ese era su propósito, meterse en la casa de Figueirido para cuidar a la niña y de paso cazar al padre. Enma decidió que ya no tenía nada más que hacer allí. Se despidió por pura educación y se fue sin esperar a que le contestase.

Nunca entendería la animosidad que sentía ese hombre hacia ella desde el primer día. No sabía si era así con todos, si culpaba al mundo de su pobre vida, de la muerte de su esposa y la enfermedad de su hija o si era ella la que le provocaba aquel malhumor constante. Y ahora, para apoyarle, contaba además con aquella prima caída como del cielo, de la misma simpatía propia del apellido Figueirido.

Nada de aquello importaba, solo la pequeña y preciosa Claudia, ese angelito que no se merecía pagar por los desaires de sus mayores. Volvería, por supuesto. No iba a permitir que su alumna favorita perdiera todas sus lecciones uniendo a su enfermedad el triste aburrimiento de un hogar sin aliciente. Con la mano izquierda se frotó el brazo, en el que aún sentía las huellas de los dedos de Miguel Figueirido hundiéndose sobre su codo. Notó una presión en el pecho. Indignación, se dijo, furia contenida. Y así, mintiéndose a sí misma, hizo el camino de vuelta a casa.

CAPÍTULO 8

El mes de febrero les regaló un inesperado buen tiempo que Enma agradeció como un bienvenido respiro. Todas sus alumnas volvieron al colegio, recuperadas de gripes y catarros. Aquel tibio sol parecía llenarlas de energía, como osos que despiertan de su letargo y se lanzan a la búsqueda de alimento.

«No durará», le decían las madres en la puerta del colegio, «queda mucho invierno». Así que, para aprovechar aquella deliciosa tregua, Enma organizó una pequeña excursión durante la cual les iba explicando a las niñas las diferencias entre los árboles que encontraban, los de hoja perenne, como los abundantes pinos en el valle, y los de hoja caduca, sobre todo castaños y robles, a los que las niñas llamaban *carballos*.

En sus conversaciones mezclaban términos de la lengua de la tierra, ese gallego que a Enma le traía recuerdos de su padre, de cuando era pequeña y le pasaba su mano grande por la cabeza, con una caricia suave, y le llamaba Enmiña, *miña nena, rapaciña*.

Enma se atenía a las nuevas leyes educativas que fomentaban el uso y el respeto por las distintas lenguas de las regiones. Sin embargo, se empeñaba en mejorar el vocabulario y la pronunciación de las niñas en castellano, convencida de que les sería más

121

útil en el futuro si cursaban estudios superiores o, simplemente, si salían de su pequeño reducto rural.

Había vuelto a la ciudad en un par de ocasiones, sola, en el autobús de línea, para visitar sus librerías y comprarse unas buenas botas para aquella lluvia. Allí notaba que la gente hablaba mucho mejor, influencia sin duda de la importante presencia militar que convertía Ferrol, según le había confesado un librero entre acostumbrado y pesaroso, en un auténtico cuartel que vivía al ritmo de los toques de corneta del arsenal.

—Buenos días, señorita.

El párroco, don Jesús, se acercaba a ellas por el camino de la iglesia.

—Buenos días, don Jesús —contestó Enma mirando a sus niñas, que repitieron el saludo como un coro bien formado.

—¿No hará mucho frío para llevar a estos angelitos de paseo?

—Es bueno este aire fresco, abre los pulmones y mejora hasta el cutis. —Enma rio desenfadada, poco dispuesta como siempre a que se cuestionaran sus métodos.

—Y esta pequeña... ¿cómo está?

Don Jesús se agachó ante Claudia, que permanecía tomando la mano de Enma e iba envuelta en una gruesa bufanda que le tapaba boca y nariz. Sin que el resto se apercibiera, le puso unas peladillas en la mano, que la niña se guardó rauda en el bolsillo del abrigo.

—Bien, gracias.

—Entonces el domingo ya puedes volver al catecismo, y el resto también, que no falte nadie.

Las niñas asintieron moviendo la cabeza con gesto firme para que quedara claro que habían entendido la orden.

—¿Y usted adónde va, con este frío? Si me permite la pregunta.

—Se la permito. Voy a la casa grande, doña Virtudes también está pasando una larga gripe, y me acerco siempre que puedo a hacerle un poco de compañía y rezar con ella el rosario.

—No lo sabía, dele recuerdos y dígale que espero que se mejore pronto. —Enma apretó la boca, contrariada, echando cuentas de las semanas que llevaba sin saber nada de Elías—. Y si no le importa, salude también a María, ya sabe, que trabaja para doña Virtudes.

—¿Y a don Elías? ¿Quiere que lo salude también?

Hubo una chispa de malicia en el gesto siempre bondadoso y tranquilo del párroco que Enma no pudo dejar de observar. Se mordió la lengua para no devolverle una respuesta airada que diese pábulo a sus sospechas.

—Sí, gracias. Hace semanas que no lo veo. Claro, con su madre enferma y su trabajo en Ferrol, no tiene mucho tiempo para visitar a una amiga.

No lo engañaba ni por un momento. Los hombres y mujeres solteros no eran amigos, y era de suponer que en una comunidad tan pequeña todos llevaban cuenta de sus entradas y salidas, de las veces que Elías la había invitado a su casa, y hasta de aquel sábado que pasaron en Ferrol antes de Navidad.

—No se preocupe, transmitiré sus saludos y buenos deseos. Quizá doña Virtudes también agradecería su visita.

—No me atrevería sin una invitación.

—Se lo haré saber, si así me lo indica.

—Se lo agradezco, don Jesús. Ahora ya no le interrumpo más, que usted tiene prisa, y las niñas se me están empezando a helar.

—Vayan con Dios.

El párroco se alejó a buen paso, saludando a las niñas con la mano, que le devolvieron el saludo mientras saltaban y correteaban para espantar el frío. Agarrada de su mano y pegada a su costado, Claudia comía una peladilla.

❀❀❀

A finales de mes volvió a llover con intensidad. La tierra empapada no podía absorber tanta agua, que corría en regueros por los caminos, desbordaba el río y hacía más presente el aislamiento en que vivían.

El sábado por la tarde, un día tan oscuro que parecía que nunca hubiera amanecido, oyó el motor de un vehículo detenerse ante la escuela. Al poco, sintió que llamaban a su puerta. Enma abandonó su lectura, una novela de la prolífica autora inglesa Agatha Christie, *Asesinato en el Orient Express*, tan entretenida que le había hecho olvidar por un rato el aburrimiento de un día sin colegio encerrada en su pequeña vivienda.

Se miró en el espejo, colocó los cortos mechones detrás de las orejas y alisó el cuello de su blusa. Casi dos meses sin ir a visitarla, sin una nota, sin verlo siquiera de lejos, en misa, o camino de la taberna, donde alguna vez sabía que iba. No se merecía que se preocupara por ofrecerle un buen aspecto.

Bajó las escaleras con desgana y con desgana abrió la puerta, mostrando una sonrisa tibia.

—¿Dejarás que entre antes de que el agua me llegue a las rodillas?

Se hizo a un lado para dejarle espacio en el recibidor, sin ofrecerle subir.

—¿Qué se te ha perdido en una tarde tan espantosa?

—Imaginé que estarías aburridísima, así que vengo a llevarte al cine.

Enma se mordió el labio por dentro. Debía mostrarse digna y que no supiera lo emocionante que le parecía aquella idea. Tan bajo había caído. Ella, acostumbrada a tener a su disposición cines y teatros, circos y espectáculos de todo tipo desde que había nacido. Y ahora dispuesta a silenciar su orgullo por una tarde de entretenimiento.

—Lo cierto es que tengo bastante trabajo.

—Vamos, Enma. —La tomó por una mano, se la llevó a los labios—. Siento haber estado tanto tiempo fuera. Le pedí a mi madre que te enviara una nota explicándote que debía salir de viaje de improviso. Lo siento, quizá se le olvidó con el ajetreo. Además, ha estado enferma.

—Lo sé, le envié un saludo y deseos de recuperación por don Jesús.

Fingió que aceptaba la excusa, de nada serviría quejarse al hijo de la madre. Trató de encajar las noticias, de olvidar el agravio que creía haber sufrido y de mostrarse complacida con su visita.

—Sé cuánto te gusta el cine, y quizás esta película la hayas visto ya; pero bueno, con este día horrible, a quién no le apetece pasar la tarde en una sala seca y confortable riéndose un poco con las tonterías de los hermanos Marx.

Ahora sí que Enma no pudo contener una sonrisa sincera.

—Me encantan.

—Lo suponía. Venga, sube a ponerte aún más bonita de lo que estás, abrígate bien, que nos vamos.

Enma subió las escaleras con un ánimo completamente distinto al que tenía cuando las bajó poco antes. Se quitó la ropa de estar por casa y buscó un bonito vestido que Elías aún no le había visto, las medias y las ligas buenas, los botines, porque era imposible usar zapato fino con aquella lluvia, y un sombrero con un elegante lazo de charol. Bajó de nuevo las escaleras con el abrigo en la mano para deslumbrar a Elías, que gentilmente la ayudó a ponérselo.

—Con ese vestido debería llevarte a bailar, mejor que a un cine oscuro donde no podré verte.

—Me encanta bailar —rio Enma, y se agarró a su brazo, bajo el paraguas que abrió para acompañarla hasta el automóvil.

La sala de cine Cinema Ferrol tenía su entrada por la esquina de las calles Rubalcava y Frutos Saavedra. Elías le explicó que antes había sido un almacén de vinos al que después dividieron la altura, albergando en el primer piso el Casino de Clases para sargentos y brigadas y dejando el bajo para el cine, con una capacidad de quinientos espectadores.

Mientras esperaban que comenzara la función le contó también los primeros pases de cine mudo animados por un pianista y cómo habían anunciado en la prensa las reformas para acondicionar el

125

salón y convertirlo en la «catedral del cine sonoro». Enma escuchaba con atención, dándose cuenta de que aún tenían más cosas en común de las que ya conocía, esa pasión por el cine y por la historia de las cosas, por saber cuándo se había construido el edificio o quién fue su arquitecto. Quizás ese era el motivo por el que no prendía entre ellos la chispa de la pasión. Eran demasiado parecidos, como dos hermanos que han recibido la misma educación y comparten intereses y aficiones.

Más contenta y relajada que en las últimas semanas, disfrutó de aquella absurda *Sopa de ganso*. Aún se reía cuando se encendieron las luces y Elías la agarró del brazo.

A la salida se acercaron a saludar a un matrimonio que Elías le presentó como Francisco Iturralde y Marina Ochotorena.

—El alma de nuestra Escuela Racionalista —añadió Elías a su presentación. Enma miró con mayor interés a la pareja—. La señorita Enma de Castro es la maestra de niñas de Esmelle.

Tras los saludos de rigor y la invitación de Elías a acompañarlos para tomar alguna bebida caliente en la cafetería del Hotel Suizo, la pareja se negó con evidente pesar.

—Se ha hecho tarde y es hora de llevar a los niños a casa —adujo la señora, señalando a tres pequeños sentados en el vestíbulo del cine disputándose una bolsa de canicas.

—En otra ocasión, quizá. Me encantará charlar con ustedes y compartir experiencias.

Enma extendió la mano para estrechar de nuevo la de aquella mujer que le parecía tan interesante.

—Es usted maestra de la Escuela Normal, supongo. —Enma asintió—. Ya sabe que nosotros seguimos los criterios pedagógicos y educativos de la Escuela Moderna de Francisco Ferrer.

—Sí, lo sé, y me encantaría conocer el trabajo que llevan a cabo en su escuela.

—Venga a visitarnos cuando quiera, o cuando pueda —la invitó el esposo—. Ya imagino que no dispondrá de mucho tiempo libre. Nosotros apenas tenemos vida propia, siempre dedicados a nuestros niños.

—Y estamos preparando unos cursos populares. Precisamente queremos que sea aquí, en el Cinema, con proyección de películas seguidas de conferencias instructivas. Quizá querría ser usted una de las ponentes.

Enma no podía creer que aquellos desconocidos le estuvieran ofreciendo colaborar en un proyecto que parecía tan interesante e instructivo. Se sintió halagada y muy poco dispuesta a rechazarlo.

—Me honra usted con ese ofrecimiento. Tendremos que hablarlo con más calma, por supuesto.

—Por supuesto, porque ahora debemos despedirnos.

La discusión por las canicas comenzaba a convertirse en una batalla campal en la que tuvieron que intervenir ambos padres para poner paz.

—Ya ve, peleándose entre hermanos, ¿puede haber mayor insensatez?

Aquellas palabras siguieron flotando en el aire frío de la calle mucho rato después de que el matrimonio y sus tres hijos se hubieran alejado bajando por la calle Rubalcava.

Elías la tomó del brazo, acercándola a su cuerpo siempre tibio y acogedor y obligándola a despertar de su ensimismamiento.

—¿Un chocolate bien caliente?

Asintió, haciendo temblar el lazo de su sombrero. Le ofreció una sonrisa confiada, que él le devolvió con el mismo gesto amistoso. Había renunciado a sus maneras de galán y la trataba como a una hermana, querida e intocable.

Enma se recordó a sí misma que había hecho promesa de no casarse y que mejor estaba así, sin inquietar su pobre corazón con pasiones a las que no pensaba rendirse.

El mes de marzo se arrastraba, lento y lluvioso, sin que apenas se notase el cambio en las horas de luz debido al constante cielo gris que abatía el ánimo de Enma. El valle parecía encerrado bajo un tejado de plomo que le robaba el aliento y las ganas de vivir.

Las clases de los viernes por la tarde eran a veces el único contacto con personas adultas durante la semana. Aunque las madres se acercasen a veces a hablarle a la entrada o la salida de las niñas del colegio, siempre era con recomendaciones: que si la niña parece que tiene fiebre, que si no ha terminado la tarea porque tenían mucho trabajo en la casa, que si a ver si le enseña algunas labores, como en Navidad, que total para qué les sirve a ellas saber tanta historia ni geografía.

Se había acostumbrado a que tratasen de dirigirle las clases, y ya ni les contestaba más que con una sonrisa amable y un gesto que podía significar «ya lo pensaré» que en realidad quería decir que seguiría su plan de estudios sin que nadie tuviese autoridad para obligarla a cambiarlo. Era algo que le habían enseñado los propios paisanos: fingir que escuchaban y que le hacían caso, en una reunión de padres, y luego seguir haciendo lo que les daba la gana en sus casas, sin importarles si las niñas llegaban tarde, si faltaban a las clases o si no traían las tareas que les ponía porque necesitaban que ayudaran en las tareas domésticas o incluso trabajando en las tierras cuando se plantaba o cosechaba.

Al menos con sus alumnas de la escuela de adultas notaba algún avance. Participaban activamente en las clases, dejando atrás vergüenzas y recelos, y se interesaban por temas variados. A veces, cuando se trataba de cuestiones delicadas, había descubierto que un buen sistema era proponer una clase de punto, o de bordado, y así, mientras tenían las manos ocupadas, les hablaba de las funciones fisiológicas del cuerpo humano y les recomendaba tener charlas con sus hijas mayores para prepararlas para la pubertad o para extremar las precauciones si ya tenían edad de que las rondasen los mozos. En su interior llamaba a aquellos momentos «las charlas de la calceta» y se felicitaba al descubrir que las mujeres las esperaban con verdadero interés.

Su clase había crecido; ahora eran dieciséis, doce casadas y cuatro solteras que dejaron la escuela demasiado pronto y ahora veían la necesidad de mejorar sus conocimientos. María Jesús y Amparo seguían siendo las más jóvenes. Aunque había tratado de hacerles ver que aquellos muchachos que las acompañaban algunas veces a las clases, tan ufanos con sus uniformes falangistas, la camisa azul y la boina roja calada sobre las cejas, no le parecían demasiado recomendables, notaba que las muchachas se sentían demasiado fascinadas por sus maneras prepotentes y por sus aires de señoritos de ciudad como para atreverse a cortar relaciones con ellos.

Enma les había hablado de sucesos violentos en Madrid y en otras provincias, con muertos incluso, o de la fundación del Sindicato Español Universitario, SEU, que ella había vivido, a finales del año 33, cuando comenzaron los ataques en la Universidad. Trataban de apoderarse de esta última con constantes tareas de acoso y provocación buscando la desestabilización del gobierno republicano.

A veces creía que sus palabras calaban hondo en aquellas dos cabezas llenas de pájaros; pero llegaba de nuevo el viernes y se encontraba a los dos muchachos fumando tranquilos ante la puerta del colegio y sentía que perdía el tiempo predicando consejos ante oídos sordos.

❦❦❦

Aquella tarde, después de despedir a sus alumnas, se quedó sentada detrás de su mesa pensando en el largo fin de semana sin aliciente que le esperaba. Los libros que tenía en casa ya los había leído y releído más de una vez, y se enfrentaba a dos días en los que la labor más importante era tratar de coser las carreras de las medias, una tarea delicada y difícil que su madre le enseñó, pero que Enma no había llegado nunca a dominar.

La puerta del aula se abrió, sorprendiéndola. Cuando esperaba ver llegar a alguna de sus alumnas olvidadizas reclamando un cuaderno o un lapicero, se encontró con la mirada sibilina y las sonrisas torcidas de los dos jóvenes falangistas que tanto le preocupaban.

—Buenas tardes, señorita.

Se levantó, sujetándose de la mesa para evitar el vértigo que la invadió. Se afianzó sobre sus pies cuadrando la espalda antes de mirarlos con su gesto más autoritario.

—La escuela está cerrada.

El que había abierto la puerta avanzó hacia ella por el pasillo central, tomando posesión del aula con cada paso que daba, la sonrisa bailándole bajo un bigotillo que parecía una raya mal hecha con un carbón.

—Ya teníamos ganas de conocerla, las chicas hablan mucho de usted.

El otro se quedó en la entrada y cerró a su espalda, rehuyéndole la mirada con un parpadeo nervioso.

—No son horas para hacer visitas. Si ya han saciado su curiosidad, les agradecería que cerraran la puerta al salir.

—¿Qué modales son esos, mujer? Espero que no les enseñes a tus alumnas a hablarles así a sus hombres.

El tuteo la asustó aún más que su actitud. Se miró las manos, blancas de tanta fuerza que ejercía contra la madera y respiró hondo para buscar una salida airosa. No era la primera vez que se enfrentaba a una situación violenta con un hombre. Las había vivido en sus tiempos de estudiante con pretendientes que quisieron ir demasiado lejos. A su lado, aquel par de imberbes solo eran unos aprendices.

—Ya les he dicho que la escuela está cerrada...

—Sí, sí, sí. Y que es demasiado tarde, no somos sordos. Bueno, Pazos sí que lo es, del oído derecho, ¿verdad, tú? —Se volvió a su compañero, que frunció el ceño y clavó la mirada en sus botas—. Lo hirieron en una refriega. Esos cerdos comunistas nos dan mucho trabajo.

Estaba ante su mesa, más alto y fuerte de lo que parecía desde lejos. Enma encogió los hombros; odió el temor que se instalaba en su vientre provocándole una náusea que le subió hasta la garganta.

—¿Qué es lo que quieren?

—Solo hablar un rato, señorita, de tus clases, de lo que les enseñas a las chicas, de cómo podemos mejorarlas...

—¿Ahora son ustedes inspectores de educación?

—No me interrumpas cuando hablo, mujer.

Enma lo miró a los ojos y calculó que no tenía más de veinte años; la voz también lo delataba: cuando la subía, se mezclaban graves y agudos. Le echó la culpa del temblor de sus piernas al uniforme y a la porra que llevaba atada al cinturón, balanceándose amenazadora con cada movimiento.

—Diga lo que tenga que decir.

—¿Es que no entiendes que no necesito tu permiso?

Rodeó la mesa con pasos lentos, recreándose en el temor que le inspiraba. Se acercó para tocarle el pelo, deslizando sus dedos desde la coronilla hasta la nuca despejada, lo que le provocó un escalofrío que recorrió su columna vertebral.

—No nos dijeron que eras tan bonita.

—No me toque.

La mano que la acariciaba volvió a subir por su cuello, cerrándose como una garra en sus cortos mechones y tirando de ellos hasta hacerle inclinar la cabeza.

—Una mujer no puede dar órdenes a un hombre.

—No veo ningún hombre aquí.

La ira se mezclaba con el temor y la volvía imprudente. Otro tirón la hizo gemir de dolor.

—¿Es que necesitas más demostración?

La atrapó por la cintura, pegándola a su cuerpo. Enma percibió su excitación. Él se recreó frotándose contra ella, orgulloso de la reacción de su cuerpo.

—Suélteme.

—¿No le hablas de esto a las mujeres? Las llamas «clases de salud», les enseñas trucos para no tener tantos hijos. Para ser soltera, parece que sabes mucho de esas cosas.

La mano que la sujetaba por la cintura descendió por sus nalgas. Enma intentó zafarse, pero solo obtuvo otro tirón de pelo que la hizo llorar de dolor. Notaba que su ánimo decaía, la ira anulada por el miedo. Solo una férrea voluntad lograba que no empezara a suplicar.

—Gritaré.

—¿Quién te va a oír? Están todos encerrados en sus casas, cenando tan tranquilos, sin enterarse de lo bien que lo pasamos aquí en el colegio.

Tiró de la falda hacia arriba hasta que su mano se coló debajo, acariciando la piel del muslo expuesta sobre la liga.

—No puede hacer esto. Lo denunciaré.

—¿Y quién te va a creer? Una mujer que vive sola, con estudios, soltera, a saber qué vida llevabas en la capital.

—Tengo amigos...

—¿Quién? ¿Ese sindicalista de Doval? Ese no es un hombre para una mujer como tú. —Soltó una risa grosera, volviéndose hacia su compañero, que observaba todo en silencio, con la boca húmeda y enrojecida de tanto morderse el labio inferior—. ¿No es amigo de ese periodista de *Renovación*? —El otro asintió y se metió las manos en los bolsillos, deslizando una mirada pegajosa por el muslo desnudo de Enma—. Menudos maricones. Vamos a acabar con todos ellos.

—Déjeme —sollozó Enma.

El olor a sudor y tabaco de su agresor le revolvía el estómago. Su mano, acariciando la piel bajo la puntilla de las bragas, le quemaba como un tizón al rojo vivo.

—Pero si aún ni he empezado, mujer. —Le tiró del pelo para hacerle doblar el cuello y se apoderó de su boca con un beso húmedo y violento.

Sobreponiéndose al dolor y el asco, Enma intentó buscar una escapatoria. Podía intentar defenderse, aquel muchacho no parecía mucho más fuerte que ella; pero, si lo enfurecía, solo Dios sabía hasta dónde podría llegar. El tiempo de dialogar parecía agotado. Los sollozos contenidos la ahogaban y solo pudo mirar a su compañero, parado cerca de la entrada, esperando un poco de compasión. Solo halló una mirada turbia y su boca húmeda, jadeante.

—Por favor.

—Así me gusta, que me supliques, verás lo bueno que puedo ser contigo. —Le mordió el labio inferior hasta hacerle sangre, luego bajó por el cuello, alternando besos y mordiscos, chupando la piel para dejarle marca—. Mejor vamos arriba, espero que tengas una buena cama, me gusta hacerlo con todas las comodidades.

Se volvió a su colega al oírle gemir y soltó una risotada al verlo caer desmadejado sobre un pupitre.

—¿Ves qué bien se lo pasa Pazos? Disfruta mirando.

La mano que la sujetaba por el pelo se había aflojado por fin. Enma trató de retroceder y extendió la mano hacia el borrador de la pizarra, sujeto a un taco de madera.

—De acuerdo —dijo, fingiendo rendirse—. Vamos arriba.

Sus dedos ya tocaban la única arma a su alcance cuando la puerta se abrió de repente.

María Jesús y Amparo aparecieron, pálidas y asustadas.

—Es que... nos dejamos... los lapiceros —acertó a decir Amparo sin preguntar qué hacían allí los dos jóvenes.

—¡Largo de aquí! —les ordenó el muchacho del bigote, soltando a Enma para dirigir hacia ellas su furia.

—Están ahí, en el pupitre —insistió Amparo, caminando con pasos temblorosos hacia su mesa.

El otro falangista, recuperando el aliento, se puso en pie con una mano extendida para detenerlas. La chica lo miró a los ojos de tal manera que solo pudo dejarlas pasar.

—Diles que se vayan —le susurró al oído, y solo entonces se percató de la mano de Enma sobre el borrador.

—Es mejor que os vayáis vosotros, ya no tenéis nada que hacer aquí.

Enma sabía que la actitud desafiante no era la mejor en su situación; pero la llegada de sus dos alumnas, dispuestas a rescatarla, le devolvía el valor y la necesidad de demostrar que sabía defenderse por sí sola.

—Estúpida —escupió el muchacho, salivando bajo el ridículo bigote.

A pocos pasos de ellos, María Jesús y Amparo estaban detenidas ante su pupitre sin fingir siquiera que buscaban los lapiceros.

—Qué tarde es ya —dijo María Jesús, con voz demasiado aguda—. Seguro que mi padre ya viene a buscarme.

El de la puerta, Pazos, se movió inquieto, tratando de ver por la ventana si alguien se acercaba en la luz confusa del atardecer.

—Mejor nos vamos, ¿eh? Venga, Manolo, hay otros sitios más divertidos que este.

Enma se dio cuenta de que por fin el muchacho se rendía. Era uno contra tres, porque su compañero estaba a punto de agarrar la puerta y salir despavorido, devorado por los nervios. Aún la miró de arriba abajo, torciendo la boca satisfecho al ver las marcas que le había dejado en el cuello, que ella notaba como latidos ardientes sobre su piel.

—A lo mejor otro día nos da esa clase tan interesante, ¿verdad, señorita? —Caminó dos pasos hacia atrás, chulesco, elevando la barbilla mientras abarcaba con un gesto de desprecio a las tres mujeres—. Un día, muy pronto, vamos a ser los amos de este país y entonces ya vendréis a suplicar nuestros favores.

María Jesús se encogió cuando pasó por su lado. Amparo contuvo el aliento. Por fin se fueron. Cerró con tanta fuerza que los cristales de las ventanas retumbaron como si hubiera una explosión.

Enma se sujetó a la mesa para disimular el temblor que la invadía. Respiró hondo para calmar el alocado latido de su corazón.

—¿Es cierto que tu padre viene a buscarte si te retrasas? —María Jesús asintió, pálida—. Pues mejor lo esperamos. Amparo, por favor, cierra bien la puerta.

Se dejó caer sobre su silla mientras la chica corría a pasar el cerrojo. Así estuvieron las tres, en silencio, cada una encerrada en sus propios pensamientos.

—Tiene que denunciarlos —dijo Amparo, sobresaltándola.

—No ha pasado nada.

—Pero, señorita...

—Os digo que aquí no ha pasado nada y no se lo contéis a nadie. —Las miró a las dos, de hito en hito, obligándolas a asentir—. No ha pasado nada —repitió, esta vez se lo decía a sí misma.

Volvió el silencio, espeso y frío, y así siguieron hasta que se oyó una voz llamando a María Jesús y el ladrido de un perro cercano que le hacía coro.

—Es mi padre.

—Dile que ha sido culpa mía, que os he tenido entretenidas hasta ahora.

—No se preocupe, señorita.

Caminaron hasta la puerta, cabizbajas, susurrando entre ellas.

—Es culpa nuestra —dijo Amparo, con la mano en el cerrojo—. Usted nos avisó...

Y se fueron sin que Enma llegara a encontrar una respuesta.

Tuvo que hacer uso de todas sus fuerzas para ponerse de pie y dirigirse a la puerta para asegurarla de nuevo. Comprobó las ventanas y arrastró los pies por las escaleras hasta el helado piso superior. Las manos le temblaban mientras encendía la cocina de leña.

Se quitó la ropa, tiritando, y volcó el agua de la jarra en la jofaina. No pensó siquiera en calentarla. Agarró un paño áspero, empapado en agua y jabón, y se frotó desde la frente hasta la punta de los pies sin dejar trozo de piel por restregar dos o tres veces. Las uñas de pies y manos se le pusieron azules por el frío; las lágrimas que brotaban incesantes de sus ojos dejaban un reguero ardiente sobre sus heladas mejillas.

Se secó con la misma energía hasta que su cuerpo volvió a ser rosado antes de meterse en la cama y cubrirse hasta la coronilla con todas las mantas que había en la casa. Se levantó dos veces para vomitar y siguió temblando hasta el amanecer, entre sueños febriles.

Cuando por fin la luz del sol iluminó su cuarto, le pareció que era un milagro inesperado. Le dolía todo el cuerpo por la tensión, como si hubiera recibido una paliza. Decidió quedarse en la cama un poco más, una hora más, hasta el mediodía, y al fin se le pasaron las horas y de nuevo anocheció. El estómago le rugió del hambre, se levantó para prepararse una taza de leche caliente y desmigar un trozo de pan. Comió con apetito y volvió al refugio cálido y seguro de su lecho. Un rato después se levantó para vomitarlo todo.

El domingo transcurrió como el sábado. Al amanecer, de nuevo soleado, bajo aquella luz que era un bálsamo para su cuerpo y su mente, decidió que debía vestirse e ir a misa de doce. Pero pasaron las doce, y la una, y llegó la tarde sin que se hubiera movido de la cama. Y cuando de nuevo la luz se tornó difusa en el atardecer, se preparó para otra noche de pesadilla.

CAPÍTULO 9

Pasó otra semana lenta, fría, húmeda, en la que invirtió sus pocas energías en sus niñas, explicándoles el sistema solar y haciendo que repitieran como una cantinela la lista de planetas: Mercurio, Venus, Tierra, Marte, Júpiter, Saturno, Urano, Neptuno y el pequeño y alejadísimo Plutón, descubierto apenas cinco años antes desde un observatorio estadounidense. Les hablaba de satélites y órbitas, de anillos y cometas, y dejó que por turno pintaran en la pizarra una representación del sistema con una caja de tizas de colores que guardaba para ocasiones especiales.

Al ver que respondían con interés y hasta con emoción al descubrimiento de las grandezas del Universo, tuvo la idea de ofrecer en la ya próxima primavera una clase especialísima; previo permiso de los padres y su compañía si lo deseaban, se reunirían al anochecer en algún lugar elevado para observar y conocer las constelaciones.

Llegó el viernes. Para no pensar en lo ocurrido la semana anterior, buscó la complicidad de sus alumnas adultas para llevar a cabo aquel proyecto, y así transcurrió la clase sin recuerdos desagradables. Aún se avergonzaba de su reacción, de su miedo, del abatimiento que la había mantenido encerrada en casa desde entonces, incapaz de poner un pie fuera del edificio.

María Jesús y Amparo se le acercaron cuando ya el aula se vaciaba, con las libretas apretadas contra el pecho, la mirada en el suelo y las mejillas coloreadas.

—¿Está usted bien, señorita? El domingo vinimos a verla, pero no estaba.

No solo habían venido ellas. También oyó un vehículo pararse ante su puerta. No abrió a ninguno de sus visitantes.

—Estoy bien, gracias, no os preocupéis por mí.

Se esforzó por no dar importancia a su interés, aunque era precisamente lo que más necesitaba, alguien que la acompañara y la consolara, que le dijera que no se encontraba sola en el mundo.

—¿Quiere que nos quedemos hasta que cierre?

Aunque quería, no podía dar muestras de debilidad; ella era una mujer independiente que sabía cuidarse sola, no necesitaba a nadie. Como no estaba segura de lo que iba a decir y notaba que la voz le temblaba, miró por la ventana. Vio a un paisano parado en la puerta, boina calada hasta las cejas y un cigarro entre los labios. A su lado, un perro de raza indefinida husmeaba el suelo en busca del rastro de algún otro de su especie.

—¿Ese es tu padre, María Jesús?

—Sí, ahora va a venir siempre a esperarnos. —Ante su mirada interrogativa, la muchacha se encogió un poco—. Le dije que aquellos muchachos nos estaban molestando.

Enma asintió sin querer volver a hablar de aquellos indeseables. Ya las chicas se volvían para marcharse cuando las detuvo con un gesto.

—¿Tu casa está cerca de la de Figueirido? —preguntó. María Jesús asintió—. Esperadme, que voy con vosotras.

Sintió un leve mareo al poner un pie fuera de la escuela por primera vez en tantos días. Hizo un esfuerzo por recuperarse y saludar al padre de su alumna explicándole que quería visitar a Claudia Figueirido, que había faltado a las clases toda la semana.

—Esa *pequena*...

El hombre agitó la cabeza, pesaroso, apretando la mandíbula hasta que se le formó una doble arruga bajo la boca. No añadió más, como era costumbre entre la gente de la aldea: hablar y no terminar las frases. A veces, Enma se imaginaba puntos suspensivos flotando en el aire cuando callaban con gesto pensativo.

En la casa de los Figueirido la recibió la prima Pilar, instalada de nuevo como ama del hogar de su primo. Enma sabía que se había vuelto a su casa, en otra parroquia, cuando Claudia se recuperó a principios de febrero. Ahora se la encontraba de nuevo allí, mirándola suspicaz, la sonrisa torcida, admirando y despreciando en un mismo gesto su aspecto y todo lo que ella representaba.

—Miguel está en la taberna —le explicó sin que Enma le hubiera preguntado más que por la salud de la pequeña, que dormitaba en su cuna, junto a la *lareira*—. Un hombre debe tener un poco de descanso; ahora estoy yo para ocuparme de la casa.

—Es usted muy amable —le dijo, inclinándose para tocar la frente de Claudia.

—Entre familia hay que ayudarse. Y ahora que ya pasó el luto...

La mujer dejó la frase sin concluir, insinuando distintas posibilidades. Pasado el periodo de luto, Miguel tenía derecho a divertirse en la taberna; o quizá quería decir que era hora de buscar una nueva esposa que se ocupase de su hija y de su hogar. A Enma le importaba bien poco adónde quería llegar Pilar, así que dejó de prestarle atención con una sonrisa cortés, preocupada por el intenso calor que desprendía el cuerpecito de la niña.

—¿No sería mejor, para bajarle la fiebre, que no estuviera tan cerca del fuego?

—Si pasa frío es peor.

La mujer se puso a revolver la olla, que colgaba de un gancho sobre el fuego, de la que salía un intenso olor a repollo hervido que hizo contener el aliento a Enma. En una esquina vio una palangana con agua limpia y un paño. Sin decir nada a Pilar, que ahora limpiaba unas piezas de pescado en el fregadero, Enma mojó el paño y lo aplicó sobre la frente de la niña.

Después de un rato de refrescarle rostro, cuello y manos, Claudia suspiró y abrió los ojos, dedicándole la más dulce de sus sonrisas.

—¿Me lee un cuento? —le pidió con voz pastosa.

—Claro, para eso he venido.

De su bolso sacó el librito de fábulas y se afanó en leer con la poca luz de la estancia sin prestar atención al hecho de que Pilar chasqueaba la lengua a modo de desaprobación.

La puerta se abrió y apareció Miguel Figueirido, que le dedicó la misma mirada turbia de siempre. Se sentó al otro lado del hogar, en silencio, y esperó a que terminase la lectura.

Los ojos de la pequeña volvían a cerrarse y Enma concluyó la fábula bajando poco a poco el tono de voz para ayudarla a dormirse. Guardó de nuevo el libro en su bolso y se puso de pie alisándose la falda con gesto nervioso ante el silencio de los dos que la acompañaban.

—Me voy ya —anunció.

—La acompaño.

—No es necesario, gracias.

Figueirido abrió la puerta y la dejó pasar con gesto inesperadamente galante. Enma se despidió de Pilar, que murmuró un frío adiós entre dientes.

Cuando la puerta se cerró, llevándose la poca luz y calor de la cocina, Enma se enfrentó al taciturno padre de su alumna, que no parecía dispuesto a atender a razones.

—Román estuvo en la taberna, me contó lo del viernes.

—¿Quién es Román? —preguntó. La voz le temblaba.

—El padre de María Jesús, su alumna.

Enma se aferró al bolsito para disimular el temblor que se extendía por todo su cuerpo.

—¿Qué le contó?

—De esos falangistas que andan buscando bronca.

No añadió nada más. No le ofrecía compasión ni comprensión, solo su presencia. Enma tragó saliva intentando hacer lo mismo con su orgullo. Miró a aquel hombre, que la doblaba en altura y peso, sólido y fuerte como el roble que daba sombra en su ventana.

—Le agradezco la compañía —dijo por fin, echando a andar con paso ligero.

La noche era fría y los campos comenzaban a cubrirse de helada. Sobre sus cabezas brillaba un cielo cuajado de estrellas sin luna que les alumbrase el camino. Enma pensó que debía haber tenido la precaución de llevarse un farol cuando salió de la escuela. Nunca le había gustado la oscuridad; en su interior agradeció con fervor la presencia del hombre que caminaba a su lado, un poco atrás, de forma que tendría que volverse para mirarlo si necesitara hacerlo.

Él se mantenía en silencio, como siempre. Sin embargo, lo sintió más cercano que nunca, más real, más humano incluso. Miguel Figueirido había sido hasta entonces tan solo el padre de Claudia, el hombre hosco y desabrido, el que no quería que su hija adquiriera unos conocimientos que consideraba inútiles. Y aquella noche, en aquel oscuro camino, envueltos en la fragancia del campo húmedo y con la bóveda celeste como único techo, Enma sintió tanta gratitud hacia su persona, tanto consuelo por su presencia, por la fuerza que emanaba que la hacía sentir segura por primera vez en muchos días, que tuvo que reprimir un sollozo y frotarse el pecho para aliviar el dolor instalado en su corazón.

—¿Está bien? —le preguntó cuando ella aminoró el paso y sus brazos se tocaron.

—Sí, sí.

Enma sacó de su bolso un pañuelo blanco que se llevó a la boca, disimulando un acceso de tos. Miguel esperó, plantado ante ella. Con la mirada baja, se fijó en sus recias piernas, dos pilares que parecían nacer de la tierra que pisaba. Carraspeó antes de hablar, como si su voz, de usarla tan poco, necesitara calentamiento.

—Claudia la quiere mucho... Echa de menos sus clases.

—Y yo la echo de menos a ella. —Respiró hondo, recomponiéndose, cuadró los hombros y estiró el cuello para buscar los ojos oscuros del hombre que aguardaba, paciente, lo que ella tuviera que decirle—. ¿Le parecería bien que fuera a darle clases a casa? Si se encuentra mejor, quiero decir.

Él asintió. Durante unos extraños segundos Enma estuvo segura de que podía oír sus corazones latiendo al compás en el silencio absoluto de la noche. En una casa cercana ladró un perro; al poco, le contestó otro más allá. No fue consciente de que empezaba a tiritar.

—Tiene frío.

Le vio extender hacia ella las manos, grandes y cálidas cuando entraron en contacto con sus brazos. La frotó de los hombros a los codos de una forma impersonal, tal como acariciaría el lomo de un gato desconfiado esperando que se le escapara con un bufido. Enma notó el dolor del pecho, que volvía a dejarla sin aliento; tanta era su necesidad de un abrazo que estuvo a punto de cometer el error de iniciarlo ella misma.

—Yo...

No sabía qué decir, no había nada qué decir en aquel preciso momento, solo obligarse a volver a caminar, un pie delante de otro, hasta la ya cercana escuela.

—¿No le gustaría tener un perro?

—¿Un perro? Yo no sé nada de perros.

—No tiene que saber nada. Solo darle de comer una vez al día y bañarlo si le molesta el olor.

Hubo un rastro inesperado de risa en aquellas últimas palabras, que Enma devolvió a punto de desfallecer de agradecimiento.

—Creo que sí que me gustaría.

Miguel asintió con la cabeza. Ella comprendió por primera vez sus gestos como una auténtica forma de comunicarse. «No se preocupe», decía, «yo me encargo».

Extendió su mano enguantada y él la tomó, titubeante.

—Cierre bien la puerta.

—Lo haré. Y gracias de nuevo.

Lo vio alejarse con las manos en los bolsillos. Se preguntó cómo había estado tan ciega, cómo no había llegado antes a la conclusión de que un hombre que cuidaba con tanto amor y dedicación a su hija tenía que ser por fuerza un buen hombre.

❀❀❀

Un criado de la casa grande llegó hasta la puerta de la escuela un domingo por la tarde. Traía un fajo de periódicos atrasados con una nota entre ellos. Elías se disculpaba por «tenerla abandonada», se quejaba de un exceso de trabajo que lo mantenía en la ciudad sin posibilidad de disfrutar de la paz del valle y le recomendaba que leyera un artículo del semanario *Renovación,* firmado por Matías Usero, que resultó muy clarificador en cuanto a las verdaderas ocupaciones de su buen amigo.

En las páginas impresas en tinta gruesa que manchaba los dedos, el colaborador de la publicación recordaba los terribles sucesos de la huelga de octubre y llamaba a «los republicanos de todos los matices y los proletarios de toda denominación» para que «se apresten a crear un frente único», puesto que la presencia de la CEDA en el gobierno indicaba que «estaríamos en el *maelstrom* de un pseudofascismo republicano».

Enma abandonó la lectura con un escalofrío. Había dejado atrás las retorcidas batallas políticas que en Madrid formaban parte del paisaje diario y descubrió con bastante asombro que no las echaba de menos. Su padre siempre la mantuvo al tanto de todo lo que ocurría en el Gobierno, animándola a leer la prensa y formarse sus propias opiniones; podían discutir durante horas sobre los manejos de los distintos gobiernos y sus dirigentes, y en aquel entonces le había parecido que no había nada más importante que mantenerse informada; y más ahora, que por fin podía ejercer su derecho al voto.

El artículo continuaba afirmando que la lucha no estaba en las calles, donde los medios represivos del Estado demostraron su fuerza en la intentona revolucionaria de octubre, de la que se lamentaba. Llamaba a los ciudadanos a «prepararse para dar la batalla en las urnas y, venciendo en ellas, salvar a España del fascismo que la rodea y la amenaza».

Todo aquello le sonaba a Enma demasiado beligerante, le preocupaba y le producía una angustia que no soportaba. Ahora su vida era la escuela y sus alumnas, se dedicaba a la profesión para la que se había preparado y con la que soñaba desde niña. Nada le importaba quién gobernara ni cómo mientras no interfirieran en exceso en su labor y le permitieran llevarla a cabo según sus conocimientos pedagógicos y sus convencimientos éticos y morales.

«Si queremos conservar la sombra de libertad que nos queda y con ella a la República, con posibilidades de avanzar y mejorar, solo existe un camino: la unidad contra el enemigo común».

El artículo llamaba a todas las fuerzas políticas, sindicatos, organizaciones de izquierda, anarquistas incluso. Enma solo pudo pensar en su querido Elías, metido entre todo tipo de activistas, desde los más idealistas hasta los delincuentes terroristas, tratando de mediar para un entendimiento que los uniera por un fin común. Recordó que había sido detenido por los sucesos de octubre, probablemente torturado, aunque se negó a darle detalles, y ni con eso lograron quebrar su espíritu, más bien todo lo contrario.

Sentada en su cocina, al calor del fuego, con el periódico sobre las rodillas y el murmullo incesante de la lluvia en el tejado, Enma tuvo una clara visión de una sombra negra abalanzándose sobre ellos, sobre la vida tranquila del valle y la más ambiciosa y revuelta de la ciudad; una sombra que los aplastaba con un poder y una violencia inesperados.

Se puso de pie, temblorosa. Su cabeza se llenaba de rostros conocidos que la observaban distantes, indiferentes a su sufrimiento: Elías, herido, tal vez moribundo; Miguel Figueirido, de espaldas, silencioso y ausente; los dos jóvenes falangistas, que volvían al amparo de la noche para aprovecharse de su debilidad.

No supo cuánto tiempo permaneció así, ausente en sus negros pensamientos. «Sola, sola», repetía un eco en sus oídos. No tenía a nadie, ni familia ni amigos, nadie que la echara de menos, nadie que la fuese a cuidar si enfermaba ni a llorarla si se moría.

Cuando salió de aquel letargo había dejado de llover y por la ventana se colaba la luz de la luna acariciando su rostro pálido y sudoroso. Consiguió arrastrarse hasta la cama y se metió en ella, cubriéndose por completo para entregarse a un sueño reparador, tan profundo que al despertar por la mañana ni siquiera recordaba lo ocurrido.

Aunque ella no se esmeraba en caricias ni atenciones, el perro la adoró desde el primer momento. Ni siquiera sabía cómo llamarlo, algo que solucionó Claudia rápidamente.

—Es un *trasno*.

—¿Trasto?

—No, *trasno*. Como un niño revoltoso. No es malo, solo quiere jugar.

El perrillo, de raza indefinida y pocos meses, saltaba para alcanzar la mano que la pequeña Claudia estiraba todo lo alto que podía.

—Entonces lo llamaré así, *Trasno*.

Claudia reía y sus mejillas pálidas se cubrían por fin de un poco de rubor. Sentado en un taburete cerca del fuego, Miguel afilaba un cuchillo; a su lado, Pilar remendaba alguna prenda. Podían ser perfectamente una familia y Enma la extraña que venía a incomodar su paz doméstica.

«Estás sola», dijo una voz incómoda y lejana en su cabeza, trayéndole recuerdos de la noche anterior. El perrillo gemía buscando su atención. Le pasó la mano por la cabeza y encontró consuelo en aquella piel suave y cálida.

—Como hoy estás mucho mejor, vamos a aprovechar para repasar algunas lecciones.

Claudia exageró un gesto compungido y hasta se permitió toser un poco en falso.

—¿No me va a leer de su libro de cuentos?

—Después.

El perro seguía alborotando a su alrededor, buscando atención. Miguel lo llamó con un gesto y le dio un hueso para que se entretuviera un rato. Enma se quedó mirando cómo le acariciaba el lomo, con su mano grande hundiéndose en el pelaje. Recordó cómo la había hecho entrar en calor frotándole los brazos y cuánto había deseado que la abrazara.

—Voy a recoger la ropa, que aún va llover —dijo la prima Pilar, sobresaltándola.

Cuando sus miradas se cruzaron, comprendió que lo había hecho a propósito, como si pudiera leer sus pensamientos. Por increíble que pudiera parecer, aquella mujer la veía como una rival en su plan cuidadosamente trazado.

Chelo, una de sus alumnas adultas, le había dicho que necesitaban una dispensa para casarse, puesto que eran primos, y que Pilar había estado hablando con el cura para saber cómo obtenerla. Supuso que era un buen arreglo para ambos, viudos los dos y necesitados el uno del otro. Por su actitud, no podía creer que hubiera otro interés en aquel matrimonio: no se les veía un gesto cariñoso ni una mirada furtiva ni un ansia por quedarse a solas. Para Miguel sería la forma de asegurarse que su hija y su hogar estuvieran bien cuidados; para Pilar, la manera de acallar las habladurías por pasar demasiado tiempo en aquella casa; no siempre la iba a proteger el hecho de ser la prima del dueño.

Claudia apenas tenía fuerza para agarrar el lápiz, así que Enma utilizó una pizarra pequeña sobre la que escribió la tabla de multiplicar del 1, bromeando con la pequeña sobre lo difícil que era aquella lección. Continuó con la tabla del 2 y del 3, que le hizo repetir en voz alta, hasta que notó que empezaba a cansarse. Entonces sacó de su bolso el libro de fábulas y le leyó la más cortita una vez. Cuando terminó, le dijo que la volvería a leer; pero ahora tendría que decirle qué palabras llevaban la letra B y cuáles la letra V.

Cuando dio por terminada la lección, el sol aún brillaba en el horizonte. Así lo había calculado teniendo en cuenta lo mucho que se alargaban los días ya en aquellas fechas para así poder volver a su casa sola, sin molestar a Figueirido.

Se despidió y se marchó con el perrillo corriendo alrededor y enredándosele en los botines, arrancándole una sonrisa que le dolió en las mejillas. Se dio cuenta de que hacía mucho tiempo que no sonreía, tanto como para que sus músculos se hubieran agarrotado. Se volvió hacia la casa al oír un golpe en un cristal. Desde la ventana de la cocina, en brazos de su padre,

147

Claudia la despedía agitando la mano. Enma le devolvió el gesto con la mano en alto, abarcando con su sonrisa también a Miguel, que mantuvo su gesto insondable.

Llegó abril cargado de lluvias, para no contrariar el refrán. También de días luminosos y jornadas soleadas que olían a primavera, campo húmedo y flores silvestres que brotaban por todas partes con una profusión y un desorden que asombraban a Enma. Por primera vez se encontró absorta en la contemplación de la frondosa naturaleza del valle. Las hojas nuevas de los árboles eran tan verdes y tiernas que parecían hasta comestibles. En los caminos más descuidados, entre silvas y ortigas, surgían relucientes flores amarillas de pétalos aterciopelados. Los campos cortados se cubrían de margaritas, y los frutales de flores que anunciaban una generosa cosecha.

Elías apareció para llevarla a Ferrol, donde se celebraban las procesiones de la Semana Santa. En los últimos meses, su único amigo del lugar se había convertido en un misterio que iba y venía desapareciendo durante días para luego llegar rogando perdón por tenerla abandonada. La llevaba al cine, de compras, la invitaba a comer y a pasear por las calles largas y rectas de la ciudad o por la alameda si el tiempo lo permitía. Y ahora que, en silencioso acuerdo tácito, ambos habían descartado un romance que parecía obligado, disfrutaban con más confianza de la compañía mutua y de una amistad fácil fundada en el respeto y los gustos comunes.

A veces en el café se les unían amigos de Doval y su familia. Compañeros de la Constructora, como llamaban entonces a los grandes astilleros, conocidos de la sociedad ferrolana, y el periodista y poeta Emilio Lamas, el amigo más íntimo de Elías. Enma no olvidaba la palabra tan fea utilizada por los jóvenes fascistas para dirigirse a los dos amigos, y a veces se encontraba buscando morbosamente entre ellos una señal de que su aprecio fuera más allá de lo fraternal. Luego se arrepentía de su comportamiento, se reprochaba a sí misma la necesidad de buscar motivos extraños en el hecho incomprensible de que Elías no se hubiera enamorado loca y perdidamente de ella, como parecían prometer sus primeros encuentros.

Y sin embargo, alguna vez, cuando la velada tocaba a su fin y Elías la tomaba del brazo para salir del café y llevarla de vuelta a casa, sentía la mirada de Emilio Lamas clavada en su espalda, reflexiva, irónica en apariencia, pero soterradamente triste.

La primavera trajo una mejoría notoria para el estado de la pequeña Claudia. Enma, que había acudido puntualmente a darle sus lecciones un rato cada día desde hacía semanas, comprendió que era la ocasión de hablar con su padre y aconsejar el regreso de su alumna al aula.

—No la veo con tantas fuerzas como usted dice —contestó Figueirido a su requerimiento, parados los dos a la puerta de la casa.

—Usted y yo sabemos que Claudia exagera sus males desde hace días. Se ha acostumbrado a esta situación, le resulta cómoda y agradable, y por su parte no va a ponerle fin.

—¿Está llamando mentirosa a mi hija?

Enma resopló, apretando el libro que llevaba contra el pecho. Ese hombre seguía siendo un hueso duro de roer. Había notado cuánta atención prestaba a sus lecciones; sentado al otro lado de la estancia, sin darse cuenta, iba inclinando el cuerpo para acercarse y oír mejor lo que hablaban. Si Claudia hacía una pregunta, él esperaba impaciente la respuesta, como si tuviera la misma duda que su hija sobre el tema. Al ver cómo se oponía al fin de aquellas clases particulares, Enma se preguntó hasta qué punto era él quien no quería perdérselas.

—Claudia estará mejor en el aula, con sus amigas y compañeras, verá cómo recupera poco a poco las fuerzas con un poco de ejercicio y aire fresco.

—No está como para esas caminatas que tanto le gusta a usted hacer con las pequeñas, llevándolas de aquí para allá, como si nunca hubieran visto una planta o un molino.

Enma se sorprendió de que él estuviera al tanto de las salidas con sus alumnas, tan útiles para sus clases de Ciencias Naturales.

—Adaptar las lecciones al entorno del alumno es uno de mis cometidos. ¿No era usted el que creía que de nada les servía lo que iban a aprender en el colegio si total, su vida está en el valle, en la tierra y en las labores?

Figueirido no era un buen oponente para una batalla dialéctica. Ya le estaba pareciendo a Enma que aquella conversación era de las más largas que habían mantenido. Él encendió un cigarro y se alejó camino del establo.

—A trabajar la tierra no se aprende en el colegio —rezongó, dando por terminada la conversación.

—Sé que le interesan mis lecciones, he notado cuánta atención presta.

Con eso consiguió que frenase el paso. No se esforzó siquiera en volverse para responderle.

—Solo quiero saber qué le enseña a mi hija.

Enma siguió sus pasos y se frenó a la puerta del establo cuando él desapareció en el interior oscuro. El contraste con la luz del exterior le nubló la vista por unos segundos.

Le gritó desde la puerta.

—Es usted el hombre más terco, obstinado y cabezota...

Miguel apareció ante ella sujetando una gran horquilla por el largo mango, enfrentándose con gesto serio.

—¿Me está insultando, señorita?

—Solo le estoy describiendo.

Dejó de fruncir el ceño y Enma estuvo segura de que sus labios comenzaban a curvarse hacia arriba. Se reía de ella, no podía entender qué le hacía tanta gracia.

—No se vaya a manchar los zapatos.

Y según lo dijo, hincó la herramienta en la hierba seca que cubría el suelo y comenzó a removerla para amontonarla hacia un lado.

Enma dio un saltito hacia atrás, le dirigió una mirada furibunda y se dio la vuelta para marcharse. Era tanta la rabia que no pudo pronunciar ni una palabra de despedida.

Desde la puerta de la casa, la prima Pilar la miraba con sus ojillos redondos cargados de insinuaciones y reproches.

CAPÍTULO 10

Un domingo al mes, sin falta, Elías la invitaba a comer en la casa grande. Doña Virtudes la recibía con cortesía y cierta resignación. Siempre había un momento incómodo, a los postres, en que la mujer los miraba a ambos, de hito en hito, esperando el anuncio que tanto temía y que para su alivio nunca llegaba.

La falta de confianza le impedía a Enma sincerarse. A pesar del tiempo que pasaban en mutua compañía, doña Virtudes la seguía tratando como a la desconocida que llegó por primera vez a su hogar, con toda la corrección de su educación a la antigua usanza más la frialdad de quien se considera superior y magnánimo por relacionarse con la plebe.

Si le diera alguna señal de simpatía, de mínima confianza, Enma le hubiera abierto su corazón y confesado lo agradecida que estaba por la amistad de Elías, al que quería como a un hermano. Pero la fría distancia que imponía la anciana impedía cualquier confidencia y obligaba a todos a pasar por aquella incomodidad de las dudas y la preocupación que cubrían de arrugas su frente marchita.

—Debes decirle a tu madre que no me estás cortejando —le dijo una tarde a Elías cuando bajaban caminando de vuelta a casa, aprovechando el cálido sol de aquel interminable día de mayo.

—¿No lo estoy haciendo?

—No bromees.

—Si tuviera tiempo de cortejar a una mujer, Enma, sin duda esa serías tú.

Ella le creía, a medias. La frase correcta en realidad debería de empezar de otra manera: «si deseara», «si quisiera».

—Me preocupa a qué le dedicas tanto tiempo —le dijo, cambiando de tema y aferrándose con más fuerza a su brazo—. Incluso aquí, en la paz del valle, se nota un aire enrarecido, una sensación de peligro inminente, de que algo va a ocurrir y no va a ser nada bueno.

—Hay importantes movimientos políticos, pero no pueden ser tan malos como temes. Los partidos republicanos se han unido bajo el mandato de Azaña. Si quieren ganar las elecciones el próximo año, pronto ofrecerán un pacto al PSOE. Con toda la izquierda en coalición, derrotaremos a la CEDA y a los antirrepublicanos y recuperaremos los ideales de la República, verás que aún podemos enderezar el rumbo torcido de este barco.

Enma no quería oír ni una palabra más de política. Había dejado aquel mundo atrás cuando salió de Madrid; ahora nada le importaba lo que allí se hacía y deshacía mientras no se inmiscuyera en su pequeño mundo rural. Recordó con un estremecimiento a los jóvenes falangistas, convencidos de que la gente como ellos eran el futuro de España, y volvió la cabeza para que Elías no pudiera ver el miedo que se reflejaba en sus ojos cada vez que pensaba en lo que le habían hecho, lo que temía que trataran de repetir aprovechando su debilidad y la soledad en la que vivía.

—Prométeme que tendrás cuidado y no te meterás en alguna otra revolución.

—¿Tanto te preocupas por mí?

Elías se detuvo y la obligó a mirarlo, poniéndole una mano bajo la barbilla. Parados en medio del estrecho camino, los árboles formaban un arco sobre sus cabezas, cubriéndolos de sombras y rayos de sol que se filtraban entre las hojas.

—Solo te tengo a ti —le confesó, sincerándose sin ningún rubor.

—Esa es una poderosa razón para seguir tus consejos. —Le acarició la mejilla. Ella inclinó el rostro, para reposarlo sobre su palma—. Te prometo que siempre volveré, querida Enma, no te fallaré.

—Soy una egoísta —bromeó ella, y le tiró del brazo para que siguieran andando.

—Me gustas tal como eres.

El camino giraba a la izquierda. De frente vieron venir a Miguel Figueirido. Con sus ropas gastadas y un saco al hombro, caminaba ensimismado. Enma tuvo la impresión de que había oído sus voces y detenido sus pasos para no interrumpirles.

—¿Trabajando en domingo, Figueirido?

—Tengo que ir al molino si queremos pan para mañana.

No se detuvo y solo les dedicó un breve gesto de saludo antes de perderse a la vuelta del camino.

—No he conocido a nadie tan reservado —dijo Enma—. ¿Te puedes creer que he estado yendo a diario a su casa para dar clases a su hija?

—No me parece una mala virtud, ser callado y pensar antes de hablar. A algunos nos vendría bien un poco de eso.

Elías hablaba con tono ligero y la hizo reír, aunque no olvidaba al hombre que ya había desaparecido de su vista, tan distinto del que la acompañaba como la Tierra del lejano Plutón.

—Una vez me dijo que tenía estudios de bachillerato —dijo Enma—. ¿Por qué se conforma solo con esta vida?

—Su padre enfermó de gravedad cuando iba a empezar los estudios superiores en Santiago. Tuvo que volver a la aldea y ocuparse de mantener a la familia. Luego conoció a la madre de Claudia; era una muchacha preciosa y frágil como el cristal. Se casaron a toda prisa porque todos sabían que no viviría demasiado.

—Qué vida tan triste.

—No lo creas. —Elías se detuvo a encender un cigarro—. Amaba a su esposa y fueron felices el tiempo que estuvieron juntos. Y tiene una hija a la que adora y le consuela por la falta de la madre.

Enma asintió. La vida era una sucesión de pérdidas. La ventaja es que ellos fueron conscientes del poco tiempo que tenían para estar juntos, y tal vez eso les había servido para valorarlo y disfrutarlo intensamente.

—Me regaló un perro. De algún modo, intuyó lo poco que me gusta vivir sola.

—Es un buen hombre. Y ahora me siento avergonzado de no haber tenido yo ese detalle.

—Tú eres mi mejor compañía.

Llegaban ya al colegio. Enma le dio un beso en la mejilla y lo despidió recordándole su promesa de no meterse en líos. Él esperó hasta que cerró la puerta y se asomó a saludarlo por la ventana del primer piso. A su alrededor correteaba *Trasno,* loco de contento con su regreso. Enma lo tomó en brazos y le acarició las orejas mientras miraba a Elías alejándose de vuelta a su casa.

Era el mejor de los hombres y la hacía sentirse muy afortunada por su amistad. Dio un suspiro, cerró la ventana y se volvió hacia su pequeña morada. Observó la cocina de leña, apagada, la vieja butaca, descolorida por el sol, la mesita, cubierta con periódicos atrasados, y dos libros que Elías le había traído por la mañana cuando la fue a recoger para la comida.

Soltando al perrillo, tomó el primer libro: *Los pazos de Ulloa,* de Emilia Pardo Bazán. Se sentó en la butaca, dispuesta a evadirse de su aldea real para sumergirse en la literaria.

❦❦❦

Enma no sabría decir cómo transcurrió tan rápido aquel mes de junio, a pesar de lo largos que eran los días, tanto que pasaban de las once de la noche cuando por fin el sol se ocultó en el horizonte, momento en el que se prendió la gran pila de leña seca. A su alrededor, los paisanos reían y charlaban, disfrutando del día de su patrón, San Juan, y de la celebración pagana del fuego para espantar a las meigas en aquella, la noche más corta del año.

Durante las últimas horas el valle se había llenado del aroma de las sardinas asadas al aire libre. En la puerta de la taberna, un pequeño grupo de músicos tocaban la gaita y el tambor. Mujeres y hombres bailaban, brazos en alto, saltando y girando, en alegres *muiñeiras* que se coreaban con palmas y *aturuxos*.

María Jesús y Amparo, sus dos jóvenes alumnas de la clase de adultas, la habían ido a buscar a la casa, empeñadas en que debía disfrutar del día de su patrón. En su compañía probó las sardinas, el vino espeso y afrutado servido en una taza blanca que quedaba teñida de rojo oscuro y el aguardiente destilado en alambiques caseros, «caña» lo llamaban, que se convertía en una bola de fuego al bajar por la garganta.

Cuando las dos chicas se pusieron a charlar y coquetear con un grupo de jóvenes de San Jorge, Enma se retiró con prudencia y conversó un rato con don Jesús, que le contaba que era párroco de ambas parroquias.

—Debería usted acercarse a las playas —le propuso, explicándole que Esmelle y San Jorge, junto con Cobas, compartían un extenso arenal, en forma de concha, de finísima arena blanca y aguas transparentes.

—Yo soy de tierra adentro, don Jesús, el mar no es para mí.

—No la animo a que se bañe, son playas peligrosas para quien no las conoce o no es buen nadador; pero el aire del mar y un poco de sol son buenos hasta para el espíritu.

—Si usted lo dice, debe de ser cierto.

Enma reía con ligereza. El vino y la potente caña burbujeaban en su estómago y lograban que se sintiera más cómoda y relajada de lo que recordaba haber estado desde su llegada.

El cura se fue justo antes de que encendieran la hoguera. Enma se quedó sola paseando entre los vecinos, que la saludaban con la cabeza o con la taza de vino en alto. Los niños saltaban sobre pequeñas hogueras que ellos mismos prendían robando algunas ramas de la grande, retándose para dar el salto más alto, tanto que Enma podía ver que las llamas les lamían la piel al pasar por encima. La noche de junio era hermosa, el cielo cuajado de estrellas y la temperatura más que agradable.

Sus otras alumnas del curso de adultas se acercaban a hablarle. Se dio cuenta de que la gente de la aldea estaba contenta de verla allí, mezclándose con ellos como una más. Nueve meses llevaba en Esmelle y apenas conocía a aquella gente, ni siquiera a los padres de sus niñas, que poco se interesaban por su trabajo o por los progresos de las pequeñas, demasiado ocupados con sus quehaceres diarios.

Su posición era incómoda. Atrapada en una categoría que no podía soslayar, considerada autoridad, junto al cura de la parroquia, el alcalde o la Guardia Civil, y a la vez, sin embargo, menospreciada por ser mujer, vivir sola y tener escasos ingresos, como bien decía el saber popular en aquel dicho de «pasar más hambre que un maestro de escuela». Y a todo eso se unía una sensación de ser casi extranjera sin salir de su propio país. Poco o nada tenían que ver sus conocidos de la capital con las personas que ahora la rodeaban, riendo y hablando en voz más alta de lo habitual, efecto del vino que corría generoso aquel día por todas las casas.

—Salte usted, señorita, salte, venga.

Carmiña, la hija del molinero, acompañada de sus hermanos, le tiraba de la manga y la arrastraba hacia la pequeña hoguera que los niños estaban saltando. Enma consiguió que la soltaran, entre risas, negándose por miedo a hacer el ridículo; o peor, a caer sobre el fuego y quemarse algo más que la dignidad. Animó a los niños a seguir saltando aplaudiéndoles con entusiasmo. Poco a poco se fue alejando y dejó que la oscuridad que reinaba más allá del círculo del gran fuego la engullera.

Estaba preocupaba por la pequeña Claudia. De nuevo estaba faltando al colegio, a pesar de que en las últimas semanas había mejorado muchísimo y parecía la niña sana y alegre que conoció el día de su llegada.

Dejó que sus pasos la guiaran hasta la casa de Figueirido, aunque no era hora ni mucho menos para una visita, pero podía ver la luz en la cocina y sentía un pálpito que la obligaba a acercarse y tratar de tener noticias de la pequeña.

La noche se cerraba a su alrededor. Con la luna jugando a ocultarse tras las nubes, nada iluminaba su camino. Para guiarse solo tenía aquella luz en la ventana que, de repente, se abrió y le trajo la voz de la prima Pilar, que le decía a la niña que era hora de acostarse mientras dejaba algo sobre la repisa.

Se paró ante la puerta del establo entreabierta y trató de ver a Claudia a través del cristal empañado que Pilar había vuelto a cerrar. Unas ramas crujieron a su espalda. Cuando se volvió para ver quién se acercaba, le costó reconocer en aquella oscuridad los rasgos de Miguel Figueirido.

—¿Qué hace aquí?

—Estaba preocupada por Claudia.

Él dio un paso más y Enma comprobó, con los ojos desorbitados, que llevaba la camisa en la mano, y que por su pecho corrían gotas de agua que le caían del pelo mojado. Hizo un esfuerzo por tragar saliva, pero sintió la boca seca y pastosa.

—La niña está bien.

—No... No ha ido al colegio.

—Está bien —insistió, sin más explicaciones.

Enma no se podía mover. O quizá no quería, eso era algo que no se sentía en disposición de analizar. Oía los grillos cantando en la huerta tras la casa, veía a lo lejos las lenguas de fuego de la hoguera, olía la hierba húmeda del rocío que comenzaba a caer y sentía la áspera tela de su falda, donde sus manos se cerraban como garras, sobre sus muslos. A pesar de todo eso, se sentía sorda, ciega, falta de todo sentido, y a la vez muy consciente del hombre medio desnudo que tenía delante, de cada gota que corría por su pecho, tan ancho, tan fuerte, y de su aroma a campo y río.

Él tampoco se movía. Sus ojos estaban clavados en los de ella, llenos de preguntas, de inquietudes. No supo cuánto tiempo estuvieron así hasta que oyeron voces que se acercaban. Miguel la tomó por encima del codo, la obligó a entrar en el establo y cerró la puerta a su espalda. Enma se quedó quieta, muy quieta, sintiendo la madera de la puerta áspera y llena de astillas arañar su fina blusa de verano. Frente a ella, demasiado cerca, Miguel era una sombra silenciosa. Ni su respiración se oía.

Las voces se acercaban. Una pareja joven. Ella reía y le decía que debían volver a la hoguera, él la llenaba de zalamerías para retenerla.

—Debo irme —susurró Enma, tan bajo que su voz solo fue un suspiro.

—La verán.

Estaban allí mismo, tan cerca del pajar, que no podría abrir la puerta sin encontrárselos de frente. El chico seguía con su discurso, firme y persuasivo; «un beso solo», decía, «no seas tacaña». Notó que se apoyaban contra la puerta, espalda con espalda, con solo unos centímetros de vieja madera en medio. Enma podía oír las protestas de la chica, cada vez menos convincentes, hasta convertirse en un suave gemido. Se besaban, sí, con la ansiedad de quien ha esperado demasiado tiempo, de lo prohibido, del pecado. Enma dejó de respirar. Apretó las rodillas y se llevó una mano a la boca para no gemir también. No sabía qué le ocurría. Se sentía débil, enfebrecida, ansiosa de algo que desconocía. A su espalda, la pareja solo emitía sonidos entrecortados. Oía el roce de sus labios, imaginaba sus manos buscando la piel bajo la ropa. Enfrente, la silueta del hombre semidesnudo que extendía las manos hacia ella.

Enma no supo si sollozó o si asintió. De repente estaba entre sus brazos, dejándose besar con el mismo abandono que la desconocida del otro lado de la puerta. Todo pensamiento racional desapareció con aquellos besos, aquellas caricias abrasadoras que la llevaban a un mundo desconocido. Se sumergió de lleno en el imperio de los sentidos y se entregó con el abandono de quien no tiene nada que perder. Giraron en una danza sensual hasta terminar sobre la paja seca, brazos y piernas enredados, ropa a medio quitar, y él entre sus piernas, empujando, poseyendo, mientras dos lágrimas de dolor se le escapaban a ella entre los párpados apretados.

—¿Usted...? ¿Nunca...?

Enma negó en la oscuridad, sin saber si la ofendía o le divertía el tratamiento respetuoso después de lo que acababa de ocurrir entre ellos. Por su parte se sentía liberada y satisfecha y no aceptaba ninguna clase de arrepentimiento.

—Nunca. Pero no se preocupe, no tiene que cumplir conmigo.

Intentó sentarse. La cabeza le daba vueltas y apenas tenía fuerza en las manos para abrocharse la blusa. Demasiada bebida, se dijo como excusa, aunque ni ella misma la creía.

—¿Qué pasa con Doval?

—¿Qué tiene que pasar?

—Si le ha hecho alguna promesa, si hay un compromiso, tendrá que decirle que eso se ha acabado.

Dejó caer las manos renunciando a meter los pequeños botones en sus ojales.

—Ni yo he prometido nada ni él me lo ha pedido. No le debo explicaciones. Y lo que ha ocurrido aquí, aquí se queda. Nadie debe saberlo nunca.

Miguel se arrodilló ante ella. Despacio, con el cuidado de un hombre que cría solo a una hija pequeña, le abrochó uno a uno los botones. Enma volvió a temblar al sentir sus nudillos ásperos rozándole la piel con cada movimiento. Si ella fuera otra mujer, en otro mundo, en otra época, no permitiría que la noche se acabara así, tan pronto, ahora que había descubierto el inesperado placer de entregar su cuerpo a un desconocido.

—¿Y si yo creo que sí debo cumplir?

—¡Olvídelo! —Se zafó de sus manos y logró ponerse de pie, tambaleante—. Aquí no ha ocurrido nada.

Él se puso de pie también, enorme, cerrándole el paso. En algún instante de aquel breve lapsus la luna había vuelto a aparecer y su luz se colaba entre las tablas, iluminando apenas su rostro serio.

—¿Nada? —preguntó tan solo. Enma se sintió más desnuda y vulnerable ante su mirada que bajo su cuerpo. Avanzó con paso tembloroso; la paja no ofrecía buen apoyo a sus finos zapatos y sus rodillas se habían convertido en gelatina.

—Déjeme pasar —le exigió, al ver que él no se movía.

—Enma...

Tragó las lágrimas que se acumulaban en su garganta. No quería mostrar su debilidad, no quería sucumbir de nuevo a su aroma a bosque, a sus manos rudas y su cuerpo poderoso; pero si él la tocaba, no estaba segura de poder resistirse, de querer siquiera hacerlo.

—Déjeme pasar, por favor.

—La acompañaré a su casa.

—¿Para que todo el pueblo sepa que he estado con usted, a solas, de noche?

—No voy a dejar que se vaya sola.

—No soy su responsabilidad.

Él no contestó, encerrándose en su habitual mutismo. Enma atravesó el pajar y abrió la puerta sin preocuparse de si al otro lado seguía la pareja de jóvenes amantes, que por suerte ya habían desaparecido.

Aquel hombre imposible la siguió a una distancia prudencial. Ella podía oír sus pasos, sentir su presencia, cercana y protectora; aunque el orgullo le impidiera agradecérselo, interiormente lo hacía.

No se volvió cuando llegó a la escuela ni cuando abrió la puerta, ni siquiera cuando la cerró, a su espalda, para no verlo, para no encontrarse con su mirada insondable, con el reproche que esperaba pintado en su rostro. Se olvidaría de aquello, o tal vez lo recordaría con presunción. Sí, la noche en que sedujo a la maestra solterona, ligera de cascos como todo el mundo sabía que eran las mujeres de ciudad, un trofeo fácil. Solo rezaba para que su habitual estoicismo le impidiera jactarse de aquello en público, ante sus vecinos o amigotes de la taberna; no podría seguir viviendo en una comunidad tan pequeña si surgían rumores sobre su falta de moralidad.

Durmió poco y mal. El recuerdo de lo ocurrido la aguijoneaba, se sentía una mártir cubierta de flechas. Tan pronto se despertaba asustada, con el corazón retumbando en el pecho completamente desbocado, como se retorcía entre las sábanas, febril y sudorosa, recordando caricias y sensaciones inesperadas.

Se levantó con el primer rayo de sol, se arregló sin prestar mucha atención ni a su ropa ni a su peinado, y solo con la cara lavada salió de la casa y echó a andar. No supo cuánto tiempo estuvo vagando por los caminos, llegando hasta zonas que nunca antes había pisado, ante casas desconocidas que se despertaban con el canto de los gallos.

El olor del mar era cada vez más penetrante y por fin hundió los pies en la arena. Se quitó los zapatos, los arrojó a un lado y siguió andando hasta que la fina arena blanca dio paso a otra más compacta y húmeda. Frente a ella se abría un mar tan hermoso como amenazante. En la orilla rompían las olas, dejaban una estela de espuma blanca. Las gaviotas chillaban en lo alto, descendían en picado hasta el agua para luego remontar con algún pez en el pico.

Sus dedos se hundían en la arena, fría, áspera. Sus pulmones se henchían con el aire salobre, cargado de yodo. La brisa y la luz intensa del primer día tras el solsticio llenaban sus ojos de lágrimas. De reojo podía ver a un hombre que caminaba aga-chado, vestido pobremente, con una bolsa de rejilla y un peque-ño rastrillo en la mano, recolectando quizás algunos moluscos. Lo ignoró tras el velo de las lágrimas y casi ciega siguió avanzan-do hacia la orilla. Ante ella se elevaba el mar, abrumador, altas olas cargadas de espuma, arena y algas, que rompían con un es-truendo que no traspasaba el agudo pitido de sus oídos. Alguien estaría hablando de ella, según el saber popular, si oía ese soni-do. Por supuesto que sí, ningún hombre sería capaz de callar una hazaña semejante. Antes del mediodía, lo sabría la aldea entera; luego el ayuntamiento, y llegaría incluso a la ciudad.

El agua cubrió sus pies, tan fría que sus dedos se volvieron azu-les. Ni siquiera reaccionó a ese estímulo, solo cuando notó una mano agarrándola por encima del codo y tirando de ella, de vuel-ta a la arena seca.

—*Vaia con coidado, muller, non ve que hai mar de fondo?*

Miró al extraño sin verlo, parpadeando varias veces hasta que logró centrar la vista. Un rostro arrugado y oscuro, fruto de mu-chas horas al sol y aquel aire marino, la miraba con sincera preocupación.

—Solo quería... —No sabía lo que quería, ni lo que hacía allí; se esforzó por encontrar algo que tuviera sentido para aquel des-conocido—. Solo quería mojar los pies.

—Bien se ve que es usted de fuera.

El hombre la dejó como si fuera una niña pillada en una trave-sura sin importancia. Siguió su camino con su bolsa y su rastrillo.

—Gracias —le gritó al viento, sin recibir más respuesta que un ademán con la mano que podía tener varios significados.

De repente sintió frío. A pesar de que el sol ya calentaba en lo alto, sus pies mojados le transmitían una sensación heladora que subía por las piernas y le llegaba hasta la nuca, erizándole la piel. Desanduvo el camino y buscó sus zapatos. Tomó de nuevo la senda de vuelta al valle.

No estaba en su carácter dedicar tiempo a la introspección. Había vivido siempre en una ciudad agitada y llena de urgencia que poco tiempo dejaba para reflexiones personales. La vida en aquellas tierras, donde el ritmo era mucho más pausado, le brindaba la oportunidad de ahondar en sus estados de ánimo y hacer examen de conciencia. Aun así, la falta de costumbre y cierto pudor le impedían confesarse a sí misma, indagar en los anhelos y deseos más inasequibles de su mente.

Otra persona en su situación quizás optaría por la confesión para descargar aquella inquietud que removía sus pensamientos como las olas con la arena de la orilla. Lo sopesó, pero tuvo que descartarlo; ni siquiera a un sacerdote, en la oscuridad del confesionario, podría contarle lo ocurrido la noche anterior. Condenada a guardarlo en su interior, a no nombrarlo, a no analizarlo, esperaría que el tiempo lo fuera diluyendo como hacía con todo, penas y alegrías, que dejaban de ser tan vivas con el transcurso de los días.

Un automóvil se acercaba. Supo sin volverse que sería Elías. No había otro en la aldea, ni nadie pasaba por allí en vehículo de motor excepto el autobús de línea. Se tocó la cara para comprobar que no le quedaban lágrimas surcándole las mejillas, que notó ásperas y cubiertas de sal. Se hizo a un lado cuando el motor se puso al ralentí, deteniéndose ante ella.

Elías bajó del automóvil, se quitó el sombrero y le ofreció una sonrisa cansada. Se veía más delgado, con sus relucientes ojos empañados por grises sombras. Enma no dudó antes de arrojarse en sus brazos.

—¿Ha ocurrido algo? —preguntaba él, amparándola con su cuerpo, apoyando la cara sobre su pelo alborotado.

—Nada. Nada.

Era la palabra que seguía repitiendo desde la noche anterior. Nada. Si seguía negándolo, quizá fuera cierto.

—Estás temblando.

—He ido a la playa. Hace frío en la orilla. Me he mojado los pies.

Su voz surgía entrecortada, falta de aliento, acompañada de un sollozo que apenas podía disimular.

—Ven, sube, te llevo a casa.

La ayudó a sentarse y cerró la puerta antes de rodear el vehículo para ocupar su asiento.

—¿Estás bien? —insistió con sincera preocupación. Enma movió la cabeza, en un gesto vagamente afirmativo—. Vamos, entonces.

Subió con ella a su pequeña vivienda y la obligó a sentarse junto a la cocina de leña, que encendió con rapidez y pericia, y a tomar un vaso de leche que él mismo calentó y sirvió, añadiéndole un poco de miel.

—Eres muy bueno conmigo —le dijo, aún temblorosa, con el vaso caliente entre las manos.

—Se te ve cansada.

—Siento que los sucesos de estos últimos meses se me vienen encima, no he asimilado lo mucho que ha cambiado mi vida.

Elías asentía, conociendo su pasado, por lo que ella misma le había contado, la pena por la pérdida de sus padres aún jóvenes y lo sola que se encontraba en el mundo.

—Piensa en las cosas buenas.

—Lo hago, y estoy muy agradecida por lo que tengo. Por fin puedo ejercer mi profesión y me hace muy feliz ver los progresos de mis alumnas.

—Y además tienes un amigo que te quiere incondicionalmente.

Sentado a su lado, Elías esperó que ella dejara el vaso de leche sobre la mesa para tomarle la mano temblorosa.

—Y yo te quiero a ti. Eres mi mejor amigo, mi pilar de apoyo y mi consuelo —declaró con voz enronquecida por la emoción, poco acostumbrada a ser tan sincera—. Y espero que sigas siéndolo a mi regreso.

—¿Te marchas?

—Pasaré el verano en Madrid.

Vio que fruncía el ceño, contrariado. Sabía que la noticia era inesperada y sorprendente hasta para ella misma, que acababa de tomar aquella decisión.

—¿Sabes? La gente suele venir a pueblos como este a pasar el verano, no se va a las ciudades.

Enma sonrió. Le frotó la mano y la envolvió con las suyas.

—Quiero volver a mi hogar familiar, visitar a algunas amistades, disfrutar del bullicio y hasta de la suciedad de las calles.

—Dicho así, suena como unas vacaciones de ensueño.

Lo vio parpadear dos veces. Se fijó de nuevo en los grandes surcos grises que se formaban bajo sus ojos, prueba de pocas horas de sueño y muchas preocupaciones.

—¿Me prometes que tendrás cuidado y no te meterás en ningún lío? Nada que acabe contigo detenido y maltratado en alguna comisaría. Por favor.

—Y ahora me hablas como mi madre.

La abrazó de nuevo, fuerte, ahogándola contra su pecho. Enma se dejó hacer, rodeándolo también con sus brazos, con la misma confianza que abrazaría a su padre. Ningún terremoto hacía temblar sus rodillas ni sentía aquella urgencia, aquella debilidad, aquella ansia de la noche anterior. Allí estaba, a solas con un hombre en su casa, y sabía que no iba a ocurrir nada reprochable. Elías le ofrecía cariño, confianza y seguridad.

Trasno se acercó a olerles los zapatos y gimió hasta que Enma lo alzó con una sola mano y lo sentó sobre su regazo. Su cuerpecillo caliente y tembloroso le recordó a quien se lo había regalado, su sombra instalándose entre ella y el hombre que la abrazaba.

—¿Te lo llevarás? —preguntó Elías, pasándole la mano sobre el lomo al cachorro.

Enma frunció el ceño, con la cabeza llena de imágenes extrañas, absurdas, impactantes. Ella entre dos hombres: el que le ofrecía confianza y cariño y el que no le hacía ni caso para luego seducirla en un arrebato casi desesperado.

—No creo que pueda... —dijo.

—Puedo llevarlo a casa; mi madre tiene tres, uno más ni se notará.

Sí, era lo mejor. Que se lo llevara. Que alejara de ella aquel constante recordatorio de su caída.

—Te voy a echar tanto de menos.

Ni ella misma supo si se refería al cachorro que le lamía la mano y a los recuerdos que le traía o al hombre que le acariciaba la espalda.

CAPÍTULO 11

Llegó a Madrid el primero de julio, agotada por las muchas horas de tren, casi arrastrando la maleta hasta su destino, una humilde pensión en la misma calle donde había vivido con sus padres. Por suerte, disponían de una habitación libre. Como la casera la conocía, aceptó sus explicaciones sobre lo mucho que añoraba el barrio en el que se había criado y su deseo de visitar antiguas amistades y vecinos que eran casi como familia.

Subió las escaleras hasta el segundo piso, cada escalón convertido en una dura prueba que debía superar, con la mente envuelta en una extraña bruma y el cuerpo tembloroso y cubierto de una fina película de sudor. Cuando la casera la miró interrogativa culpó al calor de su estado. En cuanto se fue, echó la llave y se tumbó bocabajo sobre la cama.

El corazón le latía tan fuerte que le dañaba el pecho. Se dio la vuelta para respirar mejor y llenar los pulmones con el aire caliente y recargado que entraba por la ventana abierta. No estaba embarazada, eso lo había confirmado apenas a los dos días de la Noche de San Juan. Pero la sensación de inmoralidad, de pecado, la consumía por dentro. Quizás allí podría confesarse, en una parroquia alejada del barrio, con un cura desconocido. En realidad, sabía que no quería hacerlo.

Se levantó y vació agua de la jarra en la pequeña palangana que le serviría para su aseo. Sumergió las manos hasta las muñecas y se mojó la cara y la nuca, recuperando el aliento con una profunda inspiración.

¿Por qué tenía que ser todo tan difícil para una mujer? Y más para una mujer joven, atractiva y soltera, sin un hombre que la protegiese. Sabía a lo que se enfrentaba en la ciudad: piropos que podían rozar la grosería, manos largas en el metro o el tranvía que la ensuciarían con su contacto, insinuaciones o abiertas invitaciones si se le ocurría ir sola a un bar o a una fiesta. Una mujer debía proteger su virtud, pero a su alrededor siempre había algún hombre dispuesto a arrebatársela sin el menor remordimiento.

En sus tiempos de estudiante trataron de seducirla de todas las maneras, desde el que le escribía poesías hasta el que la esperaba a la salida de clase empeñado en acompañarla a casa, aprovechando algún callejón oscuro para robarle un beso. Todo aquello la abrumaba y le provocaba un rechazo hacia el sexo masculino, por injusto que fuera generalizar sus miedos de aquella manera.

Luego había llegado a su destino y allí había conocido a un hombre que por fin le ofrecía una amistad sana y libre de presiones sexuales. Y cuando empezaba a recuperar la fe en los hombres, llegaron aquellos jóvenes falangistas para violentarla y hacerle odiar su cuerpo frágil y casi desear ser más vieja, menos atractiva.

Y de repente, el hombre más inesperado le había mostrado qué era lo que todos querían de ella, lo que estaban dispuestos a arrebatarle por la fuerza si era preciso y que, para su sorpresa eterna, había entregado en un pajar, como si fuera un ser libre, dueña de su cuerpo y de sus decisiones y no atada a la moralidad y las costumbres que le dictaban el rígido camino que era obligado seguir.

Libre. Era una gran palabra, pero un concepto difícil de asimilar. No tenía familia cercana, nadie a quien dar cuentas, ganaba lo suficiente para vivir y no necesitaba responder más que ante los inspectores de educación. Debería considerarse libre, pues. Sin duda, un hombre lo haría. Pero ella solo era una mujer, y eso significaba ser una esclava de las miradas de los desconocidos en la calle, de los sermones desde los púlpitos, de sus iguales que aceptaban su puesto de personas de segunda, siempre un paso por detrás de los hombres.

Sintió la cabeza a punto de estallarle con tantas cavilaciones, a las que estaba poco acostumbrada. Echó las cortinas y se acostó de nuevo, con la cara enterrada en la almohada, en busca del sueño huidizo que le permitiese un momento de olvido.

Durante días vagó por unas calles que antes sentía suyas y que ahora le costaba reconocer. Todo estaba igual que un año atrás, y sin embargo todo le parecía diferente. La vecina que se encontró ante el portal de la casa en la que había vivido, que le habló de los nuevos inquilinos del que fuera su hogar, escrutó sus ojeras y los pliegues de la ropa sobre su cuerpo delgado sin atreverse a preguntarle por su salud o por su nuevo trabajo, manteniendo la distancia que se establece con una desconocida. Las compañeras de estudios que pudo localizar, con las que quedó para merendar en una céntrica cafetería, habían tenido más suerte que ella con sus destinos y hablaban maravillas de buenos colegios en los que se educaba a las generaciones que dirigirían el país en pocos años. Poco les importaban su escuela rural, sus humildes alumnas y los logros de los que había llegado a sentirse orgullosa en su primer año escolar.

Se perdía en las calles más bulliciosas, tratando de contagiarse de la urgencia del trabajador que corría a su puesto, de la mirada fascinada del turista, de la magia de los músicos y actores ambulantes. Todo en vano: cuanta más gente la rodeaba, más sola se sentía.

Agotada por el calor y el aire tan seco que ya no recordaba, pasaba las noches dando vueltas en su cama de la pensión, entre sueños febriles que mezclaban su pasado lleno de ilusiones con aquel presente desconcertante, donde ninguna señal le indicaba el camino hacia el que seguir a continuación.

❀❀❀

Una mañana más fresca de lo habitual logró reunir las fuerzas necesarias para dirigirse a la Asociación de Trabajadores de la Enseñanza e informarse sobre sus posibilidades de traslado. Las cosas no parecían ir muy bien para la organización. El gobierno actual ya había dado varias muestras de su desacuerdo con la ley de educación del primer gobierno republicano volviendo a prohibir las escuelas mixtas, no siguiendo con el plan de abrir más escuelas públicas laicas y depositando de nuevo la confianza en la enseñanza que se impartía en los colegios propiedad de órdenes religiosas. No eran buenos tiempos para que una mujer se mostrara abiertamente republicana, independiente y fiel a los principios de la Institución Libre de Enseñanza.

Ya se marchaba, derrotada y más deprimida de lo que había llegado, cuando con vagas excusas le pidieron que esperara. Al poco, Lisardo Hermida entró en el despachito y cerró la puerta a su espalda.

—Qué sorpresa saber que estabas en Madrid —dijo con su voz sibilina, extendiendo una mano hasta que Enma colocó la suya encima—. Querida, queridísima Enma, quisiera decir que es un placer volver a verte; pero me preocupas, me preocupas mucho.

Se atrevió a mirarse en sus ojos, de aquel azul siempre enturbiado como las aguas de un lago oscuro, imposible de saber lo que oculta bajo su superficie.

—¿Qué le preocupa?

—Pareces enferma.

—No lo estoy. Solo cansada.

—Ese lugar no es para ti.

—No es tan malo como se cree.

—Y sin embargo aquí estás, preguntando por un traslado.

Odiaba esa sonrisa condescendiente. No sabía cómo hacerle frente. Indignarse, enfrentarse a él, solo servirían para que se divirtiera a su costa.

—Es solo que al llegar a Madrid he sentido añoranza, morriña lo llaman en Galicia, ya sabe.

—Sabes que solo necesitas una palabra para regresar.

Una palabra. Enma aferró su bolso hasta que sus nudillos se volvieron blancos. Dos palabras serían «por favor». ¿Por qué una palabra? No quería preguntárselo. Temía que fuera una trampa.

—Estoy perfectamente en Esmelle, gracias.

El abogado se echó atrás, como si lo hubiera abofeteado.

—No me digas que te has enamorado de algún paleto de aldea. ¿A qué se dedica? ¿A la cría de cerdos?

Solo eran suposiciones, no quería creer que aquel hombre tuviera tanto poder ni tanto interés en ella como para espiarla en su destino.

—No estoy enamorada.

Le vio pasarse una mano por la boca, como si la notara seca y necesitara una copa para seguir adelante con aquella conversación.

—Seguro que algún pretendiente tendrás en el pueblo.

—Siempre hay hombres rondando a una mujer joven y soltera.

—Y tan bonita.

Enma enarcó las cejas, soberbia. No sabía de dónde sacaba las fuerzas para enfrentarse, para tratar de ganarle, aunque solo fuese dialécticamente; pero se sentía en aquel momento más viva que en la última semana.

—Me voy ya —dijo poniéndose de pie, el bolso aferrado—. Me han informado de que no hay puestos disponibles que me puedan interesar.

—Espero volver a verte mientras estés en Madrid.

—Me marcho mañana, una amiga me ha invitado a su casa de la sierra —improvisó.

—¿Te puedo invitar a cenar, entonces?

—Tengo que hacer la maleta. Pero gracias, siempre tan amable.

Se dio la vuelta sin más despedidas, cruzó los dos pasos que la separaban de la puerta con el aliento contenido y la mano temblorosa al posarse sobre el picaporte.

Cuando por fin salió a la calle, respiró hondo; dos, tres veces, aquel aire ardiente de mediodía que nada le ayudaba a aliviar el sofoco que la invadía.

¿Y si la seguía? ¿Y si no se tragaba su mentira sobre esa amiga con casa en la sierra? ¿Y si volvían a cruzarse cualquier día en la calle?

Decidió que nada le debía, ni siquiera una cortesía mínima. En otro tiempo había sido amigo de su padre; pero con aquella actitud y sus insinuaciones no merecía más que su desprecio y el olvido.

Se sintió fuerte, se sintió un poco más libre. Con ese espíritu cruzó la calle con la frente bien alta, la espalda recta y haciendo sonar los tacones sobre el asfalto.

❧❧❧

El mejor refugio, asesino inclemente de las horas muertas y los pensamientos oscuros, era el trabajo. Aquella misma noche diseñó un plan que la mantendría ocupada el resto del verano. Visitaría museos y exposiciones, teatros y cines que pudiera permitirse, jardines y parques. De todos ellos se llevaría catálogos, postales, programas, y hasta semillas de plantas y árboles. Si no podía llevar su pequeña escuela a Madrid, llevaría Madrid a la escuela.

Imaginaba las caritas fascinadas de sus alumnas cuando les mostrara los tesoros que custodiaba El Prado, los programas de las obras de teatro que les contaría con todo detalle o cuando viesen germinar las semillas de algún árbol exótico del Jardín Botánico. Era un gran proyecto, y la mejor manera de invertir todo aquel tiempo libre que no sabía en qué emplear. Se podía pasar días visitando el Museo Naval, en el Ministerio de Marina, revisando una a una las maquetas de barcos antiguos y modernos, los uniformes, los pertrechos, la cartografía, empapándose de las gestas de antiguos marinos. Y, como recompensa por aquel arduo trabajo, dedicar una noche a la semana a algún espectáculo, como el día que se atrevió a ir sola a la Gran Terraza del cine Barceló, donde pudo ver a Shirley Temple bailar claqué bajo el cielo estrellado de Madrid. La dulce sonrisa de la pequeña actriz y sus tirabuzones dorados le recordaron a Claudia Figueirido. Se sintió mal al pensar cómo la había dejado atrás, sin una despedida ni posibilidad de recibir noticias sobre su siempre frágil salud. El recuerdo de la niña le trajo también el del padre, removiéndola por dentro, despertándole un dolor sordo en el vientre que la hizo retorcerse incómoda sobre el asiento. Por suerte, logró concentrarse de nuevo en la película y, con gran esfuerzo de voluntad, alejar de su mente pensamientos incómodos para los que aún no estaba preparada.

—Una chica tan bonita no debería andar sola por la noche por esas calles —le dijo una voz masculina, demasiado cerca, cuando cruzaba el vestíbulo. Enma apuró el paso—. Vamos, no corras, que solo quiero hacerte un favor.

—No, gracias.

—La misma Enma de siempre, esquiva y soberbia.

Miró por encima del hombro, disgustada. Se encontró con una sonrisa torcida bajo un grueso mostacho.

—¿Carlos?

—¿Ya no saludas a los viejos amigos?

—Con ese bigote, pareces tu padre.

Le extendió la mano, aliviada al reconocerlo. Su antiguo compañero de instituto se inclinó para besarla en las mejillas.

—Me contaron que te habían dado un colegio en el fin del mundo.

—Algo así.

—Déjame que te invite a una copa, tenemos que celebrar este reencuentro.

Enma sabía lo que iba a ocurrir a continuación, como si fuera una novela mil veces leída hasta memorizarla. Él trataría de seducirla, ella lo mantendría a raya con una combinación de severidad y sonrisas cortantes, y al final se despedirían con idéntica sensación de frustración.

—Encantada —dijo la soledad hablando por su boca, y hasta se colgó de su brazo, sonriéndole.

El jovencito alto y desgarbado, conocido de sus años de bachillerato, se había convertido en un hombre elegante, vestido con un traje bien cortado, tan atractivo que las mujeres lo seguían con la mirada al pasar. Enma se sintió segura y orgullosa en su compañía. Tal vez por eso, por una vez se dejó llevar por el juego del coqueteo.

—Cuéntame de tu escuelita rural. ¿Las niñas te llevan manzanas de su huerto para que les pongas buenas notas?

—Alguna vez. —Dio un sorbo a su bebida, mostrándose enigmática—. Es una vida tranquila, muy distinta del bullicio de Madrid.

—Lo imagino. Y todos los solteros de la parroquia andarán como locos detrás de tus faldas. —Pareció notar su incomodidad, así que insistió en el tema, curioso—. No me digas que tienes un pretendiente serio.

—No lo tengo.

—¿Son todos ciegos, o eunucos?

—Qué cosas dices.

Dejó su vaso vacío sobre la mesa y enseguida Carlos levantó la mano para pedirle otras dos copas al camarero. A su alrededor, un bullicio de parejas y grupos de amigos celebraba la noche del sábado entre bromas y carcajadas.

—No se puede permitir que tan bella flor se nos marchite por falta de atenciones.

—La poesía nunca se te ha dado bien.

—Tengo un conocido en el ministerio, podría hablar con él.

Era una propuesta tentadora, aun a pesar de que sabía que aquel favor conllevaría un precio. Recordó lo desesperada que llegó a la ciudad a principios de verano, sus visitas al sindicato, su desagradable encuentro con Lisardo Hermida y su decisión posterior. No iba a volver a pasar por todo aquello.

—Estoy muy contenta con mi destino. Te agradezco el interés, eres un buen amigo.

—Yo estoy trabajando en el estudio de mi padre —le contó, haciendo un gracioso gesto de resignación—. Y eso que había jurado que nunca lo haría. Pero, en fin, ahora somos socios y nos va muy bien, estamos con el diseño de los planos de un nuevo edificio en Callao.

—Enhorabuena.

La segunda copa enturbiaba los ojos del joven, que la miraba de arriba abajo, como memorizándola, mientras su sonrisa se iba ensanchando.

—¿Nunca me vas a dar una oportunidad?

—Se hace tarde y me queda un largo trayecto hasta... mi calle —terminó la frase sin querer confesar que se alojaba en una pensión.

—Te llevo en mi automóvil.

—No te molestes, me encanta pasear. Y más ahora, cuando baja la temperatura.

—No voy a dejar que te vayas sola, digas lo que digas.

Aceptó por no discutir. Pasaban un rato agradable y no quería estropearlo. Cuando por fin el automóvil se adentró por su calle, le indicó la puerta de la pensión.

—Aquí es.

—¿Estás viviendo aquí? —preguntó Carlos, con la sorpresa que ella había previsto.

—En realidad estoy de vacaciones. Ahora vivo en la parroquia de Esmelle, ayuntamiento de Serantes, La Coruña, por si quieres algún día escribirme una postal.

Enma puso la mano sobre el tirador de la puerta. Carlos puso la suya encima, casi abrazándola.

—Déjame que te invite a cenar el próximo sábado.

—Mis vacaciones se acaban.

—No te dejaré escapar tan fácilmente, ahora que te he encontrado.

La sonrisa, que debía ser seductora, era insegura y a la vez prepotente. Estaría acostumbrado a jovencitas con la cabeza llena de pájaros, soñando con un noviazgo lleno de flores y poesía, que culminaría con su paso por el altar. Enma no era de esas y Carlos no tenía ni idea de cómo enamorarla.

—Déjame salir antes de que se asome la portera y se forme un escándalo.

—La reina de las nieves, como siempre.

Así la habían llamado más de una vez en el instituto, recordando el cuento de Andersen. No se ofendía, mejor eso que ser considerada una fresca de moral disoluta.

—Me ha encantado volver a verte, Carlos, de verdad, y te agradezco la invitación.

Le puso una mano en el pecho, se separó no sin esfuerzo y consiguió abrir por fin la puerta del vehículo.

—Que te vaya muy bien en tu pueblo, con tus aldeanos.

Se negó a ofenderse cuando, tal y como había previsto, el despecho habló por su boca.

—A ti también. Y conduce con cuidado.

Entró en el portal sin mirar atrás, con la frente alta y tragándose la decepción y el pequeño disgusto, que convirtió en una piedra más de su fortaleza interior.

Pocos días después, parada en el andén de la estación, pensaba en lo que se llevaba de Madrid que no cabía en su pequeña maleta.

Había llegado buscando una vida que ya no existía. Su hogar ocupado por desconocidos, los que fueran sus vecinos mirándola con extrañeza, casi desconfianza. Las antiguas compañeras, con mejor suerte que ella en sus destinos, la habían molestado con sus muestras de compasión al oír su historia. Sus esfuerzos por buscar un nuevo puesto más acorde con su preparación y sus expectativas resultaron inútiles, y encima tuvo que enfrentarse de nuevo a Lisardo Hermida. Y por último Carlos, que estropeó una agradable velada con su torpe intento de seducción.

No, no se había vuelto de repente una mujer pasional, disoluta. De aquella Noche de San Juan en el pajar solo quedaba un recuerdo confuso, como de ensueño, que se negaba a relacionar con las noches en vela y la sensación de frustración que a veces la atenazaba, una necesidad que ningún Carlos podría aplacar.

Sonó un silbato que la distrajo de sus pensamientos y a su alrededor los pasajeros se movieron con repentinas prisas, empujándola hacia el tren que la llevaba de vuelta a su escuela, a su pequeño hogar, que consideraba provisional.

Esa sería su vida ahora, decidió, la de una nómada dispuesta a aceptar cualquier destino que el ministerio le ofreciera o quedarse quizá para siempre en su pequeña aldea, si esa era la única opción. En su maleta llevaba los cuadernos preparados para las lecciones del curso que estaba a punto de empezar, folletos, programas, postales, todo aquello con lo que esperaba descubrir un nuevo mundo a sus pequeñas alumnas.

Y nada más se llevaba de Madrid. Solo decepciones que habían cumplido con un inesperado propósito aliviar su carga, renovar sus fuerzas y llenarla de optimismo hacia su futuro. Tenía toda una vida por delante y era dueña y señora de su destino.

Sentada ya en su plaza, miró por la ventanilla el gran reloj del andén. Eran las ocho en punto de la mañana cuando el silbato del revisor volvió a sonar. Las ocho en punto del 31 de agosto de 1935.

CAPÍTULO 12

En la estación de Ferrol la esperaba Elías Doval, su inagotable caballero andante, siempre dispuesto a rescatarla. Le había telegrafiado rogándole que le consiguiera un transporte para llegar a Esmelle, desconfiando de utilizar los escasos medios públicos que existían. Y allí estaba él, tan elegante, encantador y fiable como siempre.

—No tendrías que haberte molestado, sé que estarás muy ocupado —le dijo, tras agradecerle el detalle.

—No bromees, ha sido un verano horriblemente aburrido y monótono sin ti.

Elías cargó con su maleta como si se tratara de un pequeño bolso de mano y le ofreció el brazo, del que Enma se agarró con un suspiro agradecido.

—Hace menos de un año llegué a este mismo lugar preocupada y hasta un poco asustada. Ahora tengo la impresión de volver al hogar. Y es sobre todo gracias a ti.

Le apretó el brazo, con gesto cariñoso, ofreciéndole su sonrisa más sincera.

—¿Tan mal te han tratado en la capital para que estés tan feliz de volver a nuestra humilde aldea?

—Aquel ya no es mi sitio —contestó, perdiendo parte de su buen humor—. Me he sentido una extraña en mi propia tierra.

—Una ciudad tan grande nunca es un sitio acogedor. La gente viene y va, es imposible mantener un sentimiento de pertenencia a una comunidad, de auténtico hogar. En el asfalto no se puede echar raíces.

Enma asentía, recordando cuántas veces le había oído a su padre palabras similares. Él guardaba el recuerdo de su pueblo natal en Galicia, en tierras de Compostela, como un lugar duro y pobre, pero siempre añorado.

Por el camino, Elías le habló de las fiestas en honor al marqués de Amboage celebradas esos días. De las verbenas en los distintos barrios, desde Ferrol Viejo hasta Esteiro, pasando por los Cantones y el barrio de Canido; de las sesiones de fuegos artificiales y de los conciertos de bandas militares. Enma bromeó sobre las chicas con las que habría bailado en aquellas verbenas. Elías guardó un elegante silencio, como correspondía a un caballero.

—Y el Racing de Ferrol de vuelta a segunda —le contaba mientras pasaban por delante del ayuntamiento de Serantes—. Ha durado poco el sueño de ver a nuestro equipo en primera división. De todos modos, ahora que lo hemos conseguido, sabemos que es posible repetirlo.

Enma se adormecía, cansada del largo viaje, dejándose mecer por la agradable cadencia de la voz de Elías, que la ponía al día de los acontecimientos de los dos últimos meses como si realmente ella volviera a su hogar y estuviera ansiosa por conocer lo que se había perdido. No le habló de política ni de sus actividades en el sindicato. Tal vez consideraba que no era la ocasión o que a ella no le interesaba. Lo cierto es que se lo agradecía, ya habría tiempo de informarse sobre aquellos temas más serios.

No había comité de bienvenida esta vez ante la puerta de la escuela; solo María Jesús y Amparo, las dos jovencitas de su escuela de adultas, que la esperaban con un bonito ramo de flores silvestres una y una cesta de rosquillas la otra.

Elías se despidió poniéndole la maleta ante la puerta, alegando premura por volver al trabajo. Enma le dio un breve abrazo sin preocuparse por las risitas de las dos chicas que los miraban con curiosidad cómplice.

—Mañana te vendré a buscar para comer, mi madre tiene muchas ganas de verte, y tu *Trasno* supongo que también.

Se dio cuenta de que casi se había olvidado de su cachorro. Su recuerdo le trajo también el del hombre que se lo había regalado. Mientras Elías giraba el vehículo para volver por donde había venido, ella miró a lo lejos, entre las casas de la aldea, tratando de distinguir la de los Figueirido.

—Yo le llevo la maleta —se ofreció María Jesús, entregándole el ramo de flores.

Enma abrió la puerta y dejó que las chicas pasaran delante, agradeciéndoles la recepción y los presentes.

—No sabíamos si volvería —iba diciendo Amparo, mientras subían las escaleras—. Pensábamos que le ofrecerían un colegio mejor, en una ciudad...

Enma dejó su bolso y el ramo sobre la mesita de la cocina y abrió las ventanas para que el aire tibio de finales de verano se llevase el olor a cerrado de la pequeña vivienda.

—¿Dónde iba a estar mejor que aquí? —preguntó, apoyada en el alféizar, distinguiendo entre el puñado de tejados el de la casa de Figueirido.

—Eso dije yo —afirmó muy segura Amparo, que puso las flores en un jarrón vacío que encontró sobre la mesilla—. María Jesús se ha echado novio...

—¿Qué dices? —gritó la otra, alborotada.

—Y no se va a creer quién es —añadió Amparo, obligando a Enma a volverse para mirarla alerta. Después del amargo episodio con los falangistas, esperaba que las muchachas hubieran aprendido a rodearse de mejores pretendientes—. ¡Mi hermano Ricardo!

—Qué lengua más larga tienes —se quejaba su amiga, roja como la grana.

—No sé si conozco a tu hermano —dijo Enma, divertida con aquel cotilleo.

—No lo vería mucho por aquí, trabaja en el puerto de Ferrol descargando mercancías.

—Si se parece a ti, tiene que ser un muchacho muy guapo.

—Es más moreno, como mi padre. A mí no me parece tan guapo, pero es que es mi hermano.

—¿Y a ti, María Jesús? ¿Te parece guapo?

La pobre se retorcía las manos, muerta de vergüenza. Al final se atrevió a hablar.

—Pues sí, sí que me lo parece, y además es muy trabajador, y no se mete en política, ni falta que hace.

—Bueno, eso te crees tú; que sepas que está afiliado a la ORGA, como mi padre.

Eso sí que era un cambio, pensó Enma; primero coqueteaban con los cachorros de la extrema derecha y ahora con un miembro de los republicanos gallegos. María Jesús se había quedado preocupada y pensativa con aquella información; así que, para quitar hierro, se acercó a la mesa y les ofreció asiento.

—Qué bien huelen las rosquillas. ¿Las has hecho tú, Amparo?

—Qué va a hacer esta, si no sabe ni freír un huevo.

—Las hizo mi abuela —contestó Amparo, sin enfadarse.

Enma le ofreció la cesta primero a María Jesús, que tomó una con gesto goloso, y luego a Amparo, antes de servirse ella misma.

—Venga, no discutáis más, que ahora, además de amigas, vais a ser cuñadas.

La cara pecosa de María Jesús volvió a cubrirse de rubor, mientras Amparo reía y se atragantaba con la rosquilla.

—Si hace caso de mi consejo, que esperen un poco a que mi hermano encuentre un trabajo mejor, que eso del puerto no da casi para vivir.

—No tengo ninguna prisa por casarme —aclaró María Jesús—. Quiero seguir estudiando y a lo mejor busco trabajo en Ferrol. Ahora que puedo leer y escribir de corrido, podría emplearme de dependienta.

—El año pasado trabajaste mucho y muy duro —la felicitó Enma—, me alegra que quieras continuar.

—Gracias, no sabía que había profesoras como usted. Cuando éramos pequeñas, la maestra era una señora que solo nos enseñaba labores y nos pegaba con una vara si hablábamos demasiado.

—Esos tiempos se acabaron —aseguró Enma, que volvió a ofrecerles la cesta de rosquillas—. Si te ofrecen algún empleo que te interese, te escribiré una recomendación, ¿te parece?

María Jesús aceptó, asintiendo con energía.

—Es usted muy buena con nosotras. Sé que todo va a salir bien, encontraré el trabajo que quiero sin dejar de estudiar, se lo prometo. Me siento muy afortunada, y además, de las dos —miró a Amparo antes de lanzarle la pulla—, soy la única que tiene novio.

La otra se rio, incapaz de enfadarse, porque no estaba en su carácter. Dijeron que debían irse y dejarla descansar. Enma no trató de retenerlas.

Se quedó sola de nuevo en su pequeña vivienda, mirando los finos visillos que se movían con la brisa que traía el atardecer. Allá a lo lejos el sol se ocultaba tras el monte, y de las chimeneas de las casas salía un humo espeso que anunciaba la hora de la cena. Las hojas de los árboles empezaban a volverse doradas, anunciando un temprano otoño. Era hora de ponerse a trabajar y prepararlo todo para el curso que estaba a punto de comenzar.

❀❀❀

A Enma no le pareció que la madre de Elías tuviera tantas ganas de verla como él había dicho. No es que no la recibiera bien, doña Virtudes tenía los modales de una gran dama y sabía tratar a una

185

invitada, pero al mismo tiempo se mantenía distante, como si hubiera una barrera invisible pero notoria entre la señora de la casa grande y la humilde maestra de la aldea.

Enma sabía cuál era su puesto, un limbo que la alejaba de las gentes humildes que llevaban sus hijas al colegio, pero que ni de lejos la acercaba a la posición de la familia más relevante de la zona, en este caso precisamente los Doval.

—En Madrid hace demasiado calor en verano —decía doña Virtudes, como si tuviera que informar a quien había nacido en la capital de sus condiciones climáticas—. De siempre, las familias que se lo podían permitir han viajado al norte en agosto, a las poblaciones con mar, es una costumbre muy sana.

—Creo que Enma echaba de menos el bullicio de la ciudad —dijo Elías, guiñándole un ojo.

—Quería hacer algunas visitas y tenía trámites que solucionar en el ministerio y el sindicato.

—¿También está usted afiliada a un sindicato?

—Sí, a la Asociación de Trabajadores de la Enseñanza.

—¿Por qué? ¿Le interesa la política?

—Es una asociación profesional, se ocupan de nuestros derechos y de ofrecernos información y ayuda en lo que necesitemos.

—Todo tiene que ver con la política —sentenció doña Virtudes, haciendo un gesto a la criada para que recogiera los platos del postre—. Debería andar con cuidado, las aguas están muy revueltas. Como siempre en este país, no conviene pronunciarse ni hacia un lado ni hacia el otro. Nadie sabe lo que puede ocurrir en los próximos meses.

Esas palabras no iban solo dirigidas a Enma, le quedó bien claro que Elías era el verdadero destinatario del consejo. Comprendió y compartió la preocupación de su madre por sus actividades políticas.

—Tiene usted razón. Me he mantenido alejada de asuntos políticos desde que llegué a Esmelle. Bastante tengo con ocuparme de mi escuela y de mis niñas. En otro tiempo, en Madrid, alentada por mi padre, que era un republicano convencido, tomé parte en algunas actividades del Partido Radical. Pero, tras las últimas elecciones y la alianza del partido con la CEDA, me he sentido muy decepcionada con las decisiones de don Alejandro Lerroux.

La criada les sirvió café y a Enma le pareció que las manos de doña Virtudes temblaban un poco al tomar su taza.

—¿Fue usted a votar en 1933?

La pregunta sonaba a reproche; quizá debería disimular su entusiasmo, pero no pudo contenerse.

—Por supuesto. Fue un gran día para las mujeres españolas.

—Yo no fui —dijo doña Virtudes, y le dio un sorbo al café.

Enma miró a Elías, que las contemplaba en silencio como si asistiera a un espectáculo de dos boxeadores en un cuadrilátero. Lo interrogó con un gesto con las cejas y él le respondió con una sonrisa y una leve negación. «Déjalo estar», le decía, «no vale la pena».

No era ella la persona adecuada para intentar aleccionar a una mujer de la edad de doña Virtudes, anclada en otros tiempos en los que la mujer siempre quedaba supeditada al hombre, padre, esposo, incluso hijos, conforme y hasta cómplice de aquella forma de vida.

—Hace una tarde preciosa —dijo Elías, poniéndose de pie—. Podríamos sentarnos en el porche con el café.

—Estoy demasiado cansada, creo que me retiraré a mi habitación —se excusó doña Virtudes, y esperó a que su hijo la ayudara a levantarse—. Discúlpeme, Enma, este calor no me sienta bien.

—No se preocupe, doña Virtudes, le agradezco mucho la invitación y la comida; estaba todo delicioso.

—Ahora vuelvo —le dijo Elías.

Después de un segundo café, Enma dijo que debía volver a su casa, pues le quedaba equipaje por ordenar y había otras tareas que le urgían.

—Hace una tarde tan bonita que me apetece bajar caminando —dijo en cuanto Elías se ofreció a sacar de nuevo el automóvil para ella—. No me acompañes, seguro que tú también tienes cosas que hacer.

—Hoy no, señorita Enma —contestó él, galante como siempre, ofreciéndole su brazo—. He reservado la tarde para ti.

—Soy una mujer muy afortunada.

—Sin duda lo eres. Y hay alguien por aquí que seguro que te ha echado mucho de menos y que también es muy afortunado. —Elías emitió dos cortos silbidos y al poco apareció un perro trotando con la lengua fuera y meneando el rabo sin saber muy bien a cuál de los dos dirigirse.

—¿Este es mi *Trasno*? —Enma acarició la cabeza del animal, asombrada de lo que había crecido durante el verano.

—Sí que lo es, un auténtico alborotador que se empeña en matar de un susto a nuestras gallinas.

—¿Has sido malo, *Trasno*? —le preguntó, fascinada por la mirada de absoluta adoración que el perrillo le devolvía—. Tendré que enseñarte modales.

—Sí que ha crecido, y en la escuela no tienes mucho sitio. Si no quieres llevártelo...

—¡Sí quiero!

Enma se sobresaltó de su propia vehemencia. De repente se vio a sí misma en su pequeño hogar sobre la escuela, sola, de noche, afinando el oído preocupada por cada crujido de la madera, por el sonido del viento en los cristales. No sabía exactamente por qué se había vuelto tan miedosa. Los jóvenes falangistas no habían vuelto a aparecer por la aldea, y a estas alturas ya ni se acordarían de ella; el resto de vecinos nunca le había dado motivos de temor, más bien al contrario. Sin embargo, su confianza se había roto aquel día, con aquel incidente que el tiempo cada vez suavizaba más. Ahora le parecía que incluso había exagerado.

—Vamos, entonces.

Caminaron largo rato por la estrecha senda con las ruedas de los carros profundamente marcadas en la tierra. A ambos lados, la vegetación exuberante los envolvía, intensamente verde a pesar de que el verano agonizaba ya. Olía a resina de pino, a hinojo y a una mezcla de flores y plantas tan variada que Enma era incapaz de distinguirlas por completo.

—No he visto a Maruja en la casa. ¿Ya no trabaja para tu madre?

—Volvió con su marido a principios de verano. Creo que se vieron en las hogueras de San Juan, él le pidió que regresara.

El camino bajaba en acusada pendiente girando a la derecha, lo que les mostraba las casas desperdigadas más abajo. Enma podía distinguir a un lado el molino, sobre el cauce del río; al otro, la vivienda de Maruja.

—Espero que hayan solucionado sus asuntos.

Elías asentía sin pronunciarse. Enma desvió la vista para no mirar la casa de Figueirido, más allá. Era imposible no verla, puesto que estaba en la zona más alta, alejada del río. Había notado un vuelco en su interior cuando Elías le recordó la Noche de San Juan. Algo que creía superado, enterrado en lo más hondo de su memoria. Se sorprendió al descubrir que no era tan sencillo.

Se agachó a recoger una ramita rota, se la mostró a *Trasno* y la lanzó, riendo con deleite cuando el perro corrió a recogerla.

—¿Y tú?, ¿has solucionado tus asuntos en Madrid?

—Sí, me he curado la morriña, como decís aquí. Creo que ahora empiezo de verdad una nueva vida.

—Eso lo dices porque acabas de llegar. Dentro de un par de meses la aldea se te volverá a quedar pequeña y sentirás que te asfixias.

—Y entonces abusaré una vez más de la paciencia de mi mejor amigo para que me lleve a la ciudad, a pasear por calles con aceras, a ver los escaparates de las tiendas. Y, si tengo suerte, hasta al cine.

—No tienes ni que pedirlo.

Llegaban ya ante la casa de Maruja. Enma perdió la sonrisa cómplice que le dedicaba a Elías al ver al hombre adusto que cortaba leña en la parte trasera y que no levantó la vista al oírla saludar.

—¿Señor Couto? —insistió, obligando al hombre a dejar el hacha y mirarla.

—¿Qué *queren*?

—¿Está Maruja? Solo quería saludarla.

—*Está na casa. Caeu na horta e non pode camiñar.*

Enma miró confusa a Elías, que le tradujo rápidamente: Maruja se había caído en la huerta y no podía caminar.

—Si no le importa...

Sin esperar respuesta, se asomó por la puerta entreabierta. Daba directa a la cocina, donde Maruja, sentada en un taburete, con un tobillo vendado, cosía alguna prenda.

—¿Es usted, señorita?

—Hola, Maruja, ¿puedo pasar?

—Pase, pase.

—No te levantes. Tu marido me ha dicho que has tenido un accidente.

—Caí en el camino y torcí el tobillo.

Enma frunció el ceño. El marido decía que había caído en la huerta, y ella que en el camino. Entonces vio el golpe en la mejilla, con un corte aún abierto que necesitaba puntos, tan amoratado que casi le impedía abrir el ojo.

—¿Eso te lo hiciste al caer? —preguntó. Tuvo que morderse la lengua cuando la mujer asintió, mientras recogía la labor, sin atreverse a mirarla a la cara—. ¿Te ha visto un médico? Ese corte necesita cuidados.

—Tengo que ir a la consulta, pero no puedo caminar.

—Haré que lo avisen para que venga a verte aquí.

Se sentó en el taburete que le ofrecía, tomando entre las suyas una mano, enrojecida y llena de callos. Calculaba que Maruja no era mucho mayor que ella; tres, cuatro años tal vez, pero la vida que llevaba la avejentaba visiblemente.

—Así que ya volvió, me alegra verla, María está deseando volver al colegio.

—Y yo deseando verla, a ella y a todas mis niñas, las he extrañado. Y a las madres también, espero retomar la escuela de adultas, ¿volverás?

—No sé...

—En cuanto se te cure ese tobillo, quiero que me lo prometas —se hizo un silencio entre ellas. Enma decidió que era el momento de irse, antes de decir una inconveniencia, antes de que su espíritu rebelde se negara a permanecer más tiempo en silencio—. Me alegro de verte, Maruja. Haré que venga el médico cuanto antes.

Salió de la casa con el corazón encogido, incapaz de mostrar la mínima cortesía con el marido que seguía picando leña con un cigarro a medio consumir entre los labios. Fruncía la frente, estrecha, llenándola de arrugas, como si la tarea que llevaba a cabo necesitara toda su concentración.

—¿Qué tal está? —preguntó Elías.

—Debe verla un médico. Tiene un corte en la mejilla que parece infectado.

—¿Pero no se había caído?

Enma clavó sus ojos castaños en los de su amigo; no hizo falta que pronunciara las palabras que le ardían en la garganta.

—Le he prometido que haré venir al médico.

—Yo me ocupo, tengo que pasar por delante de la consulta de camino a Ferrol.

Siguieron andando en silencio, la tarde estropeada. Incluso Enma sintió un escalofrío como si el sol hubiera dejado de calentar de repente. *Trasno* trotaba a su lado, más calmado, pendiente de cada gesto de sus manos a la espera de que volviera a lanzarle algo con que jugar.

191

Al poco apareció una figurita que corría hacia ella. Traía toda la alegría del mundo convertida en sonrisa.

—¡Señorita! ¡Señorita!

La pequeña Claudia saltó a sus brazos. Enma la recibió con una mezcla tal de alegría y pesar que ni ella misma sabía si lloraba o reía. María venía tras ella y tiró de sus faldas para hacerse ver. Se agachó para dejar a Claudia en el suelo y envolvió a la otra pequeña en el mismo abrazo. Le pareció que las dos habían crecido, lucían las caritas morenas y el pelo dorado por el sol; se habían hecho unos collares con conchas de la playa y un cordoncillo.

—Estáis guapísimas —les dijo. Las niñas rieron y saltaron y acariciaron el lomo de *Trasno,* que quería unirse a la fiesta.

Elías permanecía a un lado del camino, pensativo, dejándola hablar con las niñas, que le preguntaban por el colegio, por Madrid, por mil cosas, escuchando entusiasmadas sus explicaciones.

—Ahora que estás tan bien acompañada —dijo en cuanto tuvo oportunidad—, ¿te importa si me voy ya? Tengo trabajo que hacer en la casa.

—Claro, no te preocupes.

Enma se acercó a él, le posó una mano sobre el hombro para ponerse de puntillas y le dio un beso en la mejilla.

—Enma...

—¿Qué?

—Te he extrañado.

—Y yo a ti.

Claudia se acercó y la tomó de la mano, tirando de ella para llamar su atención.

—María ya se va para casa —dijo, señalando a su amiga, que se despedía agitando la manita.

—Voy contigo, María —la llamó Elías; ella esperó, obediente—. Tengo que decirle una cosa a tu padre.

Enma sintió que sus pies enraizaban en la tierra del camino mientras veía a Elías volver por donde habían llegado, acompañado de

María, de vuelta a la casa de la pequeña. ¿Qué le diría a aquel hombre brutal que trataba así a su esposa? ¿Se podía razonar con él? La ley no se metía en asuntos de familia, los vecinos tampoco, los curas solían aconsejar a las mujeres paciencia y sometimiento.

—Vamos, señorita, que se nos escapa *Trasno*.

El perro había desaparecido en una vuelta del camino y Enma dejó que Claudia tirara de ella y la obligara a seguirlo, llena de dudas y preocupaciones.

—¿Adónde se habrá ido? —preguntó con voz ligera para que la niña no se diera cuenta de su aflicción.

—A lo mejor había un conejo.

—O un gato.

Los castaños, cargados de erizos que se movían con la brisa, ocultaban el camino; solo cuando doblaron la misma curva donde el perro había desaparecido descubrieron el motivo de su huida.

Miguel Figueirido acariciaba el lomo del animal. Al hombro llevaba un saco de harina que le hizo recordar a Enma que solía ir al molino los domingos.

—¡Papá! ¡Papá! —Claudia corrió hacia su padre, alborotando al perro, que no sabía a cuál de los dos atender—. Está muy grande, ¿verdad? Casi tan grande como *Canela*.

Enma obligó a sus piernas a seguir caminando, un pie delante del otro, hasta acercarse al hombre, que le dedicó una larga y silenciosa mirada.

—Así que ya ha vuelto.

—Llegué ayer. —Incapaz de sostenerle la mirada, extendió la mano hacia el perro, que se la lamió con devoción—. Ahora vengo de la casa grande, de recoger a *Trasno*.

—Tenía que haberlo dejado en nuestra casa —protestó Claudia—, con su mamá *Canela*.

—No quería molestar.

—Claudia, corre, ve al molino, que me dejé allí la gorra.

La niña obedeció y echó a correr llamando al perro para que la siguiera.

Enma cruzó las manos, agarrándose a sus propios dedos como si fueran una tabla de salvación en un naufragio. No sabía si podría soportar aquella prueba. Allí parada, en una extraña curva del camino que se convertía casi en una cueva, cubierta por las largas ramas de un roble que tamizaba la intensa luz del sol y se movía al compás de la brisa, como un enorme abanico. Olía a tierra húmeda y fértil, y se oía el agua repicar entre las piedras del río.

—Pensaba que no volvería —dijo él, y su voz ronca la hizo estremecerse y frotarse la piel erizada de los brazos.

—Intenté que me dieran otro colegio —confesó.

Miguel guardó otro largo silencio. Parecía que aquel hombre tenía la necesidad de meditar cada sílaba de cada palabra antes de pronunciarlas.

—Este no es su sitio. Es como esas palmeras de la casa grande, tan bonitas, tan elegantes, pero que sufren con el invierno. Esta es tierra de *carballos* —afirmó, extendiendo una mano, grande y encallecida del trabajo, para tocar la corteza del roble.

El símil era correcto, tuvo que admitir Enma. Ella era una palmera trasplantada por la fuerza, y él la especie autóctona que hundía sus raíces en lo más profundo de aquella tierra.

—Sobreviviré —afirmó. Su boca se curvó en una sonrisa inesperada. Miguel acababa de decirle un piropo, aunque él mismo no se diera cuenta—. Las especies bonitas y elegantes también pueden ser fuertes y resistentes, no se preocupe. Y en cuanto a su *carballo* —puso la mano, blanca y pequeña, sobre la corteza, muy cerca de la de él—, parece duro e invencible, pero no resistiría el impacto de un rayo en la tormenta.

Miguel se acercó más a ella, inclinándose para cubrirla con su sombra, empequeñeciéndola y cortándole el aliento con aquella mirada intensa de sus ojos sombríos.

—Sé lo que se siente cuando te cae un rayo encima. Durante un instante crees ver el cielo; pero luego se desvanece tan rápido como llegó y solo queda el dolor de la quemadura.

Esta vez fue ella la que se quedó sin palabras. Primero la convertía en un árbol ornamental, ahora en un rayo que lo había fulminado. Podía simular ser un hombre tosco, pero ocultaba un poeta en algún rincón de su espíritu que parecía tan terrenal.

No supo cuánto tiempo estuvieron así, tan cerca que sus alientos se confundían, sus ropas se tocaban, casi podía sentir el calor de su piel; y a la vez tan lejos, tan incapaces de dar el último paso.

Oyeron los pasos de la niña acercándose, su vocecita llamando al perro. Al poco aparecieron ambos en la curva del camino. Claudia venía quejándose de que no había ninguna gorra olvidada en el molino.

—Pues me la dejaría en casa —dijo Miguel, recuperando el saco de harina del suelo—. Anda, vamos, que se hace tarde.

—Tenemos que acompañar a la señorita al colegio —pidió la niña a su padre.

—No te preocupes, Claudia, que ya voy por el atajo.

Sabía que se comportaba como una cobarde; pero tenía que huir, huir de aquel momento y de aquel hombre antes de que volviera a cometer otro error garrafal como el de la Noche de San Juan.

Se despidió de ambos con breves palabras y los dejó atrás, tomando una bifurcación del camino que la llevaría a un lateral de su casa. Poco a poco logró recuperar el aliento y se llevó una mano al pecho para comprobar que su corazón latía a un ritmo normal. Temía que se le hubiera parado.

Ahora tenía que revisar todos sus prejuicios, sus ideas preconcebidas sobre quién era Miguel Figueirido. El silencioso, desconfiado y rudo hombre que creía conocer y que la había desconcertado con aquella conversación. Un hombre que declaraba que solo sabía de trabajo duro, que apenas conocía nada más allá de su pequeña aldea, y que acababa de demostrarle que no era en absoluto tan insensible como cabría suponer.

Y lo más grave de aquel descubrimiento era que no le servía para nada. Ni la consolaba ni le ayudaba en lo más mínimo a mantener las distancias, como se había propuesto. Antes bien, al contrario, la intrigaba, la empujaba hacia aquel hombre una vez más, como si el destino hubiera decidido atar sus lazos y que todos sus esfuerzos por resistirse fueran por completo inútiles.

CAPÍTULO 13

Era domingo. De camino a la iglesia, Enma fue madurando la idea que la había mantenido en vela la noche anterior. En algo tenía que ocuparse, puesto que su regreso a Esmelle había removido su interior de una forma totalmente inesperada, hurtándole el sueño y obligándole a rememorar momento a momento cada paso dado en aquella tierra desde su llegada casi un año atrás.

Se arrepentía de tantas cosas que decidió adelantarse a la hora de misa en busca de confesión.

No encontró al amable don Jesús, sino a un joven coadjutor, que le explicó que el párroco titular había tenido que hacer un largo viaje por la grave enfermedad de un familiar y lo había dejado temporalmente a él al cargo. Se presentó como Francisco Herrero.

Desconcertada ante aquel inconveniente, Enma aceptó la silla que le ofrecía en la sacristía mirando con recelo al sustituto, demasiado joven y demasiado guapo, dueño de unos rasgos simétricos, un abundante cabello castaño y una elegancia innata que le hacían parecer un actor de Hollywood desempeñando el papel de redentor de almas.

—Ya me han hablado de usted —le dijo, sentándose enfrente, como si la fuera a confesar sin la intimidad del confesionario por medio—. Parece que llegó al pueblo con las ideas muy claras y un tanto revolucionarias.

—Como el viento de otoño —contestó ella, recordando unas palabras similares de Elías—. No sabía a lo que me enfrentaba.

—¿Tan duro ha sido?

Se frotó las manos, más por nervios que por frío, aunque el calor del sol de mediodía apenas se hacía sentir dentro del edificio de piedra.

—¿De dónde es usted?

—De Salamanca.

—¿De la capital? —vio que asentía y comprendió entonces el porqué de su cuidado acento castellano—. ¿Y qué le parece este lugar?

—Es una tierra hermosa.

—No me hable del paisaje, por favor.

—¿Por qué no? Es una bella muestra de la obra de Nuestro Señor.

Mostraba esa entonación paciente y didáctica de los que han sido educados en un seminario, pero Enma no estaba para discusiones sobre la creación.

—Hablo de esta diminuta aldea, de sus gentes humildes, solo preocupadas por ganarse el pan día a día, de sus difíciles accesos y su falta absoluta de vida.

Francisco se acomodó en su dura silla, cruzando las manos sobre el regazo y jugando con los pulgares. Una leve sonrisa curvaba su hermosa boca.

—¿Qué es para usted la vida? Tengo entendido que es madrileña. ¿Qué es lo que echa en falta? Calles de piedra, grandes plazas, cafés y comercios... ¿El bullicio del hormiguero? —Enma asentía, ante la mirada paciente del coadjutor—. Prefiere eso a esta paz, a despertarse cada mañana con el canto de los pájaros y los aromas de la naturaleza en todo su esplendor, a vivir rodeada de personas a las que puede conocer una a una por sus nombres y saber cuál es su casa, lo que necesitan y lo que harían por usted si lo precisara.

—Creía que sí. —Enma se alisó la falda pasando las manos repetidamente por los muslos y las rodillas.

—¿Ya no lo cree?

Aquel hombre era peligroso. Su voz era sedante e invitaba a la confidencia, y se encontró deseando vaciar de una vez todo el peso que llevaba en su alma desde hacía demasiado tiempo; tanto que temía que, si se libraba de él, saldría volando como uno de esos globos de feria que se pierden en el infinito.

—He pasado los meses de verano en Madrid y he descubierto que ya no es mi sitio. Todo lo que antes amaba ahora me molesta. Me he sentido una extraña en tierra ajena.

—¿Siente que ahora pertenece a Esmelle?

—No diría tanto. —Forzó una sonrisa, para disimular su pesadumbre—. Aunque ahora veo que tal vez podría ser feliz aquí. Solo espero no haberlo estropeado todo.

—¿De qué manera?

—He mantenido demasiada distancia con los vecinos, no soy una persona que haga amistades con facilidad, me cuesta encontrar temas de conversación que compartir con quienes considero alejados de mis intereses y, bueno, ¿por qué no confesarlo, ya que estamos? El orgullo es un pecado al que apenas puedo sustraerme.

Francisco se llevó una mano a la cara, frotándose el mentón con gesto pensativo. Enma pensó que la iglesia estaría repleta para ver a aquel joven coadjutor, tan apuesto que ni la sotana mermaba su encanto.

—Veo que ha hecho examen de conciencia, reconoce sus errores. Ese es el primer paso para enmendarlos.

—Quisiera hacer algo para compensar a esta buena gente. Por eso venía buscando a don Jesús.

—Cuéntemelo y veremos si puedo ayudarla.

Enma le habló de su casi fallida escuela de adultos, a la que solo acudían unas pocas mujeres, y de cómo creía que toda la aldea se beneficiaría si pudiera atraer a más participantes.

—Solo es un par de horas, los viernes, porque sé que el tiempo es un lujo del que pocos pueden disponer; pero tendría que ver usted cuánto han avanzado mis pocas alumnas, de no saber apenas leer ni escribir a disfrutar del análisis de un poema.

—Sin duda es una labor loable y necesaria, puesto que la educación ha sido siempre escasa en lugares tan alejados como esta parroquia. Dígame, ¿cómo podemos ayudarla?

—Pensaba que si don Jesús aconsejaba a las mujeres acudir a las clases, convencería a las más remisas y también daría apoyo a las que no van porque no se lo permiten sus maridos. —Francisco asentía, tan pendiente de sus palabras que Enma se iba creciendo en sus argumentos—. Y como los hombres no aceptan ser educados por una mujer, pensaba pedirle que se ocupara él de su educación, que compartiera conmigo el aula y nos repartiéramos las tareas y los alumnos.

—Ahora no se calle y confíeselo todo —la exhortó, inclinándose hacia ella con expresión inquisitiva—. Hay algo que no me dice sobre su gran interés en este proyecto.

—Creo que la educación mejora la vida de las personas, abre sus mentes y amplía sus horizontes —enumeró Enma, manteniéndose firme bajo su escrutinio.

—¿Y qué más?

—Quiero enseñarles sus deberes y derechos según la Constitución vigente. Que sepan que las mujeres ya no son menores de edad perpetuas a expensas de sus padres o maridos, sino ciudadanas de pleno derecho...

—Mejor no siga, recuerde con quién está hablando y no me nombre el divorcio.

—¿Qué le aconsejaría usted a una mujer cuyo marido no la respeta e incluso maltrata de palabra y obra?

200

—El matrimonio es un lazo sagrado.

—En el altar se promete amor y respeto. Si se rompen las promesas, se rompen todos los lazos.

Francisco se echó atrás en su silla, huyendo de su vehemencia y deteniendo sus argumentos con una mano alzada que obligó a Enma a morderse la lengua.

—Vayamos poco a poco. Aconsejaré a las mujeres que acudan a sus clases si usted me promete no crear un clima de subversión femenina —lo dijo exagerando un gesto horrorizado que casi hizo reír a Enma.

—No es mi intención.

—Bien. Por mi parte, hablaré con los hombres de reunirnos, mantener unas charlas masculinas en las que poco a poco trataré de inculcarles la idea de que les conviene no quedarse más atrás que sus mujeres, interesarse por la cultura, las noticias del mundo...

Esta vez fue ella quien lo interrumpió.

—¿Dejará la política fuera?

—Ya imagino que no tenemos las mismas ideas. —Enma inclinó la cara hacia un lado, con gesto pesaroso—. Lo haré si usted lo hace.

Durante algunos minutos más perfilaron punto por punto sus ideas, sorprendidos ambos de que tuvieran más puntos de conexión que de enfrentamiento. El joven coadjutor era una persona cercana, afable y con los pies en la tierra, y Enma se encontró confesándole la verdadera razón de su desvelo, sus sospechas sobre el trato que le dispensaba a la pobre María su marido, y cuánto había elucubrado aquella noche sobre lo que ocurría en la intimidad de los hogares y se ocultaba por miedo y vergüenza.

—Nuestro Señor Jesucristo nos dijo: «Amaos los unos a los otros como yo os he amado» —citó Francisco con la mirada empañada de preocupación.

—Amarse y respetarse —repitió Enma—. Debería recordarles que los votos matrimoniales están para cumplirlos.

—Lo haré. —Francisco bajó la cabeza como un luchador rindiéndose ante un oponente formidable. Miró el reloj de pared detrás de Enma—. Se hace tarde, ¿la veré en misa?

—Por supuesto.

Enma extendió la mano y firmaron así aquella especie de sociedad de la que esperaba sus buenos frutos.

✤✤✤

Por supuesto, no fue tan fácil como esperaba. Al principio del curso se presentaron exactamente las mismas mujeres que el año anterior. Todos sus esfuerzos por convencerlas hablándoles cuando llevaban por las mañanas a sus hijas al colegio parecían inútiles. Mejores resultados obtuvo don Francisco, el coadjutor, que aprovechaba la privacidad de la confesión para recomendarles sus clases.

Enma se rompía la cabeza pensando en cómo atraerlas. Necesitaba algún tema interesante, alguna labor, algún proyecto que despertase su curiosidad. Después, una vez captadas, confiaba en no perderlas.

El segundo viernes de clase se encontró con dos alumnas nuevas, pero había perdido una de las del año anterior.

—¿Alguien sabe por qué no ha venido Chelo? —preguntó mirando a Fina, con la que la ausente solía sentarse y compartir charla.

—No cuente con ella, señorita, está esperando y siempre lo lleva muy mal.

—¿Siempre? ¿Cuántos hijos tiene? —preguntó, consciente de que debería conocer mejor la vida de sus alumnas.

—Seis.

—Son muchos. —Se sentó tras su mesa, pensativa—. Y si lo lleva tan mal, quizá no debería tener más.

Hubo murmullos y risas entre las mujeres sentadas frente a ella.

—No es que se pueda hacer mucho para evitarlo —dijo Carmiña, la molinera, entre sonrojos.

—Abstinencia —propuso Fina.

—Sí, anda, ve tú a decirle eso a mi marido.

—Vosotras aún sois jóvenes, pero Chelo ya tiene una edad.

Se formó un pequeño alboroto. Aunque el asunto las avergonzaba y solo lo trataban entre eufemismos, parecía ser una preocupación general. Se les notaba aliviadas por poder comentarlo con iguales.

—Recordad que tenemos tres solteras entre nosotras —dijo Amalia elevando la voz cuando le pareció que la conversación se les iba de las manos.

Todas miraron a María Jesús y Amparo, que escuchaban con mucho interés y un regocijo que les brillaba en los ojos oscuros. Después a Enma, que palideció bajo el escrutinio.

—Creo que es un tema importante para hablar entre mujeres, para todas, las solteras también, pues ya no somos niñas y algún día nos encontraremos con el mismo problema.

—Yo no me voy a casar para cargarme de hijos —declaró Amparo, con su habitual desparpajo—. Ni que fuéramos conejas.

De nuevo hubo un breve alboroto que Enma se vio obligada a atajar, como si fueran sus alumnas pequeñas, golpeando la mesa con la larga regla de madera.

—Vamos a empezar por el principio, que nadie se altere ni avergüence, que estamos hablando de funciones normales del cuerpo humano. —Más risas y cabezas bajas—. Lo primero, lecciones de anatomía, conocer nuestro cuerpo y saber cómo funciona la concepción. Y esto no se lo vayáis a decir a don Francisco, pero no tiene nada que ver con el Espíritu Santo.

Las mujeres mayores soltaron una carcajada y de repente, de la forma más inesperada, Enma vio el camino que podía seguir como si alguien lo hubiera pintado en el suelo del aula, un sendero brillante por el que se adentró sin dudas y llena de expectativas.

❧❧❧

El Hispano Suiza rebotaba por los caminos de tierra obligando a Enma a agarrarse fuerte de la manilla de la puerta para no golpearse contra la ventanilla.

—¿Clases para los hombres? ¿Anatomía y sexualidad para las mujeres? No sé qué te han dado en Madrid, Enma, pero llegas aún más revolucionaria que el curso pasado.

No era un reproche, más bien un piropo envuelto en ironía. Así lo aceptó, muy satisfecha consigo misma.

—Este es mi hogar ahora. Quiero sentir que de verdad formo parte de él y que contribuyo a su bienestar.

Elías guardó un largo silencio pensativo, ocupado en evitar que el vehículo se saliera del camino y en no atropellar a algún animal de granja que de repente se les cruzaba por delante, sobresaltándolos. Respiró hondo y por fin pareció encontrar la forma de poner en palabras lo que pasaba por su mente.

—Pensaba que nunca llegarías a llamar «hogar» a esta tierra. Estaba convencido de que te habías ido a Madrid para conseguir otro destino.

—Y así fue, incluso me entrevisté con un abogado del sindicato, pero sus condiciones para ayudarme en mi solicitud no fueron de mi agrado. —Vio que Elías fruncía el ceño, desconcertado con sus palabras—. No te preocupes, no vale la pena.

—Diría que sí.

—Sé librar mis propias batallas. Una mujer sola tiene que aprender a defenderse.

—No estás sola. —Elías extendió una mano para tomar la de ella, apretándosela hasta casi hacerle daño, incapaz de controlar la furia que le había provocado su confesión sobre aquel hombre—. Quiero que acudas a mí si tienes cualquier problema; si alguien te molesta, si te sientes amenazada...

Le soltó la mano y volvió a sujetar el volante con los nudillos blancos de tensión. Enma recordó lo sucedido meses atrás con los jóvenes falangistas. No se lo había contado, solo lo sabía el padre de María Jesús, que se lo había dicho a Miguel Figueirido. Y él le había regalado a *Trasno,* mostrando a su manera que también se preocupaba por su seguridad. Los hombres de su vida se dividían en dos bandos bien diferenciados, los que la acosaban y amenazaban y los que trataban de protegerla. Estaba segura de poder defenderse de los primeros, pero no podía evitar agradecer el apoyo y la seguridad que le daba tener cerca a tantos inesperados protectores.

—Háblame de lo que ha organizado la Escuela Racionalista —le pidió a Elías, obligándolo a dejar de pensar en lo que le había contado sobre el abogado Hermida y sus manejos en Madrid—. No tuve oportunidad de volver a hablar con el maestro Iturralde y su esposa desde aquella ocasión a la salida del cine.

—Es difícil hablar con Iturralde, ese hombre le roba horas al sueño para dedicárselas a la escuela, y además tiene su trabajo de funcionario en Correos.

—Y aun así también organiza otras actividades.

—La docencia es su vida, ya sea como profesor o como conferenciante dando charlas en el Ateneo ferrolano o en el pueblo más humilde. Pretende hacer llegar sus enseñanzas y sus ideas hasta el último rincón de la comarca.

—¿Detecto cierta crítica en tu comentario?

Elías asintió con gesto culpable, girando el volante a su izquierda para tomar una curva pronunciada, entrando ya en la zona más poblada que los llevaría a pasar ante el ayuntamiento de Serantes.

—Admiro a ese hombre y su labor, aunque tiene algunas ideas radicales con las que no comulgo —explicó—. Antes has hablado de tu preocupación por las familias numerosas, supongo que conoces las teorías neomalthusianas sobre el grave problema para la calidad de vida de las clases más bajas que supone su exceso de procreación.

—Más que una teoría, es un hecho. Si una familia pobre se carga de hijos, lo único que logran es compartir su miseria. Aunque en el caso de Chelo, mi alumna, lo que me preocupa es su salud. Una mujer no puede parir un hijo al año sin que el cuerpo se resienta. Muchas de estas madres mueren jóvenes y dejan a sus criaturas huérfanas y desamparadas.

Pasaban ya ante la bahía y Enma dejó que su vista vagara por entre las suaves olas del mar calmado, intensamente azul bajo un cielo sin nubes. Las gaviotas chillaban en lo alto dejándose mecer por la brisa.

—Ya sabes lo que opina la Iglesia de cualquier medio para evitar la concepción. —Enma abrió las manos como si fuera a argumentar sobre aquel tema; las volvió a cerrar con gesto airado—. El problema es ir de un extremo a otro. Aceptar a todos los hijos que nos envía el Señor no es una opción, como bien dices, por la salud de la madre y también por la falta de medios para lo más elemental: darles alimentación, techo y vestimenta, educación... Pero cuando las ideas se radicalizan, surgen conceptos como la eugenesia, que en conciencia rechazo profundamente.

Enma se enderezó en su asiento como impulsada por un resorte al oír aquel término. A esto habían llevado las teorías del señor Darwin; si la selección natural premiaba al más fuerte, por qué no forzarla para mejorar la raza humana.

—¿Me estás diciendo que el profesor Iturralde promueve la eugenesia?

—Sé que es materia de estudio en sus clases de sexualidad, aunque no he tratado el tema directamente con él.

Enma no conocía a fondo el asunto. Sí que había oído hablar de la esterilización de enfermos mentales y retrasados para evitar que sus deficiencias fueran heredadas por su descendencia. Una cuestión muy grave, porque estas personas no estaban en posición de dar su consentimiento ni de comprender el proceso al que se les sometía.

—Tienes razón sobre la radicalización de las ideas. Una cosa es prevenir voluntariamente embarazos por razones económicas o de salud y otra muy distinta es la eugenesia. Pretender mejorar la raza humana como si hablaran de caballos de carreras, cruzando solo a los mejores para obtener un campeón, es jugar a ser Dios. Un Dios malvado y manipulador.

Entraban ya en el centro, en las calles rectas del barrio de la Magdalena, llenas de gente que a aquellas horas primeras de un sábado hacían sus compras; repartidores llevando sus mercancías, vendedores de helados y niños jugando con aros y pelotas. Enma los miraba como quien observa con atención un cuadro, pensando en lo ajenos que eran, ocupados en sus actividades o entretenimientos, a las temibles ideas que ellos trataban.

—Va mucho más allá del pecado, Enma. Se empieza intentando erradicar enfermedades y ¿qué es lo siguiente? ¿Erradicar una raza porque no nos gusta el color de su piel?

Enma sintió un estremecimiento; por un momento supo que, en determinado tiempo y lugar, gentes con poder y medios podrían valorar un genocidio semejante. Elías aparcó el vehículo cerca de su lugar de destino, el local del Cinema, donde asistirían a la conferencia organizada por la Escuela Racionalista.

—Lo siento —dijo cuando le abrió la puerta para bajar—, no sé por qué hemos terminado hablando de algo tan terrible, espero que esto no empañe tu concepción sobre la Escuela Racionalista. Es más, estoy seguro de que tienes mucho en común con Iturralde y sus maestros. Recuérdame que te deje la guía de Ferrol, en la que podrás leer su declaración de principios: el respeto a la voluntad del niño, la supresión tanto del premio como del castigo, la sustitución de las lecciones aprendidas de memoria por explicaciones y conferencias, la supresión de todo dogmatismo...

—Haber empezado por ahí —bromeó Enma, para aliviar su pesar—. Con esas ideas sí estoy de acuerdo.

Elías cerró el auto y le ofreció su brazo.

—Vamos, pues, la conferencia va a comenzar.

❀❀❀

Se cumplía un año de su llegada al valle y Enma era por fin consciente de lo poco que conocía a sus vecinos. El otoño estaba siendo benigno: un sol intenso aunque tibio se colaba entre las hojas de los árboles que empezaban a dorarse y era un placer pasear por los caminos cubiertos por los erizos de los castaños. Aprovechaba los paseos instructivos con sus niñas para pararse en cada casa, preguntar quién vivía allí y saludarlos sin arredrarse ante su suspicacia.

Empezaba a conocer a aquella gente; desconfiados al principio, reservados y poco habladores, pero nobles y de buen corazón, siempre dispuestos a ayudar a un vecino incluso prescindiendo de lo poco que tenían. Las casas de piedra eran frías y poco acogedoras, amuebladas con lo imprescindible y faltas de cualquier adorno. Aquella gente trabajaba duro, de sol a sol, sin tiempo ni interés por los detalles superfluos.

La mayoría de sus vecinos vivían de las tierras, divididas en minifundios, en los que se plantaba todo tipo de vegetales, muchas patatas y algo de maíz. En las casas era habitual tener algunas gallinas ponedoras, un cerdo que criaban a lo largo del año hasta que llegaba la matanza e incluso vacas lecheras.

Algunos de los hombres también se dedicaban a la pesca de bajura. En la vecina parroquia de San Jorge un patrón disponía de varios barcos y ofrecía trabajo, un sueldo decente y una parte en especies. Las mujeres, mientras el marido se hacía a la mar, independientemente del tiempo que hiciera e incluso en pleno temporal, se quedaban a cargo de los hijos y de su pequeño terreno y los animales. Mujeres prematuramente envejecidas, fuertes y con las manos llenas de callos que trabajaban tanto o más que sus esposos, sin apenas descanso. Algunas tardes, a última hora, cuando el sol se ponía sin prisas por detrás de los montes, se sentaban en el banco de piedra que solían tener en la fachada a terminar alguna labor de costura o a pelar unas castañas mientras hablaban.

Enma se fue acercando a ellas paulatinamente como lo haría con un gato salvaje, temiendo su huida o un ataque repentino. Les daba las buenas tardes y les preguntaba, por ejemplo, cómo cocer las castañas sin que se le deshicieran. Aquellas mujeres, entre risas apenas insinuadas, burlándose de su ignorancia, pero con una paciencia infinita, le iban dando instrucciones y aceptándola poco a poco como otra vecina más.

Los hombres, en sus pocos ratos libres, tenían su punto de reunión en la taberna. Enma no podía entrar allí, no se consideraba lugar para mujeres, así que dejaba aquella tarea para don Francisco. Él también se iba a dando a conocer en su parroquia, con mayor facilidad, dado el cargo que ostentaba y con el compañerismo que creaban las partidas de cartas y dominó que se jugaban en el local.

A veces, en aquellos paseos vespertinos, Enma pasaba ante la casa de Figueirido, la única en la que nunca se detenía. La prima Pilar parecía que ya no estaba allí ni había oído nada del matrimonio tan anunciado. Claudia estaba radiante y acudía al colegio sin falta; tal vez la mujer se había cansado de perseguir a su recalcitrante primo y regresado a su propio hogar. En una ocasión, al pasar, oyó nítido el sonido de un hacha al cortar leña, allá dentro del pajar. Un escalofrío le recorrió la espalda y se enraizó en su vientre al recordar una noche que creía olvidada, enterrada en un lugar recóndito de su memoria adonde van a parar los momentos malos o los sueños extraños. Se decía a sí misma que aquello no había ocurrido, que no se había entregado a un desconocido como la más vulgar de las rameras, como la mujer desesperada por la falta de cariño y contacto humano que realmente era. Y así lograba volver a encerrar el recuerdo, los olores del establo, la sensación de unas manos grandes recorriendo su piel desnuda, despertándola a un mundo desconocido e inesperado, el dolor y el placer mezclados y el ansia de volver a repetirlo que la invadía en plena noche despertándola de sueños febriles, con el cuerpo empapado de sudor y sus manos enterradas entre las piernas sin saber si para contener el demonio que la poseía o para darle rienda suelta.

Por eso huía de aquella casa y del hombre que la habitaba. Ya no confiaba en sí misma y no sabía lo que ocurriría si se lo encontraba de nuevo a solas, en aquella luz difusa del crepúsculo, regresando una vez más de bañarse en el río. Lo imaginaba con la camisa mojada marcando cada músculo de su espalda fornida, gotas de agua corriéndole desde el pelo negro y sus ojos oscuros, insondables en su tormento, tentándola como solo podía hacer el diablo.

De nada servía que la pequeña Claudia la llamara si la veía al pasar por la ventana. Apuraba el paso, miraba a lo lejos y se hacía la sorda, huyendo una y otra vez de lo que solo podía significar su perdición.

CAPÍTULO 14

Los cursillos populares de la Escuela Racionalista de aquel 1935 se impartieron a lo largo de cinco domingos, entre septiembre y octubre, a los que Enma acudió acompañada por Elías. Estuvo en las charlas del director de la escuela, Francisco Iturralde, y del médico Álvaro Paradela, en las proyecciones cinematográficas y en sus posteriores conferencias instructivas.

—El futuro con el que sueña Iturralde es con una universidad popular —le explicaba Elías a la salida de la última jornada—. De momento, económicamente sigue siendo solo un sueño.

—¿Cómo se sostiene la escuela?

—Con las cuotas que los padres de los alumnos pagan a la Liga, cincuenta céntimos mínimo según lo estipulado. En realidad se tienen en cuenta las posibilidades económicas de la familia. A los hijos de presos o de parados no se les cobra, y se les hacen descuentos a las familias numerosas, que son muchas. Las cuotas de los cursillos también suman, pero ya imaginas que todo es insuficiente para un proyecto tan ambicioso como sería la universidad popular.

Bajaban por la calle Rubalcava hacia el Cantón, como de costumbre, a tomar un agua de limón fría en La Ibense, o un café, según se presentara el tiempo. En el cruce de la calle Real se encontraron a Emilio Lamas, el periodista de *Renovación,* cargado de libros que mantuvo en precario equilibrio mientras estrechaba sus manos.

—Le echamos en falta en el cursillo —dijo Enma ante el silencio de los dos hombres, que se miraban sin hablarse, lanzándose señales mudas que ella podía sentir, pero no interpretar.

—He estado toda la mañana ocupado en la redacción de una columna que se me resiste.

—Tómese un descanso y venga al café con nosotros.

—Yo... No sé...

—No rechaces la invitación de la señorita. —Elías extendió las manos y Lamas dio un paso atrás, mirando sorprendido cómo recogía la mitad de los tomos que cargaba—. Hace tiempo que no se te ve el pelo, y no lo digo porque cada vez estés más calvo.

El periodista fingió indignarse. Elías le palmeó la espalda y siguieron el camino, disolviéndose con cada paso que daban aquel pequeño momento de incomodidad del encuentro.

En La Ibense se encontraron con algunos conocidos más con los que formaron un grupo en el que se discutía sobre las bondades y defectos de la Escuela Racionalista. Enma empezaba a encontrarse a gusto entre las amistades de Elías; muy abundantes, porque él se movía como pez en el agua por los distintos estratos sociales de Ferrol. Por la familia de su madre, mantenía relación con la escasa burguesía de la ciudad. Por la de su padre, en cambio, con los más humildes; y entremedias, por su trabajo en la constructora y su labor en el sindicato, parecía conocer a todos los obreros que se cruzaban.

La discusión se iba acalorando, algunos se quejaban de las clases sin división de sexos y de las materias más polémicas; sobre todo las relacionadas con sexualidad, igualdad o liberación de la mujer, mientras otros agradecían y alababan precisamente esta diversidad tan alejada de las escuelas religiosas e incluso de las laicas fundadas por la República. Consideraban que este tipo de enseñanza modernizaba el país y lo situaba a la altura de Europa.

Enma escuchaba más de lo que hablaba. Entre el grupo se corrió la voz de que justo ella era maestra de escuela laica, republicana, y le pidieron encarecidamente su opinión. A pesar de no estar acostumbrada a un auditorio masculino tan vehemente, logró hilar las sensaciones contradictorias que le provocaba aquella escuela experimental y lo que había visto y aprendido en el cursillo, llegando a la conclusión de que eran mayores sus virtudes que sus defectos.

—Sin duda es un tipo de enseñanza muy avanzada, por delante de la oficial que, como sabrán, ha sufrido un retroceso tras las últimas elecciones. En la etapa anterior se aceptaron las escuelas mixtas, que ahora vuelven a estar prohibidas. Sin embargo, la Escuela Racionalista va mucho más allá. Preconiza una educación verdaderamente igualitaria, se olvida de las labores del hogar para las niñas y les enseña anatomía o matemáticas. También me parece muy interesante su sistema, alejado de las lecciones de memoria, basado en proyectos y experiencias y, sobre todo, su respeto hacia el alumno, muy distinto de la obediencia ciega que se exige en los colegios religiosos.

Los hombres de pie ante la barra, con sus cervezas en las manos, asentían a su explicación, mientras algunas mujeres, sentadas en las mesas, la miraban como si fuera un ser de otro planeta recién caído del cielo. O peor aún, surgido del infierno.

Enma miró a su alrededor, buscando a Elías para ver su reacción, pero había desaparecido. Se retomó la conversación, que poco a poco fue derivando hacia otros temas, y al fin pudo respirar hondo al notar que dejaba de ser el centro de atención.

—Estaba despidiendo a Lamas, que se volvía a la redacción —dijo Elías a su espalda.

Cuando se volvió a mirarlo, le hacía un gesto al camarero para que le sirviera un vermut.

—Pues te has perdido mi pequeño momento de gloria.

—Eso tienes que explicármelo.

—Me exigieron mi opinión sobre la Escuela Racionalista.

—Y tú se la diste, claro.

—Pues sí.

Elías rio y levantó la copa que el camarero le servía, haciendo un brindis en su honor.

—Mi querida señorita, si tuviera diez mujeres como tú fundaría un partido político y nos haríamos con el gobierno de la nación en las próximas elecciones.

—Ya te he dicho que no me interesa la política, me he alejado de ese mundo.

—Es imposible alejarse del todo, ya ves. —Hizo una seña hacia los alborotadores de la barra, que ahora discutían si habría nuevas elecciones en los próximos meses.

—¿Nos vamos? Estoy algo cansada.

—Vamos entonces, a mí se me está haciendo muy tarde ya.

❀❀❀

Por el camino, Elías se iba disculpando por sus prisas. Su madre tenía invitados a comer, unos parientes que venían de Lugo y que lo mantendrían ocupado el resto del fin de semana.

—Y encima tendré que soportar sus intentos casamenteros. Está empeñada en que una de las hijas de su prima tiene que ser su nuera. —Elías miraba el camino, negando con la cabeza, con una sonrisa triste—. No entiende nada.

—¿Tienes otra candidata en mente? —le preguntó Enma, cómplice.

—Querida Enma, solo he conocido a una mujer por la que me plantearía pasar por el altar.

No la miró ni hizo gesto alguno. Siguió conduciendo como si no hubiera hecho aquella especie de declaración a la que ella no sabía qué contestar.

—Yo...

—No te angusties, no te voy a pedir que seas mi esposa; la amistad que tenemos es demasiado valiosa para estropearla con los votos matrimoniales.

Cruzaban ya entre las desperdigadas viviendas de la aldea, en silencio, cada uno inmerso en sus propios pensamientos.

—No te retrases más —lo apuró Enma bajando del vehículo ante la escuela sin esperar a que él le abriese la puerta.

—Ahora que se han terminado los cursillos tendré que buscar otra excusa para seguir disfrutando de tu compañía tan a menudo.

—No necesitas excusas.

Enma puso una mano sobre la ventanilla abierta y Elías la tomó y le besó los nudillos.

Dio dos pasos atrás, sus dedos deslizándose entre los de Elías. Cuando por fin recuperó su mano, la alzó para despedirlo, forzando una sonrisa ligera.

Parada ante la puerta de la escuela, vio el automóvil alejarse. No se veía ni un alma, era ya tarde y la mayoría de los vecinos estarían terminando de comer o aprovechando para dormir la siesta antes de volver a sus labores. Próximo ya el Día de Difuntos, el tiempo seguía siendo cálido y la brisa suave que le alborotaba el pelo traía el aroma del bosque que conservaba la humedad de la noche. Olía a setas y castañas, a musgo y resina.

Se volvió hacia la puerta buscando en su bolsito la llave. Cuando fue a introducirla en la cerradura, se dio cuenta de que estaba rota. Entre el desconcierto y la sorpresa, empujó la hoja de madera, sin comprender del todo lo que ocurría. Destrozado en el suelo del pequeño vestíbulo vio el jarrón con flores que ella misma había cortado el día anterior. Entonces llegó la preocupación. Miró a su alrededor buscando al causante de aquel destrozo. Solo encontró, oculto en el hueco de la escalera, el cuerpo desmadejado de *Trasno* con una gran brecha en la cabeza y un reguero de sangre que le empapaba las orejas. Y en ese instante llegó el miedo para paralizarla. Debía huir de allí, pero sus pies no obedecían y sus rodillas amenazaban con doblarse. Se le cayó el bolso y la llave tintineó sobre las baldosas. Su boca permanecía abierta en un grito mudo que acalló llevándose el puño cerrado a los labios. No sabía si el animal estaba vivo o muerto y no se atrevía a tocarlo. Consiguió dar un paso atrás, pisó uno de los trozos del jarrón y resbaló sobre los tallos empapados de las flores. Tuvo que agarrarse del taquillón para no caer. Por fin, con las últimas fuerzas que pudo reunir, salió corriendo, escapando de aquel horror.

Cruzó ante las casas cerradas y silenciosas, sintiéndose como en una pesadilla en la que huyes sin saber adónde y no puedes gritar por mucho que lo intentes. Dejó que sus pasos la guiaran, su cabeza no parecía capaz de razonar. Su subconsciente la llevó a la casa del hombre que en más de una ocasión le había brindado su protección.

La puerta del establo estaba abierta y lo encontró apilando leña, con la camisa remangada y las manos sucias, llenas de tierra y serrín.

—Alguien ha entrado en la escuela —dijo, desmadejada, apoyándose sobre la hoja partida de la puerta—. Han matado a *Trasno*.

Figueirido se acercó y le tomó las manos, la hizo volverse para revisarla de arriba abajo. Enma ni siquiera encontraba las palabras para decirle que a ella no le pasaba nada, que acababa de encontrarse con aquel destrozo al llegar.

—¿Estás bien? ¿Te hicieron algo?

—Yo... —Negaba con la cabeza, con la garganta dolorida por el llanto que retenía—. Llego ahora de Ferrol, me lo he encontrado al entrar.

—¿Y Doval?

—Se ha ido a su casa, tenía prisa... —Ante el ceño creciente de Miguel, tuvo que justificar a su amigo—. No esperó a que abriera la puerta. No sabe nada.

Las rodillas se le doblaban y él estaba allí, mirándola con rabia, sin mostrar ni la más mínima comprensión. La perra *Canela* se acercó a olisquearla, gimiendo como si presintiera lo ocurrido con su cachorro. Miguel la llamó, haciéndola salir del pajar, y tomó a Enma por los codos en el instante en que ella perdía sus últimas fuerzas, derrotada.

—No pasa nada —le susurró al oído, sujetándola tan fuerte contra su pecho que Enma apenas podía respirar—. No pasa nada, tranquila.

No pudo contener más las lágrimas, que brotaron a borbotones, empapándole la camisa.

—Lo siento —dijo entre sollozos, intentando deshacerse de su abrazo, odiándose por ser tan débil, tan asustadiza—. Lo siento.

Miguel no la soltaba. La mantuvo así mucho tiempo, apretada contra su cuerpo firme como los robles centenarios del valle. Solo cuando las lágrimas se detuvieron y su respiración se hizo más pausada, sin dejar de sujetarla por la cintura, la sacó del establo, hacia la cocina de la casa, y la hizo sentarse en un taburete.

—Quédate aquí, voy a ver.

—¡No! No me dejes. Quiero ir contigo.

—No sabemos si aún hay alguien allí.

—No me dejes sola.

Enma se fijó entonces que había recogido una herramienta en el establo, una larga barra de hierro que terminaba en una punta plana y partida en dos, lo que por allí llamaban una pata de cabra, útil como palanca o para arrancar clavos.

—Es mejor que te quedes aquí —insistió.

—¿Dónde está Claudia? —preguntó, mirando a su alrededor a la cocina vacía, notando por primera vez el silencio de la casa.

—En Neda, con los abuelos.

Se pasó las manos por las mejillas, secándose los últimos restos de lágrimas. Se puso de pie, disimulando el mareo que la invadió al hacerlo.

—Voy contigo.

Caminaron en silencio y se acercaron con cautela a la escuela. *Canela* seguía sus pasos y algo debió de oler, porque entró rauda y no pudieron detenerla. La encontraron lamiendo las heridas del pobre *Trasno,* gimiendo desconsolada. Miguel se agachó para tocar la cabeza del cachorro. *Canela* se afanaba en darle golpecitos con el morro, con el insistente cariño de una madre tratando de despertar a su hijo.

—Aún está caliente —dijo él sin mirar a Enma, murmurando una maldición por lo bajo para los autores de aquel crimen. Se puso de pie, apretando con fuerza la pata de cabra, y abrió la puerta que daba al aula. Era un espacio rectangular, sin rincón alguno en el que esconderse. La volvió a cerrar y miró las escaleras que subían a la buhardilla.

—Voy contigo —repitió Enma, antes de que le ordenara esperar en el vestíbulo, incapaz de mirar al pobre cachorro muerto.

Él subió delante, despacio, tratando de evitar los crujidos de las escaleras de madera. Enma lo seguía empuñando un paraguas que había encontrado en el mueble de la entrada.

La buhardilla era pequeña y tampoco ofrecía posibilidades para que el asaltante se escondiera. Por pura precaución, Miguel miró debajo de la cama y dentro del armario. Era evidente que allí no había nadie. Los cajones estaban abiertos, la ropa y los libros tirados por el suelo, y hasta las pocas provisiones de la despensa desperdigadas sobre la madera.

Enma se dejó caer sobre la cama, con el paraguas fuertemente sujeto entre las manos, mirando sus escasas pertenencias así expuestas, como arrasadas por un vendaval.

—¿Quién ha hecho esto? —se preguntó, balanceándose adelante y atrás, con la mirada extraviada—. ¿Por qué?

Miguel recogió del suelo la comida y los trozos de una taza y un plato.

—Ladrones. ¿Tenías dinero guardado?

—Alguno...

Miró la mesilla junto a la cama, abierta y vacía. En el suelo había una cajita de madera y, esparcidas a su alrededor, algunas fotografías y cartas. Lo recogió todo y lo revisó.

—¿Se lo llevaron?

Enma asintió. No le importaba el dinero, a pesar de que era el salario de casi dos meses. Lo que le dolía era ver aquellas imágenes, los pocos recuerdos que le quedaban de su familia, manoseadas por los ladrones; sus cartas abiertas, tal vez leídas. Aquella violación de su intimidad era tan dolorosa como una cuchillada.

—¿Es que nadie los ha visto? —se preguntó, convirtiendo la pena en furia—. ¿Cómo pueden entrar en mi casa a plena luz del día?

—Saben que los vecinos comen temprano. Hace poco de esto. Si llegas media hora antes...

No completó la frase. Colocó sobre la mesa la pila de libros que estaba amontonando y se acercó a ella. Era lo único sólido y seguro en ese momento y Enma se lanzó a sus brazos, odiando su debilidad, pero incapaz de resistirse a su reconfortante contacto.

—Lo siento, lo siento... —decía, con la boca pegada a su camisa.

Los dos sabían por qué se disculpaba, no hacían falta más explicaciones. Por su frialdad, por su marcha inesperada, por sus vanos intentos de hacer ver que nada había ocurrido entre ellos aquella lejana noche.

—Yo... Puedo cuidar de ti, Enma... Si me dejas.

Se separó de él, respirando entre jadeos, con el pecho dolorido por la angustia.

—No quiero depender de nadie, quiero ser libre, dueña de mi vida.

—La soledad no es vida.

Enma se arriesgó a mirar sus ojos oscuros, siempre cargados de nubes de tormenta. Reconoció aún el dolor por la esposa muerta, dos o tres años atrás, no lo sabía seguro, y se reafirmó en su rechazo temiendo llegar a convertirse solo en una sustituta de la fallecida.

—Tampoco lo es unir dos soledades.

Se alejó de la cama y del hombre que callaba sin saber si todavía buscaba una respuesta o si se hundía de nuevo en su habitual silencio. Una a una, recogió las prendas desparramadas y las fue doblando, sin la habilidad y cuidado que solía emplear, incapaz de contener el temblor de sus manos. Miguel se levantó y salió del cuarto. Lo oyó en el piso de abajo trabajando en la puerta rota. Volvió al cabo de un rato.

—La cerradura no sirve. Hay un cerrajero en Cobas, voy a su casa a ver si tiene alguna. —Enma dejó de doblar la ropa y lo miró con el corazón encogido—. Pasa el cerrojo por dentro. Te dejo a *Canela*.

Siguió sus pasos escaleras abajo. Lo vio ordenar a la perra que se sentara y se quedara allí mientras él recogía el cuerpo del cachorro con tanto cuidado como si fuera un niño pequeño.

Enma tuvo que taparse la boca para no volver a sollozar cuando vio la cabecita de *Trasno* vencida, su pelaje dorado empapado en sangre. Había sido un compañero fiel y cariñoso, no podía imaginar qué clase de monstruo se había ensañado así con el pobre animal.

—Cierra bien —insistió Miguel al traspasar el umbral.

Ella se apresuró en pasar el largo pestillo de hierro que solo se podía utilizar desde el interior. Se quedó un rato allí, mirando la puerta y la cerradura forzada, paralizada como un muñeco que se ha quedado sin cuerda. *Canela* se acercó a lamerle una mano y Enma reaccionó con un respingo. Luego miró al animal, sus ojos grandes, que parecían ofrecerle el mismo cariño y obediencia que le había dado su cachorro. Le pasó la mano por la cabeza mientras las lágrimas volvían incontenibles y caían sobre el pelaje de la perra, que gemía acompañándola en su desconsuelo.

Dos fuertes golpes en la puerta la despertaron horas después. Miró a su alrededor, desubicada, preguntándose por qué dormía si aún entraba luz por las ventanas. *Canela* dormía también a los pies de su cama. La vista de la perra le trajo el recuerdo de todo lo ocurrido.

Dos golpes más la arrancaron de la cama y se llevaron los restos de su sopor. Se asomó a la ventana mirando entre los visillos. Abajo, ante la puerta, estaba Miguel.

—Lo siento, me había quedado dormida —le dijo al abrirle.

—El cerrajero no puede venir, pero estará aquí mañana a primera hora.

Enma patinó en el suelo manchado y él la sujetó por un codo justo a tiempo, mirando con el ceño fruncido las flores mustias que seguían tiradas en medio del vestíbulo.

—Tengo que limpiar esto.

—Yo lo hago. ¿Tienes agua?

Ella frunció el ceño y solo se le ocurrió pensar en ese momento, con la imponente presencia de aquel hombre que la sujetaba por un codo como si ella fuera una frágil figura de porcelana a punto de quebrarse, dónde había quedado el trato formal que antes se daban, incluso después de lo sucedido la Noche de San Juan.

—En un barreño... En la cocina...

Se volvió para subir las escaleras y se encontró con el reguero de sangre que había dejado el pobre *Trasno,* que empezaba a secarse. Aquel olor dulzón y metálico, mezclado con el de las flores, revolvieron su estómago y tuvo que llevarse una mano a la boca para detener las náuseas.

Corrió por los escalones, tropezándose en el último. Él estaba allí, siempre estaba cuando lo necesitaba, para sujetarla de nuevo, para estrecharla contra su pecho inmenso, tan acogedor, para contener el temblor de su cuerpo al borde de un ataque de histeria.

—Lo siento, no logro reponerme —le dijo, sin hacer nada por liberarse de su abrazo—. Nunca me habían robado, ni en la casa de mis padres, ni en la calle... Y que haya sido ahora, cuando vivo sola... Me siento... Atacada. Indefensa. Expuesta. ¿Y si hubiera estado aquí cuando...?

—No se atreverían —le dijo él, imprimiendo seguridad a sus palabras—. Son unos cobardes que aprovechan la ausencia de los dueños para robar.

—Y lo que le han hecho al pobre *Trasno*...

Sintió las lágrimas que amenazaban de nuevo con desbordarse y las contuvo, reuniendo sus escasas fuerzas. Necesitaba recomponerse como fuera.

—Unos cobardes —insistió Miguel.

—El agua...

Se dio la vuelta, obligándose a huir de su abrazo, de su cuerpo fuerte y cálido que la hacía sentir segura y protegida.

Miguel la soltó. En completo silencio, buscó los útiles necesarios y bajó para limpiar la entrada. Enma se dejó caer sobre una silla, desmadejada, con el cuerpo agarrotado por el susto y la tensión y la cabeza pesada por la larga siesta. Oyó voces. Una mujer, no, dos; la primera hablaba rápido y cada vez más alto, la segunda sollozaba. Se pasó una mano por el pelo y miró las arrugas de su ropa, imposibles de arreglar sin una plancha. Tampoco era momento de coqueterías vanas.

Bajó las escaleras y encontró a Miguel hablando con María Jesús y Amparo. Afuera, sin atreverse a cruzar la puerta, un muchacho con la boina en la mano temblaba como si estuviera atacado de fiebres.

—¿Está usted bien? —preguntó Amparo, acercándose con las manos extendidas, sin decidirse a tocarla.

—¿Qué ocurre?

—Mi hermano tiene algo que decirle. —La chica miró al joven y le hizo señas para que entrara—. Vamos, Ricardo, ya que eres tan valiente, a ver si ahora te atreves.

—Amparo, ahora no puedo atenderos, ha ocurrido algo...

—Lo sabemos, señorita. ¿Verdad, Ricardo?

Amparo salió a tomar a su hermano del brazo y lo arrastró hasta el interior haciéndolo patinar en el suelo mojado.

Enma los miró a los tres. A María Jesús, con los ojos llenos de lágrimas y que no abría la boca; al joven Ricardo, que sudaba tanto que se le estaba mojando el cuello de la camisa, y a Amparo, convertida en una especie de ángel vengador. No sabía si quería oír lo que tuvieran que decirle, aquello era demasiado para sus pobres nervios.

—Habla ya de una vez, Ricardito —dijo Figueirido, sujetando con fuerza la escoba con la que había estado limpiando y empuñándola hacia el muchacho—. ¿O necesitas ayuda?

—Ellos dijeron que tendría libros... Ilustraciones... De lo que les enseña a las mujeres...

—¿Libros? —Miguel dio un paso hacia Ricardo, que se encogió a la espera de un golpe que no llegaba—. ¿Habéis entrado para robar unos libros de mujeres?

—Me engañaron.

Enma comprendió enseguida de qué hablaba. Las clases de sexualidad que había comenzado aquel curso con las alumnas adultas, eso era lo que les interesaba. Habían pensado que tendría libros con imágenes de cuerpos desnudos.

—¿Quiénes son? —le preguntó tan solo.

—No se lo va a creer —habló Amparo, ante el silencio de su hermano—. Aquellos dos falangistas, los mismos que le dieron otro susto por nuestra culpa.

Enma lo sabía, lo había sabido desde el principio. No podían ser otros.

—¿Y qué haces tú con los falangistas? —le increpó Miguel—. ¿No te habías afiliado a los republicanos?

—Que le han dicho que le van a dar un uniforme y un arma, como esos chulos que se pasean por Ferrol, que se creen los dueños de las calles.

—¡Olvídate de lo de ser novios! —dijo de repente María Jesús, que no había abierto la boca hasta entonces.

—Pero, mujer...

Ricardo se acercó a ella, que levantó la mano y le cruzó la cara, dejándole la mejilla al rojo vivo

—Eres... Eres... ¡Un delincuente! —le gritó, dándole otra bofetada—. Vete con tus amigos, anda, que acabaréis todos en la cárcel.

—Tampoco ha sido para tanto, solo se divirtieron un rato revolviendo las cosas y mirando las fotos...

Lo que Enma se temía: su intimidad violada por aquellos imberbes que se creían futuros dueños del mundo con sus uniformes y sus pistolas.

—¿Y el dinero que se llevaron? —preguntó Miguel—. ¿Y lo que le hicieron al pobre perro?

Ricardo volvió a encogerse, la cabeza hundida entre los hombros.

—No paraba de ladrar... —dijo, compungido.

—Habrá que denunciarlo, y tú serás el testigo.

—No. —Enma extendió una mano abierta, ordenando silencio—. No voy a denunciar nada. Su palabra no serviría frente a la de esos dos muchachos de ciudad, seguro que de buena familia, que tendrán quien sepa defenderlos. —Se agarró de la balaustrada, sintiendo que de nuevo perdía las fuerzas y las piernas se negaban a sostenerla—. Solo conseguiría enfadarlos más y quién sabe lo que harían la próxima vez.

—Lo siento... —dijo Ricardo, dando vueltas a su boina, con la mirada clavada en la punta de los pies—. Lo siento mucho... Si puedo hacer algo para compensarla...

—Ya hiciste bastante —dijo su hermana dándole un capón en la nuca descubierta—. Anda para casa, que como se enteren nuestros padres...

—¿Podemos hacer algo por usted? —preguntó María Jesús.

Enma sentía que se había convertido en una estatua de sal, le costó un gran esfuerzo encontrar las palabras y forzar a su boca a pronunciarlas.

—No le contéis esto a nadie. Y tú, Ricardo, piénsalo bien antes de andar con esas compañías. —El muchacho enrojeció hasta la raíz del cabello—. Me quedo más tranquila sabiendo quién ha sido, gracias por venir.

Se dio la vuelta y subió las escaleras, obligando a sus temblorosas piernas a sostenerla un poco más, solamente un poco más, hasta que pudo dejarse caer sobre la cama de nuevo al borde del desmayo.

Cuando pensaba que podía habituarse a aquel lugar, que su vida era tranquila y ordenada y que eso era lo único que necesitaba para la paz de su espíritu, volvían el miedo y la incertidumbre. Odiaba sentirse tan débil, tan asustada; deseaba tener los arrestos y la fuerza bruta de un hombre, salir en busca de aquellos dos indeseables y golpearles hasta hacerles rogar clemencia, sin piedad, como ellos habían hecho con su pobre cachorro. Pero solo era una mujer y, una vez más, los hombres imponían su voluntad, y a ella solo le quedaba agachar la cabeza y tragar la bilis que le amargaba la boca.

El colchón se hundió a la altura de sus pies. Enma no abrió los ojos, ni siquiera cuando él se inclinó sobre ella, amparándola con su calor, ni cuando le pasó una mano por la frente como le hacía a su hija cuando tenía fiebre. Cuántas veces se había quedado fascinada mirando esas manos, anhelándolas.

Entreabrió apenas los ojos, mirándolo entre las pestañas. «Estoy aquí», decía sin pronunciar palabra, «no estás sola». Ella tampoco podía hablar. No importaba, el silencio era un bálsamo para su alma. Le agarró la mano cuando él ya la retiraba y se la llevó a los labios, besándole la palma. Un gesto que significaba todas las palabras que no se atrevía a pronunciar en voz alta.

CAPÍTULO 15

El cielo se iba iluminando. El sol naciente pugnaba por atravesar la niebla reflejándose en sus jirones. Enma buscaba formas reconocibles en el diseño caótico de la naturaleza, en aquellos dedos blanquecinos que acariciaban los cristales de la ventana; sus ojos, por fin secos, la boca cerrada, curvada un poco hacia abajo, en un gesto que comenzaba a ser demasiado habitual. Las penas y los sinsabores de aquella vida, que no era ni mucho menos como había soñado, comenzaban a dejar huellas visibles en su rostro.

Una mano grande, áspera, le acarició la mejilla. Se inclinó para acunar la cara sobre ella con los ojos cerrados. Culpó a la falta de sueño de aquella debilidad.

—No dormiste mucho —dijo el hombre a su espalda.

—Tú tampoco.

Parpadeó cuando la luz del sol se reflejó en los cristales, deslumbrándola.

—Voy a hacer café.

Se volvió cuando él ya levantaba las mantas y lo detuvo para cobijarse en su pecho desnudo y frotar el rostro contra su piel tan cálida. Él la rodeó con los brazos. Enma quiso quedarse allí para siempre. Su cuerpo era el hogar que tanto añoraba.

—Gracias —susurró, y notó cómo se le erizaba la piel al rozarla con los labios.

Miguel no dijo nada, solo la estrechó más fuerte, como si nunca fuera a dejarla marchar. Sabía lo que pensaba, lo que le había dicho el día anterior. Quería cuidar de ella y lo estaba haciendo, aun contra su voluntad, que había demostrado ser muy débil en su presencia.

—¿Estás mejor? —le preguntó por fin.

Enma asintió, se soltó y se separó un poco para dejarlo ir, aunque tuvo que reunir todas sus escasas fuerzas para lograrlo.

—Estaré mejor cuando tome café. No tengo buen despertar, lo siento.

Fingió un tono ligero y se volvió de nuevo hacia la ventana para no mirarlo mientras se levantaba. El pálido sol otoñal no la deslumbraba tanto como el cuerpo de aquel hombre, tan fornido que la hacía sentir frágil y quebradiza como una figurita de porcelana a su lado. No le gustaba esa sensación, aunque ahora descubría que podía llegar a acostumbrarse. Aquella fuerza que la empequeñecía, que la mermaba, le procuraba al mismo tiempo el mejor de los refugios.

Desayunaron sentados a la pequeña mesa de la cocina, café con leche y unas rosquillas que Enma había comprado en Ferrol la mañana del sábado. Parecía que habían pasado días desde que fuera a la ciudad con Elías a la conferencia del cine Avenida.

—No hay nada entre Elías y yo —dijo de repente, rompiendo el silencio con la respuesta a una pregunta que él le había hecho muchos meses atrás, aquella Noche de San Juan que inútilmente había tratado de olvidar.

—Siempre estáis juntos.

—Sabe que me siento muy sola aquí. Me lleva al cine, a conferencias o si tengo que hacer algunas compras. —Miguel no la miraba, su vista fija en la cucharilla con la que removía una taza casi vacía—. Es un buen amigo y le tengo mucho aprecio; pero como a un hermano, nada más.

—Es un hombre.

Tres palabras que resumían todo un concepto. Enma reflexionó sobre ellas; recordó haber hablado de eso mismo con Elías. Hombres y mujeres no pueden ser amigos, porque uno de los dos siempre va a tener un interés romántico o una atracción que va más allá de lo filial. Por su propia experiencia podía asegurar que aquello no era cierto.

—No pienso en él en ese sentido, y me consta que él tampoco lo hace.

Miguel la miró a los ojos, hipnotizándola con sus iris tan oscuros que no se diferenciaban de la pupila. Recorrió su rostro y bajó por su escote, acariciándola con una larga y lenta mirada.

—Entonces va a ser verdad lo que se dice de él y su amigo el periodista.

Un recuerdo resonó como una campanilla en la cabeza de Enma. Los jóvenes falangistas diciendo unas palabras semejantes, pero yendo mucho más allá: «Esos maricones». Por algún motivo, esas palabras se habían quedado ancladas en su mente, haciéndole dudar de si eran solo un insulto o pretendían ser una realidad.

—Ni lo sé, ni me importa —dijo indignada. Se levantó de la mesa para llevar su taza a la pila.

Miguel hizo lo mismo. Al acercarse a ella, la tomó de una mano, obligándola a serenarse.

—A mí tampoco. Doval es un buen hombre, no de esos señoritos que presumen de dinero y poder. Pelea por los derechos de los obreros en el sindicato. Si se acerca a la taberna, se junta con la gente de la aldea como si fuera uno más. —Enma asintió a cada una de sus palabras, respirando hondo para alejar su enfado—. Pero la gente cree que te corteja; y como no se habla de boda, algunos empiezan a murmurar.

—Ociosos que no tienen nada mejor que hacer que hablar de vidas ajenas.

Con cada palabra levantaba más la barbilla, beligerante.

—Tienes que cuidarte de eso, aunque no quieras. La maestra del pueblo no puede estar en boca de todos.

—¿Y qué puedo hacer? —Señaló a su alrededor, con las palmas abiertas hacia el techo—. ¿Encerrarme aún más en esta clausura en la que vivo?

—Necesitas un hombre que te proteja de las malas lenguas y de todo lo demás.

Enma clavó sus ojos en los de Miguel, desafiante, más altanera que nunca.

—No, eso nunca. Soy mayor de edad, soy independiente, vivo de lo que trabajo —enumeró, dejando que las palabras se deslizaran con rabia entre sus labios—. Ya no estamos en el siglo XIX, tengo los mismos derechos que un hombre y no necesito su protección.

—Los derechos son solo palabras escritas en un papel que muchos ni saben leer. —Miguel no se alteraba, permanecía allí, frente a ella, firme como el pilar de una catedral—. Aquí la gente se guía por las normas de la Iglesia, tradiciones y costumbres.

—¡La moral católica! ¡Sí, bien sé lo que es! —Se alejó de él, incapaz de sostenerle la mirada, que cayó sobre la cama revuelta—. Esa que nos condenaría al infierno por...

No pudo terminar la frase. Se quedó parada en medio de la estancia, sin aliento. Sus hombros se fueron hundiendo poco a poco, como un globo que se deshincha. La boca apretada volvía a curvarse hacia abajo creando surcos en la comisura que pronto se convertirían en marcas indisolubles.

Miguel respetó su silencio durante tanto tiempo que Enma llegó a creer que se había marchado sin que ella se diera cuenta. Se dio la vuelta y allí estaba, estoico, concentrado de nuevo en su habitual mutismo que había quebrado por una vez desde que se conocían.

—Tengo que irme —dijo por fin, cuando sus miradas se encontraron. Ella asintió, incapaz de doblegar su orgullo y agradecerle todo lo que había hecho, y ni mucho menos reconocer que entre sus brazos encontraba algo parecido a la felicidad.

No lo siguió cuando salió de la estancia. Oyó sus pasos en la escalera y su voz ordenando a la perra que se quedara allí, guardando la casa.

Tiempo después, Enma encontró las fuerzas suficientes para vestirse y bajar, abrirle la puerta a *Canela* y dejarla corretear alrededor de la escuela. Hacía una mañana fría y llena de niebla que el sol seguía luchando por disolver. Las casas de alrededor apenas se distinguían, solo eran sombras entre la espesa nube. Enma se frotó los brazos, notando cómo se le erizaba la piel helada, y recordó la calidez de una cama compartida.

Secándose una lágrima traidora, llamó a *Canela*. Volvió al interior y cerró la puerta con el pestillo de hierro. La cerradura aún sin arreglar era una herida abierta que la obligaba a rememorar el miedo, la violencia, el enfado posterior.

«Necesitas a un hombre que te proteja», le había dicho Miguel. Y ella odiaba aquellas palabras porque eran verdad.

❧❧❧

El cerrajero llegó a mediodía, cuando preparaba algo de comer. Sus golpes en la puerta la sobresaltaron y miró por la ventana desde arriba, preguntando quién era antes de bajar a abrirle.

—¿Y ya sabe quién sería? —le preguntó, mientras arreglaba la cerradura—. Debería denunciarlos si le robaron algo.

—Solo ha sido una travesura de algún muchacho. No es para tanto.

Lo dejó con el trabajo y volvió a subir las escaleras para evitar preguntas con la excusa de atender la cocina. Un rato después el hombre avisó de que había terminado. Enma le pagó con el poco dinero que tenía en el bolso.

Lo despidió, agradeciéndole el servicio y la premura. Se quedó en la puerta mientras dejaba que *Canela* correteara otro poco por el exterior. El animal, acostumbrado a estar siempre fuera, en la finca que rodeaba la casa de Figueirido, no se acomodaba dentro de su pequeño hogar. Enma la había oído gemir cada vez que se acercaba al hueco de la escalera en el que habían encontrado muerto al pobre *Trasno*.

Oyó el vehículo que se acercaba y se pasó una mano por el pelo, alisándolo. Esperaba poder disimular las inquietudes que la devoraban por dentro.

—Buenos días —saludó Elías desde la ventanilla abierta, antes de bajar del automóvil y acercarse con un paquete en la mano—. La prensa del día y algunas revistas un poco más atrasadas.

—Eres muy amable.

—Tenía que ir a Ferrol y he aprovechado para venir y echarte un vistazo. Y sí, sigues tan bonita como ayer.

Solo él podía conseguir arrancarle una sonrisa. No quería contarle lo ocurrido, no quería rememorarlo otra vez, así que lo arrinconó en un lugar de su memoria y se ocupó de otras cuestiones prácticas.

—Voy a tener que pedirte un favor, ya no sé cuántos te debo.

—Mi querida señorita, estoy a su servicio, por favor.

Le dedicó aquella sonrisa suya, llena de encanto y seguridad, y un guiño que le hizo pensar en la primera vez que lo vio, ante la puerta de la escuela, formando parte del comité de bienvenida. Había pasado poco más de un año desde entonces. Se le antojaba toda una vida.

—Tendré que ir pronto a la ciudad, he de acercarme al banco, ayer se me olvidó y apenas me queda dinero en casa.

—¿Necesitas algo?

Elías ya se llevaba la mano al bolsillo interior de su americana. Enma lo detuvo con un gesto.

—No, no te preocupes, ya sabes que aquí apenas se gasta.

—¿Estás segura?

Enma asintió y él se tocó el ala del sombrero y volvió al interior del vehículo.

—Te dejo entonces, a mi pesar. Me espera otra amena comida con los parientes de mi madre.

Se llevó una mano al pecho con fingida afectación.

—Que te diviertas.

—No lo haré, pero gracias.

Enma lo despidió agitando la mano. Se quedó allí, apoyada en la puerta, pensativa. Elías era el hombre perfecto: guapo como un Apolo, atlético, elegante, culto, inteligente. Y además derrochaba una simpatía que lo hacía adorable. Si a eso unía su buena fortuna, lo normal es que pasara de una novia a otra, divirtiéndose hasta que encontrara alguna que supiera cómo llevarlo al altar. Y sin embargo, en tantos meses que hacía que se conocían, no le había oído hablar de ninguna mujer, ni en presente ni en pasado. No tenía ninguna relación formal; y si había algo oculto, una amante que no fuera digna de estar con él en público, lo llevaba con el mayor de los secretos.

Descartó aquellos pensamientos, negándose a especular sobre la vida de su amigo. Nada le importaba si sus gustos se alejaban de la norma, no era ella quién para dar lecciones de moralidad, toda la vida rehuyendo a los que solo buscaban seducirla, reservándose sin saber muy bien para qué o para quién, para acabar rindiéndose a la lujuria entre los brazos del hombre más inesperado.

Entró en casa tras llamar a la perra. Comprobó que la cerradura funcionaba. Para mayor seguridad, pasó también el pestillo. Subió las escaleras con el paquete de la prensa en la mano, que colocó sobre la mesa de la cocina. Abrió la revista *Blanco y Negro* y se encontró con la foto de la ceremonia nupcial entre don Juan de Borbón y la princesa doña María de las Mercedes de Borbón y Orleans. Miró a la novia, seria, contenida, con el rostro enmarcado por el velo. No parecía feliz, ni siquiera nerviosa, como estarían la mayoría de las mujeres en aquel trance. En realidad, asemejaba estar cumpliendo con un trámite.

Enma nunca se había hecho ilusiones sobre un posible matrimonio. No la encandilaban los vestidos de novia. Toda la parafernalia que rodeaba tan magno evento le provocaba más rechazo que otra cosa. Pensaba que la mayoría de las parejas se unían por conveniencia o por interés; y el amor, ese amor romántico de las novelas, tenía poco o nada que ver con aquello.

Sabía lo que quería decir Miguel cuando insistía en cuidar de ella. No había llegado a hacerle la proposición, pero estaba implícita en sus palabras. Quizás aún creía que le debía una reparación por su virtud, sin tener en cuenta que no era él quien la había tomado, sino ella la que la había entregado de buena gana. ¿Y era eso suficiente para llegar ante el altar? ¿Tan solo el hecho de que encontrara placer y seguridad entre sus brazos?

No quería ni imaginarse su vida como esposa de un aldeano, un hombre dedicado a trabajar la tierra y cuidar sus animales. Acaso esperaría de ella que le ayudara en sus labores, que dejara su puesto de maestra, su sueño, y se rompiera la espalda sembrando patatas. No, no. Sus vidas eran muy distintas, muy alejadas. Tendría que hacérselo comprender y, si no podía aceptarlo, renunciar a buscar su compañía, a entregarle de nuevo su cuerpo, lo único que podía darle, a cambio de un instante de olvido.

✿ ✿ ✿

Él volvió al cerrado de la noche. Oyó sus golpes suaves en la puerta procurando no sobresaltarla ni atraer la atención de algún vecino insomne. Cuando Enma bajó a abrir, *Canela* agitaba el rabo con alegría y se movía a su alrededor impaciente mientras corría el cerrojo.

—¿Ya está arreglada? —preguntó Miguel sin entrar, tocando la cerradura. Enma asintió—. ¿Estás bien?

Lo tomó de una mano, tiró de él hacia el interior y cerró a su espalda. Se dijo que era para que no lo vieran, él mismo había dicho que debía cuidarse de las habladurías; pero cuando se volvió y lo encontró ocupando el espacio en el estrecho vestíbulo, necesitó de toda su fuerza de voluntad para no echarse en sus brazos.

—¿Y Claudia? —le preguntó por su hija buscando un tema seguro que mantuviera alejados los pensamientos impuros.

—Está enferma. —Miguel acarició la cabeza de *Canela,* que gemía por sus caricias—. Vino mi cuñado por la mañana a decírmelo y me fui con él a Neda. Hace un rato que volví. Mi suegra insistió en que la dejara. Tenía mucha fiebre.

—Lo siento —susurró Enma, sin saber por qué ambos hablaban en susurros, como si temieran despertar a alguien.

Se quedaron en silencio, él acariciando el lomo a la perra, ella hipnotizada por aquel movimiento, recordando la sensación cuando era su espalda desnuda la que recorría con sus manos grandes y ásperas.

—Me voy, entonces —dijo, dejando claro que había ido solo para comprobar la cerradura y contarle lo de Claudia.

Enma dio un paso atrás para dejarlo pasar, con la vista baja. Un dolor súbito se instaló en su garganta, como si una mano invisible la estuviera estrangulando.

—No te vayas —consiguió decir con un hilo de voz, y la presión en su garganta se desvaneció.

Él había dado dos pasos apenas, los justos para detenerse frente a ella, tan cerca que el borde de la falda se le metía entre las piernas.

—¿No quieres quedarte sola?

No, no quería. Tampoco quería que pensara que lo estaba utilizando, que solo buscaba su compañía por miedo, como si él fuera un mal menor que estuviera dispuesta a asumir para lograr hacer frente a sus temores.

—Y tú ¿qué quieres? —le devolvió la pregunta, dándose cuenta de que empezaba a contagiarse de aquella costumbre de los paisanos de responder a una interrogación con otra.

—Ya te lo he dicho. Cuidar de ti.

—No soy tu responsabilidad.

—No veo a nadie más aquí.

—¡No necesito a nadie!

Corrió hacia las escaleras, furiosa, arrebatada, indignada por su atrevimiento, por la forma en que acababa de echarle a la cara lo sola que estaba en el mundo.

—Enma...

La sujetó cuando ya tropezaba con el primer escalón. Se encontró de nuevo con la cara contra su pecho, respirando por la boca como un pez fuera del agua.

—Déjame —rogó, sin hacer el menor esfuerzo por soltarse.

—Me acabas de pedir que me quede. Aclárate, mujer.

Y ahora se reía de ella. Enma levantó el rostro para mirarlo hasta encontrar las arrugas que se formaban en los rabillos de sus ojos negros, la curva que elevaba apenas su boca. Pocas veces lo había visto reír, solo con la pequeña Claudia en alguna de aquellas tardes cuando ella iba a su casa a darle clases. Era una sonrisa que desaparecía cuando la miraba a ella. Había llegado a pensar que no podía soportar su presencia.

—Pensarás lo peor de mí.

—¿Lo piensas tú de mí?

—Tú eres un hombre. Si alguien lo supiera, tú recibirías felicitaciones, y yo sería una...

—No me importa lo que digan los demás, y creía que a ti tampoco.

—Me dijiste que la maestra del pueblo no puede dar pie a murmuraciones, y tenías razón.

—Nadie tiene por qué enterarse, si tú no quieres —le dijo. Una sombra de pesar cubrió su rostro—. Yo te voy a respetar siempre, Enma, hagas lo que hagas, decidas lo que decidas.

Apenas podía pensar; solo quería quedarse allí, entre sus brazos, dejar la mente en blanco y sentir, nada más.

—Esto es lo que quiero ahora —susurró con voz rasposa, su voz apenas un suspiro en el silencio de la estancia—. No sé lo que querré mañana, ni yo misma me entiendo ya.

—Entonces, mañana lo sabremos.

Había otra vez un rastro de risa en su voz. Enma se agarró de sus hombros, tan débil por la tensión que las piernas le flojeaban. Miguel lo notó, la rodeó con sus brazos y la levantó en vilo con un solo gesto. Subió con ella las escaleras, como si no pesara más que el fardo de harina que los domingos recogía en el molino.

«Como una novia», pensó Enma cuando la depositó con cuidado sobre la cama. Se deshizo de los zapatos y estiró las piernas bajo la falda. Él se sentó en el borde, con toda la calma del mundo, y le pasó una mano por el empeine, subiendo hasta el tobillo y volviendo a bajar. Enma se levantó la falda, soltó las ligas y se deshizo de las medias. Luego estiró los pies sobre su regazo y le rogó con una mirada que siguiera acariciándolos. Miguel sonrió, una sonrisa de verdad esta vez, una que le curvaba por completo la boca grande y formaba arrugas en las comisuras.

Enma pensó que eso era lo que querría mañana. Despertarse con aquella sonrisa. Y que ella fuera el motivo.

Era ya viernes por la tarde y Enma se encontró preparando la clase para adultas. No sabía en qué se le había ido la semana. El lunes, Carmiña la del molinero había llegado a clase con un collar hecho con castañas cocidas con su piel. Se le ocurrió que sería una buena actividad para mantenerlas ocupadas. Al día siguiente, cada alumna trajo un puñado de castañas y se entretuvieron haciendo collares.

Recordó que habían repasado entera la tabla de multiplicar, que avanzaron mucho también en las operaciones de división. Todas las mayores sabían ya dividir por dos, y las pequeñas por uno. De historia, sí, recordaba haberles hablado de la llegada de Alfonso XII a España para ser coronado.

Preparar las lecciones, ordenar el aula, luego cocinar, limpiar su pequeña vivienda, y poco más. Esa era su vida. Solo que ahora no pasaba las noches sola, inquieta a cada crujido del piso de madera y con los ojos abiertos contemplando el techo cuando el insomnio se empeñaba en visitarla. Vivía una especie de luna de miel secreta que tocaba a su fin. Miguel se había marchado por la mañana a Neda para traer a su hija.

Le pareció oír pasos y vio dos sombras cruzar ante la ventana. Afuera estaba oscuro y no pudo distinguir al contraluz quién se acercaba. Miró su reloj. Era demasiado temprano para sus alumnas, que no eran muy puntuales, siempre apurando la hora para dejar las tareas del hogar listas.

Oyó susurros cerca de la puerta, que no había cerrado del todo, solo estaba arrimada contra el marco, y empezó a impacientarse. Ya iba a salir a preguntar quién era cuando el recuerdo del domingo pasado, de la casa revuelta y el perro muerto, la detuvieron en seco, provocándole un escalofrío que le recorrió la espalda como una mano de hielo. Miró a su alrededor en busca de algo con que defenderse; solo encontró el borrador de la pizarra, sujeto a un grueso taco de madera. Ya lo blandía, probando su peso en alto, cuando la puerta se abrió y vio a María Jesús a punto de caer hacia dentro. Se había apoyado en la madera sin darse cuenta de que estaba abierta. Por suerte para ella, Amparo fue rápida y logró sujetarla.

—Perdone, señorita —corearon las dos, paradas en el vano de la puerta—. No queríamos asustarla.

—No lo habéis hecho —mintió, y supo por sus miradas que se habían dado cuenta.

Se llevó las manos a las mejillas, notando la cara helada, y supuso que pálida como un difunto.

—No sabíamos si venir a clase —dijo Amparo, la más decidida siempre—. Estará enfadada con nosotras...

—¿Por qué iba a estarlo?

—Es culpa nuestra que...

—Pasad y cerrad la puerta.

Esperó a que hicieran lo ordenado parada ante su mesa, con las manos apoyadas en la madera para recuperar el equilibrio perdido con el susto. Las chicas se acercaron, remisas. Enma se tomó su tiempo para respirar hondo y calmar el loco latido de su corazón.

—¿Se encuentra bien?

—¿Le habéis contado algo a alguien? —les preguntó, sin contestar a su preocupación.

—No, no.

Las dos negaban con la cabeza, María Jesús mirando al suelo muerta de vergüenza.

—¿Y tu hermano? —le preguntó a Amparo.

—No sale de casa más que para ir al trabajo, ni para en la taberna. Está muy arrepentido, de verdad.

Enma asintió sin preocuparle mucho el cargo de conciencia del muchacho. Lo tenía bien merecido.

—Sabes que no he dicho nada ni he denunciado por él, pero si me entero de que vuelve a juntarse con esa gente...

—No lo hará, se lo prometo, por estas que son cruces. —Amparo se besó los dedos cruzados para sellar su promesa.

—Está bien, está bien.

Se sentó en su silla, con un suspiro, y miró el aula vacía, que pronto volvería a llenarse.

—¿Quiere que hagamos algo? —se ofreció María Jesús.

239

—Sí, repartid estas hojas por los pupitres.

Les dio unas ilustraciones de anatomía y las vio reír mientras las iban dejando.

Esa era la excusa de los falangistas para entrar en su casa, la búsqueda de libros e imágenes que usaba en las clases de anatomía y sexualidad, o al menos eso le habían dicho al pobre Ricardo, que solo había sido otra víctima en aquel asunto. Aquellos dos se la tenían jurada desde la vez que se atrevieron a abordarla allí mismo, en su escuela, y desde entonces sabía que tarde o temprano volverían.

Las chicas cuchicheaban algo entre ellas al fondo del aula. Las vio regresar a su mesa con una sonrisita en los labios, dándose codazos con disimulo para animarse a hablar.

—A ver, ¿qué queréis preguntar?

—No nos atrevemos —dijo María Jesús, roja como la grana.

Enma suspiró. Con calma, se puso de pie y abandonó su puesto detrás de la mesa para acercarse a las muchachas.

—No estoy enfadada con vosotras, solo con los culpables de lo ocurrido —aclaró, haciendo un esfuerzo por mostrarse amistosa—. Hagamos un trato: fuera del horario de clases, podemos ser amigas, no os llevo tantos años.

—Siempre nos pareció demasiado joven para ser maestra —le dijo Amparo con auténtica admiración, por lo que Enma tuvo que tomarlo como un piropo.

—Os aseguro que he estudiado muchos años para tener mi título. —Las miró de hito en hito, comprendiendo que no era su capacitación lo que las intrigaba—. ¿Y bien?

—Creíamos que se haría novia del señorito de la casa grande —soltó Amparo de corrido.

—¿Es que nadie en este pueblo piensa que un hombre y una mujer puedan ser solo amigos? —Enma se cruzó de brazos y apoyó las caderas contra la mesa, obligándose a ser paciente—. No, no somos novios, aunque parece que ya habíais llegado a tal conclusión, ¿por qué?

—Como el día de..., ya sabe... Estaba aquí Miguel Figueirido...

No tenía una respuesta rápida para eso, así que durante unos segundos se limitó a mirarlas a los ojos, pasando de una a otra, hasta hacerlas sentir incómodas con el escrutinio.

—Cuando llegué a casa y me encontré la cerradura forzada y todo revuelto... Bueno, la suya era la casa más cercana para pedir ayuda. —No era cierto, pero las chicas no se atrevieron a discutirlo—. Fue muy amable, me ayudó a recoger y limpiar y buscó un cerrajero para arreglar la puerta.

María Jesús asentía, pero las sonrisas cómplices seguían brillando en los labios de ambas. Enma supuso que las dos se estaban imaginando un bonito cuento en el que Miguel era el caballero de brillante armadura al rescate de la pobre maestra ultrajada. Tampoco podía negarlo. Ella había corrido en busca de su auxilio sin pensar, guiada por un instinto desconocido que aún no lograba explicarse, y él había dado muestras más que sobradas de que era un hombre en quien podía confiar.

—No seguirá viudo mucho tiempo —dijo Amparo, insinuante—. Es joven, guapo y trabajador. Más de una estaba esperando que se quitara el luto.

Oyeron voces que se acercaban. Enma miró su reloj de pulsera y comprobó que era la hora de empezar las clases.

—Es un buen hombre y un buen vecino —dijo, para zanjar el tema—. Y no hay nada más que hablar sobre esto, ¿de acuerdo?

Las chicas asintieron y se volvieron para ocupar sus pupitres mientras iban entrando el resto de alumnas. Enma las vio intercambiar comentarios al oído, entre risitas y guiños. Se imaginó confiándose en ellas, contándoles sus dudas y desvelos, los sentimientos contradictorios que le provocaba aquel hombre. No podía. No. Era demasiado íntimo, confuso, intenso. Temía que si abría la boca sería como una presa que se desborda y acabaría por decir en voz alta lo que no se atrevía a decirse ni a sí misma en silencio.

Se obligó a volver detrás de la mesa, ordenar sus papeles, poner en su sitio el borrador de la pizarra y comprobar las tizas que le quedaban mientras el aula se iba llenando. Tenía que dar una clase y centrarse en sus alumnas y la lección; los asuntos personales se dejaban fuera al entrar, no podía permitir que influyeran en su rendimiento.

—Hoy vamos a hablar del aparato respiratorio —dijo levantando la ilustración que tenía sobre la mesa, igual a las que habían repartido las chicas en los pupitres.

Miró los pulmones dibujados en el papel y pensó en los suyos, a los que tanto costaba hacer llegar el aire suficiente desde hacía una semana; cada inspiración era un esfuerzo, como si de repente esos dos grandes órganos se hubieran vuelto mucho más pequeños y compactos, resistiéndose a la entrada del oxígeno vivificador.

—Cuando hacemos un gran esfuerzo o tenemos un disgusto respiramos más rápido, ¿verdad? Sentimos que nos falta el aliento...

La clase escuchaba y asentía, y eso era lo que necesitaba Enma para recuperar la tranquilidad perdida y volver a llevar aire a sus pulmones.

CAPÍTULO 16

Del pequeño puerto de Ferrol, el muelle, como lo llamaban los paisanos, salía un barco de vapor para La Coruña.

—Un día te llevo.

Lo prometió Elías mientras miraban a la gente de todo tipo que se apresuraba a embarcar. Los que llevaban mercancías iban en la proa; los mejor vestidos, ociosos que iban de paseo a la capital, en la gran cabina de popa.

—Uy, mejor no, que yo soy de secano y seguro que me mareo.

—Pues hacemos una prueba primero. Vamos solo hasta Mugardos, que se llega en un santiamén. —Señaló el pueblo que asomaba al otro lado de la ría, con su puerto en forma de medialuna—. A ver qué tal te sienta el viaje.

—A lo mejor —dijo Enma, sin comprometerse a nada.

Había un bullicio constante a su alrededor. De la dársena salían y llegaban otros barcos más pequeños, lanchas los llamaban, que se dirigían a las poblaciones de la ría llevando y trayendo a trabajadores, estudiantes, amas de casa que iban a hacer compras a la ciudad y vendedoras de pescado y productos de la huerta.

El cielo era de un intenso azul, aunque el sol de noviembre no era suficiente para aliviar el frío que traía el viento del norte. Hacia su derecha se extendía la actividad principal del puerto, zona de descarga de maderas y carbón, la fábrica de hielo, la lonja... Frente a ellos, el embarcadero de las lanchas y los barcos de pesca de bajura. A la izquierda, las instalaciones de la Marina.

Enma dejó vagar la vista más allá, sobre la superficie erizada de la ría, hasta donde los montes abrían una brecha que llevaba a mar abierto. Esa era la boca de la ría, flanqueada por dos castillos, tres en la antigüedad según le había contado Elías, que durante siglos habían protegido la ciudad y su arsenal de las invasiones extranjeras.

Respiró hondo el aire salobre y siguió el vuelo de una gaviota que chillaba en las alturas. Recordó su lección del día anterior, los pulmones, el aparato respiratorio. Comprendió por qué los médicos recomendaban los baños de mar para algunas enfermedades: aquel paisaje y aquel aire eran vivificantes.

—¿Te parece si subimos andando hacia el centro? Hace una mañana tan bonita que apetece un buen paseo.

Enma asintió y dejó que Elías la guiara por una callecita estrecha, tras subir unas escaleras, donde se apiñaban pequeñas casas de pescadores con los bajos ocupados por todo tipo de tiendas, una confitería, una panadería... Se notaba que era el centro de un barrio concurrido al que daba vida el trasiego constante de pasajeros de los barcos que cruzaban la ría y la proximidad de las instalaciones militares.

Subieron por la calle San Francisco, muy empinada, hasta llegar a la iglesia que le daba nombre y enfilar por delante del palacio de Capitanía General hacia la plaza de Amboage.

—No te he visto en toda la semana —dijo Enma, sin reproche en su voz.

—Me han pedido que dé algunas clases en la Escuela Racionalista para los alumnos interesados en las profesiones navales.

—O sea, que, si antes apenas tenías tiempo para nada, ahora ya ni comes ni duermes.

—Más o menos. —Elías le ofreció una sonrisa cansada—. ¿Y tú? ¿Qué has hecho toda la semana?

—Bueno, ya sabes la vida social que llevo, un día al teatro, otro a un baile...

—Qué ajetreo.

—Sí.

Llegaron al banco en el que Enma tenía depositados sus ahorros, entraron y en pocos minutos pudo disponer del efectivo que necesitaba.

—He reservado en el restaurante del Hotel Suizo —le dijo Elías al salir.

—Hoy invito yo —contestó Enma, tocando el bolso en el que acababa de guardar su dinero—. No puedes negarte, te debo mil favores, dispongo de ti como un chófer y encima me invitas siempre.

—Mi querida Enma... —Elías se detuvo ante la puerta del hotel, tomándole la mano como si fuera un novio a punto de declararse—. Eres la luz de mi vida, tu compañía es el mejor regalo que puedes ofrecerme.

—Y tú eres un truhan que no me va a convencer con esas falsas artimañas.

—Tu desdén me hiere —exageró él, llevándose las manos unidas al corazón.

—Qué gran actor se han perdido las tablas.

«Y qué gran esposo», se dijo ella para sus adentros, con el corazón dolorido. Elías sería su pareja perfecta: compartían las mismas aficiones, se divertían juntos y nunca discutían. Pero no era por él por quien había pasado la noche en vela, incapaz de dormir ahora que volvía a hacerlo sola.

El empleado del hotel, con su uniforme de botones dorados, los miraba interrogante esperando a ver si se decidían a entrar.

—¿Vamos? —preguntó Elías, tendiéndole de nuevo su brazo para que ella lo tomara.

—Vamos, creo que empiezo a tener apetito.

❋❋❋

La comida se alargó con el postre y el café. Cuando salieron del hotel eran los únicos que paseaban por las calles. Cruzaron la plaza de Amboage y bajaron a la calle Real para desandar el camino anterior, por delante del palacio de Capitanía, tomando la calle San Francisco para bajar al muelle donde Elías había aparcado el automóvil.

La tranquilidad se vio rota por un alboroto en una taberna cercana. El dueño del local, un hombre enorme armado con un bastón de madera, estaba expulsando a cuatro clientes que aún se reían en su cara con las mejillas rojas, a juego con las boinas.

Enma se detuvo y clavó los dedos en el brazo de Elías. Bajó el rostro para que su mirada no se cruzara con la de los alborotadores. En aquella calle estrecha resultaba imposible evitarlos.

—La señorita Enma de Castro —dijo el cabecilla, reconociéndola al primer vistazo—. Mirad, compañeros, esta es la maestrita de Esmelle, una perla madrileña echándose a perder en la aldea.

—Tenías razón, Manolo —contestó otro, arrastrando las sílabas por efecto del vino—, menudas piernas tiene la señorita.

Elías puso su mano sobre la de Enma y la obligó a caminar, doblando ligeramente hacia la otra acera.

Los cuatro muchachos los cercaron, sin atreverse a tocarlos, pero entorpeciéndoles el paso.

—Hágase a un lado —ordenó Elías al más joven, el compañero del llamado Manolo que había entrado aquella vez en el colegio para asustarla.

—¿Quién me va a obligar? —se envalentonó el otro, mirando a sus compañeros, que lo jalearon—. Esta es mucha mujer para ti, Doval, aquí todos sabemos que te va más la poesía que las hembras.

Rieron a coro la broma envolviéndolos en su aliento a taberna y dándose palmadas los unos a los otros en la espalda. Elías empujó suavemente a Enma y la obligó a entrar en un portal abierto. Ella le tiró del brazo para pedirle que entrara también. Elías la obligó a soltarlo con una mirada turbia que nunca antes le había visto.

—Aún podemos arreglar esto pacíficamente —les dijo a los muchachos cerrando el paso al portal con su propio cuerpo.

—No hay nada que arreglar —aseguró Manolo, que se llevó la mano al cinturón en el que Enma descubrió, horrorizada, la funda de una pistola—. Es mejor que te vayas para casa, o para la de tu amiguito el poeta, que de la señorita ya nos encargamos nosotros.

—Tenemos que enseñarle que en Ferrol hay hombres de verdad.

Los otros dos asentían y jaleaban, aprobando ruidosamente la idea.

Elías se quitó el abrigo y se lo pasó a Enma.

—¿Quién será el primero? ¿Tú, entonces?

El muchacho más joven lo miró ceñudo. Los otros decían que Doval era un blandengue y que no tenía carácter; pero estaba demostrando que no era cierto. Viéndolo así, de cerca, le sacaba media cabeza y parecía lo bastante fuerte como para tumbarlo de un puñetazo.

—¡Venga, Benito! ¡Que no se diga!

—Puedes con él, venga, si no tiene ni media hostia.

El pobre Benito apenas llegó a amagar un ataque y ya estaba tumbado en el suelo, gritando tanto por el dolor del puño de Elías estampado en su mandíbula como por el golpe recibido al caer.

Elías se había dado cuenta de que el tal Manolo era el que llevaba la voz cantante; ahora quedó claro cuando empujó a sus otros dos colegas hacia delante y él se quedó atrás. Estaba esperando a que se cansara peleando con los otros antes de que le llegara su turno.

—Manolo Gil, ¿no? Conozco a tu padre.

—Mi padre es una persona de orden, no se junta con tipos raros como tú y tus amiguitos poetas.

—Y menos con sindicalistas —añadió otro de sus compinches.

—Si es que vas por ahí pidiendo que te partan la cara, hombre, no se puede estar en todos los *fregaos*.

Elías levantó los puños, separó las piernas buscando el equilibrio y los miró con una sonrisa feroz.

—¿Y quién me la va a partir? ¿Tú?

El que había hablado se abalanzó sobre él como un toro ante el capote. Elías solo tuvo que esquivarlo y ponerle la zancadilla y su propio impulso lo llevó a caer de cara contra la acera.

No tuvo tiempo de celebrarlo. Cuando se volvió hacia los dos restantes, Manolo había desenfundado su arma y le apuntaba a la cara.

—Sujétalo —le ordenó al otro, el más grande de los tres, que agarró a Elías por los brazos y se los retorció a la espalda—. Y vosotros, gilipollas, levantaos de ahí y mirad cómo se hacen las cosas.

Guardó la pistola y se remangó la camisa azul, con una sonrisa sádica que no presagiaba nada bueno. El primer golpe fue directo a la mandíbula; le partió el labio y le hizo escupir sangre. Luego enlazó dos puñetazos seguidos, derecha, izquierda, directos al estómago.

Enma no pudo soportarlo más. Salió del portal y golpeó al que sujetaba a Elías con su bolso, con toda la fuerza que pudo reunir, mientras gritaba pidiendo ayuda.

—¡Que alguien sujete a esta loca!

El más joven trató de hacerlo, pero ella revoleó el bolso y acertó a darle en el mismo sitio en el que lo había golpeado Elías, haciéndolo aullar de dolor.

—¡Ayuda! ¡Ayuda! ¿Es que no hay nadie que pueda ayudarnos? —chilló con toda la potencia de su voz.

Del bar cercano volvió a salir el dueño, un hombre tan grande que hacía por dos de los falangistas, aún con el bastón de madera en la mano.

—¿Es que no habéis tenido bastante? —preguntó, lanzando bastonazos a los muchachos, que al momento huyeron como perros con el rabo entre las piernas.

El tal Manolo se llevó un golpe tan certero que la pistola que portaba cayó a los pies de Elías, que la pisó con gesto desafiante.

—Te denunciaré por robo —bramó el joven, tan colorado que parecía al borde de un ataque.

—Ve a buscar a la guardia municipal, que aquí te espero.

—¡Ya te acordarás de esto! —amenazaron los otros al tabernero, ya en franca retirada.

—¡No os quiero ver más por aquí!

Enma buscaba frenéticamente un pañuelo en su bolso para restañar la sangre del labio de Elías. Lo encontró y se lo puso en la boca apretando fuerte para detener la hemorragia.

—Se os va a acabar la bicoca, ya veréis —aún gritaban los muchachos desde la puerta de la iglesia de San Francisco—. Comunistas, sindicalistas, republicanos y demás chusma no tienen cabida en España. Hace falta una buena limpieza.

El tabernero los amenazó agitando el bastón sobre su cabeza.

—Si me hacéis ir hasta ahí, vosotros sois los que vais a salir limpios y escaldados.

—¡No sabes con quién te la juegas!

Entre bravatas e insultos se fueron por fin. Desaparecieron tras la iglesia. Enma pudo soltar el aire que sin darse cuenta estaba conteniendo en los pulmones.

—¿Cómo se encuentra? —le preguntó el tabernero a Elías, que quitó importancia a su estado con un gesto negativo—. Vengan conmigo y les daré algo de beber.

249

—No es necesario. Gracias por todo.

Los dos hombres se dieron la mano y Enma le dedicó una sonrisa trémula al inmenso hombre, que volvió a cruzar la calle, de vuelta a su negocio.

Elías se agachó y tomó el arma, a la que le quitó las balas con conocimiento y pericia antes de guardársela en un bolsillo.

—¿Seguro que estás bien?

—No ha sido nada.

Siguieron su camino por la empinada cuesta abajo. Enma se dio cuenta de que Elías hacía una mueca a cada paso. Se detuvo al poco para frotarse las costillas, donde había recibido los golpes más fuertes.

—Es culpa mía —dijo contrita, parpadeando para retener las lágrimas que se prendían de sus pestañas—. Esos muchachos andaban detrás de dos de mis alumnas, yo me metí en medio y les desaconsejé su compañía y no me lo perdonan.

—No es culpa tuya, Enma, no te martirices. Son niños de familia bien que se aburren, se creen por encima de la gente y hasta de las leyes, y encima les dan un uniforme y un arma y se sienten autorizados para hacer y deshacer a su antojo.

—Habría que denunciarlos —dijo, muy consciente de que ella no lo había hecho en los dos ataques anteriores sufridos.

—¿Al hijo de Gil? No sabes quién es su padre, un alto cargo de Marina, se codea con el almirante y con el resto de fuerzas vivas de la ciudad. Esa gente no permitiría que su nombre se viera enfangado en asuntos policiales. Antes le darían la vuelta a la tortilla, acabaríamos tú y yo acusados de atacar a unos pobres muchachos indefensos.

—El tabernero ha sido testigo.

—Tiene que cuidar de su negocio y en esta ciudad se vive mucho de la Marina. Se volvería mudo de repente si lo llamaran a declarar.

Estaban ya en el puerto y Enma decidió no seguir insistiendo. Notaba que Elías se dolía al hablar. Empezó a preocuparse en serio por sus heridas.

—Debería verte un médico.

—No es nada grave, sé reconocer el dolor de una costilla rota.

Enma recordó los sucesos de octubre del 34. Elías había estado detenido, como muchos otros, por defender la revuelta asturiana; había recibido un trato muy duro en los calabozos de la Guardia Civil. Sin duda, a eso se refería cuando hablaba de costillas rotas.

Él le soltó el brazo para asomarse al borde de piedra sobre el agua. Con un gesto rápido, para que nadie se apercibiera, dejó caer la pistola entre dos barcos pesqueros. Enma la vio desaparecer en el agua turbia con una enorme sensación de alivio.

Siguieron hasta el automóvil y ella se detuvo ante la puerta que Elías le abría para ponerle una mano en el hombro y mirarlo a los ojos con todo su cariño y preocupación.

—¿Y si es verdad lo que dicen? ¿Y si va a ocurrir algo, algo grave que acabe con la República?

—Ya están acabando con la República, Enma, con la CEDA en el poder se ha deshecho mucho de lo que se había avanzado en el 31. Esperemos que salga un gobierno mejor en las próximas elecciones.

—¿Y si no sale mejor? ¿Y si esto va a peor y se vuelven contra los que militáis en la izquierda, contra los sindicatos, contra todo lo que representa el socialismo?

Elías se apoyó en el techo del auto, frotándose de nuevo las costillas, pensativo.

—No puedo pensar que este sueño de la República se acabe, que volvamos a lo de antes, o a algo peor que la monarquía y la dictadura de Primo de Rivera.

Elías bajó la vista y su boca se torció en un gesto dolorido, aunque esta vez Enma supo que no tenía que ver con la paliza recibida, sino con el interrogatorio al que lo sometía. No insistió más. Él necesitaba descanso y cuidados, no un debate sobre el estado de la nación.

Se puso de puntillas para darle un suave beso en la mejilla y descansó por un momento su cara contra la de él.

—Lo siento —susurró.

Elías no dijo nada, solo le señaló el asiento y mantuvo la puerta abierta hasta que ella estuvo acomodada en el interior del vehículo.

❧ ❧ ❧

«Consejos vendo y para mí no tengo», decía una voz insidiosa en la cabeza de Enma. Mientras explicaba a sus alumnas adultas las precauciones más básicas para no quedarse embarazada, recordaba su propio descuido, su abandono absoluto, aquellas cinco noches que Miguel había pasado con ella y que trataba inútilmente de dejar en el olvido.

La poca información que se podía conseguir sobre la anticoncepción hablaba de los días más o menos fértiles de la mujer. Eso la había salvado de consecuencias indeseadas, y ahora solo podía achacar lo ocurrido a una locura transitoria, provocada por el miedo a quedarse sola en su casa tras el robo y la necesidad de sentirse viva y segura.

—Pues a mí siempre me ha funcionado la marcha atrás —dijo Fina, que no tenía precisamente pelos en la lengua, fuera cual fuese el tema que trataran.

Hubo risas y alboroto entre las demás mujeres.

—Pero si tienes cinco hijos —le reprochó Amalia.

—Y todos buscados, ninguno vino por error.

Amalia pareció ofenderse mientras la otra sonreía confiada. Hubo murmullos y más risas. Enma oyó entre el alboroto que Amalia se había casado con urgencia, embarazada de casi seis meses. De ahí la burla de su compañera.

Con algunas breves explicaciones más, dio por terminada la clase y despidió una a una a sus alumnas. Ahora ya eran quince.

Todas parecían disfrutar de aquella tarde del viernes dedicada a aprender algunas cosas, pero sobre todo por la compañía mutua, el rato de asueto y la confianza de hablar de sus cosas y descubrir que todas mostraban similares dudas e inquietudes.

El aula se vació y solo quedaron María Jesús y Amparo, que ahora siempre esperaban para ayudarla a recoger y asegurarse de que cerraba bien antes de irse. Las dos chicas se habían otorgado el papel de protectoras y Enma las dejaba hacer, visto que era la forma que tenían de aliviar su sentimiento de culpabilidad por lo ocurrido.

—Decidme de una vez lo que estáis tramando —les pidió Enma, sin levantar la vista de su libreta en la que apuntaba cómo había ido la clase.

—No, nada —dijo María Jesús, ganándose un empujón de Amparo—. Bueno, sí, que si tiene algo que hacer el domingo.

—El domingo por la tarde —añadió su amiga.

—Lo de siempre, ya sabéis, la vida social intensa de la aldea —Enma se burló de buen humor, cerrando su cuaderno—. ¿Qué pasa el domingo, entonces?

—Si usted quiere... Si le gustaría...

—Que hay baile en Cobas —aclaró Amparo ante la indecisión de la otra—. Y que si le apetece venir con nosotras.

—No sé. ¿Es alguna fiesta?

—No, es en la sala de bailes. Hay todos los domingos, pero no siempre podemos ir.

—Lo pasamos muy bien allí.

—Y vienen muchos chicos, de todas las parroquias. Es el mejor sitio para echarse un novio.

—¿A vosotras os parece que estoy buscando un novio?

Las chicas la miraron preocupadas... Respiraron al ver que ella se reía.

—No, no, no decimos eso. Es que está siempre tan sola...

María Jesús recibió un codazo.

—Que se pasa usted muchas horas con los libros y encerrada en su casa. Venga con nosotras, verá como se divierte.

Lo cierto era que la idea empezaba a apetecerle. Pasar una tarde en compañía de aquellas dos chicas que la adoraban, tomar unos refrescos y bailar un poco. Hacía tanto tiempo que no se divertía con algo tan sencillo que se sentía hasta un poco vieja para aquel plan.

—Vamos a hacer un trato —les propuso, poniéndose de pie y rodeando la mesa—. Aquí en la clase yo soy vuestra maestra. Si salimos juntas a divertirnos, nada de «señorita» y nada de «usted».

—Ay, yo no voy a saber tutearla —dijo María Jesús con los ojos muy abiertos.

—Verás que sí. Piensa que soy otra chica más que nos hemos conocido en el baile. No soy mucho mayor que vosotras, ¿recordáis?

Enma no estaba dispuesta a confesar su edad exacta, un pudor absurdo le obligaba a callarla. Dejó que hablara por ella su cutis terso, su cabello oscuro sin asomo de canas y la agilidad de sus movimientos. Algunas alumnas tenían su edad, año arriba o abajo, pero llevaban tiempo casadas, con hijos incluso, y el trabajo duro de la casa más el de la huerta las envejecía rápidamente.

—Bueno, tenemos que irnos —dijo Amparo, recogiendo su libreta—. Entonces, nos vemos el domingo.

Esperaron las dos a que Enma asintiera. Luego se despidieron entre risas y saludos con la mano, cerraron la puerta y esperaron hasta que Enma pasó el cerrojo por dentro.

❀❀❀

El salón de baile era un local más amplio de lo que Enma se esperaba, aunque de decoración discreta, sin lujos ni oropeles. Sobre una tarima, la pequeña orquesta tocaba una sucesión de pasodobles, valses y hasta algún ritmo americano. A un lado, en una hilera de sillas, las chicas esperaban que las sacaran a bailar. Al otro, acodados en la barra, los hombres bebían y escogían a su pareja con mirada calculadora. Algunos matrimonios mayores se divertían también, imponiendo con su presencia un poco de orden y recato a la juventud, no se fuera a convertir aquello en una bacanal si nadie los vigilaba.

Enma intentaba refrenar su hilaridad ante aquel espectáculo ocultando su sonrisa tras el vaso de refresco. María Jesús y Amparo, nerviosas, estiraban el cuello y se ponían de puntillas para mirar más allá de los bailarines, a los hombres que bebían al otro lado, en busca quizá de algún rostro conocido o tal vez de todo lo contrario, algún recién llegado con el que divertirse aquella tarde.

—Allí están Juanito y Roberto —dijo María Jesús.

—Uy, ni los mires, que son unos pegajosos y como nos vean no hay quien se los quite de encima en toda la tarde.

Amparo dio un sorbo a su bebida y le sonrió a Enma, aprovechando que su amiga estaba distraída, para decirle en voz baja que el tal Juanito estaba loco por ella.

—¿Quién es el que baila con Virtudes, la de Los Corrales? —preguntó María Jesús.

—A ver... —Amparo estiró el cuello y aguzó la vista—. Me suena, creo que es de Cobas.

—Es guapo, ¿no?

—Bah, a ti, que te gustan los rubios.

Al poco se acercaron dos jóvenes que las saludaron indecisos. Amparo puso los ojos en blanco y los presentó a Enma como los tales Juanito y Roberto que antes habían nombrado.

—Encantada —dijo, sonriendo a los dos muchachos, obviamente incómodos—. Empieza otro pasodoble. Vayan a bailar, no se preocupen por mí.

Las dos chicas se dejaron conducir a la pista de baile con exagerada renuencia, que Enma interpretó como estrategia para hacerse de rogar. Juanito no bailaba mal, conducía con mano firme en la espalda a María Jesús, deslizándose por la pista. Roberto, sin embargo, se veía en dura pugna con Amparo para decidir cuál de los dos llevaba al otro. Se los imaginó como un matrimonio mayor; dentro de unos años, el pobre marido completamente supeditado a su mandona esposa. Amparo era muy buena chica, simpática también; pero tenía esa cualidad innata que le hubiera ganado unos buenos galones si pudiera cursar la carrera militar.

Tan entretenida estaba que no se dio cuenta del hombre que se acercaba hasta que lo tuvo delante, ofreciéndole un vaso de refresco. Notó un escalofrío que le subía desde la base de la espina dorsal hasta erizarle la piel del cuello. Fue una sensación placentera que puso una sonrisa más amable de lo acostumbrado en sus labios.

—No esperaba verte aquí.

—Ayer me encontré con Amparo y me dijo que vendrías con ellas.

—¿Y por qué te dijo eso?

—Se hace ideas sobre nosotros desde el día aquel del robo...

Enma frunció el ceño, preocupada. Eso era precisamente lo que habían tratado de evitar. Volvió a mirar a Miguel y aceptó el vaso que le tendía. Él aprovechó para acariciarle los dedos en el momento de entregárselo.

—Amparo no es una chismosa.

—No lo es. Tranquila.

—Es muy joven y, como todas a esa edad, tiene la cabeza llena de pájaros y de absurdas ideas románticas. Ya me insinuó el otro día que eras un buen partido y que no te dejara escapar.

Miguel rio a su manera, sin despegar los labios, pero con los ojos oscuros llenos de humor.

—Está haciendo de casamentera.

—Eso parece. —Enma suspiró y le ofreció asiento a su lado, más que nada para no tener que seguir estirando el cuello para hablarle—. Y ahora estará pensando que sus artimañas funcionan, al verte aquí conmigo.

Amparo les había lanzado ya dos miradas especulativas mientras guiaba a Roberto con mano firme entre los bailarines.

—Te echo de menos —dijo Miguel, mirando también a la pista de baile. Sincero y directo, sin arrepentimiento por haber mordido el anzuelo de la muchacha.

—¿Y Claudia? —preguntó Enma, para mantener los pies en terreno firme.

—Vino a verla mi prima Pilar. La dejé con ella.

Enma recordaba a la prima del invierno anterior. En la aldea todos parecían coincidir en que se casarían en cuanto Miguel se quitase el luto. Notó una sensación desagradable en el estómago, como si el refresco que bebía se hubiera agriado. Lo achacó a lo poco que le gustaba aquella mujer, que le había parecido brusca y de pocas luces, y que nunca sería la madre que Claudia necesitaba.

Miguel había aprovechado su visita para dejarla al cuidado de la niña e ir al salón de baile para verla. Respiró hondo, alejando los pensamientos sobre la prima de su mente.

—Yo también te echo de menos —susurró, su voz quedó casi anulada por la estridencia de la orquesta en los acordes finales del pasodoble.

Miguel apoyaba las manos abiertas sobre los muslos. Le vio hundir los dedos en la tela, pensativo, con la cabeza gacha. Asintió apenas y, cuando se volvió a mirarla, sus ojos reflejaban la escasa luz del salón, llenándose de estrellas.

—¿Quieres bailar?

Lo dijo con tanta ansiedad que Enma supo lo que pensaba, lo que necesitaba, porque era lo mismo que ella sentía. Estar de nuevo entre sus brazos, aunque fuese en aquel lugar atestado, rodeados de otras parejas que aprovechaban el baile para tocarse de un modo que nunca podrían hacer en público.

Susurró una respuesta y esperó a que él se levantara y le ofreciera su mano para conducirla a la pista de baile mientras comenzaba la música de nuevo. La rodeó con el brazo derecho y posó la palma abierta sobre su espalda. Enma sintió cómo su piel se erizaba bajo aquel contacto cálido que traspasaba su vestido. Notó el rubor subir a sus pómulos y bajó la cabeza, avergonzaba por la reacción de su cuerpo siempre que estaba cerca de él.

Bailaron en silencio, siguiendo los pasos con fluidez, como si lo hubieran ensayado. Sus cuerpos se acoplaban mejor que sus mentes, reflexionó Enma. Miguel era un hombre sencillo, de poca conversación y, se temía, de escasas inquietudes intelectuales. Eso no significaba que no fuera inteligente, había un brillo en su mirada, en la forma que escuchaba cuando ella le hablaba, que demostraba una capacidad innata para el aprendizaje y la reflexión. De haber nacido en otro lugar, en otra familia quizá, de haber cursado aquellos estudios superiores a los que tuvo que renunciar y verse rodeado de personas cultivadas, ahora no tendría nada que envidiarle a Elías Doval en cuanto a conocimientos y cultura.

Comprendía que durante mucho tiempo lo había menospreciado, dando por sentado que era poco más que un paleto aldeano que solo sabe de sus labores y desconoce el mundo más allá de los límites de sus tierras. El frío trato que le había dispensado era ahora un obstáculo para Miguel, incapaz de creerse con derechos sobre ella y su relación, si así se podía llamar a aquellos encuentros clandestinos que habían tenido. Aun así, se había atrevido a ir al baile, buscarla y sacarla a la pista, haciendo sospechar a cualquiera que los conociera y a los chismosos que sin duda transmitirían la noticia hasta que llegase a su aldea.

—No sé qué quieres de mí. Sea lo que sea, no creo que pueda dártelo. —Él no contestó, pero le acarició la espalda, conciliador—.

Nunca he querido ser esposa, ni madre; aborrezco las tareas del hogar y me asusta someter mi cuerpo a embarazos y partos. He visto lo que esa vida hace con las mujeres de la aldea y no quiero compartir su destino.

—No es una vida tan mala como crees —dijo Miguel, y supo que le dañaba con sus palabras.

—No la critico ni la menosprecio, solo digo que no es para mí. Lo único que he querido en la vida ha sido dedicarme a la docencia.

—Pero las maestras también se casan, ser maestra no es como ser monja, ¿no?

—Muchas dejan de ejercer en cuanto pasan por el altar.

La música se detuvo y Miguel la condujo de nuevo hasta la silla donde estuvo sentada. Amparo y María Jesús estaban también allí, con sus dos pretendientes, que parecían contarles alguna historia muy divertida que jaleaban entre carcajadas.

—Necesito salir un rato —dijo Enma, antes de llegar junto a las chicas—. No puedo respirar aquí dentro.

Afuera ya había oscurecido. Enma se dio cuenta de que era el Día de Santa Lucía, en que, según el saber popular, mengua la noche y crece el día, las fechas con menos horas de luz del año. Sin mirar atrás ni pararse a ver si Miguel la seguía, echó a andar por un sendero alejándose de la luz y el calor del salón de baile y se internó en el bosque de pinos, húmedo y oloroso.

—Te vas a mojar los pies.

Se volvió a mirarlo. Su silueta recortada a contraluz resultaba misteriosa. Tenía las manos metidas en los bolsillos y la pose tranquila de quien nada espera, nada exige. Se preguntó cómo podía ser tan paciente con ella. En otras ocasiones, antes, le había parecido rudo y, al mismo tiempo, su carácter silencioso le recordaba un volcán inactivo, pero siempre dispuesto a entrar en erupción.

¿Solo con ella se portaba así? Entonces recordó cómo era con Claudia, los cuidados y el cariño que le dispensaba a su hijita. No quería hacerse a la idea de que sintiera por ella ni una pequeña parte de lo que sentía por quien era de su propia sangre. Sería demasiada responsabilidad y la obligaría a corresponderle con un afecto que no sabía si estaba en disposición de ofrecer.

O tal vez solo se engañaba a sí misma y negaba lo que día a día crecía en su interior, a pesar de todas sus barreras y restricciones.

—Es demasiado camino para ir andando, ¿verdad?

—Lo es. ¿Quién os trajo?

—El padre de Amparo. —Se rio con un sonido afónico, ahogado por el rumor de los pinos bailando con el viento—. En una carreta que olía a estiércol.

—No es como el automóvil de Doval.

No era una crítica, solo un reconocimiento hacia la forma de vida a la que ella estaba acostumbrada y que él era consciente de no poder ofrecerle. Enma tenía frío y había empezado a temblar. Volvió sobre sus pasos y rodeó la cintura de Miguel con sus brazos, apretándose contra su cuerpo; con la cabeza en el hueco de su cuello, depositó los labios sobre su mejilla.

—No es eso —le susurró—, no es eso. Nada de eso importa.

—Si Doval fuera otra clase de hombre... Si fuera él quien te pidiera matrimonio...

Enma lo estrechó más fuerte, rogándole que se lo devolviese, que la envolviera con sus brazos fuertes y le recordara lo que era sentirse querida, segura, a salvo.

—Nunca lo hará, y yo se lo agradezco, porque lo quiero demasiado como para aceptar una vida que nos haría infelices a los dos.

Miguel la tomó por los hombros y la separó de su cuerpo para poder mirarla a la cara. Ella apenas podía ver sus rasgos en aquella oscuridad, con la lejana luz del salón a sus espaldas.

—Pues será otro, alguno de sus amigos de Ferrol. Gente como tú, con estudios, que puedan permitirse darte las comodidades a las que estás acostumbrada.

—Los he conocido a todos: periodistas, profesores, políticos, sindicalistas... Ninguno me interesa. —Respiró hondo para ganar valor, para desnudar su alma, algo mucho más doloroso que desnudar su cuerpo—. Pensaba que había algo malo en mí, que al igual que Elías no me sentía atraída por el sexo contrario... He tenido malas experiencias con los hombres, han logrado que les tema y quizás eso me ha hecho demasiado reservada, desconfiada, difícil de tratar.

—¿Me temes a mí? —preguntó él, con el aliento contenido.

Enma levantó las manos y le envolvió el rostro con ellas, acariciándole la piel bajo sus dedos.

—Creo que eres el único hombre que puede hacerme feliz. Y sí, a eso también le temo.

Quiso besarlo, pero él la rechazó, obligándola a soltarlo.

—No te entiendo. Lo complicas todo demasiado. —Se volvió, dándole la espalda. Enma pudo ver que su cuerpo se estremecía con la rabia contenida—. Yo te quiero, y quiero casarme contigo. Cuando estés dispuesta a darme una respuesta, ya sabes dónde encontrarme.

Echó a andar de vuelta al salón de baile, pero al momento pareció arrepentirse de dejarla allí y se volvió hacia ella.

—Miguel...

—Vamos, antes de que agarres una pulmonía.

CAPÍTULO 17

Era el último día de clase antes de Navidad. Las niñas se afanaban en colorear postales que inevitablemente representaban el portal de Belén con su ángel, su estrella de larga cola y el niño en el pesebre. En fechas tan señaladas, hasta la escuela laica se veía invadida por las festividades religiosas.

Enma apuraba para terminar la bufanda que estaba calcetando, de listas de vivos colores. Le preocupaban dos niñas del grupo, las más pobremente vestidas siempre, que llegaban a clase tiritando de frío. Se había inventado un premio para las dos mejores postales y, sabiendo que ambas niñas eran buenas dibujantes, aprovecharía la ocasión para agasajarlas con sendas bufandas. No es que las labores de punto fueran su fuerte, pero estaba bastante contenta con el resultado.

Claudia Figueirido levantó la mano para pedir permiso y se acercó a enseñarle su dibujo. Había dibujado a un hombre muy alto y una niña muy frágil a su lado rodeados de tres ovejas con caras risueñas y con una gran estrella amarilla sobre sus cabezas.

—Son un pastor y su hija, que van al portal de Belén a adorar al niño —explicó, mordisqueando la punta del lápiz.

La pequeña dibujaba muy bien para sus pocos años, y hasta había cierto parecido reconocible en los rasgos de la cara.

—Diría que esta niña eres tú, estas coletas son inconfundibles —bromeó Enma.

—Y este es papá —dijo Claudia, como si hiciera falta que explicara quién era el gigante que la llevaba de la mano, con sus enormes ojos que había pintado negros como noche sin luna—. Nosotros no tenemos ovejas, pero es lo que llevan los pastores, ¿no?

—Sí, claro, lo has hecho muy bien, Claudia, muy bonito. Tu padre estará muy contento.

—¿He ganado el premio? —preguntó la niña llena de ilusión.

Al fondo de la clase se oyeron cuchicheos y Enma pudo oír claramente algo sobre la favorita de la maestra.

—Tengo que ver todos los dibujos antes de tomar una decisión. Vuelve a tu sitio y termina de colorear el cielo, que tienes tiempo.

Esperó casi a última hora para dar los regalos y así evitar lidiar con la desilusión de las perdedoras. Tal y como había previsto, los dibujos que pensaba elegir eran de los mejores, sin duda, y las dos niñas se emocionaron más por ver sus trabajos ganadores que por las bufandas que con tanto esfuerzo les había tejido.

Las dejó ir por fin y todas corrieron con sus postales en las manos a enseñárselas a sus madres, que aguardaban en la puerta. Enma salió detrás, saludando a las vecinas y aceptando con paciencia los agradecimientos de las madres de las dos niñas ganadoras.

Vio llegar a don Francisco, el coadjutor. Se despidió de las mujeres para atender al recién llegado, a quien ofreció entrar a la escuela para refugiarse del viento frío del norte que cortaba el aliento.

—Como no tengo noticias suyas hace tiempo, vengo en busca de ellas.

Enma era consciente de que lo había estado evitando. Solo asistía a misa de doce los domingos, llegaba a la hora justa de entrar y se marchaba apurada en cuanto se daba la bendición. Si se sentía obligada a confesarse, buscaba a don Jesús, al que le contaba medias verdades sobre sus cuitas personales.

—No hay mucho que contar —dijo, mirando a su alrededor incómoda por no poder ofrecerle asiento. Los pupitres eran demasiado pequeños para un hombre adulto—. Las mujeres están contentas con las clases y he conseguido aumentar el número de alumnas. El progreso es lento, pero procuro mantener su interés y estimular su curiosidad.

—Y lo logra. Lo noto en las confesiones. Ya sabe que son secretas, pero últimamente me formulan cuestiones que antes, si se les pasaban por la cabeza, no se hubieran atrevido a preguntar.

Enma enderezó la espalda y cruzó los brazos sobre el pecho.

—¿Y cree que es bueno, o viene con algún reproche?

—No se preocupe, ningún reproche. Mientras no las convenza usted de ese cuento de que el hombre procede del mono o les hable de las ventajas de la apostasía, puede seguir adelante con sus clases.

Notó cómo se diluía el conocido dolor que se le formaba en el pecho cuando las cosas se le torcían, cuando se sentía agobiada por la incomprensión de su entorno. Respiró hondo y forzó una sonrisa en respuesta a la amable y bondadosa del coadjutor.

—¿Cree usted que les podría hablar de un científico que aparece convertido en mono en las botellas de anís? —Enma se permitió soltar una risa ronca—. No, no, el señor Darwin para los ingleses. A mis alumnas les hablo de anatomía básica; si es fruto de una evolución o si el Señor nos creó a su imagen y semejanza, eso mejor se lo explican ustedes.

—A los hombres nos creó a su imagen y semejanza, a las mujeres de una costilla de Adán, recuerde.

Enma se mordió la lengua para no discutir.

—¿Y qué tal sus clases? —preguntó, para evitar seguir por aquel camino que no le interesaba—. ¿Encuentra receptivos a sus alumnos?

—La mayoría solo son receptivos cuando se habla de fútbol. Tendría que oír usted los símiles que me invento para mezclar con el deporte alguna lección de provecho.

—Una buena estrategia, el caso es conseguir la atención del alumno.

—Hay dos o tres a los que les interesa de verdad hablar de algo más que del tiempo o del deporte. A Román le gusta leer, ¿le sorprende? —Enma pensó en el padre de María Jesús y negó con la cabeza—. Libros de aventuras, Alejandro Dumas y Julio Verne. Dichosos franceses. —El coadjutor rio entre dientes—. Y a Figueirido le interesa la historia...

Enma casi dio un salto al oír el apellido de Miguel en la voz del religioso.

—¿La historia?

—Sí, precisamente hablando de los franceses, tiene unas opiniones muy interesantes sobre el levantamiento del 2 de mayo.

Don Francisco siguió hablando un rato de su tertulia de la taberna, del cuidado que ponía para no entrar en debates políticos y del peligro del vino peleón que les servían en tazas de loza. Enma apenas le oía, inmersa en sus pensamientos sobre el hombre que ya nunca se alejaba de ellos.

Vio con asombro cómo el religioso le ponía una mano entre las suyas y le daba palmaditas en el reverso, trayéndola de vuelta al aula.

—Lleva usted la enseñanza en la sangre, ¿no es cierto?

—Ha sido siempre mi vocación y me satisface a diario.

—Es usted muy joven, pero en algún momento le llegará el ansia natural femenina de casarse y formar una familia. ¿Dejará entonces la escuela?

Enma dio un paso atrás y logró que le soltara la mano. Se acercó a su mesa para fingir que ordenaba libros y papeles.

—Mi vida es la escuela.

—Eso es porque el amor todavía no ha llamado a su puerta.

El amor. Quiso reír a carcajadas, ser franca hasta la rudeza y decirle lo que pensaba del amor y de los hombres. Del que podría haber amado y que solo le ofrecía su amistad y del que se había adueñado de su cuerpo y su deseo y quería apropiarse también de su alma. No podía darle tanto poder a un hombre sobre ella. A falta de familia, no tenía que responder ante nadie, y eso le daba una libertad que resultaba embriagadora.

—Estoy bien así —resumió, con un deje de impaciencia en la voz que invitaba a su visitante a despedirse.

—Y yo me alegro de encontrarla bien. —Don Francisco volvió a abrocharse el abrigo y se colocó la teja sobre la cabeza—. Espero verla en los oficios navideños.

—Allí estaré —prometió Enma.

Cerró la puerta tras el coadjutor y se quedó apoyada en ella, cansada, un poco triste. Empezaba a odiar las vacaciones. No le gustaba perder el contacto con sus alumnas, le parecía que cuando regresaban al aula lo hacían inquietas y asilvestradas, incapaces de mantenerse sentadas y prestar atención a las lecciones, demasiado acostumbradas a la libertad de la aldea, donde los niños entraban y salían sin que una madre fuera detrás de ellos preocupada por su suerte.

No era así en la ciudad en la que ella se había criado. En la calle todo eran peligros. Desde muy pequeña le habían inculcado que no debía hablar con extraños, que tuviera cuidado con automóviles, carros y tranvías, que a las niñas malas se las llevaba el hombre del saco... Esa era la educación que recibía una niña. Al niño le decían que tenía que ser valiente, decidido; a la niña que debía ser temerosa por todo, precavida.

Allí, en la pequeña parroquia, sin embargo, no existía aquella obsesión por proteger a las niñas. Todos se conocían y sabían que, si algo le ocurría a una de sus hijas, algún vecino la ayudaría. Los peligros estaban más bien en la naturaleza: no era el primer niño que se caía de un árbol o acababa en el río que, aunque de poco caudal, podía ser peligroso en tiempos de crecida. Además, niños y niñas colaboraban con las tareas del hogar, alimentar a los animales, limpiar las cuadras, plantar y recoger los vegetales que se sembraban. Trabajaban duro desde pequeños; pero al menos rodeados de aire puro y naturaleza, no como los pobres niños de ciudad, respirando humo insano de las cocinas de carbón y encerrados en sus viviendas como plantas que no deben exponerse al sol.

Con un suspiro de pura frustración terminó de recoger el aula y guardó los libros y el resto del escaso material del que disponían a la espera del regreso de sus alumnas tras el día de los Reyes Magos. Se preguntó qué regalos encontrarían los niños al despertarse aquella mañana esperada con tanta ilusión a lo largo del año. Juguetes sencillos para gentes sencillas que no podían gastarse un dinero del que carecían en caras muñecas de porcelana y trenes de cuerda.

Se aseguró por segunda vez de que la puerta estuviera bien cerrada. Luego salió del aula y comprobó la otra puerta, la que daba a las escaleras que subían a su vivienda. Se había convertido en un ritual, por no reconocer que en una obsesión. Algunos días lo hacía varias veces, incluso después de cenar, cuando ya se preparaba para acostarse, como si su cuerpo obedeciese a alguna secreta orden de un hipnotizador. Bajaba las escaleras en una especie de trance y probaba las dos puertas, revisaba las ventanas y volvía a subir sin ser del todo consciente de que lo hacía.

El invierno, con todo lo que suponía, la falta de luz, el frío, la humedad, la había envuelto en una apatía que temía se agravase con aquellas vacaciones que no deseaba. Mientras cenaba un plato de sopa recalentada intentó recuperar el espíritu de aquel verano, cuando volvió a la escuela cargada de planes para mejorar la educación de sus alumnas. No lo logró.

Dejó el plato a medio terminar y se levantó para acercarse a la ventana. Tenues luces titilaban en las casas de la aldea y pudo imaginar a las familias reunidas ante el fuego de la *lareira* comiendo ese caldo espeso de berzas, tocino y patatas mientras se contaban las pocas novedades del día.

La casa de Figueirido quedaba casi oculta por su propio establo. No podía ver si había luz en la ventana de la cocina, si Claudia estaba sentada, dibujando como siempre. Su pequeña artista se había quedado impresionada con una lámina que les había mostrado del famoso cuadro de Pablo Picasso *Las señoritas de Aviñón*. El resto de la clase reía, tapándose la boca, con los ojos muy abiertos ante aquellas extrañas mujeres sin ropa. Claudia, sin embargo, recorría con mirada analítica las extrañas figuras alargadas, los planos angulares, las tonalidades suaves, rosa, ocre, azul y blanco. Y después había escuchado la sencilla explicación que les dio sobre los inicios del cubismo y la incomprensión de los contemporáneos de Picasso con tanta atención que a Enma le compensaba por la apatía de las demás alumnas.

El cristal se empañó con su aliento y pasó una mano para limpiarlo. Dejó marcadas las huellas de los dedos. Las luces se iban apagando, los vecinos se acostaban pronto para madrugar al día siguiente. El desasosiego la invadió cuando afuera solo pudo ver sombras entre las sombras. Una noche oscura, con el cielo cubierto de nubes que no dejaban ver ni una estrella. La soledad era como un gran felino amaestrado; cuando creía haberle enseñado a comer de su mano, le lanzaba un zarpazo que le rasgaba la piel hasta el hueso.

Solo había un lugar donde encontrar compañía y alivio para el dolor de su corazón. Podía ser esa mujer osada que siempre había imaginado. Ponerse el abrigo, bajar las escaleras, cruzar los pocos metros que los separaban. Sabía que no estaba enfadado con ella, no había sitio para el rencor en su corazón. Desde el día del baile solo se habían visto al cruzarse en un camino, en la iglesia, y poco más. La saludaba como cualquier otro vecino, pero sus ojos siempre atormentados parecían calmarse cuando se posaban sobre su rostro, regalándole una caricia que la removía por dentro.

Podía hacerlo, ir a su encuentro y dejar que sus manos y su boca la llevaran al olvido una vez más. Que su cuerpo firme y recio la cobijase, amparándola, alejándola de cualquier mal.

Se acostó en su fría cama acompañada solo por su orgullo y su honor, dos absurdos conceptos inventados por el hombre, para su mayor gloria, y que para la mujer solo significaban ataduras y obligaciones. Y mientras tiritaba entre las sábanas húmedas, con la lluvia llamando a su ventana y el viento silbando en el alero del tejado, dejó escapar una lágrima por su cobardía.

❦ ❦ ❦

Era Nochebuena y Enma se había preparado para asistir a la misa del gallo y cumplir así su promesa al coadjutor de no faltar a la iglesia en aquellas fechas. Ya en el vestíbulo, cerrándose el abrigo y buscando bolso y guantes, sonaron unos golpes suaves en la puerta.

—Buenas noches, señorita —le dijo Claudia al abrir, con su carita de ángel pálida por el frío, excepto la punta de la nariz, roja como una cereza—. Venimos para acompañarla a misa.

Miguel estaba fuera, con las solapas del abrigo levantadas para cubrirse del viento helado y un cigarrillo en la mano que se llevó a la boca cuando ella se asomó. La miró a través del humo, sin decir nada.

Enma tuvo que tragarse un nudo en la garganta para poder hablar.

—Se agradece la compañía —dijo, poniéndose los guantes para disimular su emoción—. No me gusta salir sola de noche.

—A mí nunca me dejan porque soy pequeña.

En cuanto hubo cerrado la puerta, Claudia la tomó de la mano.

—¿Y no te quedarás dormida en misa? —trató de bromear Enma.

La niña negó con la cabeza, haciendo bailar sus coletas rubias, y le dio la otra mano a su padre. Enma pensó en la estampa que ofrecían, un hombre y una mujer y la pequeña entre ambos. Cualquiera los tomaría por una familia.

—Me gusta la iglesia en Navidad porque tienen al niño Jesús en su pesebre y encienden muchas velas y huele a in... *incenso*...

—Incienso.

—Incienso —repitió la pequeña, acostumbrándose a la palabra—. Y don Jesús nos da peladillas.

—Qué suerte. A mí también me gustan.

Claudia caminaba a saltitos, colgándose a ratos de sus manos, tan tranquila y cómoda como si fuera lo normal, lo acostumbrado, que pasearan juntos los tres de aquella manera.

Otros vecinos se apresuraban en el camino de la iglesia. Envueltas ellas en sus gruesos chales de lana, los hombres cubiertos con boinas y fumando cigarrillos que dejaban estelas grises en el frío aire nocturno. Los más jóvenes bromeaban entre ellos como si fueran camino de una romería, aunque las voces se fueron apagando mostrando su respeto según se acercaban a la casa del Señor.

Claudia se soltó y corrió a saludar a María, que entraba ya con sus padres. Enma aprovechó para detenerse y mirar a Miguel, a pesar de que no podía ver sus ojos negros, ocultos por el ala del sombrero. Nunca antes lo había visto así, con un buen abrigo de lana y aquel sombrero tipo borsalino. Parecía otra persona, alguien más semejante a Elías Doval que al rudo campesino que conocía. Se preguntó si se había vestido así para ella, si pretendía demostrarle algo, convencerla de algo.

—Gracias —repitió, sin saber qué más decirle.

—No se merecen.

El tiempo pareció detenerse y en un momento estuvieron completamente solos, parados ante la fachada de la iglesia. Solo les iluminaba la tenue luz que salía por la puerta abierta del edificio y la de las estrellas sobre sus cabezas.

—Siento que eres el único que comprende cuánto me pesa la soledad.

Miguel miró por encima de su hombro los campos oscuros que se extendían tras ella. Mantuvo su silencio pensativo por una pequeña eternidad antes de responder a sus palabras.

—Sabes cuál es la solución, pero no esperes que te lo vaya rogando una y otra vez; también tengo mi orgullo.

Enma le puso una mano sobre el brazo.

—Lo mío no es orgullo, Miguel.

Él volvió la cabeza. La luz de la iglesia se reflejó en sus pupilas y Enma pudo descubrir el tormento al que lo sometía. Se portaba con él como una enamorada caprichosa, aceptándolo a su antojo cuando le convenía, cuando la soledad la ahogaba, y alejándolo después para que nadie pudiera descubrir lo que ocurría entre ellos.

—Tú sabrás —dijo, y apretó la boca con tanta fuerza que se oyó crujir la mandíbula.

—Tampoco vergüenza —sollozó, entendiendo lo que él callaba, lo que los dos sabían que se interponía entre ambos.

No, no se avergonzaba de él. No se creía por encima. Demasiado le había demostrado su valía. No podía haber sido mejor hombre por haber nacido en cuna de oro, criado como un príncipe en una familia de rancio abolengo. Pero sus vidas eran demasiado diferentes para hallar un punto de encuentro.

Por el camino se acercaban un grupo de rezagados. Enma se apresuró a entrar en la iglesia antes de que los descubrieran allí, hablando entre susurros, tan emocionados los dos que sería imposible fingir una conversación desenfadada.

❀❀❀

A la salida se vio obligada a saludar a sus alumnas, niñas y adultas, que le felicitaban la Navidad; con sonrisas ilusionadas las pequeñas, con sincero afecto las mayores. Enma forzaba un gesto amable y esperaba que nadie la notara distinta. Prefería que siguieran pensando que era la misma de siempre, fría, distante y altanera. Era más fácil seguir fingiendo que nada le afectaba a reconocer que por dentro se iba rompiendo en mil pedazos.

Elías llevaba a su madre del brazo y le recordó que la iría a buscar al día siguiente para celebrar la Navidad en su casa. Enma reiteró su agradecimiento y saludó a la anciana, preocupándose por su salud al verla más delgada y con una sombra de cansancio oscureciéndole el rostro.

Claudia y María llegaron corriendo entre risas y le tiraron del abrigo para enseñarle las peladillas que don Jesús les había dado. Vio a Maruja, alejándose ya sin saludarla, tras su marido. Cuando se volvió para llamar a su hija la encontró muy desmejorada. No sabía si era la poca luz, la fría noche, o si realmente todos los allí presentes atravesaban por algún infierno particular inconfesable. Recordó aquel día, cuando paseaba con Elías de vuelta de la casa grande, entró en la casa de su antigua alumna y descubrió las señales de los puños de su marido en el rostro. Sabía que Elías había hablado con él, y durante un tiempo, fuera lo que fuese lo que le dijo, pareció servir para poner paz en aquel matrimonio. Era evidente que la tregua se había terminado. Los hombres como aquel, violentos e irracionales, no podían contener sus instintos demasiado tiempo.

María corrió a reunirse con sus padres y Enma los observó alejarse en silencio, notando la mano cálida y pequeña de Claudia aferrarse a la suya.

—¿Vamos? —preguntó Miguel, acercándose a ellas.

Enma asintió y emprendió el camino de vuelta fingiendo que escuchaba la charla de la pequeña, que le contaba que al día siguiente irían a la casa de sus abuelos en Neda, que comerían las *bollas* dulces que elaboraban en el obrador por aquellas fiestas y también turrones y mazapanes, aunque a ella no le gustaban mucho.

La acompañaron hasta la puerta del colegio y allí se despidieron. Enma acarició la cabeza de la pequeña Claudia y se inclinó para recibir sus besos. Cuando la niña se colgó de su cuello, abrazándola, por encima de su hombro su mirada desesperada buscaba la del hombre que callaba y la rehuía. Parado allí, en la casi absoluta oscuridad, con las manos en los bolsillos del abrigo y la mirada alzada al cielo estrellado, parecía una figura tallada en el duro granito que abundaba en los montes gallegos. Un hombre de piedra que albergaba un corazón tan destrozado como el suyo.

Enma se deshizo suavemente de la niña y extendió su mano esperando que él se decidiera a tomarla.

—Feliz Navidad —le dijo con voz estrangulada.

—Feliz Navidad.

Le apretó los dedos apenas y la soltó, como si no pudiera soportar su contacto. Le vio cerrar el puño y guardar la mano en el bolsillo. Luego agarró a su hija con la izquierda.

—¡Feliz Navidad! —gritó Claudia.

Enma los saludó por última vez antes de cerrar la puerta y corrió arriba para poder contemplar sus sombras alejarse por el camino. Se preguntó cómo sería irse ahora con ellos, compartir su cena, su cama. Y mañana acompañarlos a Neda, donde se reunía toda la familia alrededor de una gran mesa, con su comida sencilla y los postres dulces que Claudia le había contado. ¿Aliviaría eso su soledad? ¿O solo lograría hacerla sentir más ajena, más huérfana?

No tenía ya a nadie de su sangre en el mundo y mantenía a raya a quien quisiera acercarse. Por una vez se preguntó si se equivocaba, si estaba tomando unas decisiones tan erradas que convertirían su ansiada libertad e independencia en una cárcel de soledad y abandono de la que ella misma tenía la llave, pero había olvidado cómo usarla.

Doña Virtudes la recibió el Día de Navidad en su casa con aquel estilo suyo inigualable, la perfecta anfitriona que puede hacer que la invitada se sienta bien recibida y comprenda a la vez cuál es su puesto ante quienes, por fortuna y relevancia social, son superiores a ella.

A Enma ya no le afectaba, o eso se decía para sus adentros. Soportaba a la madre de Elías y hasta le tenía cierto aprecio por deferencia hacia su queridísimo amigo. También la observaba con el descaro de la juventud hacia los que caminan ya por el ocaso de la vida, una mezcla de respeto y admiración reticentes y una pizca de desdén por sus ideas y modales anticuados.

Mientras aguardaban en el saloncito a la hora de la comida, Enma se atrevió a sacar el tema que le preocupaba desde la víspera y preguntarles si tenían noticias de Maruja, su antigua criada.

—No ha vuelto por la casa desde que se fue —respondió doña Virtudes, con un gesto de disgusto—. Solo la veo de lejos en la iglesia y debo decir que no tiene buen aspecto.

—Yo tampoco la veo apenas. —Enma cambió de postura en su asiento y buscó la complicidad de Elías—. Me preocupa.

—Nada podemos hacer por ella, a menos que busque nuestra ayuda.

—Bastante generosos hemos sido ya.

—Sí que lo han sido, doña Virtudes, caritativos como buenos cristianos; pero me pregunto qué harían el resto de vecinos por ella si algo grave ocurriera...

La anciana jugaba con su largo collar de perlas, obviamente incómoda con el tema. No eran cuestiones que se trataran en los salones elegantes; si Maruja y su marido se llevaban mejor o peor, nadie podía intervenir. Eran asuntos familiares privados.

La doncella anunció que la comida estaba lista. Elías se puso de pie y se acercó a su madre para ayudarla a levantarse. Enma supo que la conversación había finalizado. Nadie iba a hacer nada por la pobre Maruja aunque su marido la moliera a palos cada noche. Había preguntado y sabía que no tenían familia en el valle, ninguno de los dos. Eran ellos solos y su hijita, que a saber lo que tenía que ver y oír en aquella casa.

—Borra el disgusto de tu cara —le rogó Elías, que se acercó para ofrecerle el brazo—. Es Navidad, pensemos en cosas alegres, ya nos llega el resto del año para tantos problemas que nos rodean.

—Perdóname, no quiero amargaros la fiesta.

Elías le palmeó la mano sobre su antebrazo y le ofreció su fascinante sonrisa de conquistador.

—Queridísima Enma, tú eres lo mejor de esta fiesta.

Una emoción traidora la embargó y tuvo que esforzarse para no dejar escapar las lágrimas. Se estaba volviendo una sensiblera, se recriminó a sí misma. Decidió echarle la culpa a aquellas fechas y a la añoranza de su hogar y su propia familia.

—Y tú eres el mejor amigo que he tenido jamás.

—Estaré siempre aquí para ti, Enma, nunca dudes en acudir a mí para cualquier cosa que necesites.

Mucho tiempo después habría de recordar aquellas palabras y cómo a veces el destino se confabula para no dejarnos cumplir nuestras más sinceras promesas.

CAPÍTULO 18

Cuando las alumnas adultas llegaron, Enma tenía sobre su mesa los últimos diarios que le había traído Elías. Pasadas las fiestas navideñas, las noticias que llegaban tras el Día de Reyes no eran alentadoras. Madrid era un hervidero político, y para el destino del país se acercaba una fecha clave: el 16 de febrero.

En la tercera página del periódico que hojeaba, mezclado con las noticias políticas nacionales y del extranjero, se encontró una fotografía de don Ramón del Valle-Inclán recostado en su cama, rodeado de libros. Bajo la imagen rezaba «Don Ramón, en sus momentos de reposo, gustaba leer en sus habitaciones particulares».

—La prensa destaca dos noticias estos días, una buena, la otra mala —dijo a sus alumnas, que esperaban en silencio el comienzo de la clase—. Recemos una breve oración por el alma de don Ramón del Valle-Inclán. —Todas a una, las mujeres juntaron sus palmas sobre los escritorios, y el murmullo de un padrenuestro inundó el aula de la escuela laica.

—Nos deja sus sonatas, sus divinas palabras y una frase que todos deberíamos memorizar —continuó, tras el rezo, poniéndose de pie para escribir en el encerado—: «Quien sabe del pasado sabe del porvenir».

Dejó la tiza y se limpió la mano antes de volver a sus periódicos, pensando con mucho cuidado las palabras que iba a decir a continuación.

—¿Es cierto que habrá elecciones? —preguntó Amparo, que sentada en la primera fila podía leer los titulares desde su pupitre.

—Así es. Esa era la buena noticia que os quería dar. Por fin, tras tantos escándalos, robos y atropellos, tras la pérdida de muchos de los grandes ideales de la República, volvemos a tener una oportunidad de encauzar el rumbo de nuestro país.

—¿Nosotras? —preguntó Fina desde la segunda fila—. Las mujeres no contamos nada, y las de una aldea tan lejos de la capital y de los políticos, menos.

—Todos los votos cuentan, ¿o es que acaso no pensáis ejercer un derecho que tanto ha costado que se nos reconociera?

Sabía que no era la mejor forma de hablar con aquellas mujeres. Si se mostraba exigente, beligerante, ellas se retraían como tortugas que se encierran en su caparazón. Solo Amparo, con la frescura y la decisión de la juventud, le mantenía la mirada.

—Yo sí voy a votar. En el trabajo de mi padre están despidiendo a los hombres porque dicen que no hay para todos, pero sabemos que es para meter a otros y pagarles menos. Necesitamos leyes y sindicatos que no permitan esos abusos.

Enma sintió que se le henchía el pecho de orgullo. Un año atrás, Amparo solo hablaba de vestidos y peinados, de fiestas y de chicos. Se felicitaba a sí misma con la certeza de haber despertado su conciencia y su interés.

—Pues yo votaré lo que diga mi marido, como la otra vez —dijo Chelo, con la vista clavada en la pizarra, como si quisiera memorizar la frase de Valle-Inclán—. Y él votará lo que le mande el patrón.

—El voto es libre y secreto. No dejéis que nadie os diga lo que tenéis que votar, que no os manipulen. Votad en conciencia, pensando en lo que tenemos ahora y lo que nos prometieron cuando se redactó la Constitución. Pensad, por ejemplo, en este colegio, que debería ser mixto, así vuestros hijos no tendrían que irse a otra parroquia y caminar todos los días bajo la lluvia para recibir sus clases. Estarían aquí todos juntos compartiendo el aula, aprendiendo a convivir y respetarse, niños y niñas, recibiendo la misma educación sin diferencias de ningún tipo.

—Los políticos siempre prometen muchas cosas y luego hacen lo que les da la gana.

—Para eso existen las elecciones también, no solo para elegir al que nos parezca mejor, sino también para castigar al que nos haya mentido, al que haya trabajado para su propio beneficio y no para el de todos nosotros.

Aquella tarde no hubo clase de historia ni de geografía, de lengua ni de matemáticas, tampoco las que habían bautizado con el eufemismo de «lecciones de anatomía». Durante dos horas debatieron sobre las elecciones, sobre los partidos políticos en liza, sobre usos y abusos, convirtieron el aula en un reflejo del Congreso en pleno debate del estado de la nación.

❧ ❧ ❧

Horas después, ante su plato de sopa, que se iba enfriando sin que se diera cuenta, Enma confiaba en haberles inculcado al menos su derecho al voto libre y sin interferencias, incluida la suya. Aunque no había podido evitar una crítica velada a los dos últimos años de gobierno, esperaba no haber sido tan vehemente como para que las alumnas entendiesen que les quería aconsejar votar en contra de los que casi habían terminado con los ideales de la República en aquel tiempo.

El Partido Republicano Radical de don Alejandro Lerroux, salpicado por los escándalos del estraperlo y el asunto Nombela, vivía sus horas más bajas en la consideración de los votantes. Cabía esperar que arrastrara en su caída a la CEDA de Gil Robles, sus socios de gobierno, que tanto habían hecho para socavar la constitución republicana. Eran los responsables directos de que las aulas volvieran a ser separadas por sexos, de la paralización de la creación de escuelas públicas en beneficio de las religiosas y de tantos otros retrocesos que se conocían ya como la «contrarreforma educativa».

El 16 de febrero era la fecha elegida para tomar de nuevo las riendas de su futuro, aprendiendo del pasado, como decía don Ramón del Valle-Inclán, para encauzar lo que sucedería en el futuro.

❖❖❖

A la semana siguiente echó en falta a dos de sus niñas, Claudia y María. Las compañeras le dijeron que Claudia volvía a estar enferma. Su pobre pequeña un invierno más había recaído en aquella debilidad pulmonar que no soportaba el frío ni la humedad de enero. De María no supieron decirle.

La mañana del sábado, inquieta por la falta de noticias, se arriesgó a ir a la casa de Maruja, temiéndose lo peor. Si aquel iracundo hombre que tenía por esposo se atrevía a maltratar también a su hijita, no estaba segura de poder soportarlo sin llegar a un enfrentamiento con graves consecuencias.

La humilde casa, necesitada de cuidados, se ubicaba un poco alejada del núcleo de la aldea, en el camino hacia la casa grande de los Doval. Al acercarse solo se oía el cacareo de unas pocas gallinas y, cuando ya ponía la mano en el pomo, el ladrido furioso de un perro, por suerte atado.

—¿Hola? ¿Hay alguien?

No hubo respuesta. Esperó un rato. No había señales de vida y decidió regresar dando un pequeño paseo cerca del río.

Oyó los gritos antes de verlos. Maruja había estado lavando algunas sábanas que tenía tendidas sobre la hierba, aprovechando el frío sol de enero. A un lado estaba la tabla de lavar cubierta aún de jabón. El marido había llegado mientras ella trabajaba y por algún motivo le hacía recriminaciones que Enma no entendía en su cerrado idioma y con la lengua de trapo por efecto del vino que debía ingerir desde que se levantaba hasta que se acostaba. Encogida contra el tocón seco de un árbol, María miraba la escena con los ojos desorbitados.

Tenía que acercarse y sacar a la niña de allí. Maruja había tenido la oportunidad de huir de aquel borracho violento cuando doña Virtudes la dejó trabajar para ella y vivir en la casa grande y volvió a su hogar a sabiendas de lo que le esperaba allí.

Ocultándose entre árboles y silvas, pisando con cuidado para no hacer ruido, los fue rodeando hasta llegar a la espalda de la niña.

Maruja se había hartado de los gritos y respondía al marido en el mismo tono, blandiendo el cepillo de la ropa, un grueso taco de madera con duras cerdas, con el brazo en alto, amenazante. El hombre no se amilanó: levantó su mano enorme y le cruzó el rostro con tanta fuerza que Maruja cayó de rodillas.

Enma casi llegaba a tocar a la niña. Extendió la mano para agarrarla y entonces la pequeña dio un salto y corrió a ponerse delante de su madre. El padre, ciego de furia, la apartó de un manotazo con tanta fuerza que la arrojó al borde del río. María resbaló en las piedras cubiertas de limo. Se puso de pie, volvió a caer, se agarró a unas ramas para intentar levantarse y, con un último traspié, cayó en una poza y desapareció de su vista.

Dando un grito desgarrador, Maruja se levantó e intentó correr hacia su hija. El marido la detuvo retorciéndole el brazo a la espalda. Con toda la fuerza de la desesperación, la mujer levantó la mano libre y le golpeó con el cepillo en la cara, tan certeramente que el hombre cayó cuan largo era. Su cabeza emitió un espantoso sonido hueco al chocar contra las piedras del río. Enma no se dejó impresionar y corrió a ayudar a Maruja, que ya sacaba a la niña del agua helada.

Entre las dos, sin hablar ni mirarse, le quitaron la ropa mojada y la envolvieron con el mantón de Maruja, que la frotó contra su cuerpo con todas sus fuerzas para hacerla entrar en calor.

—Vamos a la casa —la apremió Enma—. Necesita mantas y tomar algo caliente.

Se miraron por primera vez a los ojos y, a la vez, se volvieron para ver al hombre caído, inconsciente, con la boca torcida en un gesto de dolor. Un hilo de sangre le corría desde la sien y se disolvía en el agua del río.

—Lleve usted a la niña —le pidió Maruja, entregándosela.

Enma la apretó fuerte contra su pecho. María lloriqueaba temblorosa. A ella también le temblaban las piernas mientras caminaba con aquel peso desacostumbrado en los brazos, doblando los tobillos al meter los pies en raíces y huecos del suelo del bosque. Llegó por fin al camino y cruzó hasta la casa. El perro seguía ladrando. Debió de oler a la niña y se puso a gimotear.

La *lareira* estaba encendida, con el pote cerca del fuego para mantenerlo caliente. Enma dejó a la niña sobre unas mantas que estaban dobladas formando un lecho que seguía tibio. Supuso que el marido, cuando llegaba de la taberna, no tenía fuerzas ni para subir al piso y allí dormía la borrachera.

Envolvió bien a la pequeña y buscó una taza para servirle un poco de caldo limpio del pote. María lloriqueaba y no quería tomarlo. Con una mezcla de paciencia y firmeza, logró que bebiera unos sorbos.

Al poco apareció Maruja, que no venía sola. Figueirido estaba con ella, ayudándola a cargar el cuerpo inerte del marido. Ninguno de los tres habló. Maruja se ocupó de quitarle las ropas mojadas y envolverlo en una manta, al otro lado de la *lareira*, lejos de su hija. Le restañó la herida de la cabeza, que había dejado de sangrar y comenzaba a hincharse y tomar un feo color. Por fin se dejó caer al lado de María y le acarició el pelo. Tenía los ojos enrojecidos por las lágrimas que luchaba por contener.

—Ha sido un accidente —dijo Enma, mirando a Miguel.

Él asintió. Miró a su alrededor como si buscara algo y salió por la puerta. Enma corrió para alcanzarlo antes de que con sus largas piernas se alejara demasiado.

—¿Qué quieres? —le preguntó cuando ella lo detuvo agarrándolo de un codo, más brusco de lo que le había hablado nunca. Enma lo soltó como si le quemara y no se atrevió a abrir la boca—. ¿Es que siempre tienes que andar buscando problemas? ¿Por qué te metes donde nadie te llama?

—¿Me estás llamando entrometida? —Enma notó que le faltaba el aliento, tal era su indignación—. Yo no busco problemas, quería hablar con Maruja sobre la niña y cuando llegué... Ocurrió...

—Y tú eres la que lo ha visto todo. ¿Qué le dirás a la Guardia Civil si vienen a preguntar?

—Que fue un accidente.

—Tiene la marca del cepillo en la cabeza. Yo mismo lo lavé en el río para quitar la sangre de la madera.

—¿Y qué le dirás tú a la Guardia Civil si te preguntan?

Se miraron de hito en hito, como dos enemigos que miden sus fuerzas y comprueban que son más equilibradas de lo esperado. Enma contenía la furia que le ardía en el vientre y le subía la bilis a la garganta. La expresión de Miguel era de pura desolación.

—Vete a tu casa, Enma. —Suspiró, como si un inmenso cansancio lo invadiese—. Olvídate de lo que has visto y de esta gente, nada puedes hacer por ellos.

—Miguel...

Notó el sollozo en la garganta y se avergonzó de su debilidad. Él pareció dudar un instante, incapaz de decidir si consolarla o seguir con sus reproches. Enma sabía que bajo su fachada pétrea y atormentada latía un corazón bondadoso y preocupado por los suyos y comprendía que su enfado era en realidad una muestra de aprecio.

—No quiero... escucharte más.

Y se marchó. La dejó en medio del camino y no se volvió para comprobar si lo seguía. Enma sopesó sus alternativas y al fin dio la vuelta para regresar junto a Maruja y su hija. No podía dejarlas solas en un momento así.

❧❧❧

Elías la había invitado aquel sábado a un almuerzo en Ferrol con compañeros del sindicato y del PSOE. Tal y como le había dicho, también compañeras del Grupo Femenino Socialista.

A los postres, Enma se encontró hablando con toda confianza con María Abella, la secretaria del Grupo, a la que le contó una versión muy abreviada y llena de eufemismos del problema de Maruja con su marido.

—La convivencia matrimonial siempre es difícil —le decía la secretaria, entre sorbo y sorbo de un aguardiente de hierbas que a Enma le daba mareo solo con olerlo—. No podría ni resumirte todos los casos que conozco de primera mano y la de mujeres que buscan ayuda de nuestro grupo como si fuéramos consejeras matrimoniales. El alcoholismo, los malos tratos, las infidelidades, el juego... No hay esposa que no tenga que soportar una o varias de estas desgracias en su hogar.

Enma ordenaba sus pensamientos revolviendo el azúcar de forma monótona en su taza de café.

—Pero ahora todo es distinto. Las mujeres también tenemos derechos y, en todo caso, está el divorcio.

—Eso son palabras mayores. Es cierto que las cosas han cambiado para bien; pero las mujeres seguimos sometidas a todas esas normas morales y religiosas, ya sabes. Una mujer divorciada, en una aldea, sería poco menos que una paria. El cura le prohibiría la entrada a la iglesia, sus hijos serían la burla de la escuela... No sé, lo cierto es que habría que ser muy valiente, o sufrir unas condiciones inhumanas, para decidirse a dar semejante paso.

—Entonces nada ha cambiado en realidad, ¿no? La derecha dice que este cambio social es antinatural, que acabará con la familia, que desaparece la esencia femenina. ¡La esencia femenina! Quisiera que alguien me aclarara qué significa exactamente esa expresión.

Dejó caer la cucharilla con tanta fuerza que el café se volcó y empapó el platillo. María Abella extendió una mano para acariciar la suya, temblorosa.

—Poco a poco, Enma, poco a poco. Aquí decimos que no se puede poner el carro antes que los bueyes.

—Quizá no haya tiempo para Maruja. No sería la primera mujer a la que su marido en plena borrachera apalea hasta...

No pudo terminar la frase. Respiró hondo y sus pulmones se llenaron del humo del local, provocándole arcadas. Cuando consiguió controlarlas y aclarar la vista borrosa, Elías estaba a su lado poniéndole una mano sobre el hombro.

—¿Estás bien?

—Tu amiga se toma los asuntos de los demás demasiado a pecho. —La secretaria levantó su vaso para indicarle al camarero que volviera a llenárselo—. Tiene un corazón demasiado grande y eso solo conlleva sufrimiento.

—No soy una sentimental —protestó ella, asombrada de la conclusión que la otra mujer había extraído de su conversación—. Es solo que no soporto las injusticias.

—Eres una mujer fuerte, es evidente, y también lo es que puedes luchar contra cualquier prueba que el destino te depare con entereza; pero te desmoronas cuando se trata de otras personas y te frustra no poder ayudarlas.

Elías asintió con la cabeza, dando por buenas las palabras de María. Su mano, grande, recorría la espalda de Enma con una caricia calmante y consoladora.

—La has retratado bien.

—La vida te cambiará, te volverás dura incluso a tu pesar, es lo que siempre ocurre.

La mujer se puso de pie después de beberse de un trago su segundo vaso de aguardiente y se despidió estrechándoles la mano a los dos.

—A mí me gustas tal como eres —le dijo Elías, sentándose a su lado—. No cambies nunca, querida Enma.

—Tú eres mi único apoyo en este mundo.

Se miraron largo rato, en silencio, y al fin Elías se incorporó y le ofreció una mano para que lo siguiera y se despidió del resto de la concurrencia con la excusa de que se hacía muy tarde ya.

❀❀❀

—Cásate conmigo.

Estaban sentados en el automóvil con el motor apagado, parados ante el teatro Joffre. Frente a ellos podían ver la Puerta del Dique del Arsenal Militar, flanqueada por dos columnas, con su alta torre con reloj, su cúpula con campana y una veleta de hierro. Enma fijó la vista en el escudo de armas de Carlos III labrado en piedra que se encontraba entre la puerta y el reloj.

—Una petición así debería estar precedida por una declaración amorosa —bromeó con una sonrisa tibia.

—Quiero cuidarte, protegerte, aliviar tu peso. Es cierto que eres muy fuerte, no lo pongo en duda, pero no puedes cargar con el mundo entero a tu espalda.

—Siempre he querido ser independiente, no tener que dar cuentas a nadie...

—No te las pediría. Nuestro matrimonio se basaría en la confianza.

—Nunca he querido casarme. —Se llevó una mano a la boca para detener el temblor de sus labios—. Pero si lo hiciera..., si lo hiciera..., sería solo por amor.

Elías soltó una breve carcajada, pasándose una mano por la frente, incrédulo.

—Eso no me lo esperaba de ti. Tú... Tú eres tan sensata, tan pragmática. Dime que no te has entregado a la lectura de los folletines románticos que publican algunos periódicos.

—No te preocupes, no es nada tan grave. —Enma se removió en el asiento, respiró hondo dos veces y consiguió recuperar el control de su voz y de su corazón desbocado—. Conozco de primera mano lo que es un matrimonio por amor. Mi padre y mi madre se amaban profundamente. Cuando se miraban a los ojos, se lo decían todo sin una sola palabra, y cuando se abrazaban era como si se fundieran en un solo ser.

—Enma... —Elías la tomó de las manos, obligándola a mirarlo a los ojos—. Confianza, cariño, intereses comunes, es más de lo que tienen la mayoría de los matrimonios que conozco. Ser independiente no tiene que significar estar sola para siempre. Y el amor... Lo entendería si me dijeras que estás enamorada, que existe una persona con la que quieres compartir tu vida...

—¿Tú has estado enamorado? —lo interrumpió bruscamente antes de que la obligara a confesar lo que nadie más sabía, que existía una persona en su vida, pero que estaban tan lejos el uno del otro como la Tierra de la luna.

No había meditado su pregunta antes de lanzarla. Comprendió que era peligrosa cuando descubrió que Elías le rehuía la mirada limitándose a acariciar sus nudillos con la vista perdida en el cielo gris sobre la muralla del Arsenal.

—No lo sé. A veces... a veces me pregunto qué es ese sentimiento que llamamos amor, cómo identificarlo. ¿Acaso se rige por nuestras normas, éticas, morales? ¿Puede etiquetarse y encajarse en una serie de conceptos como si fuera algo tangible y manipulable?

—Es confuso y evasivo —aceptó Enma, comprendiendo a la perfección sus dudas—. Si fuera de otro modo, si se plegara a nuestra voluntad, no encontraría mejor persona que tú para entregarle mi corazón.

—¿Y qué harías si tu corazón rebelde latiese por la persona equivocada?

Notaba el pulso latiéndole en las sienes, un martilleo doloroso que amenazaba con una jaqueca. No tenía respuesta para esa pregunta, no sin desnudar su alma. Y sospechaba que Elías tampoco la tenía y que, en realidad, la pregunta iba dirigida a ambos a la vez.

—Deberíamos irnos, está oscureciendo.

Elías aceptó. Antes de soltarle las manos se las llevó a los labios, depositando un beso de consuelo en sus nudillos. Cuando arrancó, Enma se abrazó a sí misma. Se notaba entumecida, no sabría decir si por el frío o por los sentimientos ahogados en su interior. Gruesas gotas de lluvia caían sobre el techo provocando tal estruendo que impedía la conversación. Se entregó a aquel ruido que agudizaba su jaqueca incipiente como el mártir se entrega al suplicio esperando encontrar redención en el sufrimiento.

Se asomó al interior esperando que sus ojos se acostumbraran a la poca luz de aquel hogar. La planta baja era toda abierta y de ella arrancaban unas escaleras de madera que subían adonde debían de estar los dormitorios. A un lado, una artesa y un viejo chinero junto al fregadero de piedra, delante de la ventana. Al otro, la *lareira* con el fuego encendido y un pote colocado sobre un soporte de tres pies. Maruja estaba parada, con el cucharón de madera en la mano, sorprendida al verla llegar.

—Pase, pase —le dijo, dejando el cucharón y limpiándose las manos en el delantal de cuadros grises.

—Gracias, Maruja. Venía a preguntar por la niña, como no ha vuelto a la escuela... No quiero molestar.

La mujer se apoyó en la pila de piedra, las manos grandes y endurecidas por el trabajo aferradas al borde como si necesitara de su sustento.

—Mariquiña está bien —dijo con voz muy lejana, rehuyéndole la mirada—. Está bien.

Se oyeron pasos suaves en el piso de madera sobre sus cabezas. María se asomó a la balaustrada vestida con un camisón blanco, pálida como un fantasma.

—No te vayas a enfriar, anda, vuélvete a la cama —dijo Enma, que se puso de pie para acercarse al borde de las escaleras.

—Estoy bien —la voz de la pequeña era como la de un pajarillo piando desamparado en el nido. Enma subió las pocas escaleras, se sentó junto a la niña y la abrazó contra su pecho.

—Qué susto nos diste en el río. Pudiste haberte ahogado o agarrar una pulmonía con este frío...

—No pasó nada, gracias a Dios. El ángel de la guarda cuidó de ella.

Maruja se santiguó y dio dos vueltas alrededor, buscando algún quehacer para disimular el tic nervioso de sus manos.

—¿Y tu marido?

La pregunta de Enma resonó en la pequeña casa como una campana tocando a muerto.

—Él no tuvo tanta suerte.

Hubo un largo silencio, solo acompañado por el borboteo del pote sobre el fuego. Por último, Maruja respiró hondo, se volvió a limpiar las manos inquietas en el delantal y subió las escaleras, esperando a que Enma se levantara y la siguiera.

El marido, Enma ni siquiera sabía su nombre, estaba acostado en una cama estrecha, tapado con varias mantas, pálido y con grandes surcos grises bajo los ojos.

—¿Ha venido un médico?

—El *compostor* —dijo Maruja, refiriéndose a aquella especie de curanderos que lo mismo enderezaban una torcedura de tobillo que quitaban un mal de ojo—. Dice que el golpe en la cabeza es muy feo. Le puso unas cataplasmas...

Enma no sabía qué decir. Algo maligno en su interior se alegraba de la desgracia de aquel hombre que tanto daño había hecho a su familia. Y, al mismo tiempo, su alma compasiva se dolía del enfermo al verlo así, tan indefenso y mermado.

—A veces abre los ojos, intenta hablar, pero no puede.

El enfermo pareció oír las voces y agitó los párpados sin llegar a abrirlos. Un ruido espantoso salió de su boca entreabierta, como si tuviera un hueso atravesado en la tráquea. Maruja le pasó una mano por los hombros y lo levantó un poco. Pasaron unos segundos terribles en los que Enma pensó que se ahogaría con el hombre, incapaz de soportar el esfuerzo que hacía para no ahogarse. Poco a poco recuperó una respiración normal y ella también, con un intenso dolor en el pecho. Necesitaba una escapatoria, no podía soportar aquello ni un minuto más, le traía demasiados recuerdos de la larga enfermedad de su madre.

—Lo siento mucho, Maruja. —Se volvió hacia la pequeña, que la tomaba de la mano como si fuera un salvavidas que la pudiera librar de aquella galerna—. Por suerte tú estás bien, ¿verdad? —María asintió con firmeza mientras salían de la habitación—. Espero verte pronto de vuelta en el cole.

Tenía que irse, no podía seguir allí, oyendo dentro de su cabeza las palabras que no se decían en voz alta. Su silencio protegía a aquella mujer, que no había podido salvarse a sí misma, pero que se había enfrentado al demonio por su hija. El corazón le latía tan fuerte que le dolía el pecho. Se dio la vuelta sin despedirse y bajó las escaleras sujetándose con fuerza del pasamanos, temiendo que las piernas le fallaran. Respiró hondo cuando por fin posó los pies sobre el suelo de tierra pisada. Cruzó los dos pasos que la separaban de la puerta y salió al camino con el pecho dolorido por la angustia y el silencio. Resbaló en la tierra mojada y se dobló un tobillo. Estuvo a punto de caer si no se hubiera agarrado al tronco de un árbol.

Fiel reflejo de sí misma, sus zapatos no estaban hechos para andar por caminos embarrados.

CAPÍTULO 19

A Enma la ceremonia le pareció breve y fría. En realidad, aquellos novios parecían dos socios firmando un contrato ante notario. Se habló de derechos y de deberes, se citó el Código Civil y, como único detalle que recordase lo que allí se celebraba, el juez les preguntó si tenían anillos. No los tenían, porque no los querían.

—Por fin van desapareciendo los prejuicios contra estos enlaces —le decía Elías después, en la puerta, mientras fumaba un pitillo y esperaban la salida de los novios—. Paco es muy conocido. Ahora que va en las listas electorales y recorre la comarca dando mítines se está convirtiendo en un figura.

—¿Y la novia? —preguntó Enma, frotándose las manos enguantadas para amortiguar el frío húmedo de aquel primer sábado de febrero—. Parecía nerviosa.

—Todas las novias van nerviosas, sea al altar o al juzgado, ¿no? —Enma asintió—. Pero bueno, tienes razón, en este caso un poco más porque Elvirita es de buena familia, del centro de Ferrol, hasta tiene un tío oficial de Marina, que por supuesto no ha venido a la boda.

Los novios asomaron a la puerta del juzgado, donde fueron recibidos con una lluvia de arroz y vítores.

—Sus padres parecen incómodos.

—No les quedó otra que tragar con la ceremonia civil. Elvirita se plantó y amenazó con irse a vivir con Paco sin papeles ni nada.

Enma se llevó una mano delante de la boca para disimular una sonrisa. Quién lo hubiera dicho de aquella chica, tan pálida, tan delgada, tan rubia; parecía más hecha para llevar hábito que aquel traje de novia a la última moda, blanco y de corte discreto con el largo hasta el tobillo, que semejaba una blusa holgada y una falda cortada al bies. El velo, un tanto incongruente allí, era apenas un pañuelito de encaje que le cubría cabeza y hombros.

—Parecen felices.

El novio estrechaba la mano a parientes y amigos que se acercaban a felicitarlo sin despegarse de su recién estrenada esposa, costado contra costado, como si los votos intercambiados ante el juez los hubieran convertido en siameses.

—Están enamorados y en este momento creen que será para siempre, aunque te parezca una locura.

—No pensaba eso —protestó Enma, riendo otra vez.

Ojalá todo fuera tan fácil como estar allí con Elías, siempre galante y atento, capaz de hacerla reír como nadie más conseguía. Confundir amistad y aprecio con amor: ese era el verdadero peligro.

—Rechazas el matrimonio como si fuera un invento del demonio.

—¿No lo es?

Ya todos habían felicitado a los novios así que les tocaba el turno. Se acercaron y estrecharon sus manos expresándoles sus mejores deseos de futuro, y luego siguieron a la comitiva nupcial camino del Hotel Ideal, donde se serviría un refrigerio.

—Alguna vez habrás estado enamorada —insistió Elías.

—¿Ese amor que cantan los poetas? No poder dormir, ni comer, ni respirar, pensando siempre en el ser amado. Fiar en él todos tus sueños y esperanzas de futuro. Morir un poco cada vez que se despide, y volver a vivir solo en su presencia... —Enma gesticulaba como un poeta ante un atril y se llevaba las manos al pecho con exagerado sentimiento—. No. Nunca en mi vida he sentido tal cosa.

—«Yo no nací sino para quereros. Mi alma os ha cortado a su medida...» —entonó Elías, con su voz profunda de barítono.

—¿Garcilaso? Mejor citemos a Quevedo. «Nadie le llame dios, que es gran locura, que más son de verdugo sus tormentos».

Llegaron ante la puerta del hotel y Elías le cedió el paso. El portero sujetó la puerta mientras entraban en el vestíbulo.

—Nunca he conocido a una mujer con un corazón tan duro —le susurró al oído, mientras la ayudaba a quitarse el abrigo.

—Mi corazón es mi mayor tesoro, por eso lo guardo bajo siete llaves.

—Afortunado el que sepa manejar bien la ganzúa.

Dos compañeros de Elías en la Constructora se acercaron a saludarlos. La discusión sobre el tema amoroso pronto trocó en el único punto de debate en aquellos días, las cada vez más cercanas elecciones.

—¿Sabes algo de esa factoría de bacalao de la que habla en *El Obrero*? Dicen que son miles de puestos de trabajo —preguntó uno.

—Propaganda electoral, hombre, que te lo vengo diciendo —respondía el otro.

—Sé lo mismo que vosotros, lo que cuenta el periódico —dijo Elías, aunque Enma tuvo la impresión de que no era del todo sincero.

—¿Y de esas beatas que van por ahí ofreciendo trabajo a los marineros? A cambio de su voto, claro. Aquí hacen campaña electoral por las derechas hasta los sacristanes.

Enma oía la conversación como música de fondo mientras observaba a los invitados al pequeño festejo. Una mezcla curiosa de obreros y gente un poco más acomodada. Cuando Elías le había pedido que lo acompañara a la boda ya le había indicado que la novia procedía de una antigua familia de comerciantes, adinerada y bien situada entre la sociedad ferrolana, mientras que el novio solo era un obrero más de los astilleros. Se preguntó si aquella diferencia, no tanto social como económica, tendría consecuencias en el joven matrimonio. Por lo pronto, sin duda había sido cosa del novio la ceremonia civil, porque a los suegros se les veía cariacontecidos, incómodos, casi al borde del soponcio la pobre madre, muy pálido su rostro en contraste con la estola de visón que lucía.

—Mañana hay un mitin del Frente Popular en Redes, mi pueblo, en el salón América...

Los dos compañeros seguían monopolizando a Elías con sus comentarios, a pesar de que ya llegaban los novios.

—Si hasta los médicos prometen recetar los tratamientos más caros a cambio del voto a las derechas...

Enma se sentía cansada y un poco aburrida. Miró a su alrededor para comprobar si los invitados empezaban a ocupar sus sitios en las mesas preparadas para la merienda. Elías debió de captar su incomodidad y le puso una mano en la cintura.

—Os dejo, la señorita estará cansada de estar de pie y de tanta cháchara política. Esto es una fiesta, compañeros, lo otro mejor lo dejamos para mañana.

—Discúlpenos usted, señorita —dijo uno de los trabajadores, boina en mano y con una sonrisa afable en su rostro redondo—. Disfruten de la fiesta.

—Eso, y a ver si la próxima es la suya —añadió el otro con una carcajada estridente que molestó a Enma.

Elías le respondió con dos palmadas fuertes en la espalda, que eran a la vez despedida y reconvención. Condujo a Enma hacia las mesas y le sacó una silla para que se sentara.

—¿Qué es eso de la factoría de bacalao y los miles de empleos? —le preguntó a Elías cuando se sentó a su lado, arrepentida de haberlo separado de sus compañeros.

—La Pysbe, una empresa vascongada que dicen que quiere instalar una factoría aquí, en el muelle.

—Sería muy bueno para la ciudad, ¿no? Cuanto más trabajo, mejor.

—Si no fuera una promesa electoral... Pero sí, claro que lo sería, nunca sobran puestos de trabajo, y además emplean a mujeres para las labores del secadero.

—Pues ojalá no se quede solo en una promesa.

—Tampoco corras a votar a las derechas solo por unos puestos de trabajo que están en el aire.

Enma rio y esperó a que el camarero que les servía las bebidas se retirase antes de contestarle.

—Votaré lo que me diga mi conciencia.

—Recuerda que antes de la República no tenías derecho al voto, ni a nada en realidad. Las mujeres eran menores de edad perpetuas sometidas al padre y al marido.

—No tengo a ninguno de los dos.

—Pues a las normas de la sociedad, y sobre todo de la iglesia católica.

—A esas me temo que sigo atada por mucho que intente independizarme.

—Pero mucho menos de lo que lo estuvieron tu madre o tu abuela. Este país ha dado pasos de gigante en cuanto a libertades y derechos, no podemos consentir que nos lleven de vuelta al siglo pasado, «basta ya de tutela odiosa, que la igualdad ley ha de ser...».

—«No más deberes sin derechos, ningún derecho sin deber».

Enma completó la cita de la Internacional levantando su copa en un brindis. Elías la imitó. Se puso de pie, atrayendo la atención de los invitados.

—Por la felicidad y el futuro de los novios y el de todo un país. ¡Viva la República!

Los comensales se pusieron en pie con sus copas en alto. Los «vivas» que entonaron hicieron temblar hasta los cristales de las ventanas.

❧❧❧

—«A ti, mujer, es a quien te dedico este llamamiento en el momento más crítico que atraviesa nuestra querida España, que apoderándose de ella sus más feroces verdugos, quieren destrozar la flor más hermosa que ha traído la clase trabajadora, que es la República, y es la que a la mujer le dio sus derechos y la quitó de ser menor de edad».

Enma levantó la vista del ejemplar de *El Obrero,* del que leía a sus alumnas adultas la columna de Amalia Vergara exhortando a las mujeres al voto proletario. La escuchaban en silencio, poniendo toda su atención en sus palabras.

—«Acude, mujer, a las urnas con tu conciencia limpia y no empañada. Deposita tu voto pensando en libertar a miles de trabajadores que se encuentran en las cárceles por querer libertar a España de las garras del enemigo y verdugo de la clase trabajadora».

Un gemido interrumpió la lectura. Fina, con la cara colorada y los ojos arrasados en lágrimas, pidió disculpa por la interrupción.

—Mis primos... Mi tío... Trabajaban en las minas, en Asturias, cuando aquello de octubre del 34. A mi primo Luis lo mataron los regulares, ¡los moros! Mi tío y mi otro primo siguen en la cárcel, *pobriños,* a saber cómo los tratan; si no los matan a palos, los matará el hambre.

—Y aquí también detuvieron a muchos —dijo Amparo desde el fondo del aula—. Yo conozco a algunos, parientes lejanos, bien que los apalearon. Los llevaban a las cuadras de la Guardia Civil, en la calle del Raposo...

—Allí también estuvo detenido don Elías —dijo Amalia, mirando a Enma con intención—. Yo lo vi cuando lo soltaron, traía un ojo negro, y salió mejor parado que otros porque su tío es un mando de la Guardia Civil.

Enma ya sabía lo de su detención, él mismo se lo había contado mucho tiempo atrás, pero no lo de su tío Guardia Civil. Todo en la vida de su amigo era una contradicción: por una parte estaba la familia de su madre, de apellido importante en la comarca y buena fortuna, y por otra la herencia proletaria de su padre, que le impelía a luchar como si solo fuese un obrero de la clase más humilde.

—Pero lo que pasó en Asturias... —dijo Carmiña, inquieta en su silla—. Eso fue horrible. Los mineros... mataron curas y quemaron iglesias.

—Es cierto, Carmen, todos cometieron atrocidades —dijo Enma antes de que el resto de alumnas protestase ante la voz discordante—. Pero ha pasado mucho tiempo y los únicos que pagaron y siguen pagando con la cárcel son los mineros.

—Siempre pagan los más débiles —exclamó Amparo.

—Entonces, dice usted que tenemos que votar a las izquierdas para que los suelten. ¿Y si vuelven con lo mismo?

—No, no, Carmen, yo no os digo lo que tenéis que votar. —Enma se levantó, dejó a un lado el periódico y buscó una a una las miradas de sus alumnas—. Por todas partes os dirán a quién votar. En la iglesia, en la prensa, o esas mujeres que dicen que van por ahí ofreciendo trabajos para la factoría de bacalao a cambio de votos. Yo no pretendo influir en vuestro voto ni manipularos de ninguna manera. Lo único que os digo es que estáis en vuestro derecho, este que es tan reciente aún y que muchas mujeres no se atreven a ejercer o, si lo hacen, dejan la elección de su papeleta en manos de su marido o de su confesor. —Respiró hondo, dándoles tiempo a comprender y reflexionar sobre sus palabras—. Votad en conciencia, libremente, y sin dar explicaciones a nadie. El voto es secreto y no tenéis que compartir vuestra elección si no queréis.

—Pero mi marido ya trajo las papeletas...

—Yo también las tengo.

Enma buscó en el cajón y sacó las papeletas que había podido conseguir de los distintos partidos en lid. Las ordenó sobre la mesa y caminó hasta el fondo del aula.

—Las que quieran pueden acercarse de una en una y escoger su papeleta para llevársela a casa. El resto miraremos para el otro lado, para mantener el secreto.

Ordenadamente, de una en una, las mujeres se levantaron, escogieron su papeleta y se la guardaron bien doblada en el escote o el bolsillo.

—Yo no sé a quién votar —dijo María Jesús, la última que quedaba.

—Pues te quedan dos días para decidirte. —Enma le puso una mano en el hombro, apretándoselo suavemente, antes de volver a su mesa—. El domingo es un gran día, compañeras. Elegir a nuestros gobernantes, todos juntos, hombres y mujeres, pacíficamente, es prueba de un país moderno y democrático.

—Yo no voté en las anteriores —dijo Carmen—. No sabía a quién votar ni si servía de algo mi voto. Pero ahora, gracias a sus clases, siento que estoy preparada.

Cuando Enma dio por finalizada la clase y despidió a sus alumnas, aquellas palabras seguían alimentando su orgullo.

❖❖❖

El domingo 16 de febrero amaneció con el tañido de la campana de la iglesia. Enma se levantó despacio, con el sueño aún espesando sus pensamientos, sin entender si llamaban a misa o si se anunciaba alguna desgracia.

Una campanada. Silencio. Otra campanada.

Se llevó una mano al pecho al comprender que tocaba a muerto. Se preguntó quién habría sido. Ahora que podía identificar a todos los vecinos de la parroquia repasó mentalmente a los mayores y a los enfermos. Un presentimiento oscuro vino a nublar su razonamiento.

Buscó ropa de abrigo, se lavó la cara y salió en apenas unos minutos. La lluvia y el viento la zarandearon por el camino de la casa grande. Ya antes de llegar a la humilde morada de Maruja vio a los vecinos apiñados en la entrada.

De pie en el cobertizo de la leña, con un cigarro en la mano, Miguel Figueirido la vio llegar.

—¿El marido? —le preguntó.

—Esa caída en el río fue más grave de lo que parecía, se dio un mal golpe en la cabeza...

Enma dio dos pasos hacia el interior para ampararse de la lluvia, y al momento estaban los dos en aquel pequeño espacio, demasiado juntos, envueltos en el olor de la madera cortada y la tierra húmeda.

—Iré a ver si puedo ayudar en algo.

—Espera.

Él la sujetó por la muñeca. Durante un buen rato no hizo nada, su mirada concentrada en donde sus dedos, toscos y morenos, rodeaban aquella piel blanca surcada de venas azules.

—¿Claudia está bien? —preguntó, incapaz de soportar su silencio.

—Está en Neda, con los abuelos.

—Este invierno ha estado mejor, no ha faltado ningún día al colegio...

—Enma...

—Es una niña tan lista, con tantas ganas de aprender... Ojalá todas fueran así.

—Necesita una madre.

Ahora la estaba mirando a los ojos; ella no podía soportar aquella interrogación muda, aquella súplica que nunca saldría de sus labios. Era un hombre orgulloso y ella lo trataba como a una bestia que hay que amansar sabiendo que si lo lograba lo despreciaría.

Dos mujeres se acercaban por el camino, envueltas en gruesos chales y con zuecos de madera. Miguel le soltó la mano. Enma corrió a reunirse con ellas y entró en la casa.

Enseguida le faltó el aire en la pequeña cocina repleta de mujeres que charlaban en voz baja. La *lareira* encendida y algunas velas en la mesa eran la única luz, que convertía la escena en una representación de ensueño. La pequeña María dormitaba inquieta entre los brazos de Fina, una de sus alumnas adultas, con los ojos húmedos.

—¿Maruja está arriba? —le preguntó en un susurro.

—Están vistiendo al difunto.

No tuvo ánimo para subir y encontrarse con aquella escena. Se arrimó a la pared y se quedó quieta, en silencio, observando con los párpados entornados el ir y venir de aquel enjambre de vecinos, todos dispuestos a ayudar y consolar a la viuda y la huérfana que allí quedaban.

Un amanecer gris y brumoso se fue colando por las ventanas. Alguien preparó café y ella aceptó una taza, agradecida; ya empezaba a desfallecer entre el calor y la falta de alimento. Cada minuto se convirtió en una hora, y cada hora en un día.

Hombres y mujeres subían y bajaban la escalera. Enma los miraba sin reunir la fuerza necesaria para ordenarle a sus piernas que la llevaran al piso superior. Esperó toda la mañana, totalmente ausente de aquel lugar y aquellas gentes, con sus pensamientos ocupados en labores prácticas de organización de las clases para la semana entrante, la única forma que encontró de poder soportar tal situación, de olvidar el cosquilleo que le recorría la muñeca, el tacto de una mano cálida sujetándosela.

Bajó Maruja por fin. Con el rostro muy pálido y la mirada serena de quien hace tiempo que ha asumido una pérdida que ahora solo es un trámite por cumplir. Enma se acercó para darle el pésame y ofrecerse en lo que fuera preciso. La mujer le estrechó la mano, le dio las gracias y tomó en brazos a su hijita, ya despierta, que lloriqueaba por su consuelo.

Llegó Elías Doval. Mujeres y hombres se enderezaron y saludaron respetuosos al señorito de la casa grande. Lo vio acercarse y ofrecer sus condolencias y las de su madre a Maruja.

—Gracias, don Elías, son ustedes muy buenos.

—Cualquier cosa que necesites, Maruja, ya lo sabes, no tienes más que decirlo.

Enma esperó a que terminasen de hablar, a que él saludase a los vecinos y hablara un poco con cada uno, cansados ya de las horas de velatorio. Unos comentaban el mal tiempo, otros que si afectaría a las elecciones, y algunos se atrevieron a pedirle que pronosticara un resultado.

—Hablaremos más tarde —les dijo, para no entrar en posibles debates—. Solo espero que todos os acordéis de ir a votar; por turnos, para no dejar sola a la familia.

—Es que viendo esta desgracia... —dijo una mujer de rostro colorado, con las lágrimas asomándole a los ojos—. ¿A quién le importa ir a votar ni nada?

—Es por los que aquí quedamos, Milagros, por nuestro futuro y el de nuestros hijos.

—Y a quién vamos a votar, díganos usted. Unos prometen trabajo en la Constructora y en eso del bacalao, y los otros... Los otros no prometen nada.

—Acuérdate de tu hermano, Milagros. Estuvimos juntos en el cuartel de la Guardia Civil cuando lo de Asturias.

—Para eso le sirve estar metido en esos líos del sindicato, para que lo detengan y le den otra paliza que lo deje también cojo de la otra pierna.

Maruja volvió a subir al piso, sin mirar atrás, huyendo de una conversación que sin duda no tenía ánimo ni paciencia para escuchar.

—Esto es un velatorio —chistó una vieja sentada ante el fuego, vestida de negro de la cabeza a los pies.

Todos los presentes callaron, avergonzados. Al poco, cuando volvieron las conversaciones, solo eran murmullos como rezos de iglesia.

—¿Cómo estás? —le preguntó Elías, acercándose.

Enma se frotó la frente con una mano.

—No muy bien, este calor me produce jaqueca. —Se asomó a la estrecha ventana para comprobar si dejaba de llover—. Llevo aquí desde antes de que amaneciera y aún tengo que ir a votar.

—Yo te llevo.

Asintió y lo siguió fuera de la casa, deseando huir de aquel ambiente cargado. En la puerta se tropezaron con don Francisco, el coadjutor, que saludó con su acostumbrada afabilidad.

—Hace mucho que no la veo. Tiene que contarme cómo van sus clases —le dijo a Enma, que se agarraba del brazo de Elías sintiendo que le fallaban las fuerzas.

—Hemos estado muy ocupadas con el asunto de las elecciones; y total para nada, ya ve, parece que hoy nadie va a votar aquí.

—Es una labor cristiana acompañar a la familia en este trance.

—No los critico, no me malinterprete, yo misma llevo aquí toda la mañana.

Don Francisco asintió y algunas gotas le cayeron del sombrero sobre el suelo empapado y resbaladizo.

—No se preocupe, sé que tiene usted un alma piadosa aunque se empeñe en disimularla.

Enma se sintió reconfortada por la sonrisa indulgente del coadjutor. Se despidieron para dejar pasar a dos vecinos que entraban. Uno era Miguel Figueirido, que la miró a los ojos antes de posar la vista sobre la mano que ella enlazaba en el brazo de Doval. Como tantas veces, sintió la necesidad de aclarar que Elías solo era su amigo, su hermano, aunque no llevaran la misma sangre, la persona que más le había servido de apoyo desde su llegada al valle. Volvió el rostro hacia el interior de la casa y sorprendió las miradas de los que allí quedaban y supo que era inútil. Nadie creería nunca en la amistad entre un hombre y una mujer. No quería ni imaginar los rumores maledicentes que circularían entre quienes los conocían y veían que pasaban los meses sin anunciarse un compromiso. La peor parte se la llevaría ella. Tal vez dijeran que una maestra de aldea era muy poco para el señorito; que, a pesar de sus estudios y sus modales, de sus finos vestidos y sus aires de señorita de la capital, no dejaba de ser una funcionaria que vivía de un sueldo mísero pagado por el Estado.

Fue un alivio sentarse por fin en el automóvil de Elías, al abrigo de la lluvia y de las miradas curiosas, con el único sonido de la lluvia monótona cayendo sobre el techo.

Era tan fácil, tan cómodo, tan sencillo estar allí, sentada con Elías, hablando sin pensar ni medir sus palabras. Recordó lo que había pensado antes, hermanos de distinta sangre. No podría quererlo más si llevaran la misma corriendo por sus venas.

❀❀❀

Llegó el lunes con la vuelta a la rutina de las clases y los pensamientos muy lejos del aula. Las niñas repasaban las tablas de multiplicar mientras Enma leía la prensa y las diferentes versiones, según los intereses de cada cabecera, de los primeros resultados de las elecciones.

El Frente Popular, la candidatura común formada por los partidos republicanos de izquierdas, socialistas, comunistas, sindicalistas y hasta anarquistas, con Manuel Azaña a la cabeza, había triunfado en las urnas a pesar de toda la presión ejercida por las derechas, de la compra de votos, de los miles de puestos de trabajo ofertados y hasta las amenazas de excomunión.

Se abría ahora una nueva etapa que tal vez retomaría el espíritu de los primeros tiempos de la República. Enma tenía la esperanza de que, una vez aquietadas las aguas revueltas de la contienda electoral, el país enderezase por fin su rumbo. Que se retomaran los grandes proyectos aplazados para la escuela pública, el lugar en el que se formaban los futuros votantes, respetando el espíritu de la Constitución aprobada en 1931. Una escuela unificada, basada en el principio de igualdad, laica, de metodología activa, que educaba para la solidaridad humana, sustituyendo la competitividad por la cooperación y enraizada en el medio social y natural respetando la diversidad lingüística y cultural de las regiones. Y con libertad de cátedra en todos los niveles educativos.

No era mucho pedir, se decía a sí misma, que se acatase la Constitución que los mismos partidos que ahora discutían sobre el resultado de las recientes elecciones habían aprobado apenas cinco años antes.

Dejó la prensa al darse cuenta de que era hora de terminar la clase. Las madres se arremolinaban en la puerta y los murmullos de sus voces iban en aumento; parecían alteradas por algo, y por fin una se atrevió a llamar y abrir la puerta, pidiendo permiso para entrar.

—Déjenos llevarnos a las niñas, señorita, que anda todo muy revuelto y estamos preocupadas.

—¿Ha ocurrido algo? —preguntó Enma, levantándose.

—Lo que tenía que ocurrir. Los que ganaron, porque ganaron, y andan a celebrarlo como locos; y los otros, que no quieren dar el brazo a torcer.

—Que dicen que van a quemar todas las iglesias —dijo otra madre, asomándose al quicio de la puerta—. El cura de Cobas está desaparecido, no saben si escapó o si le pasó algo.

—Mejor que hoy no vengan por la tarde —le pidió la primera—. Además, es el entierro a las cuatro.

—Está bien. —Enma levantó las manos para poner orden entre las alumnas que empezaban a alborotarse al verse libres el resto de la jornada—. Esperad fuera cinco minutos, que les pondré tareas para casa.

Se cerró la puerta y las niñas volvieron a sentarse con gesto compungido al ver que la libertad recién ganada no iba a ser tanta.

Enma les indicó los deberes, con la mente de nuevo muy lejos del aula, pensando en lo que estaría ocurriendo en las grandes ciudades, en su Madrid natal, alterados los dos bandos por los resultados de unas elecciones que a ninguno convencían, con acusaciones mutuas de compra de votos, presiones en los colegios electorales y pucherazos en los recuentos.

Dejó ir por fin a las alumnas. Se quedó en la puerta viéndolas alejarse, contentas por la tarde libre y porque la tarea no les llevaría mucho tiempo.

Una mano muy pequeña tomó la suya dándole un tirón suave para llamar su atención.

—¿Qué ocurre, Claudia? —preguntó a la niña, que la miraba con sus grandes ojos oscuros cargados de preocupación.

—¿Es verdad lo que dicen, que va a haber una guerra?

—¿Pero tú de dónde has sacado eso?

—Ayer estaba en casa de mis abuelos y se lo oí decir a mi tío Paco.

Enma le apretó la mano con cariño y se agachó para acariciarle la carita pálida.

—¿Y tu padre qué dice? —preguntó, sin poder evitar la curiosidad.

—Nada. Papá nunca habla cuando el tío Paco dice esas cosas de política.

Seguro que no, pensó Enma, ese era el Miguel Figueirido que ella conocía, nada le interesaba más que su casa, sus tierras y su hija. No podía conocer a dos hombres más diferentes: Elías, metido hasta las cejas en temas sindicales y políticos; Miguel, ajeno al mundo más allá de la aldea.

—Pues yo digo que no te preocupes, que no va a pasar nada malo —le dijo a la niña, que aguardaba expectante su respuesta—. Mira, ahí viene tu padre a buscarte, le habrá parecido que tardabas.

El resto de alumnas y sus madres habían desaparecido ya, encerradas cada una en sus casas. Las chimeneas soltaban su humo gris hacia el cielo cubierto de nubes; el olor a cocido y guisos varios se mezclaba en la pequeña plaza ante el colegio, abriendo el apetito.

Miguel venía cruzando la pista, embarrada por la lluvia del día anterior, con la vista puesta en la mujer y la niña paradas en la puerta, sin prisa, como si esperase que Claudia echara a correr hacia él. Así se ahorraría tener que hablarle, pensó Enma, pero no iba a darle el gusto.

Canela trotaba a su lado. Cuando estuvieron lo bastante cerca, la niña corrió a acariciarla y le lanzó un palo que había en el suelo para que lo buscara.

—Claudia está preocupada —dijo Enma, para obligarlo a mirarla, a hablar con ella aunque no quisiera—. Dice que su tío Paco habla de que puede haber una guerra.

—Es un bocazas. Anda metido en política y se cree que lo sabe todo.

—¿Y tú qué opinas? ¿Crees que habrá revueltas por el resultado de las elecciones?

Miguel la miró a los ojos. Pocas veces lo hacía, solía esquivarle la mirada, por eso ahora se sintió como el día que los ladrones entraron en su casa y revolvieron sus cosas más privadas. Su alma quedaba expuesta a través de sus pupilas.

—Nada sé de esas cosas, Enma, para eso ya tienes a Doval.

«Para eso y para todo lo que gustes», le pareció a ella que añadía, a pesar de que su boca no pronunció las palabras. Eso era lo que hacía siempre, callaba más de lo que decía, pero dejaba claro cuáles eran sus pensamientos. Unos meses atrás, Enma no lo hubiera entendido. Ahora comenzaba a conocerlo demasiado bien.

—Solo es mi amigo —se defendió, sin saber por qué sentía la necesidad de hacerlo.

—Sí, eso es lo que piensan todos los que ayer te vieron salir del velatorio agarrada a su brazo.

No eran celos, no se mostraba posesivo ni alterado, era más bien como si su comportamiento le ofendiese. Su orgullo, de nuevo.

—Nada hay entre tú y yo, no tengo que rendirte cuentas —se revolvió, con más fiereza de la que hubiera querido.

Miguel dio un paso adelante y ella uno atrás, amparándose en el quicio de la puerta. Entonces extendió una mano y la tomó por encima del codo. Notó cada uno de sus dedos clavándose en su piel.

—¿Nada? ¿Qué clase de mujer eres? ¿No tienes moral ni decencia ni respeto por ti misma?

—No te permito que me insultes.

—Te insultas a ti misma con tu comportamiento, paseando del brazo con uno por el día y aceptando en tu cama a otro por la noche.

—Eso se acabó, no volverá a ocurrir.

—Eso es lo que dices ahora. Pero cuando vuelvas a sentirte sola, cuando algo te asuste, cuando necesites que te calienten la cama... ¿A quién vas a llamar?

Enma dio dos pasos más hacia el interior, tirando por su codo. Él la soltó. Lágrimas de vergüenza asomaron a sus ojos.

—Eres un bruto —le acusó para hacerle daño, dejándole creer que la había lastimado.

—Lo siento. —Miguel extendió las manos hacia ella, las miró y las cerró en dos puños apretados—. Sí, eso es lo que soy.

Se arrepintió al momento de aquel calificativo cruel.

—No quería insultarte.

—Haces bien en recordarme mi lugar.

Y se fue sin añadir nada más.

Enma buscó un pupitre para apoyarse, temiendo que las piernas le fallaran.

Afuera se oía la voz de Claudia llamando a *Canela*. A través del contraluz de la puerta, miró sus espaldas alejándose hasta que la humedad de sus ojos no la dejó ver.

Era consciente de lo que hacía, jugaba al perro del hortelano con aquel hombre que no se merecía; honrado, trabajador, íntegro, dispuesto a convertirla en una mujer decente a su pesar, sin arredrarse por su mal genio y sus desplantes. No, no se lo merecía, y por eso debía mantenerlo alejado de ella, aunque se le rompiera un poco más el corazón cada vez que lo veía desaparecer en la lejanía.

CAPÍTULO 20

El entierro se celebró a las cuatro de la tarde, antes de que la oscuridad de aquellos cortos días de invierno dificultara el trabajo del enterrador.

Caía una lluvia fina cuando entraron en la iglesia para la misa fúnebre. En el interior del templo de piedra hacía aún más frío que fuera; por eso, durante todo el oficio, se escuchaban toses, pies golpeando el suelo y manos frotándose para entrar en calor.

En la primera fila, en su banco reservado, estaban Elías y su madre. Al otro lado del pasillo, Maruja y su hija, vestidas de negro de la cabeza a los pies, calladas y un tanto ausentes.

Enma se había demorado y ahora no sabía dónde sentarse. Una mano la sujetó por el codo, con mucha más suavidad que aquella mañana, indicándole el sitio libre que quedaba, junto a Claudia.

—Gracias.

Miguel asintió con la cabeza y dio un paso atrás, le dejó paso y se colocó de pie tras el banco, el último de la fila.

Claudia le tomó una mano. Las tenía heladas y Enma se quitó los guantes para frotárselas con suavidad. Pensó que la niña estaría mejor en su casa, sentada junto al fuego de la cocina, como debían de estar el resto de sus alumnas, encantadas con la tarde libre. Y luego recordó que la pequeña no tenía una madre que cuidara de ella al calor del hogar y sintió una necesidad casi dolorosa de protegerla. Solo unas horas antes se había prometido a sí misma alejarse de aquella familia y ya notaba que su decisión flaqueaba.

La misa transcurrió para ella como un sonido monótono de fondo, más consciente de las manos pequeñas que mantenía entre las suyas y de la respiración del hombre que tenía a su espalda, amparándolas de las corrientes frías que se colaban por la puerta. Un conocido dolor le iba creciendo en la parte alta del pecho, como si un peso enorme le apretara las costillas y la garganta, impidiéndole tragar. Reconoció para sí misma que soñaba con una familia, que ansiaba sentirse querida y devolver a cambio todo el amor que llevaba en su interior y que no tenía a quien ofrecer. Sería tan fácil, se sorprendió pensando, tan cómodo, tan... agradable. Y cuando por fin aceptó su debilidad y aquella necesidad que tanto había negado, el dolor del pecho comenzó a aliviarse.

Llegó el peor momento, el de ver bajar el sencillo ataúd de pino a la fosa excavada en la tierra húmeda mientras la viuda sollozaba en silencio, amparando a su hijita contra sus faldas.

Con la pequeña Claudia de su mano, Enma clavaba los tacones en el barro tratando de mantener el equilibrio que amenazaba con fallarle. Miguel estaba a su lado, como si hubieran llegado juntos, como si realmente fueran una familia. Al otro lado, Elías y su madre, que se quejaba en voz baja del frío y la humedad.

—Nos vamos a ir ya —le dijo este, acercándose por detrás—. Mi madre no se encuentra muy bien.

—¿Te vas a quedar en casa o vas a algún sitio?

—¿Necesitas que te lleve? Mi alfombra mágica está a tu disposición, princesa, ya lo sabes.

Era el único capaz de bromear en un momento así sin ser grosero ni faltar al respeto a la ceremonia que se llevaba a cabo. Enma sabía que lo hacía solo para aliviar su angustia, tan obvia debía de ser para él, que la conocía bien. Cerró los ojos y se frotó las sienes tratando de aliviar una jaqueca incipiente.

—Llévame a alguna cafetería de Ferrol, la más tranquila y silenciosa, donde nadie, ni los camareros, vengan a molestarnos.

—Cuenta con ello.

Enma se despidió de Claudia, dándole un beso en la helada mejilla, y luego tuvo que enfrentarse a la mirada de Miguel, que si no había oído su conversación con Elías, al menos se imaginaba lo que iba a hacer, una vez más; alejarse de él del brazo de otro hombre.

Huyó como una cobarde, doblando los tobillos al pisar con sus finos zapatos el camino enlodado. Contuvo el aliento hasta que estuvo sentada en el cómodo interior del automóvil, asintiendo a la voz monótona de la madre de Elías, que comentaba cada pormenor de la ceremonia y del mal tiempo que la había acompañado.

—Doña Virtudes —interrumpió, aprovechando el único instante de silencio—. Ahora que Maruja está sola, sin nadie que las mantenga a ella y a su hija, ¿volvería a aceptarlas en su casa?

—La verdad es que ya tenemos servicio suficiente. Cuando ella se fue, entró otra chica, de Cobas. Estoy muy contenta con ella...

—Piense en la situación de Maruja —insistió Enma—. Sería una obra de caridad que le ofreciera una manera decente de ganarse la vida y mantener a su hijita.

—Algo hay que hacer por ellas —afirmó Elías. Enma suspiró aliviada al ver que la apoyaba—. Si no hace falta en la casa grande, la puedo llevar a mi piso de Ferrol, que buena falta me hace que alguien se ocupe de él.

—No, no, una mujer viuda y aún joven, ¿cómo se te ocurre? —doña Virtudes negó con la cabeza, un tanto alterada—. Aquí hay trabajo de sobra para un par de manos más.

Entraban ya en el patio de la casa; al volverse para comprobar la maniobra de aparcamiento, Elías le guiñó un ojo a Enma, que disimuló una sonrisa satisfecha.

—Su generosidad se verá recompensada —le dijo a la señora, que se despidió de ella agitando una mano, como si su cabeza se mantuviera ocupaba en otros asuntos.

Enma ni se bajó del automóvil, esperó a que Elías acompañara a su madre al interior, inmersa en sus propios pensamientos.

—Eres mi ángel de la guarda —le dijo cuando regresó y puso el motor de nuevo en marcha.

—Solo existo para cuidar de ti.

—Y me aprovecho como la egoísta que soy.

—Sí que lo haces.

—No sé qué sería de mí sin ti, estaría perdida.

Elías la miró y le ofreció una sonrisa torcida, el fino bigote enmarcando su boca bien delineada. Enma pensó en cuántas mujeres caerían rendidas ante su evidente atractivo sin sospechar nunca que perdían el tiempo poniendo su afecto en quien no podía corresponderles.

—¿Perdida tú? No he conocido a una mujer más fuerte.

—Eso es porque te oculto mis debilidades.

—Pues lo haces muy bien.

—Ya sabes lo que dicen sobre ocultar tu miedo a las bestias salvajes.

Lo vio fruncir el ceño, desconcertado ante sus respuestas.

—¿Te suelen atacar bestias salvajes? Creo que en la aldea no tenemos nada más peligroso que algún gato silvestre.

—No me refiero a las de cuatro patas.

Elías redujo la velocidad al internarse entre las casas de Serantes y extendió una mano para tocar las de Enma, frías a pesar de los guantes, que sujetaban el bolso sobre su regazo.

—Sabes que puedes contarme lo que sea. ¿Es por aquellos tipos? ¿Los niñatos falangistas? No creo que se atrevan a molestarte otra vez.

—No, no... No me hagas caso. —Se mordió la lengua—. Supongo que me ha impresionado el entierro, la pena de Maruja...

—No era un buen marido; pero era el padre de su hija, el que las mantenía y su compañero de muchos años.

—Sé que es horrible decir esto, pero pensaba... Pensaba que sería un alivio para ella verse libre de un hombre así...

—Supongo que seguía teniendo la esperanza de que cambiara —dijo Elías—. Cuando Maruja dejó la casa para volver con su marido, le dijo a mi madre que él le había prometido no beber más, que volvería a ser el hombre con el que se casó.

Enma comprendió entonces lo ocurrido, el dato que le faltaba para entender el comportamiento de Maruja. Pobre ilusa, había regresado con la esperanza de un futuro mejor y solo había encontrado desgracia y muerte. Rogó por ella y para que en adelante las cosas le fueran mucho mejor, Dios mediante.

❀❀❀

Elías le había dicho que quería pasar por las oficinas del sindicato, a ver qué noticias se tenían de las elecciones. Aunque se daba por segura la victoria del Frente Popular, los resultados de las provincias iban llegando poco a poco y se esperaba con impaciencia el fin del escrutinio.

El gobierno de la República había decretado el estado de alarma, según informaba la radio, y prohibido toda clase de manifestaciones, entre otros muchos derechos suspendidos en principio por ocho días. Asimismo, el consejo de ministros había autorizado aquella misma mañana al presidente Portela Valladares a declarar el estado de guerra, si era preciso.

Pese a tales prohibiciones, según se acercaban a la plaza de las Angustias se encontraban con grupos de personas que se dirigían a aquella zona, donde había formado un buen alboroto.

Una muchedumbre, en su mayoría formada por obreros en ropa de faena, había formado una desordenada manifestación en la que se mezclaban las banderas republicanas con las socialistas y las de la

CNT. El grueso de los manifestantes, que llegaban desde el astillero, se había detenido ante un edificio que se conocía como la «casa de los curas» para exigir a sus ocupantes que salieran a la calle.

Del barrio de Esteiro bajaba también un nutrido grupo de mujeres que, a gritos y codazos, logró abrirse paso hasta la puerta de la casa y plantarse allí como si fueran las guardianas de aquel hogar. Enma miraba con sorpresa aquel despliegue de vestidos coloridos y demasiado escotados, los ojos negros pintados como a carboncillo, las bocas rojas de las que salían insultos y exigencias y las melenas rizadas y alborotadas escapándose de los moños que se deshacían en la refriega.

—¿Quiénes son esas señoras?

Elías la amparó contra su cuerpo, evitando que un tipo que daba tumbos y apestaba a vino barato se la llevara por delante.

—No son señoras. —Ante la mirada dubitativa de Enma, Elías le hizo un gesto, señalándolas con la cabeza, para que considerara su aspecto—. Son «trabajadoras» de los bares de la calle San Pedro. Pero eso sí, muy beatas de la virgen de las Angustias.

Aquello la mantuvo pensativa el tiempo justo de ver cómo una de las mujeres caía al suelo y los manifestantes se echaban hacia ellas, aprovechando que socorrían a su compañera. Enma se abrió paso a codazos, sintiendo una indignación que le brotaba del centro del pecho y se le extendía por brazos y piernas, haciéndola más fuerte, más decidida, y tan beligerante como las pobres desgraciadas que trataban de detener a aquella multitud.

Oyó los gritos de Elías llamándola y notó las miradas sorprendidas de los trabajadores que la veían pasar entre ellos, con el correcto traje gris oscuro escogido para el entierro y el sombrero sin adornos colocado en elegante ángulo sobre el moño. Cuando alcanzó al grupo de improvisadas defensoras y se mezcló con ellas, era un cisne negro entre coloridos pájaros tropicales.

—¡No se meta ahí, señora! —le increpaban los que la habían visto pasar.

—¡Esas fulanas no son de su categoría!

Enma estaba harta de quienes daban y quitaban méritos a las mujeres por cómo se ganaban la vida, y más de los que insultaban a las mismas que luego requerían para su desahogo.

—¡No es esta forma de celebrar una victoria! —les gritó, aunque su voz apenas se oía por encima del bullicio—. No les deis la razón a quienes os tachan de brutos, de incivilizados, de analfabetos.

—Pero si yo no sé leer —se burló uno, entre las carcajadas de los que estaban cerca.

—A lo mejor usted quiere enseñarnos.

No hizo caso a sus provocaciones, se limitó a mirar a los que tenía más cerca, de hito en hito, obligándolos a mantenerle la mirada o apartarla avergonzados.

—No son estas mujeres vuestros enemigos, ni los que se ocultan tras sus faldas.

Esto último recibió varias contestaciones. Insultaban a los curas, a los que acusaban de ser los mejores clientes de aquellas que ahora los defendían, entre otras muchas conductas ignominiosas.

—No empecéis una guerra —seguía Enma, imperturbable, a pesar de gritos y amenazas—. Marchad pacíficamente, celebremos la victoria del Frente Popular y comencemos con buen pie esta nueva andadura.

—¿Pero esta quién es? —gritaba uno.

—¡Da mejores discursos que Azaña! —aprobó otro, comenzando a aplaudir.

Desde atrás, sin enterarse de lo que ocurría, los hombres empujaban a los de delante, que tenían que frenar el impulso para no abalanzarse sobre Enma y las mujeres de la calle San Pedro, que los amenazaban con las uñas en alto. Elías, allí, dando palmadas en el hombro a los trabajadores, les soplaba frases al oído. Entre lo que él les decía y la fortaleza de la mirada de Enma, poco a poco empezaron a recular, mientras el grueso de la manifestación enfilaba la calle hacia la plaza del Callao.

—¿Te has vuelto loca? —le preguntó cuando por fin la plaza terminaba de despejarse.

—No podía quedarme de brazos cruzados ante semejante atropello.

La tomó del brazo y la alejó de las mujeronas que la miraban de arriba abajo, tratando de entender quién era y cuál era el motivo de su defensa, pero sin atreverse a dirigirle la palabra, impresionadas quizá por su forma de hablar y su aspecto.

—Ya solo te faltaba hacerte abogada de mujeres perdidas.

—No están perdidas, todos estos que las insultan saben bien dónde encontrarlas.

Enma sentía la cabeza como una olla en ebullición. Aquel incidente había despertado algo en su interior, un sentimiento belicoso que precisaba una válvula de escape.

La manifestación seguía su curso; aunque algunos de los más beligerantes aún protestaban, declarando a voz en grito que aquellas mujeres defendían a los curas por ser buenos clientes, por fin los dirigentes de los partidos lograron poner algo de orden y continuaron su marcha hacia el centro de la ciudad.

—Deberíamos unirnos —propuso Enma, consciente de que Elías lo haría sin dudarlo de no estar ella allí.

—Los ánimos están muy caldeados, no creas que este será el último incidente del día. Será mejor que te quedes en mi piso, con la puerta y las ventanas bien cerradas. Te iré a recoger cuando esto termine.

—No.

—¿No?

—No tienes que protegerme, no soy una niña ni una anciana que no pueda valerse. He visto otras mujeres desfilando entre los hombres y quiero ir con ellos y celebrar la victoria.

Elías aún se resistía; algunos compañeros se le acercaron a palmearle la espalda, felicitándose mutuamente por el resultado de las elecciones. Otros le traían noticias de manifestaciones en toda

España y de un tiroteo en Madrid. Cuando las mujeres de los presos acudían como cada día a la cárcel para llevarles la comida se les había unido una gran multitud que clamaba por la amnistía y aquello había terminado como el rosario de la aurora.

Mientras Elías le comentaba las noticias, la marea los iba llevando al corazón de la manifestación. Se encontraron desfilando hasta la plaza del Callao, donde el rumbo del grupo se torció a la derecha y llegó ante la puerta del colegio de la enseñanza.

De nuevo hubo gritos y discusiones; algunos ya querían trepar por las rejas de las altas puertas; otros declaraban que las monjas eran de una orden extranjera y que por lo tanto debían dejarlas en paz. Finalmente, colgaron una bandera en lo alto de la verja y siguieron desfilando en dirección a la calle Real.

—En Valencia también hay lío —les decía otro sindicalista, despeinado y con la camisa por fuera, con el rostro enrojecido por la emoción—. Los presos están amotinados, dicen que han pegado fuego al penal de San Miguel de los Reyes.

Y siguió transmitiendo la noticia a los que iban llegando sin detenerse a comentarla ni esperar las reacciones.

—Esto no nos conviene, dirán que somos unos locos y unos exaltados, si ocurre una desgracia... —el hombre que le hablaba ahora a Elías, más moderado y preocupado por el rumbo de la manifestación, levantó la mano como si fuera a persignarse, pero se detuvo justo a tiempo—. Tenemos que enfriar los ánimos, Doval, tú sabes cómo manejarlos.

Desfilaban por la calle Real, en una recta interminable, de forma que Enma podía ver la cabeza de la manifestación, detenida ahora ante el edificio del Casino. Ellos estaban en el cruce con la calle de la Tierra; bajando por esta les salió al paso Emilio Lamas, que traía bajo el brazo un paquete con diferentes diarios.

—Se ha declarado el estado de alarma —les informó—. Se prohíben las manifestaciones y se pueden practicar detenciones preventivas y registros domiciliarios, entre otras medidas.

—Lo sabemos —contestó el hombre que los acompañaba—, ¿quién va a poder detener esto?

Desde la esquina podían ver que en lo alto de la plaza, en una casa de la calle María, habían entrado algunos manifestantes que al poco salieron arrastrando varios muebles con los que levantaron una pila a la que prendieron fuego.

—¿Por qué atacan esa casa? —preguntó Enma, intentando hacerse oír entre el clamor de los manifestantes.

—Es la sede de Derecha Regional Gallega; de la CEDA, vamos.

—Hay que intentar disolver la manifestación y calmar los ánimos —insistió Emilio Lamas—. Si las autoridades ven que se les va de las manos, declararán el estado de guerra; y con los militares en la calle, esto puede ser una matanza como la de Asturias.

—Salgamos de aquí.

Elías tomó a Enma de la mano. Tirando de ella, les hizo señas para que lo siguieran y bajaran por la calle para esquivar la manifestación, volviendo a subir por la siguiente manzana, donde se hallaban los que la dirigían y los mayores agitadores del grupo.

Se detuvieron ante una tienda, cerrada a cal y canto como el resto de comercios de la ciudad. Elías obligó a Enma a entrar en el espacio entre los dos escaparates enfrentados.

—Quiero que te quedes aquí, Emilio te acompañará. —Miró al periodista, que asintió con la cabeza—. Voy a intentar razonar con ellos, pero esto puede volverse aún más peligroso. Si las cosas se complican, quiero que os vayáis sin mirar atrás.

Sacó un manojo de llaves y se las entregó a Lamas. Por un segundo, sus manos mantuvieron un levísimo contacto que Enma no pudo dejar de percibir. Luego fueron sus miradas las que se cruzaron, diciendo todo lo que no se podía pronunciar en voz alta. Elías extendió un brazo y palmeó el hombro de su amigo.

—Cuídala —le dijo. A ella le pareció escuchar: «Cuídate».

Acompañado del otro sindicalista que los seguía, se fue abriendo paso entre la multitud vociferante, destacando entre todos por ser el más alto. De puntillas, Enma siguió su avance con la mirada hasta que la esquina del edificio de enfrente se lo tapó. Ya echaba el cuerpo hacia delante, dispuesta a seguirlo pese a sus instrucciones, cuando el periodista la retuvo agarrándola por un brazo con suavidad.

—Hágale caso, él ya se ha visto en muchas de estas y las cosas pueden ponerse más feas.

—¿Y a usted no le preocupa lo que pueda pasarle?

Lamas la soltó y se colocó bien los lentes. Enma pudo apreciar el temblor de su mano al hacerlo.

—No podemos ayudarle; y, en caso de problemas, seríamos solo un estorbo.

No era la respuesta a su pregunta; aunque Enma ya no se sorprendía, allí nadie respondía nunca de forma directa. Con el tiempo comenzaba a comprender lo que no se decía, los gestos, las miradas, los dobles sentidos con los que aquella gente se expresaba, tan diferente de su franqueza castellana, que resultaba brusca en comparación.

A él sí que le preocupaba, y mucho; pero acataría las instrucciones de Elías porque, al contrario que él, no era un hombre de acción, sino de reflexión. Lamas era un intelectual, alguien que luchaba desde las páginas de un periódico por lo mismo que su amigo en el sindicato y en las calles, en revueltas como aquella. Puesto que no era una labor pequeña la que hacía, Enma no podía despreciarlo por quedarse en la retaguardia.

El griterío iba en aumento. Lamas le explicó los diferentes bandos que formaban la manifestación y sus distintas formas de actuar, motivo de aquella discusión.

—Los extremistas de la Federación Anarquista Ibérica querrían quemar cada iglesia, cada sede de un partido de derechas y cada edificio relacionado con las élites de la ciudad. Por suerte, republicanos y socialistas son mayoría y los van conteniendo a duras penas.

—Si intervienen las fuerzas del orden, no creo que haga distinciones entre los distintos partidos.

—No, no lo harán. Y mañana la prensa partidista dirá que los manifestantes eran todos unos locos exaltados que van a acabar con el país.

Una voz se alzaba entre todas, poniendo calma y obligando a retroceder a los que ya pisaban el vestíbulo del Casino. Enma se puso de puntillas y estiró el cuello para distinguir al que hablaba; vio a Elías a su lado, formando una barrera ante el edificio junto con otros conocidos de los que solían hablar con él en La Ibense.

—¿Quién es el que habla? —preguntó a Lamas.

—Santamaría, del PSOE.

El orador había logrado enfriar los ánimos y la manifestación comenzaba a moverse de nuevo, como una sola persona, enfilando la calle en dirección al muelle. Entonces se escucharon silbatos y gritos de alto.

—¡La policía!

Lamas volvió a agarrarla por el brazo, esta vez sin ningún miramiento, y tiró de ella obligándola a seguirle calle abajo y huir de la refriega.

—¡Tenemos que esperar a Elías!

—Me matará si le ocurre a usted algo.

Intentó clavar los tacones en el suelo y detenerse; el periodista era más fuerte de lo que parecía y la obligó a seguir caminando hasta que el griterío se fue apagando a lo lejos.

—¿Adónde vamos?

—Al piso de Elías. Es al principio de la calle María. Iremos por aquí para evitar manifestantes rezagados, ya subiremos por la calle de Lugo.

—Puede soltarme, no me voy a escapar.

Lamas la miró como si se diera cuenta en ese momento de que la mantenía fuertemente sujeta por un brazo y la soltó al instante.

—Perdóneme.

—No se preocupe, usted tenía razón y se lo agradezco. Esto es peligroso y yo soy una insensata.

De repente se sentía muy cansada, con una debilidad que le aflojaba los músculos y le producía una sensación de tristeza al pasarle factura todas las emociones intensas de aquel larguísimo día.

—No creo que sea insensata. Es usted una mujer fuerte y con ideas propias. No es tan fácil ganarse la admiración de Elías.

Aquellas palabras, y el tono amable con el que el periodista se dirigía a ella, fueron el bálsamo que necesitaba para recuperar el aliento.

—Es usted muy amable conmigo.

Se atrevió a mirar su rostro alargado, recordando que ya una vez había pensado que parecía pintado por El Greco. Los ojos ligeramente caídos en las comisuras exteriores le daban cierto aire de poeta triste. Dos surcos atravesaban sus flacas mejillas, enmarcando su boca, que también tendía a curvarse hacia abajo, incluso cuando forzaba una sonrisa. Sin duda era un hombre que cargaba con muchas preocupaciones, Enma podía imaginarlas como un gran fardo que hundía sus hombros y lo obligaba a caminar cabizbajo.

—Tómeme del brazo. Si digo que es mi esposa, no vaya a negarlo.

Distraída en sus pensamientos, Enma ni se había dado cuenta del grupo de marineros que se les acercaba. Eran jóvenes y lucían todos el mismo rasurado bajo las gorras de plato. Aunque en la ciudad todos estaban acostumbrados a cruzarse con miembros de la Armada, había algo distinto en aquellos que obligaba al periodista a tomar precauciones. Recordó alguna noticia leída en la prensa sobre una dotación extranjera.

—¿Son los mexicanos que aguardan para la entrega de esos destructores que construyen en los astilleros?

—Los mismos, y parece que han encontrado alguna taberna abierta, por el paso tambaleante que traen.

Enma se agarró del brazo de Lamas y solo se atrevió a lanzar una mirada de soslayo a los jóvenes marinos, que reían y alborotaban, ocupando toda la acera. Cruzaron la calle para esquivarlos; eso provocó un aluvión de comentarios, mezcla de bromas, quejas y piropos, que ignoraron como si se hubieran vuelto sordos de repente, manteniendo el paso firme, sin apresurarse, pero sin detenerse ni un segundo tampoco.

—Parece que está toda la ciudad soliviantada hoy y a usted le ha tocado hacer de niñera —se quejó Enma, con amargura—. Me pregunto si algún día las mujeres podremos caminar solas por la calle, sin miedo a que nos asalten, conocidos o desconocidos.

—Esta sociedad educa a los hombres para que se sometan a sus instintos más bajos, de forma que consideran una mujer joven y bonita una presa que deben cazar para probar su hombría. Sé bien de lo que le hablo, a mí me enseñaron así.

El periodista logró ofrecerle una sonrisa y Enma se lo agradeció apretándole el antebrazo con la mano, sin prisa alguna por soltarse de su gancho.

—Si algún día tengo hijos, recordaré sus palabras.

—No dependerá solo de usted su educación, así que escoja bien al hombre con quien vaya a traer esos hijos al mundo. —Habían llegado a la calle de Lugo. Giraron a su izquierda, para subir hacia la calle María—. ¿Conoce usted la historia de Aurora Rodríguez y su hija Hildegart?

—Toda España la conoce. La madre que educó a su hija para ser un líder destacado de la sociedad y la mató de un tiro mientras dormía porque no podía soportar que se independizase de ella.

—Aurora Rodríguez es ferrolana, hija de un conocido abogado. Tuvo a su hija sin casarse después de escoger al padre en una especie de concurso de méritos, convencida de las teorías eugenésicas.

—De padres inteligentes y destacados tendría que nacer una hija brillante. Y parece que lo consiguió. Creo que Hildegart no llegó a cumplir veinte años y ya había sido vicepresidenta de las

Juventudes Socialistas, escrito varios libros y era una personalidad destacada en Madrid. La conocí en una charla de la Liga para la reforma sexual, que dirige el doctor Marañón.

Habían llegado ante un portal donde Lamas se detuvo, con las llaves en alto, para mirarla.

—Es usted una caja de sorpresas. Ahora me dirá que forma parte de esa Liga.

—No, la verdad, solo fui por curiosidad. No puedo compartir algunos de sus principios, como por ejemplo la eugenesia, ahora que hablamos de ese tema.

—Pero está de acuerdo en que Hildegart era tan brillante gracias a la herencia paterna y materna.

—No digo que no crea en la herencia que se transmite de padres a hijos, es evidente solo con ver cómo se heredan los rasgos físicos; así también se heredan las capacidades intelectuales. Lo que rechazo de la eugenesia es la intención de evitar la procreación de los menos capacitados, incluso propugnando su esterilización.

—Creo que necesito sentarme para poder seguir esta conversación —bromeó Lamas mientras abría la puerta.

Dejó pasar a Enma delante. Ella se adentró en el portal oscuro; subió las escaleras, tal y como le indicó, hasta el segundo piso.

—Y ahora conocerá la madriguera de nuestro amigo. No crea que suele tener muchas visitas, este es su retiro privado, un secreto para muchos de los que le conocen.

Sin embargo, pensó Enma, él se movía como si viviera en aquella casa; le abrió la puerta, encendió la luz, le quitó el abrigo para colgarlo del perchero junto al suyo y la acompañó por el largo pasillo hasta la sala con la seguridad de quien lo ha hecho mil veces antes.

Volvió a pensar en la Liga para la reforma sexual, fundada en Copenhague con unos principios mucho más avanzados de los que había aceptado su sección española, más conservadora, y que por ejemplo mantenía como tabú el tema de la homosexualidad.

Enma notó un calor que se extendía por sus mejillas al pensar en el hombre que la acompañaba y en su mejor amigo, juntos, a solas, en aquel apartamento. Se llevó las manos heladas a la cara para disimular su sonrojo; después se las sopló como si tratara de recuperarse del frío del exterior.

—Le prepararé una bebida caliente —se ofreció Lamas, al ver su gesto—. ¿Café con leche?

—Sí, gracias.

—Siéntese y descanse, creo que le hace falta.

El periodista se alejó, Enma supuso que camino de la cocina. Ella se dejó caer en el mullido sofá preguntándose por qué ella no había pisado nunca aquella vivienda, en tanto tiempo que conocía a Elías. Aunque la respuesta, sin duda, estaba precisamente en la familiaridad con la que Lamas se movía por ella.

Nada le importaba lo que hiciera Elías con su vida privada, se dijo, lo quería demasiado para juzgarlo. En realidad, si se atrevía a ser sincera consigo misma, lo que sentía era un poco de envidia, celos incluso, de Emilio Lamas, de la relación que pudiera tener con él, de la que ella quedaba completamente excluida.

Eso le hizo recordar cuando su mejor amiga de sus tiempos de estudiante se echó novio y se fue separando de ella, dedicándole cada vez menos tiempo, hasta que su amistad se fue diluyendo y acabaron siendo solo dos conocidas que a veces se encontraban por casualidad en la calle. Había sufrido con la pérdida de aquella amistad que tanto valoraba, otro motivo más para desconfiar del amor y de sus esclavitudes.

Con estas y otras cavilaciones, recuperada ya del frío del exterior y recostada en el cómodo sofá, se fue quedando dormida sin darse cuenta.

CAPÍTULO 21

Hacia el final de la semana las aguas volvieron a su cauce. Los vencidos se mantenían en silencio y ocultos como alimañas en su madriguera. Los vencedores, consumida la primera euforia, comenzaban a trabajar en un futuro que auguraban glorioso. Desde el balcón de la casa consistorial, Jaime Quintanilla, alcalde de Ferrol, había recomendado a los manifestantes «obediencia a los dirigentes, cordura, mucha serenidad, disciplina y lealtad».

Enma estaba recibiendo a sus alumnas en la puerta, como de costumbre. Ya todas se estaban acomodando en sus pupitres cuando vio venir a Maruja con su hija de la mano, de riguroso luto las dos.

—Doña Virtudes mandó recado. Tengo que ir a hablar con ella, a la casa grande —explicó la viuda, tras dar los buenos días.

María se soltó de la mano y corrió al interior, donde saludó a sus compañeras.

—Es una buena noticia, seguro que te ofrecerá volver al trabajo —dijo Enma, sin querer presumir de su intervención ante la madre de Elías—. Todo va a ir bien ahora, Maruja.

La mujer alzó hacia ella los oscuros ojos, profundos pozos de desolación que parecían interrogarla sobre la sensatez de ese comentario.

—Quedamos *soliñas,* señorita. —La miró largo rato, antes de añadir otra palabra, como un eco—. Solas.

Enma no lograba entenderla. No es que esperase alegría por el fallecimiento de su esposo, una vida perdida siempre es una desgracia; sin embargo, en este caso, también era una puerta abierta a la libertad y a la felicidad futura.

—Saldréis adelante. Tú eres una mujer fuerte, y María muy pequeña, olvidará todo lo ocurrido.

—Un padre no se olvida. —No asomaba ni una lágrima que empañase sus pupilas; aun así, su pena semejaba inabarcable—. Paco era carpintero, ¿sabe? —Enma negó con la cabeza—. El mejor carpintero que había. Venían a buscarlo hasta de Neda y más allá. A mí me gustaba verlo trabajar la madera, puliendo con el cepillo, repasando con la lija... —Levantaba las manos como si ella estuviera realizando aquellos trabajos—. Me gustaba su olor a serrín y a la resina del pino...

Carmen, la del molino, se acercaba a carreras, tirando de su hija, que remoloneaba y protestaba con gruesos lagrimones corriéndole por la cara.

—Esta sinvergüenza, que se me escondió en la bodega, dice que no quiere venir al colegio...

Maruja le pasó la mano por la carita a la niña y le secó las lágrimas.

—Pero, nena, *¿qué tes?*

—*Olvidei facer os deberes* —confesó la pequeña.

—Anda, corre a sentarte en tu pupitre —ordenó Enma— y ve haciéndolos, que ahora entro.

Cerró la puerta para que las niñas no oyeran lo que hablaban allí fuera.

—Ay, Marujiña —decía Carmen—, qué desgracia, qué *soliña* te quedas, menos mal que tienes a tu Mariquiña para hacerte compañía.

—Eso le estaba diciendo a la señorita.

Las dos mujeres la miraban esperando que ella dijera algo; pero no tenía ni idea de cuáles eran las palabras correctas en aquella situación.

—Lamentamos tu pérdida —pronunció; una de aquellas frases hechas, propias de la situación, que tan vacías le habían sonado siempre.

—Piensa en tu hija —le dijo Carmen, dándole un abrazo un tanto brusco—. Tienes que ser fuerte por ella.

—Sí, sí, no pienso en otra cosa.

—Hay que seguir luchando, la vida es así.

—Sí que lo es.

A Enma le parecía que todo aquello era inútil, una sucesión de frases manidas, vacías de contenido; sin embargo, parecían hacer efecto en el ánimo de Maruja, que se iba sosegando, más dispuesta a resignarse.

—Tengo que entrar ya —anunció. El alboroto de las niñas en el interior le sirvió para despedirse con premura y correr a cumplir con su tarea diaria.

Quizá nunca comprendería la profundidad del carácter humano y de las relaciones entre las personas; pero al menos le quedaban las ciencias y las letras, las materias académicas que eran su refugio ante los misterios de la vida.

✼✼✼

Las cortas jornadas invernales solo invitaban a permanecer en casa, al amor del fuego de la cocina de leña, releyendo libros hasta memorizarlos. A veces, Enma se quedaba hipnotizada mirando la lluvia deslizarse por los cristales, o el granizo, que golpeaba con tanta fuerza como si estuvieran lanzando grava contra la fachada. Cuando el mal tiempo le daba un respiro, apoyaba la frente en el marco de la ventana entreabierta para mirar la aldea desolada, los árboles sin hojas, los caminos enlodados y las pocas casas cerradas a cal y canto. Solo el humo constante de las chimeneas era prueba de que seguían habitadas.

Ansiaba las horas de clase para sentirse acompañada, aunque solo fuera por sus jóvenes alumnas, que no notaban el ánimo melancólico de su profesora. Solo las madres de las más pequeñas se acercaban a llevarlas y recogerlas, con prisas, envueltas en sus mantones, sin ganas de detenerse a charlar en la puerta, donde el viento y la lluvia más se arremolinaban.

Nada sabía de Elías desde el día de la manifestación. Recordaba que la había despertado tocándole con suavidad en el hombro para decirle que no podrían volver a Esmelle aquella noche, que los disturbios se habían extendido por la comarca y que se decía que intentaron incendiar la iglesia de Serantes. La tensión y los nervios volvieron a atenazarla; pasó las horas nocturnas en vela, en una fría habitación de invitados, oyendo a Elías y Emilio hablar en la sala. No quería inmiscuirse en la vida privada de su buen amigo, pero no podía evitar el impulso de estirar el cuello hacia la pared y forzar a sus oídos a discernir sus palabras y, aún más, sus silencios. Logró dormirse y a la mañana siguiente solo estaba Elías. No supo cuándo se fue el periodista, ni si había dormido también en la casa. No se atrevió a preguntar; tampoco recibió ninguna explicación.

Ahora se preguntaba qué sería de ambos hombres, cada uno metido en un lío mayor que el otro. Elías, siendo afiliado al PSOE y miembro activo del sindicato UGT, demasiado conocido para su bien, ya había sufrido las represalias de las derechas cuando la revolución de octubre.

En cuanto a Emilio Lamas, columnista de *Renovación,* era demasiado osado en sus denuncias. Se atrevía a atacar en el diario a cierto coronel médico muy conocido, un tal Santiago Casares, que habiendo obtenido una plaza como director de hospital en Cádiz, seguía en Ferrol, atendiendo su consulta privada y tratando de hacerse con el puesto de director del hospital de Ferrol, donde controlaba políticamente a un grupo de médicos ultracatólicos. La prensa había denunciado, además, que con motivo de las elecciones algunos médicos habían presionado a las mujeres de las casas de citas, a las que visitaban para la prevención de enfermedades venéreas, para que les dieran los nombres de sus clientes. Ante esa acusación, alegaron que necesitaban esos nombres precisamente para controlar posibles transmisiones de enfermedades, pero se sospechaba más bien de un intento de chantaje político.

La política la perseguía, por mucho que quisiera rehuirla. En aquellos tiempos tan convulsos todo se regía por lo que hicieran o deshicieran quienes les gobernaban, dispuestos a mantener su poder incluso a costa de su sufrido pueblo.

Poco a poco, en los días que no llovía, aunque el cielo se mostrara invariablemente gris, comenzaba a apreciarse el aumento de luz diurna. Una tarde, Enma se encontró observando una pareja de urracas —*pegas*, las llamaban en la aldea— en pleno cortejo nupcial, y solo entonces se dio cuenta de que ya finalizaba marzo y llegaba por sorpresa la primavera, como en el poema de Machado.

Sin saber muy bien cómo ni por qué, se encontró calzando los zapatos recios que por fin se había resignado a usar, olvidándose de sus finos tacones de ciudad. Se puso su abrigo más discreto, un pañuelo sobre el pelo y salió de la escuela dispuesta a respirar el aire fresco cargado ya del aroma de los brotes nuevos en plantas y árboles.

Al acercarse a la casa de Figueirido, vio a la pequeña Claudia sentada en la puerta jugando con una muñeca de trapo. Podía pararse a hablarle y tal vez vería a su padre. Hacía mucho que no sabía nada de él.

Ya enfilaba el sendero hacia la casa cuando una mujer se asomó a la ventana para llamar a la niña. Era Pilar, la prima de Miguel.

Antes de que la vieran, Enma giró sobre sus pies y volvió por donde había venido. Siguió el sendero hasta la casa de Maruja, cerrada desde que ella y su hijita habían vuelto a vivir en la casa grande. Recordó el funeral y el entierro y se vio a sí misma salir del brazo de Elías, a la vista de toda la aldea, y vio a Miguel mirarlos, con la expresión inmutable de siempre, pero en la que ella empezaba a reconocer los sutiles matices que diferenciaban sus estados de ánimo. No sería de extrañar que se replantease de nuevo un matrimonio con su prima; le había dicho que Claudia necesitaba una madre. Si él en algún momento imaginó que ella aceptaría convertirse en su esposa, con su actitud de los últimos meses sin duda había matado sus esperanzas.

Cruzó hacia el río, crecido en los últimos meses hasta desbordar ligeramente su cauce. El agua bajaba rápida rebotando en piedras y ramas y formando surcos de espuma blanca que se desvanecían entre el azul hielo de la corriente. A los lados, altos eucaliptos combaban sus ramas, como rindiéndole pleitesía al agua que les daba vida, e inundaban el aire de su aroma fragante. Enma respiró hondo, hondo, hasta notar aquel bálsamo medicinal hinchándole los pulmones, y luego espiró despacio creando una nube de vaho con su aliento.

Continuó caminando por la orilla hasta el molino, que rodeó manteniéndose entre los árboles, sin ganas de detenerse a conversar con sus habitantes. Siguió cuesta abajo hasta un remanso donde el agua reflejaba a ratos un pálido rayo de sol que se filtraba entre las nubes cargadas de lluvia. Se agachó a recoger unas piedrecitas y se entretuvo un rato arrojándolas al agua para hipnotizarse con los círculos concéntricos que se formaban cada vez que una atravesaba la quietud del remanso.

Oyó pasos en el camino. Se acercaba alguien o bien de mucho peso o bien cargando con algún bulto importante por la forma en que hacía crujir la grava con cada pisada. Espió entre los árboles y distinguió a Miguel Figueirido cargado con un haz de leña a la espalda suficiente para calentar una casa durante varios días. A pesar del frío y la lluvia, solo vestía una camisa, remangada hasta los codos, y un pantalón gastado que se ceñía a sus muslos con cada paso.

Enma no pudo dejar de admirar aquel despliegue de fuerza física. Se dijo a sí misma que era tarea para un animal de carga, que por eso la sorprendía. Sin embargo, en alguna parte recóndita e indómita de su mente se cruzaban imágenes de ese cuerpo grande y poderoso sobre el suyo, poseyéndolo con una mezcla irresistible de ternura y rudeza.

Las piernas le flojearon y tuvo que apoyarse en un tocón seco. Se llevó las manos heladas a la frente calenturienta. Y fue cuando él la descubrió. Sus ojos oscuros se posaron en ella y enseguida la rehuyeron. Enma contuvo un gemido, un grito, una súplica, apretó las manos sobre el regazo. No hizo falta que lo llamara. Con la reticencia del caballo salvaje ante el hombre que se obstina en domarlo, Miguel bajó la cabeza, se deshizo de su carga y cruzó entre los árboles hasta plantarse ante ella.

—No deberías estar aquí sola.

—No eres quién para darme órdenes.

Se arrepintió en cuanto las palabras salieron de su boca. Miguel no dijo nada, solo apretó la mandíbula hasta hacerla crujir y se dio la vuelta en busca de su haz de leña.

—¡Espera!

Se incorporó con una mano extendida y dio un paso adelante; la invadió un mareo que la hizo volver atrás para apoyarse de nuevo en el tocón mientras todo, el bosque, el río, el hombre que la miraba extrañado, giraba a su alrededor como figuras en un caleidoscopio.

—¿Qué te ocurre?

Su voz sonaba muy lejos, como si le hablara desde el fondo de una cueva. Enma se llevó las manos a las orejas y se las tapó para alejar el pitido que le invadía. Cerró los ojos y trató de respirar con normalidad, obligándose a recuperar la calma.

—Nada... —la palabra salió de sus labios en medio de una espiración. Parpadeó y logró fijar la vista. Él seguía allí, en el mismo sitio, sin hacer ademán de acercarse.

—¿Estás enferma?

Se preocupaba, incluso a su pesar. Mantenía la cabeza baja, el ceño fruncido, las manos a los costados, abriéndolas y cerrándolas como si se preparase para una pelea.

—Solo cansada.

—Deberías irte a tu casa.

—Quería respirar aire puro, llevo demasiado tiempo encerrada.

No sabía qué hacer ni qué decir para retenerlo. Decirle cuánto lo añoraba, que su pequeño hogar le parecía frío y vacío desde aquellos días, tan lejanos ya, en los que él lo había llenado con su presencia. Podía ser malinterpretado. Sin embargo, él seguía sin marcharse, a pesar de que era evidente que quería hacerlo.

—Te acompaño —le ofreció, preocupado a su pesar.

Enma apoyó las manos en el tocón para levantarse de nuevo, probando la resistencia de las piernas. Se dio cuenta de que la madera estaba húmeda y había traspasado su ropa. Logró caminar los pocos pasos que los separaban y, antes de que Miguel le diera la espalda para recoger su leña, lo detuvo poniéndole una mano en el brazo.

—Gracias —dijo, y él dio un paso atrás, como si su contacto le quemara—. Por favor, por favor, Miguel. —Sin pensarlo, le echó los brazos al cuello y apoyó la cara sobre su pecho. El calor de su piel, bajo la fina camisa, la hizo temblar—. ¿No podemos ser amigos?

Él la agarró por los brazos y la separó de su cuerpo sin el menor miramiento.

—No.

—¿Por qué no?

—No existe la amistad entre hombre y mujer.

Como en un *déjà vu*, recordó haber mantenido esa conversación antes, no supo con quién ni por qué.

—Elías es mi amigo.

—Porque él no te ve como una mujer. ¿O sí?

Sus palabras eran más cortantes que el viento helado que se había levantado y azotaba a Enma enfriando aún más su húmeda falda y haciéndola tiritar.

—Me odias.

Se frotó los brazos, estremecida, y no solo por el frío.

—Ojalá pudiera.

—¿Intentas que te odie yo?

—Sería todo más fácil.

Notaba que sus pies se hundían en el camino embarrado. Logró dar un paso solo para meterse en un charco que la salpicó hasta el tobillo. Miguel le dio la espalda, como si ya nada le importase que estuviera sola en el bosque ni que enfermase con aquella humedad. Lo vio cargar de nuevo la leña a la espalda y volverse para mirarla.

—He visto a tu prima en la casa —le dijo.

La respuesta se demoró, como de costumbre, y sin embargo Enma no sospechó que él estuviera buscando alguna excusa para explicar la presencia de la mujer en su hogar. Simplemente se resistía a tener que dar explicaciones sobre asuntos privados.

—Vino a traerle un regalo a Claudia. Es su cumpleaños.

Recordó que la niña jugaba con una muñeca. Asintió, con un extraño alivio.

—No lo sabía.

Sobre sus cabezas, los eucaliptos se agitaban, bailando al compás del viento. Una lluvia de hojas afiladas y olorosas semillas caía sobre ellos acompañada de esa fina lluvia que en la aldea llamaban *orballo*.

—Vamos —le ordenó Miguel. Esta vez ella supo que debía obedecerle—. Estás muerta de frío.

Lo estaba, pero el paso ligero de él, a pesar de su carga, logró hacerla entrar en calor antes de llegar a la puerta del colegio. Aun así, y a pesar de cuánto odiaba usar denostadas artimañas femeninas, fingió encontrarse peor.

—La cocina no va bien, hoy no he logrado encenderla —mintió sin dudarlo.

Poco después, mientras se iba quitando prenda a prenda sus ropas húmedas, observaba cómo él limpiaba los restos carbonizados de la cocina y comprobaba el tiro. Sabía que no la dejaría abandonada ante un problema así. Lo había manipulado para hacerle entrar en la casa sin el menor remordimiento.

Cuando solo le quedaba la ropa interior, tomó un grueso chal de lana, se envolvió con él y se acercó a mirar cómo encendía el fuego.

—No veo que le pase nada.

Se volvió hacia ella, con el rostro acalorado por el esfuerzo y el calor repentino de la llama que sobresalía por el fogón abierto. Su mirada cayó sobre la piel blanca de su escote, muy pálida en contraste con la lana gris que la cubría. Enma dejó que el chal se deslizara por sus hombros hasta mostrar el borde del sujetador.

—Soy muy torpe para estas cosas —dijo con excesiva afectación.

—No juegues conmigo.

Tres palabras que contenían toda una declaración. «Te conozco demasiado», decía, «y esta no eres tú».

—Nunca se me ha dado bien el coqueteo, pero eso es lo que queréis los hombres, ¿no? Una mujer débil, necesitada.

Miguel sonrió de aquella forma suya, curvando apenas los labios. Ella pudo ver la diversión en el brillo de sus ojos.

—No, no se te da bien.

La invadió la desesperación. A pesar del calor de la cocina, volvía a tiritar, sabía que ni todas las mantas de la casa lograrían quitarle el frío que llevaba dentro. Dejó caer el chal y se quedó ante él solo cubierta por su ropa interior blanca. No era un gesto de seducción, sino de rendición.

—Nadie me conoce como tú. Nadie más me ha visto en mis peores momentos, cuando la debilidad me vence; ni en los mejores, cuando me das tanto placer que logras que olvide hasta mi nombre.

—No pedí ese privilegio.

—Tal vez no sea un privilegio, tal vez sea una carga, y lamento imponértela.

Miguel levantó una mano y la dejó caer de nuevo a su costado. En su frente se habían formado tres arrugas que daban fe de la tortura a la que lo sometía. Su sufrimiento la traspasaba, y aun así no se arrepentía de presionarlo de aquella manera, de llevarlo al borde del abismo y obligarlo a agarrar su mano o a saltar.

—Enma...

Y entonces algo cambió, lo vio en su mirada, en el gesto decidido que le hizo contener el aliento. La asió por los hombros y la estrechó contra su cuerpo con tanta fuerza que gimió de dolor. Con la misma brusquedad la besó, un beso largo y violento. Le arrancó las dos prendas que cubrían sus partes más íntimas, la empujó hacia la cama y se cernió sobre ella dispuesto a consumar lo que había empezado.

—¿Es esto lo que quieres?

—Miguel, por favor...

—¿Es esto lo que quieres? ¡Dímelo!

—¡Sí! —sollozó, extendiendo las manos para tomarlo por los hombros—. ¡Sí! ¡Sí!

✿✿✿

Mucho rato después, con las lágrimas secándose en sus mejillas, Enma se envolvió en la ropa de cama cuando le alcanzó la vergüenza de su cuerpo desnudo. Miguel estaba sentado en el borde, dándole la espalda.

—¿Ahora me odias? —le susurró.

—Debería hacerlo.

—¿Te vas a casar con tu prima?

—¿Te importaría?

—Si me dices que la quieres y que te hará feliz, me alegraré por ti.

—Nada puede hacerme feliz.

Lo abrazó por la espalda, dejando deslizar la manta para que sus pieles se tocaran, y apoyó la cara en la curva de su hombro. Era tan pequeña a su lado que la podría cargar con un solo brazo, como a una niña. Antes la abrumaba esa diferencia de tamaño; ahora, sin embargo, hacía que a su lado se sintiera más segura que nunca en los últimos años.

—Podemos intentar ser felices juntos.

—No lo seremos a tu manera.

Se deshizo de su abrazo y se puso de pie, dispuesto a marcharse sin mirar atrás.

—Por favor... Solo te pido un poco de tiempo... Un poco más de paciencia...

Lo vio rodear con una mano la bola de madera que coronaba una de las esquinas del pie de la cama. La apretó con tanta fuerza que la piel se volvió blanca y transparentó las venas azules entre los nudillos. Imaginó esa mano rodeando su cuello. Se preguntó hasta qué punto se podía presionar a un hombre sin hacer brotar en él algún atávico instinto de violencia.

—No entiendo qué es lo que quieres. ¿Vas a seguir paseándote por ahí del brazo de Doval a la luz del día mientras yo te caliento la cama por la noche?

No había levantado la voz, pero Enma sintió el eco de cada sílaba reverberando en su pecho. Se subió las mantas hasta la garganta y apretó el cuerpo contra el cabecero de la cama.

—Sabes que solo es un amigo...

—Sí, estoy harto de oír eso del amigo. No es lo que cree el resto de la aldea.

—¿Te importa lo que piensen los demás?

—No te haces una idea de lo crueles que pueden ser. Si esto se supiera... —Soltó la bola de madera para señalar con un gesto de la mano todo lo que los rodeaba—. Se burlarían de mí por recoger las sobras de otro, pero de ti... No podrías volver a salir a la calle. No traerían a sus hijas al colegio, te denunciarían a la inspección por tu falta de moralidad...

Enma negó con la cabeza, moviéndola violentamente de un lado a otro, hasta hacerlo callar. Sabía que era verdad todo lo que decía, que esas mismas gentes que la miraban ahora ya como una más de aquella tierra, con aprecio y respeto, le volverían la cara y le negarían el saludo si aquello se descubría.

—¿Qué puedo hacer? —se preguntó a sí misma, casi sollozando—. ¿Qué voy a hacer?

—Tienes que escoger.

Pero no quería. Sabía que un matrimonio con Elías no tenía ningún futuro, aunque él galantemente se lo hubiera propuesto, y sin embargo era su compañero ideal. No podía imaginar lo triste que sería su vida sin sus paseos por Ferrol, sin sus almuerzos en algún elegante hotel, sin su compañía en el cine o el teatro. Y a cambio ¿qué podía ofrecerle Miguel? Solo su silencio, su pesadumbre, un corazón aún de luto por su esposa fallecida y un hogar humilde donde criar a sus hijos.

—Necesitaré tiempo —dijo, esforzándose por disimular el dolor que la desgarraba.

Miguel asintió y se fue sin despedirse ni añadir nada más.

Enma sintió un frío violento y se envolvió con sus propios brazos. Ahora llegaría de nuevo la angustia, esa terrible compañera que siempre la estaba acechando. Tenía que respirar hondo y no dejarse abatir por los malos presentimientos, por el miedo, la incertidumbre, la inseguridad que la envolvía cada vez que lo veía partir sin saber si volvería de nuevo a sus brazos.

Hizo el esfuerzo de poner en una balanza el dolor que le produciría perder la amistad de Elías y el de descartar un posible futuro al lado de Miguel. Comprendió entonces que no eran comparables, en absoluto. Quería a Elías y disfrutaba en su compañía, pero podría seguir adelante sin él. Y Miguel... Él era el único que podía salvarla de sus fantasmas.

CAPÍTULO 22

A diferencia del anterior, el mes de abril no fue tan lluvioso aquel año y permitió a Enma salir a dar largos paseos con sus alumnas en el entorno del valle. Contemplaban los brotes nuevos de los árboles, la maleza que se abalanzaba sobre los caminos, creciendo sin medida con la combinación de lluvia y buen tiempo, y el alboroto de las aves en tiempo de cortejo. Visitaron el molino de Carmiña, aunque hasta las niñas más pequeñas conocían ya su funcionamiento, Enma le pidió al molinero que les diera algunas explicaciones sobre el mecanismo. El hombre se mostró reacio al principio; al final, incapaz de resistirse a sus amables requerimientos, les hizo todo tipo de demostraciones prácticas de cada paso del proceso.

Paseando por la orilla del río, Enma se detenía a tocar las hojas sedosas de un helecho y se hipnotizaba con el juego de la corriente entre las piedras hasta que las alumnas la despertaban de su ensimismamiento con alguna pregunta. Todo le parecía especialmente hermoso en aquel refugio verde en el que vivían. Eso era ahora el valle para ella, su refugio, un lugar alejado del ruido y las prisas de la ciudad, de las luchas políticas, las promesas de futuro y los negros presagios que los diarios propagaban alternativamente.

Una mujer se acercaba por el camino. Enma reconoció a Maruja, que llevaba un gran cesto de mimbre colgado del brazo cubierto con un paño blanco.

—Buenos días, Maruja.

—Buenos días tenga usted.

María se separó del grupo de niñas para correr a curiosear el contenido del cesto. Cuando levantó la esquina del paño, un gran queso blanco, húmedo de puro fresco, asomó bajo la tela.

—¿Qué tal va todo por la casa grande? Hace mucho que no veo a doña Virtudes.

—La pobre padece mucho de reuma y en invierno casi no sale de su cuarto. —Sacó de la cesta un bollito de pan moreno, que le dio a su hija; le dijo que lo repartiera con las compañeras—. A ver si ahora, que los días son más grandes y menos húmedos, se va mejorando.

—No sabía nada. Dale recuerdos de mi parte, por favor, dile que espero que se mejore.

—Y don Elías está toda la semana en Ferrol, solo viene los domingos a comer —añadió sin que ella se lo preguntara, aunque por su gesto fue evidente que sabía que lo estaba deseando.

—Tendrá mucho trabajo —dijo tan solo, haciendo ver que no le importaba mucho.

Maruja se despidió y siguió su camino hacia la casa grande. Era hora de volver al colegio y las niñas echaron a andar sin esperarla. Solo Claudia, su pequeño ángel, se demoró y le ofreció su siempre fría mano.

—¿Está triste porque el señor de la casa grande ya no viene a verla?

—No, no... —Enma estrechó sus dedos y se los llevó a la boca para calentarlos con el aliento—. Un amigo siempre es un amigo, aunque a veces no tenga tiempo para visitarte.

—¿Es su novio? La prima Pilar dice que debe de ser su novio, porque siempre están juntos.

—No, no es mi novio, solo es un buen amigo.

—Yo tengo un amigo, el hermano de Carmiña. —Señaló con su afilada barbilla a la hija del molinero, que iba varios pasos delante de ellas, entre el grupo—. Cuando papá me lleva al molino, jugamos a perseguirnos, pero a veces me tira de las coletas.

—¿Y tú qué haces?

—Le echo la lengua. Así.

Claudia sacó la lengua y cerró los ojos arrugando el rostro hasta parecer un bebé recién nacido. Enma soltó una carcajada y tiró de la mano de la niña, apurando para alcanzar al resto.

Se preguntó por qué la prima de Miguel hablaba de ella y de su relación con Elías delante de la niña. Podían ser solo los chismorreos normales que debían circular por la aldea, después de verla tantas veces acompañada por él, subiendo o bajando de su automóvil cuando la llevaba a Ferrol. O podía ser que ella sospechara algo de su relación con Miguel y tratara de desanimarlo haciéndole creer que ya estaba comprometida.

Sea como fuere, Miguel tenía razón: debía alejarse de Elías, renunciar a su amistad, por mucho que le doliera, para no seguir dando de qué hablar. En las últimas semanas no había visto ni al uno ni al otro, ni siquiera a lo lejos, y se sentía más en paz consigo misma de lo que había logrado estar desde que llegó a Esmelle. Había llegado la hora de tomar decisiones y de pensar en el futuro.

❊❊❊

María Jesús borraba la pizarra con la parsimonia y el cuidado que la caracterizaban mientras Amparo alineaba sillas y pupitres tarareando un chotis de moda.

—«Es mi Manuel republicano como hay pocos, que con los hombres que gobiernan anda loco...».

—Aún va a llover por tu culpa —se burló su amiga, mirando de reojo a Enma, que estaba ordenando su escritorio.

—Déjala que cante, que lo hace mejor que Enriqueta Serrano.

—Ya le gustaría.

El resto de alumnas ya se había marchado. Amparo se apresuró a cerrar la puerta tras comprobar que nadie se acercaba al colegio.

—El domingo vamos al baile a Cobas —anunció—. ¿Quieres venir?

Enma negó con la cabeza, pero las palabras no llegaron a salir de su boca. Llevaba demasiado tiempo encerrada en casa, como si estuviera cumpliendo una condena que ella misma se imponía, y ya nada le quedaba que ordenar, limpiar, coser o leer. Miró por la ventana, al tibio sol de finales de abril que se escondía ya tras los montes. Una sonrisa lenta curvó sus labios en el momento de tomar una decisión.

—Sí, creo que sí que iré.

—Lo pasaremos bien.

—Conocemos a dos hermanos que bailan el pasodoble como nadie —aseguró Amparo, una mano en la cintura, otra en alto, dando unos pasos de baile entre los pupitres.

—La señorita no necesita que le busquemos pareja —dijo María Jesús, a la que aún le costaba tutearla—. Le sobran pretendientes.

Amparo reprendió a su amiga con un elocuente gesto. Enma se rio y se sentó en su silla con un suspiro de cansancio.

—Sí que me sobran, por eso llevo dos meses encerrada en esta casa. Estoy tan aburrida que hasta he decidido mejorar mis dotes culinarias. Es el único entretenimiento que me queda.

Las dos chicas se acercaron a la mesa encogiendo los hombros y chistando para afirmar que nadie comprendía a los hombres.

—¿Te has peleado con Elías Doval? —se decidió a preguntar Amparo.

—No, no, nada de eso. Elías es el mejor amigo que he tenido nunca, no hay nada romántico entre nosotros, solo nos gusta pasar tiempo juntos y tenemos aficiones en común. Últimamente su trabajo y su labor sindical absorben todo su tiempo.

Amparo asentía y le lanzaba elocuentes miradas de «ya te lo decía yo» a su compañera.

—¿Y Miguel Figueirido? —María Jesús se puso la mano delante la boca al decirlo, como si no quisiera que las palabras salieran de sus labios; pero continuó hablando bajo la interrogativa mirada de Enma—. En el baile de San Jorge... Bueno, nunca antes lo vimos bailar con otra... Desde que se quedó viudo, claro...

Enma suspiró. Al menos tuvieron la discreción de no recordarle el día que lo encontraron en su casa, cuando le ayudaba a recoger el destrozo de los ladrones.

—Él... Solo busca una madre para su hija.

Las muchachas asintieron, aunque hubo un intercambio de miradas entre ellas. Al final fue Amparo, siempre la más atrevida, la que se decidió a decir lo que ambas pensaban.

—Si solo fuera eso, se casaría con su prima Pilar, ella bien que lo busca...

—O con su cuñada de Neda, la hermana de la difunta.

—No sabía que tenía una cuñada.

—¿Por qué crees que los suegros insisten tanto en que vaya a su casa? Quieren casarlo con la hija pequeña, tienen miedo de perder a la nieta si se casa con otra.

—Vaya, cuánta competencia. —Enma soltó una carcajada seca.

—Vimos cómo te miraba en aquel baile... —dijo María Jesús, con las mejillas rojas por aquel atrevimiento, la mirada clavada en el escritorio.

—No piensa en su hija cuando te mira —añadió Amparo, que contuvo el aliento hasta que Enma volvió a reír, esta vez con verdadero humor.

—Sois dos celestinas.

—Deberíamos decirle que vamos a ir al baile, dejárselo caer, así como cualquier cosa, no se vaya a ir a casa de los suegros y se quede allí todo el domingo.

—No, no, eso no. —Enma extendió las manos abiertas para frenar el entusiasmo de las muchachas—. Prometedme que seréis discretas, no quiero habladurías en la aldea.

—Nadie sabrá nada por nosotras, se lo prometemos.

María Jesús miró a su amiga y le hizo prometer lo mismo.

—Pues entonces nos vemos el domingo, para ir al baile.

Las despidió en la puerta y estuvo un rato mirándolas alejarse por el camino, con paso alegre y resuelto. Ojalá todo fuera tan fácil para ella, ojalá solo tuviera que pensar en bailes y en conocer a algún joven interesante y tener tan claro un futuro tranquilo, idéntico al de sus madres y sus abuelas.

Era distinto cuando iba a Ferrol. En la ciudad las mujeres se metían en política, tenían sus propios sindicatos, trabajaban codo con codo con los hombres, ya fuera descargando carbón en el muelle o escribiendo para la prensa obrera.

Durante toda su vida, Enma había aspirado a ser una de esas mujeres. La educación y la libertad recibida en su familia la habían llevado por ese camino y ahora no estaba segura de querer seguirlo. Le avergonzaba haber descubierto que era más débil de lo que creía y que la vida en soledad, para la que estaba segura de estar preparada, con la que incluso había soñado, se le hacía cada día un poco más insoportable.

Había oído una vez decir que los hijos se parecen más a los abuelos que a sus propios padres. Recordó a su abuela paterna, aquella Enma cuyo nombre mal escrito heredó. Ella tenía unos ocho años y habían hecho el interminable viaje desde Madrid hasta aquella aldea de las afueras de Compostela para verla. La abuela no había cumplido sesenta años y parecía tener más de cien. Su pelo era completamente gris y vestía de negro, con un pañuelo cubriéndole la cabeza y un delantal largo hasta los tobillos.

Mientras subía las escaleras al piso superior, con un candil en la mano para alumbrarse, y preparaba la cocina para hacerse la cena, le parecía estar en la casa de su abuela, fría y oscura, sin vacas en la habitación de al lado ni gallinas correteando en el patio, pero con pocas comodidades más que las que habían disfrutado sus padres en su infancia y juventud antes de partir a la capital para labrarse un futuro mejor. Nunca pudo imaginar que ella haría aquel camino a la inversa.

Durante todos aquellos meses había rezado para que fuera solo un destino temporal. Sin embargo, ahora estaba dispuesta a explorar una nueva senda, a dejarse querer y acompañar y descubrir si podría tener un futuro junto a aquel hombre, tan distinto a ella, que la había atraído y repelido por partes iguales desde la primera vez que sus miradas se cruzaron.

❀❀❀

El baile estaba a rebosar. Amparo y María Jesús se esforzaban por encontrar a los jóvenes que les interesaban poniéndose de puntillas para mirar por encima de la multitud.

—Vicente es cabo de la Marina —le decía Amparo, como si no se lo hubiera dicho ya tres veces antes—. Lo echaron cuando las revueltas del 34, ahora los dejan volver si quieren.

—Hasta mi hermano está pensando en meterse en la Marina —añadió María Jesús, señalando con un gesto al joven acodado en la barra del bar—. Ahora dicen que las cosas están mejor para la tropa, que el gobierno no permite tantos abusos de los oficiales.

—Y Geluco, el de María Jesús, toca en la banda de Infantería.

—No es mío.

—Pero ya te gustaría que lo fuera.

—Y a ti tu Vicentito.

—Pues sí.

—Pues de acuerdo.

Enma miraba a las chicas discutir, María Jesús con las mejillas rojas, Amparo siempre tan fresca, conteniendo las ganas de poner orden como si estuvieran en el colegio.

—No sé si son vuestros galanes; hay dos que no os quitan ojo de encima.

—¿Dónde? Ay, no me atrevo a mirar.

—Pues yo sí.

Amparo se volvió y cruzó la mirada con los dos muchachos que apenas acababan de entrar por la puerta.

—¿Son ellos?

—Sí que son.

Enma miró fascinada cada gesto de las chicas: se pasaron una mano por el pelo para asegurarse de que su peinado estaba impecable y se alisaron la pechera de los vestidos y las arrugas de las faldas. Completado el repaso, se volvieron hacia sus dos galanes con una actitud en perfecto equilibrio entre la alegría por volver a encontrarlos y cierta frialdad para que no se creyeran que los estaban esperando.

Amparo hizo las presentaciones. Enma extendió la mano para estrechar la de Vicente y Geluco, que no parecían saber muy bien cómo tratarla, un tanto impresionados por su oficio y sus modales; tal vez también por su ropa, lo que le hizo pensar a Enma si se habría arreglado demasiado para un baile de pueblo.

—¿Qué nombre es Geluco? —preguntó, por decir algo—. Nunca lo había oído.

—Ángel, me llamo Ángel. Lo de Geluco es un nombre familiar.

—Y a mí me llaman Tito —dijo Vicente, haciendo rodar la boina entre sus dedos.

—Yo soy Enma —dijo ella, puesto que Amparo la había presentado como la señorita del colegio de Esmelle—. Lo de «señorita» lo dejamos para mis alumnas en horas de colegio.

—Ya me dijo a mí el hermano de María Jesús que en Esmelle tenían una maestra muy... —Geluco calló justo a tiempo, aunque su mirada fue bastante expresiva—... muy buena para las niñas —terminó, después de un poco discreto puntapié de Amparo.

Enma volvió a mirar al nombrado, que seguía toda la conversación desde su puesto en la barra. El muchacho no había vuelto a hablarle y evitaba cruzarse en su camino desde el día del robo en su casa. María Jesús le había dicho muchas veces lo agradecido que estaba de que no lo hubiera denunciado.

Un hombre se interpuso en su mirada, arrimándose también a la barra para pedir una bebida. Sus miradas se cruzaron y ella bajó la cara haciendo como que no lo había visto.

De repente, el salón se hizo más pequeño. Él no estaba a varios metros, lejos del alcance de su voz, sino que lo sentía cerca, tan cerca como si pudiera tocarlo. Notó un hormigueo en la punta de los dedos.

—Miguel está ahí y no te quita ojo de encima —le susurró Amparo—. ¿Quieres que lo salude para que se acerque?

—No.

—¿No quieres que venga?

—¿No vais a bailar?

—De acuerdo, si lo que quieres es quedarte sola...

Dejó que su pareja la acompañara a la pista. María Jesús y Geluco ya habían empezado a bailar. Enma los observó durante un rato, siguiendo el ritmo con la punta del pie.

Alguien se le acercó. Cuando levantó el rostro, con una sonrisa esperanzada, se encontró con un desconocido que quería sacarla a bailar. Enma se negó con una sonrisa amable. Detrás de este, llegaron otros dos. Quizá no era buena idea quedarse sola al borde de la pista. El tercero incluso se molestó por su negativa, que ella trataba de suavizar con una sonrisa amable.

—Encima no te rías —le espetó antes de darse la vuelta, muy indignado.

Enma sintió que sus mejillas enrojecían de apuro. Bajó la vista, respiró hondo y cambió el gesto, dispuesta a desanimar con su mirada más seria a cualquier otro bailarín que se le acercara.

—Me dijeron que vendrías.

Miguel se había acercado por fin y el cúmulo de emociones que provocaba con su presencia la dejó sin aliento. Cuando el salón dejó de dar vueltas a su alrededor, lo miró, y miró también a Amparo, que bailaba con su marino sin quitarles ojo de encima.

—Me imaginaba que harían algo así... Y me alegro.

Él parecía tener un millón de preguntas en la punta de la lengua. Tardó un rato en decidirse por la primera.

—¿Me necesitas para algo?

—Sí, para sacarme a bailar.

No sabía de dónde había salido aquella idea. Una vez que la dijo en voz alta, estuvo segura de que eso era lo que quería. Bailar con él, dejar que la rodeara con sus brazos, que la hiciera girar por el salón a la vista de cualquier vecino que pudiera conocerlos.

—Me parece que hay varios interesados.

Miguel miró a su alrededor, retando a los que esperaban su turno, convencidos de que ella se negaría a bailar con él como con los tres anteriores. Enma levantó una mano. Con un gesto íntimo, le alisó las arrugas del entrecejo.

Vio cómo dos manchas rojas aparecían en lo alto de sus pómulos. Enma las miró fascinada. No sabía que una caricia tan leve pudiera sonrojar a un hombre como Miguel.

—La gente viene aquí a divertirse —le dijo, sonriendo ante su sorpresa—. ¿Lo intentamos?

—No sé si soy buena compañía, si lo que buscas es diversión.

—No quiero a ningún otro.

Fue ella la que extendió la mano y la mantuvo en alto, firme y segura, hasta que él la tomó y la condujo a la pista de baile. Cuando la envolvió con su brazo y comenzó a conducirla con pasos seguros por entre los bailarines, marcando el ritmo del pasodoble con soltura y seguridad, Enma suspiró y apoyó por un instante la frente en su hombro.

—¿No te importa que te vean conmigo?

—¿A ti te importa?

—Habrá habladurías, tarde o temprano alguien me hará preguntas.

Enma enderezó la espalda para poder mirarlo a los ojos. Volvía a fruncir el ceño. Sentía la tentación de aliviar sus dudas y su disgusto besándolo hasta borrar de su pensamiento cualquier cosa que no fuera ella.

—Puedes decirles que soy tu novia.

Aquella palabra le hizo perder el paso. Ella tuvo que dar un saltito atrás para que no la pisara.

—¿Quieres ser mi novia?

—Sí. Nunca he tenido un novio —Enma no se arredraba por su reticencia, solo era desconfianza, y reconocía que le había dado sobrados motivos para tenerla—. Parece algo pueril, más propio de una quinceañera, pero a la vez me hace ilusión.

—Hoy no te conozco.

—No me conozco ni yo misma. Será la primavera.

La música había terminado y se quedaron allí, al borde de la pista, sin soltarse. Enma era consciente de los murmullos y las miradas que suscitaban. Había gente de la aldea que los conocía, tampoco les quitaban ojo los que habían querido bailar con ella, ni sus dos amigas y sus parejas. Nada le importaba. Sentía como si hubiera estado llevando una máscara durante tanto tiempo que la asfixiaba; y ahora, por fin, volvía a respirar aire puro.

—Siempre me ha gustado la primavera —dijo Miguel.

Enma levantó la mano que aún posaba sobre su hombro y le tocó de nuevo la cara. Las arrugas de su frente habían desaparecido; a cambio, comenzaban a formarse otras alrededor de su boca, casi desconocidas, que presagiaban una sonrisa que sería como un rayo de sol atravesando nubes de tormenta.

—A mí también.

Horas después, desnudos sobre la cama revuelta, él repasaba las líneas de su rostro con un dedo como si fuera un pintor tratando de memorizarlas antes de plasmarlas en un lienzo. No dejaba de mirarla como a un regalo inesperado, y solo de vez en cuando una sombra se cruzaba por su rostro, la duda de que todo aquello fuera real.

—Quiero que seas mi esposa. No voy a esperar a que te veas obligada por las circunstancias.

Al decir esto, bajó la mano hasta acariciar su vientre. Enma sabía que lo que él insinuaba podía ser cierto. Que justo en aquel momento una nueva vida podía comenzar a gestarse en su interior. Al contrario que en ocasiones anteriores, cuando aquella duda la angustiaba, ahora empezaba a vislumbrar un futuro feliz con un esposo a su lado; una hija que no había nacido de ella, pero a la que quería desde la primera vez que la vio, y la criatura que nacería de aquella hermosa noche de primavera, como recuerdo del momento en el que el corazón venció por fin a la razón.

—En verano, cuando termine el colegio.

—¿En julio?

—Sí, en julio.

Era una promesa y como tal debía ser sellada con un largo beso.

***

Tiempo después, Enma se preguntaría cómo pudo creer por un instante que su vida estaba en orden por fin, que existía un futuro mejor con el que soñar y que la vida tranquila en la aldea era el bálsamo que curaría sus heridas y le daría la paz que tanto ansiaba.

La paz, esa palabra que iba a desaparecer hasta de los diccionarios durante los terribles años que se avecinaban.

CAPÍTULO 23

Sonaba ya la segunda llamada a misa de doce. Enma bajó corriendo los escalones hasta la puerta de su casa. Se detuvo antes de abrirla y se miró en el espejito del recibidor, comprobando que no se había despeinado con las prisas; que el coqueto sombrerito comprado tanto tiempo atrás en Madrid y que seguro que ya no estaría de moda en la capital seguía colocado en el ángulo correcto, un poco ladeado a la derecha.

Con manos temblorosas, se retocó también el lazo que cerraba la blusa en el cuello y alisó arrugas inexistentes. Agarró las llaves, el bolso, abrió la puerta.

Allí estaba su pequeña, plantada con las coletas rubias y una mano extendida ofreciéndole una margarita.

—Buenos días, señorita.

—Buenos días, Claudia. Gracias.

Le acarició la carita, conteniendo las ganas de estrecharla entre sus brazos. Nunca había sido dada a ese tipo de demostraciones afectuosas; no dudaba del afecto de sus padres, pero en su antiguo hogar no abundaban los besos y abrazos. Por eso ahora le costaba asimilar aquella necesidad extraña que sentía de dar y recibir cariño.

Como si la pequeña pudiera penetrar en sus pensamientos, la abrazó como si ella tampoco pudiera contenerse, rodeando su cintura con sus bracitos delgados y apoyando la cara sobre su vientre.

—Papá dice que ya no tenemos que guardar el secreto.

Enma le acarició la cabeza y miró por encima de ella a Miguel, que esperaba paciente, observándolas con un gesto casi risueño. Las nubes negras, que en el pasado ensombrecían su expresión, se iban disipando día a día.

—Sí, hoy don Jesús leerá las amonestaciones.

—¿Eso qué es?

Claudia levantó el rostro para mirarla, apoyando su pequeña barbilla justo en el ombligo de Enma.

—Un anuncio que se hace para que todos los vecinos sepan que se va a celebrar un matrimonio en la parroquia.

Le alisó algunos bucles rebeldes que se escapaban de sus coletas. Luego le atrapó la nariz entre los dedos hasta que la niña logró soltarse entre risas y corrió a buscar refugio detrás de su padre.

—¡Quiere quitarme la nariz!

—Debemos irnos ya, se hace tarde.

Enma dio dos pasos hacia su futuro esposo; sabiendo cuánto lo sorprendería, se agarró de su brazo.

—Sí, vamos.

Claudia corrió alrededor de ellos y decidió caminar al lado de Enma, agarrada de la mano. Así escoltada, sentía que podía hacer frente al mundo. Tenía todo lo que necesitaba; una familia de la que ya consideraba que formaba parte, sin necesidad de documentos ni bendiciones, y el trabajo que siempre había querido desempeñar y al que Miguel no se oponía en absoluto que continuara después de casados. Y una duda, casi una certeza, latiendo en su vientre, bajo la huella del abrazo de su pequeña Claudia.

Llegaban tarde y ya todos se encontraban dentro de la iglesia. En la puerta estaba el automóvil de Elías; eso añadió un nudo más al cordón que ceñía su garganta. Por mucho que se sintiera segura del paso que iba a dar, no lo estaba tanto en cuanto a compartirlo con los vecinos de la parroquia, y menos con la persona a la que más había querido en aquella tierra y que ahora sentía tan alejado y ajeno a su futuro. Notaba que cada paso que daba en dirección a Miguel la alejaba de Elías. Una vez se anunciara su compromiso, no podría seguir disfrutando de aquella amistad tan íntima, a riesgo de avergonzar a su futuro esposo.

La lectura de las amonestaciones, en las que sus nombres se unieron a los de otras dos parejas que contraerían matrimonio en breve, causó una pequeña conmoción entre los parroquianos. Muchos se volvieron para buscarla. Al verla en el último banco, sentada entre Miguel y Claudia, la sorpresa se reflejó en sus rostros de diferentes maneras; incredulidad y asombro entre los hombres, que apenas la conocían, y alegría por parte de las mujeres, especialmente de sus alumnas. Con la vista al frente y la barbilla bien alta, Enma valoró cada pequeño gesto en su justa medida. Solo se atrevió a devolver una tibia sonrisa a sus dos cómplices, María Jesús y Amparo, que le hacían gestos de felicitación desde el otro lado del pasillo.

Cuando por fin salieron, un rayo de sol pugnaba por abrirse paso entre gruesas nubes grises. Enma le pidió a Miguel que esperasen la salida de Elías y su madre. No podía marcharse sin más después de la sorpresa que sin duda les habían dado.

No calculó que, al detenerse así, a la puerta de la iglesia, todos los vecinos considerarían correcto acercarse a felicitarles. Tuvo que soportar que los pocos hombres que solían acudir a misa le estrecharan la mano a Miguel lanzándole a ella nuevas miradas de sorpresa y admiración. Las mujeres, más discretas, los saludaban con una leve inclinación de cabeza o murmuraban su enhorabuena.

Las chicas se acercaron entre risas y guiños. También Maruja, con su hija de la mano. Y por fin, con su madre agarrada del brazo, llegó Elías.

—Felicidades, Figueirido —dijo la viuda de Doval, mirando a Miguel y a su hija—. Esta pequeña necesitaba una madre. Y usted, señorita, supongo que informará para que envíen a una sustituta para el colegio.

—No será necesario, no voy a dejar mi puesto.

—Tarde o temprano tendrá que hacerlo; cuando tenga sus propios hijos, deberá ocuparse de ellos.

Enma notó el suelo bajo sus tacones demasiado blando y por un momento temió hundirse hasta los tobillos.

—No conoces a Enma lo suficiente, madre, o no se te ocurriría decirle lo que tiene o no tiene que hacer.

Elías extendió su mano y Miguel se la estrechó. Hubo una larga mirada entre los dos hombres de la que Enma se sintió excluida.

—Enhorabuena a los dos —añadió—. ¿Se me permite besar a la novia?

—Ella toma sus propias decisiones, como acabas de decir —contestó Miguel, con su gesto más inescrutable.

Enma dejó que Elías besara apenas su mejilla. Le ofreció una sonrisa trémula, incapaz de encontrar palabras ligeras o ingeniosas para aquella situación.

—Mi padre —dijo doña Virtudes—, que fue un gran marino, solía decir que el matrimonio es como un barco y que donde hay patrón no manda marinero.

—Y el patrón es el marido, supongo.

—Así debería ser, o al menos parecerlo. Lleva usted ya algún tiempo en esta tierra, más de un año, creo. —Enma asintió a las palabras de la anciana—. Ha conocido usted algunas historias tristes; pero no se deje confundir, la mujer gallega es fuerte y resistente, la tierra la hace así. Usted se ha criado en una gran ciudad, no sé si está preparada para esta vida.

—Mis padres eran gallegos, mi familia toda procede de una aldea a las afueras de Santiago. Espero haber heredado de ellos esa resistencia y esa fuerza.

—Debemos irnos ya, madre, o llegaremos tarde. —Elías la tomó del brazo—. Enhorabuena de nuevo, Figueirido, Enma...

Elías se tocó el ala del sombrero y se alejó despacio por el paso titubeante de su madre y seguido por la mirada triste de Enma.

Miguel llamó a Claudia, que correteaba con otras niñas alrededor de la tapia del cementerio, y por fin siguieron al resto de los vecinos camino de la aldea.

—Parece que doña Virtudes se ha quedado bastante aliviada.

—¿Qué quieres decir?

Enma escrutó el rostro de su futuro esposo, sorprendida al descubrir que se contenía una sonrisa.

—Que se aferra a su hijo como las lapas a la roca. Pobre de la mujer que la tenga como suegra.

Como de costumbre, no respondía directamente a su pregunta, pero Enma ya se había acostumbrado a leer entre líneas. Y sí, tenía que darle la razón, doña Virtudes parecía muy aliviada por su compromiso. Y ella también lo estaba, pensó de repente, de no haber caído en la tentación de convertirse en la nuera de aquella señora.

—Elías es un buen hombre, y le deseo todo lo mejor; pero no lo veo casado, la verdad. Su vida es el trabajo y la política, no tiene tiempo apenas para su madre, menos para una familia.

—¿Por eso no has querido casarte con él?

Entrecerró los ojos para ocultar su sorpresa. Él solo hacía suposiciones, no podía saber que Elías le había propuesto matrimonio, y ella no lo iba a confesar. De todos modos, se merecía una respuesta.

—Ha sido mi mejor amigo y un gran apoyo en todo este tiempo, lo quiero mucho y siempre lo querré, pero como a un hermano. —Tuvo que detenerse para respirar y reflexionar sus propias palabras. Había dicho tantas veces que Elías era su mejor amigo en aquellos meses, que la expresión empezaba a perder el sentido—. ¿Me crees?

Detuvieron el paso para esperar a Claudia, que se entretenía recogiendo flores a la orilla del camino.

—Te creo. —La miró de aquella forma suya que parecía atravesar su fachada para llegar hasta sus pensamientos más ocultos—. Pero envidio cada minuto que pasaste con él, cada risa que le dedicaste, cada beso que le permitiste...

Miguel le tocó la mejilla para borrar con las yemas de sus dedos la huella de los labios de Elías sobre su piel.

Enma parpadeó, asustada a su pesar, temiendo enfrentarse a un ataque de celos y reprochándose por haber aceptado con tanta ligereza un compromiso con un hombre al que no conocía lo suficiente.

—No habría soportado esta vida si no fuera por él —afirmó, dispuesta a tensar la cuerda para probar su resistencia—. Seguramente me hubiera vuelto a Madrid antes de la primera Navidad.

Miguel inclinó la cara para besarla exactamente en el mismo punto, en la línea del pómulo, con un toque levísimo de sus labios.

—Entonces estoy en deuda con él. Una muy difícil de pagar.

Y con esas palabras dio por zanjada la temida escena de celos. Enma respiró hondo y recordó las muchas razones que la habían llevado a enamorarse de aquel hombre: su generosidad, su paciencia, la forma en que le transmitía su calma, como un bálsamo para su espíritu, siempre inquieto.

Claudia se acercó con dos ramilletes en las manos y le ofreció uno a Enma.

—Su ramo de novia, señorita.

—Gracias, Claudia. —Siguieron andando y prefirió distraerse con la niña para disimular las emociones que le retorcían el alma—. Vamos a hacer un trato: cuando no estemos en el colegio, puedes llamarme Enma.

Claudia le regaló su preciosa sonrisa y volvió a ponerse a su lado, tomándola de la mano. Así juntos, como una familia, regresaron al pueblo, bajo las miradas suspicaces de los vecinos, a los que sin duda les habían dado tema para hablar en los próximos días.

Enma no quería una gran celebración, ni banquete de bodas, ni mucho menos fiesta posterior. No tenía familia a la que invitar, solo las pocas amistades más cercanas que había hecho en el valle. Miguel carecía también de parientes cercanos, pero por su parte vendrían algunos primos de otras parroquias y la familia de su primera esposa, que aceptaban con más resignación que entusiasmo su nuevo matrimonio. Su madrina de boda sería su tía de Cobas, hermana de su difunta madre, que también era su madrina de bautizo.

Así dispuesto, el día 19 de julio de 1936 caminaron de nuevo juntos agarrados del brazo hasta la iglesia. Enma llevaba un vestido nuevo que le había hecho una modista de Ferrol. Se había decantado por un discreto color crema, negándose a lucir el negro que por aquellas tierras se estilaba. El vestido tenía mangas largas y holgadas, cuello barco, y la falda le llegaba por debajo de las rodillas. Una prenda que se pondría perfectamente un domingo por la mañana para pasear por la ciudad pero que, con el adorno del velo rizado sobre su frente, la convertía en una novia discreta y elegante.

La pequeña Claudia también lucía vestido nuevo, del mismo color crema y la misma tela, con similar corte. De la mano de su padre, vestido con un sobrio traje gris, procuraba hacer lo mejor posible el papel de dama de honor y casi no dar saltitos mientras caminaban por el largo sendero hasta la iglesia, apretando entre sus manos el bolsito en el que llevaba las arras, prestadas por doña Virtudes.

Elías se había ofrecido a llevar a la novia en su automóvil. Enma se negó, pero le agradeció el gesto y le rogó que no faltara a la ceremonia. Sabiendo lo puntual que era, le pareció extraño llegar a la iglesia y no ver el vehículo aparcado en la puerta. Hacía dos días que no lo veía, ni siquiera se acercaba a dejarle la prensa cuando volvía de Ferrol, y esto empezaba a preocuparla.

María Jesús y Amparo, que se habían ocupado de poner flores frescas en la iglesia, esperaban a la novia en la puerta por si necesitaba algún retoque o simplemente un poco de compañía femenina antes de caminar hasta el altar.

Se quedó con ellas tras pedir a Miguel que se adelantara. Aceptó con gesto ausente las felicitaciones y los halagos de las muchachas.

—¿No ha venido Elías?

—Aún no —contestó María Jesús—. Dentro está Maruja con su hija. Dice que desde ayer doña Virtudes está preocupada porque su hijo no viene a la casa desde el jueves.

—¿Quieres esperar un poco más?

Enma se sentía desconcertada e indecisa. Aunque al final no le había pedido a Elías que fuera su padrino de boda, por no molestar a Miguel ni crear más habladurías en la aldea, sí que lo había invitado a la ceremonia; de algún modo sentía que no podía casarse sin la presencia de su querido amigo.

Román, el padre de María Jesús, aguardaba paciente, vestido con sus mejores galas, para llevar a la novia al altar.

Con la vista puesta en el camino, Enma seguía esperando ver la nube de polvo que levantaba el gran automóvil de Elías al acercarse.

—Solo cinco minutos más —pidió, con el corazón encogido por un mal presagio.

Pasaron los cinco minutos, y otros cinco... Enma hizo un gesto de asentimiento hacia Román, que se acercó para ofrecerle el brazo. Fue entonces cuando el Hispano Suiza apareció por fin entre los árboles, precedido por el estruendo del motor demasiado acelerado. Una bandada de estorninos surgió de un pinar cercano; asustados por el ruido, elevaron el vuelo formando una nube negra que cubrió por un momento la iglesia como un eclipse inesperado.

Elías forzó una sonrisa al bajar del automóvil. Se acercó a besarla en una mejilla y darle un ligero abrazo. Tenía las manos heladas, a pesar de que el sol lucía radiante sobre ellos; la contrariedad que le invadía se reflejaba en su aspecto, menos cuidado de lo acostumbrado.

—¿Ha ocurrido algo?

—Nada que deba preocuparte en el día de tu boda.

—¿Me lo contarás después?

Notó que Elías dudaba, dividido entre la importancia de comunicar alguna mala noticia y su ansia por no estropear un día de fiesta.

Enma solo pudo conjeturar, cuando más tarde llegó al valle la noticia que estremecía a todo el país, el esfuerzo que había hecho su queridísimo amigo por acompañarla aquel día y fingir una alegría que no podía sentir.

—Solo son asuntos políticos, no debes dedicarles ni un pensamiento —dijo al fin. Le tomó las manos enguantadas y las apretó entre las suyas—. ¿Preparada?

No tenía respuesta para esa pregunta. Nunca se podía estar preparada para dar un paso así. Toda su vida renegando del matrimonio para aceptar ahora casarse con el hombre que le ofrecía el futuro menos esperanzador que podía imaginar.

—Creo que me falta el aire...

—Ahora no te vayas a desmayar, no sería propio de ti —bromeó Elías, poniéndole su mano fría sobre la frente—. Vamos, mujer, te llevas el mejor partido de la parroquia.

—Tú eres el mejor partido de la parroquia.

—No lo soy, bien lo sabes, y por eso acertaste al rechazarme.

Enma se llevó las manos de Elías a las mejillas. Saber que después de ese día, tras haber jurado sus votos ante el altar, su amistad no podría seguir siendo como en el pasado. Eso le causaba un dolor sordo.

—Te quiero igual, con virtudes y defectos, sé que algún día harás feliz a alguien con más fortuna que yo.

—Y yo te quiero a ti. Y me alegro de tu elección. Figueirido es un buen hombre, te quiere y te respeta, no intentará imponer su autoridad de esposo sobre ti. A cambio tú —dijo a media voz y guiñándole un ojo—, si me aceptas el consejo, debes recordar que a partir de ahora ya no estás sola, que tienes una familia a la que amar, cuidar y consultar tus decisiones.

—No sé si sabré. He estado sola demasiado tiempo.

—Y esa independencia de la que presumías no lograba hacerte feliz. —Enma bajó la cabeza, asintiendo—. Permítete serlo ahora, Enma, te lo mereces.

María Jesús y Amparo, que se habían retirado hacia el interior de la iglesia, volvieron a salir, mirándolos con gesto de apremio.

—Don Jesús pregunta qué ocurre —les dijo María Jesús, apurándolos.

—Ya vamos.

Elías le dio un último beso en la frente a Enma.

—Gracias —dijo antes de decidirse a entrar; a ambos le sonó como una despedida—. Gracias por todo.

Le hizo un gesto a Román, que parecía tan nervioso como si fuera él el novio. Al momento se colocó al lado de Enma, ofreciéndole su brazo recio como apoyo y guía hacia el altar.

—Siempre podrás contar conmigo, Enma, no lo dudes.

No lo dudaba, pero comenzaba una nueva etapa de su vida en la que sabía que no sería bien visto que mantuviese una amistad tan íntima con un hombre soltero. Se obligó a alejar esa preocupación de su mente, respiró hondo y adoptó el gesto de serenidad que la ceremonia y los presentes exigían.

❁❁❁

Miguel se había ocupado de limpiar y despejar el pajar. Con unos tablones había montado una larga mesa, y con la inesperada ayuda de su prima Pilar habían organizado la comida de bodas sin molestar a Enma para nada.

Claudia le había contado una buena noticia sobre Pilar: ahora tenía un enamorado en Brión, un antiguo novio al que había dejado por una riña y con el que por fin se había reconciliado.

Se sirvieron empanadas que habían traído los abuelos de Claudia desde Neda y fuentes de arroz con pollo cocinado por Maruja como regalo para los novios. No fue en absoluto tan terrible como Enma se temía. Las risas de María Jesús y Amparo, coqueteando con los dos primos de Miguel venidos de Mugardos, al otro lado de la ría de Ferrol, se mezclaban con las conversaciones de los mayores, cada vez más alborotadas según se acababa la comida y se servía más vino. Claudia y María correteaban alrededor de la mesa; Maruja charlaba con los suegros de Miguel, don Jesús y el coadjutor, don Francisco, el guardián del último secreto de Enma.

—¿Ya le ha dado a su esposo la buena nueva? —le había preguntado en un aparte.

—Aún no. Cuando acabe la celebración, quizá.

—Les deseo todo lo mejor, Enma, se lo merecen.

—Y yo a usted, don Francisco. Le echaremos mucho de menos.

Aún no se hacía a la idea de perder a aquel inesperado aliado que tanto había hecho para reconciliarla con la religión. Don Jesús era un buen párroco, pero el joven coadjutor era más cercano y más preocupado por los asuntos terrenales, no solo por los espirituales. Por eso le costaba alegrarse con la noticia de su asignación a una parroquia en la lejana provincia de Zamora, la tierra de su familia a la que estaba agradecido de regresar.

Elías se fue antes del postre alegando urgencia por saludar a su madre y volver a Ferrol. No quiso decirle qué le había retrasado aquella mañana y por qué se le veía tan preocupado. A las preguntas de Enma, solo insistía en que eran asuntos políticos y del sindicato, que no debía preocuparse por esas cosas en un día tan importante.

Enma se preguntaría después si aquel día él aún esperaba que el levantamiento militar del nefasto 18 de julio resultase fallido o si solo los estaba protegiendo, obsequiándoles un día de fiesta antes de que las malas nuevas sembraran el terror en la aldea.

—Tengo un regalo para vosotros —les dijo, haciendo una seña a sus espaldas.

Cuando se volvieron, vieron que por el camino se acercaban un gaitero y un tamborilero, con sus ropas tradicionales, camisas blancas y chalecos de paño de lana negro. Algunos niños los seguían, saltando a su alrededor, preguntando expectantes dónde era la fiesta.

—No tenías que hacer ningún regalo —dijo Enma.

—Una fiesta siempre necesita algo de música. —Extendió la mano para estrechar la de Miguel—. Tendrás que enseñarle a bailar una *muiñeira* —bromeó.

—Gracias, Doval, por todo.

Enma observó cómo los dos hombres de su vida se miraban a los ojos y se estrechaban con fuerza las manos. Sabía que los dos la querían, cada uno a su manera, y ella les correspondía del mismo modo. No había animosidad entre ellos; Elías aceptaba de buen grado su derrota y Miguel había adoptado la estrategia de mostrarse amistoso con el que algunos consideraban su rival. Si él no le daba mayor importancia a la amistad del señorito y su nueva esposa, tal vez lograría acallar a los chismosos.

Despidieron a Elías agarrados del brazo, viendo cómo se alejaba en su automóvil camino de la casa grande. Una nube gris, en el horizonte, cubrió con su sombra el vehículo como antes habían hecho los estorninos. Enma sufrió un instante de vértigo, sus oídos se cerraron y se sintió muy lejos de aquel lugar y del hombre que la sostenía abrazada contra su pecho. Su mirada seguía fija en el Hispano Suiza. Con su brillo habitual apagado por la sombra de la nube se le antojó un vehículo fúnebre.

Un ruido estridente cortó el aire y la trajo de vuelta a la tierra. Se llevó las manos a las orejas y movió la mandíbula para destaponar los oídos.

—¿Estás bien?

—Sí, es solo que... Me ha sorprendido el sonido de la gaita...

—Y ahora tengo que enseñarte a bailar la *muiñeira*.

—¿Pero tú sabes?

—Por supuesto, ¿cómo te crees que cortejaba a las mozas en las romerías?

Se quitó el abrigo y se lo entregó a Enma, que lo abrazó contra su pecho, sintiendo su calor y el aroma de su cuerpo impregnado en la prenda. Los niños, que seguían a los músicos, bailaban a su alrededor. Claudia y María se unieron a la fiesta, con los mayores dando palmas y jaleándolos.

Miguel levantó los brazos en forma de ele hasta alinear los codos con los hombros, chasqueó los dedos y marcó un paso con el pie derecho, adelante y atrás, un giro, y se inclinó ante ella, esperando que lo siguiera.

—¡No sé qué hacer! —rio Enma, dejando el abrigo sobre la cerca.

—Solo repite lo mismo que yo haga.

Volvió a la primera posición, espalda recta, cabeza alta, los brazos arriba y marcó de nuevo el paso. Un salto, pie derecho adelante, otro salto y pie atrás, un giro, y la invitación. Parecía fácil, así que Enma se atrevió a imitarlo. El segundo paso era más complejo, pero también lo logró, y así siguieron, saltando y girando uno alrededor del otro, rodeados por los invitados que aplaudían los aciertos y reían sin reparos los errores. Cuando la música se detuvo, Enma estalló en carcajadas ante los aplausos de niños y mayores. Se sentía agotada y sudorosa, y tan feliz que su cuerpo casi no podía abarcar la emoción que la desbordaba.

—La maestra ha recibido una lección —bromeó Amparo, y todos estuvieron de acuerdo en que lo había hecho bastante bien para ser la primera vez.

La abuela de Claudia y la prima Pilar se ocuparon de repartir los dulces, rosquillas y trozos de una bolla anisada cubierta de azúcar. Los niños comían y bailaban, la música siguió hasta que todos estuvieron tan hartos y cansados que algunos empezaban a dormirse por los rincones.

El sol ya comenzaba a bajar en el horizonte cuando se quedaron por fin solos. Los que vivían en otras parroquias se habían ido temprano para que no se les hiciera de noche en el camino.

Sentada en el porche, Enma respiraba hondo el aire fragante de la tarde, cargado del aroma de flores recalentadas al sol, acariciando con gesto ausente la cabeza de Claudia que, sentada a sus pies, cantaba una canción a su muñeca.

—María dice que ahora voy a tener hermanos y que ya no voy a jugar con ella.

Enma se sorprendió al oír a la niña. Miró a Miguel, que también la había oído y se había detenido en la puerta del establo y apoyado el tablón que cargaba en el suelo.

—¿Y tú que le has dicho?

—Que seremos amigas para siempre.

—Claro que sí.

Miguel se secó el sudor de la frente en la camisa. Se había cambiado de ropa antes de desmontar la mesa improvisada y ahora llevaba el cuello abierto hasta mitad del pecho y las mangas dobladas sobre el codo. Enma no podía dejar de pensar que aquella noche, y todas las noches que vendrían en adelante, dormirían juntos en la misma cama.

No podía imaginar nada mejor.

—Pero también me gustaría tener un hermano. Yo seré la hermana mayor, y lo llevaré de la mano al colegio.

—Es que primero será un bebé muy pequeñito, ¿sabes? Como tu muñeca. —Claudia asintió y acunó a la muñeca entre sus brazos—. Llorará mucho, habrá que cambiarle los pañales y cantarle canciones para que se duerma.

—No me importa. Me sé muchas canciones.

—Serás una hermana muy buena, estoy segura.

Miguel se acercó y se sentó en el banco de piedra, junto a Enma, tomándola de la mano.

—¿Y cuándo llegará la cigüeña con el hermano de Claudia? ¿Para Navidad, o como regalo de Reyes?

Enma se llevó su mano al vientre y la apoyó en la curva que ya se apreciaba bajo su cintura.

—Puede que un poco antes.

Apoyó la cara en el hombro de su esposo y él le besó la frente, acariciándola con su mejilla.

—Hoy estás empeñada en hacerme un hombre feliz.

Ella rio quedo, acariciando su camisa con los labios. Recordaba demasiado bien el gesto siempre atormentado que mostraba desde que lo conocía.

—Me hace feliz hacerte feliz —dijo, y era lo que de verdad sentía.

En otro tiempo, otra Enma quizá, le había dicho que de nada serviría unir dos soledades. Ahora miraba al futuro con más optimismo. Se sentía querida y necesitada, algo que creía que no podría soportar y que, sin embargo, estaba resultando la mejor cura para la pena que tanto tiempo había arrastrado.

Sabía que no siempre sería así. Aquella tranquilidad, aquella dulce satisfacción de ver cumplidos sus deseos, se iría desvaneciendo con el paso de los días, con la vuelta a la realidad y la rutina de lo cotidiano. En sus manos estaba mantener una pizca de magia viva, la suficiente para que no se extinguiera la ilusión.

—¿Puedo pedir un regalo de bodas?

El ceño fruncido volvió a la frente de Miguel como si nunca se hubiera ido. No la conocía lo suficiente si creía que lo pondría en algún apuro económico. Sabía que no se había casado con un hombre rico.

—Quiero que vayamos un día al cine, los tres juntos —dijo rápidamente, para terminar con la intriga—. ¿Te gustaría, Claudia?

La niña la miraba con la boca entreabierta y el aliento detenido.

—Yo nunca fui al cine.

—«Nunca he ido al cine» —corrigió, la maestra del pueblo no podía permitir que sus propios hijos conjugaran mal los verbos—. Y a ti, Miguel, ¿te gustaría?

—Podemos ir el lunes a Ferrol.

Enma aceptó, contando ya las horas para su pequeña excursión. Al día siguiente era domingo. La vida en la aldea se relajaba en el día del Señor, los campesinos no salían a trabajar a sus huertas, las mujeres se ponían su mejor vestido y se cubrían la cabeza con un pañuelo para ir a misa, y los niños jugaban a las canicas en la explanada delante de la escuela.

Enma decidió pensar en aquellos tres días, sábado, domingo y lunes, como en su luna de miel, humilde y sencilla como la vida que le esperaba en el futuro. Y descubrió, con íntima satisfacción, que podía disfrutarla y sentirse satisfecha con la suerte que había tenido.

Se recostó de nuevo sobre el pecho de su marido y suspiró, acomodándose feliz en su abrazo, cálido y fuerte. Aquel era el hogar que siempre había soñado.

✿✿✿

El domingo hicieron novillos, como niños de colegio. Se levantaron temprano y salieron de la casa antes de que los vecinos empezaran a asomarse a las puertas de las suyas. En unos hatillos llevaban restos de la comida del día anterior, empanada, queso y bolla dulce. Con la pequeña Claudia saltando a su lado, hicieron el largo camino hasta la playa sin prisa, caminando del brazo o de la mano, buscando una y otra vez el calor de la otra piel, aún hechizados por una larga y placentera noche de bodas.

El mar los recibió curiosamente manso, como una bestia salvaje que inclina el lomo para dejarse acariciar. El extenso arenal relucía bajo un cielo soleado sin una nube en el horizonte. Corrieron descalzos por la orilla, persiguiendo a Claudia, que chapoteaba en las suaves olas que lamían la arena. Cuando el cansancio de la caminata y el juego los venció, se sentaron a comer al abrigo de una duna para que la brisa no les llenara de arena las viandas.

No se veía a nadie más en toda la extensión de la gran concha formaba por varias playas sucesivas, San Jorge a su izquierda, A Fragata y Covas a su derecha. Sintiéndose muy traviesa, Enma pensó que era una pena perderse aquella hermosa mañana encerrados entre las cuatro frías paredes de piedra de alguna iglesia.

—Es como si estuviéramos solos en el mundo —dijo en voz alta, entornando los ojos para seguir el rumbo errático de Claudia, que recogía conchas en la orilla—. Me gusta.

Miguel se inclinó hacia ella y la besó, buscándole los ojos con esa mirada tan inquisitiva que podía leerle los pensamientos.

—No necesito a nadie más en el mundo.

No era una exageración galante. Miguel era hombre de pocas palabras, poco dado a perder el tiempo en bromas o sarcasmos.

—Yo tampoco —le respondió, y sintió un peso en el pecho que era la prueba de que sus palabras eran ciertas.

Ahora tenía una familia, un esposo y una hija, y otro en camino. Obligaciones y responsabilidades que cumplir. Daba vértigo pensarlo, así que apartó aquellas ideas de su cabeza, respiró hondo el aire cálido y salobre y se permitió disfrutar de aquel hermoso día.

CAPÍTULO 24

En el largo y terrible invierno que llegaría después, Enma rememoró muchas veces aquellos dos días de verano, el de su boda y el siguiente, en la playa, disfrutando del sol y de sus seres queridos. Demasiado pronto descubrió que había sido el periodo de calma que siempre precede al peor de los temporales.

Aquel lunes en la ciudad todo eran corrillos, caras preocupadas y largos silencios. Del arsenal militar llegaban inquietantes noticias de disparos, motines, y por fin la certeza de una sublevación militar. Se decía que había comenzado en las guarniciones de Marruecos dos días atrás y recorría ya la Península como una de esas olas gigantescas que se forman en alta mar y no encuentran escollo que las detenga.

Comprendió entonces el silencio de Elías el día de su boda, la falta de noticias y de prensa, su ausencia de la casa grande. En su inmensa generosidad, se había esforzado por mantenerlos ignorantes de la espantosa situación del país.

En el Arsenal, republicanos y golpistas se enfrentaban por el control de las armas y los buques de guerra sin que la población civil pudiera hacer más que aguardar el resultado de las refriegas y rezar por no verse implicados en ellas. Sus plegarias no fueron escuchadas; poco después del mediodía, tropas de infantería de

Marina se desplegaron desde el cuartel de Dolores hasta la plaza de las Angustias, donde se ubicaba el ayuntamiento, portando tres temibles ametralladoras.

Enma había prometido a la pequeña Claudia un helado de La Ibense. Cuando se dirigían hacia la alameda, un hombre les salió al paso y los detuvo.

—¿Es usted, señorita Enma? ¿Adónde se dirigen?

Reconoció a Emilio Lamas, el periodista, con las gafas de fina montura metálica empeñadas en resbalar por su afilada nariz. El rostro más alargado y apesadumbrado de lo común.

—Al Cantón, ¿hay problemas allí? —preguntó, preocupada por los comentarios oídos desde su llegada a Ferrol.

—Les aconsejo que vuelvan a Esmelle cuanto antes, la ciudad está siendo tomada por los militares.

—¿Qué pretenden? —preguntó Miguel, amparando a Claudia, que se aferraba a sus piernas, asustada por el gesto apremiante del periodista.

—La caída de la República, eso pretenden. —El periodista se ajustó las gafas con manos temblorosas—. Y con ella, de todos los que la apoyamos.

Enma notó un regusto de bilis en la boca y se la tapó para contener las náuseas.

—¿Pero están dispuestos a llegar a las armas para lograr su propósito?

—Ahora, mientras hablamos, tres secciones de infantería de Marina se han desplegado desde el cuartel de Dolores hasta las puertas del ayuntamiento. El alcalde no ha comprendido la gravedad de la situación, cree que defienden a la República y ha puesto a su disposición a la guardia de asalto. Los han conducido al cuartel, nadie sabe para qué, pero el resultado es que los ciudadanos civiles estamos indefensos ante las fuerzas militares.

Sin soltar a su hijita, Miguel extendió un brazo para atraer a Enma hacia su costado, donde ella se apoyó, al borde del desmayo. La preocupación ahogaba las palabras en su boca. «Tenemos que huir, cuanto antes», quería gritar. Pero permanecía muda, muda como en esas pesadillas terribles que a veces la asaltaban por la noche y le dejaban la garganta dolorida por el esfuerzo de arrancarle algún sonido.

—¿Qué podemos hacer? —preguntaba Miguel, confiando su seguridad al periodista que tan dispuesto parecía a ampararlos—. Nadie querrá llevarnos a Esmelle.

—¿Alguno de ustedes conduce? —Los dos negaron en silencio—. Vengan conmigo, pasaremos por la redacción, allí hay un mozo que se encarga del reparto del diario y sabe conducir.

Lamas echó a andar de vuelta, hacia la calle María. Miguel levantó a Claudia en brazos y lo siguió, lanzando una mirada interrogativa a Enma para asegurarse de que estaba bien y podía seguir el paso apresurado del periodista. Ella movió la cabeza en un gesto afirmativo.

—¿Tiene usted un automóvil para prestarnos?

—Tengo las llaves del de Doval.

—¿Y él? —se acordó entonces de preguntar Enma, temiéndose lo peor.

—Está en las oficinas del sindicato.

En el sindicato, al lado del ayuntamiento, en medio del despliegue militar. Enma volvió a sentirse mareada y tropezó con un adoquín demasiado levantado. Emilio Lamas la agarró por el brazo y ya no la soltó hasta que llegaron a la puerta de las oficinas del diario *Renovación*.

Allí sí que parecía que había comenzado la guerra. Los pocos presentes se apiñaban, bien ante una radio, en la que trataban de escuchar noticias del exterior, bien destruyendo papeles, mirando nerviosos hacia la puerta como si esperaran ver entrar en cualquier momento a un regimiento de militares dispuestos a detenerlos.

Lamas buscó al mozo, que por suerte estaba allí, entre los que escuchaban la radio. Lo apremió para que los siguiera, hablando al oído entre el alboroto general.

—... ¿Me harás ese favor? —Enma solo oyó aquella pregunta; el joven asintió, pálido y obviamente consternado por las noticias que les llegaban. Lamas le entregó las llaves del automóvil y le indicó dónde estaba aparcado.

—¿Usted no viene? —preguntó Enma.

—Alguien tiene que contar lo que aquí está ocurriendo.

Miguel le estrechó la mano.

—Si en algo le podemos ayudar, ya sabe dónde encontrarnos.

—Elías me habló de su boda, les tiene mucho aprecio. —Dirigió su mirada a Enma y parpadeó, frotándose la frente con gesto cansado—. Váyanse cuanto antes, no miren atrás, nada bueno va a salir de todo esto.

A partir de aquel momento las horas y los días comenzaron a arrastrarse, como si todos los relojes se hubieran puesto de acuerdo para enlentecer el tiempo. Desde su refugio en el valle, solo podían asistir como espectadores a las atrocidades que iban conociendo, que les llegaban en forma de noticias sesgadas, contadas a media voz tras las puertas cerradas a cal y canto. Vivían en un estado continuo de alerta, temiendo que sus casas fueran asaltadas, como lo estaban siendo muchas en Ferrol y otras parroquias.

Los militares golpistas, asumido el control con bastante facilidad, dado que eran los que tenían las armas y la preparación para librar batallas, dirigían ahora la ciudad. Se procedía a la detención de todos los abiertamente republicanos, daba igual que fueran políticos, comerciantes, periodistas e incluso sus propias tropas, que desde los rangos más bajos habían intentado contener la sublevación.

Se celebraban juicios sumarísimos que terminaban en muchos casos con condena a muerte, rápidamente ejecutada en el arsenal militar, en la punta del martillo, donde los condenados eran fusilados. Otros eran enviados a las cárceles, que se llenaban a tal velocidad que fue necesario habilitar nuevos lugares de encarcelamiento, incluso en los propios buques de la Armada. Y de los que eran absueltos se decía que algunos nunca volvían a casa. Los vecinos del barrio de Canido se despertaban cada noche oyendo pasar las furgonetas que transportaban a detenidos, legales o ilegales. La tapia del cementerio amanecía bañada en sangre.

En el valle nadie hablaba sobre lo que ocurría. Enma descubrió que el silencio era el único escudo al que aferrarse. El ambiente era de una tensa espera, una espera que crispaba los nervios. Se sentía como si cada día saliera a la puerta a mirar para el cielo, de un inmutable azul, a esperar que se abriera sobre sus cabezas y salieran de él todos los demonios del infierno.

Cada mañana, Miguel salía a realizar algún trabajo: reparar un tejado, cambiar una ventana o una puerta, pequeñas chapuzas pendientes desde hacía tiempo y que ahora iba terminando, porque nadie quería emprender grandes obras en sus propiedades mientras durase aquella situación. Algo más tarde, cuando despertaba Claudia, Enma se ocupaba de darle el desayuno entreteniendo a la desganada niña para que se lo acabase. Después salían a dar un largo paseo. El embarazo no le había causado gran malestar hasta entonces; ahora, en el segundo trimestre, tenía un apetito desmesurado, todo lo contrario que Claudia, y procuraba compensarlo gastando toda la energía posible.

Una mañana pasaron ante la antigua casa de Maruja y vieron salir humo por la chimenea. Cuando ya se acercaban a preguntar, María se asomó a la puerta y corrió a saludar a Claudia. Ante el alboroto de las niñas, salió también la madre a ver quién las visitaba.

—Doña Virtudes cerró la casa grande y se marchó con unos parientes —le contó a Enma después de que entraran en la casa, con la puerta bien cerrada.

—¿Ha pasado algo?

—Vino un hombre a verla... Alguien de ese sindicato en el que está el señorito Elías...

Enma se apoyó en la *lareira,* sintiendo que las piernas le flaqueaban. Se dejó caer sobre el borde de piedra sin preocuparse por la ceniza que mancharía su falda.

—¿Qué...? —no podía preguntar y no sabía si quería escuchar la respuesta.

—Le dijo que lo detuvieron, el sábado, por la noche... Lo buscaron por todas partes, preguntaron en la Guardia Civil y en el arsenal... Dicen que puede estar en el castillo de San Felipe.

Notó un temblor en el labio y se llevó la mano a la boca para detenerlo. Tenía la cara mojada y no sabía por qué.

—¿Lo han...? ¿Lo han... juzgado?

—El hombre del sindicato no sabía más, le dijo a doña Virtudes que no podía seguir preguntando, que era peligroso.

Podía estar muerto, decía una voz aterradora en su cabeza. Podía estar tirado en una cuneta, fusilado en la tapia de algún cementerio, su cuerpo abandonado sin derecho siquiera a los santos sacramentos.

—¿Y adónde se ha ido la señora?

—No sé nada. Solo dijo que iba a visitar unos parientes. Lo otro lo sé porque estuve escuchando a escondidas, señorita, no se lo vaya a contar a nadie.

—No te preocupes.

Maruja sacó un pañuelo limpio de su delantal y se lo ofreció.

—Siento darle este disgusto, y en su estado...

Enma intentaba contener las lágrimas que brotaban de sus ojos, pero era como tratar de frenar la marea.

Mucho rato después logró calmarse gracias a la amabilidad y paciencia de Maruja, que le ofreció un poco de café y un paño mojado en agua fría para bajar la hinchazón de los ojos y que las niñas no la vieran así.

Cuando le dijo que Miguel no volvería hasta la noche, Maruja se empeñó en que se quedaran a comer con ellas; y así compartieron su humilde caldo, unas pocas patatas y un trozo de tocino para las cuatro, y la alegría de las dos pequeñas por poder pasar el día juntas, como si celebraran alguna fiesta.

—Pronto no podré con todas las tareas de la casa yo sola —dijo al despedirse, tocándose la curva ya prominente de su vientre—. ¿Vendrás a ayudarme? Puedo pagarte de mi sueldo de maestra.

Maruja aceptó. Enma notó que su oferta le daba un respiro. Ahora que ya no trabajaba en la casa grande, necesitaba con urgencia alguna otra ocupación para ganarse la vida.

❀❀❀

Era un carro muy viejo y destartalado que amenazaba con deshacerse en pedazos en cada bache del camino. Aferrada a la mano de su esposo, Enma miraba al frente, a los árboles que se abalanzaban sobre ellos en cada curva, rociándolos con gotas de la lluvia nocturna. En uno de los giros de la tortuosa senda pudieron ver la ría, el agua turbulenta y oscura bajo un cielo gris cargado de nubarrones que el viento arrastraba como cometas de papel.

—¿Estás bien?

Asintió. Sabía que apretaba la boca; no eran náuseas, solo el esfuerzo por contener las lágrimas. Aquello no podía estar sucediendo, era una pesadilla dentro de otra pesadilla. No sabía si era mezquino sufrir tanto por una sola persona cuando todo el país estaba en guerra y los muertos comenzaban a amontonarse en fosas comunes. Nada podía hacer ella por detener aquella locura. Se levantaba cada día, cansada tras una mala noche, tratando de ignorar la angustia y la pesadumbre que le causaban las noticias que iban llegando al valle, y empleaba sus escasas fuerzas en cuidar de Claudia, de su esposo y su hogar, y en tratar de vivir lo mejor posible en aquellas circunstancias.

Pero los problemas se iban acumulando y era difícil darles la espalda. Miguel apenas tenía trabajo, nadie quería gastar más de lo imprescindible, guardaban sus pocos ahorros en previsión por lo que pudiera venir. Y aquella misma mañana, justo antes de salir en busca de noticias sobre Elías, le habían notificado que estaba suspendida de empleo. La autoridad militar había iniciado un expediente de depuración, se le indicaba que estaban a la espera de recibir más informes sobre su conducta; pero ya le anticipaban que se le acusaba de ser militante del Frente Popular, al que habría votado en las últimas elecciones, y de pertenencia a sindicato.

—Tenemos que hablar con don Jesús antes de que haga su informe.

Parada en medio de la cocina, con el abrigo en la mano sin saber si debía ponérselo o no, Enma oía las palabras de Miguel como si le llegaran de muy lejos. Informes del cura de la parroquia, de la Guardia Civil, del ayuntamiento... Las fuerzas vivas de la comunidad tenían el derecho y la obligación de meterse en su vida, recabar datos y testimonios sobre su persona, su trabajo, sus ideas y cada una de sus palabras y decidir si era apta para seguir enseñando a sus niñas.

No podía pensar en todo eso aquella mañana. Lo había arrinconado en su mente, dispuesta a encontrar a Elías y asegurar su bienestar.

Llevaron a Claudia a casa de Maruja y emprendieron el camino en el carro de Pepe, el padre de Amparo, que también tenía a un pariente preso en el castillo de San Felipe. La marcha era lenta, sobre todo cuando llegaron a la ensenada y enfilaron por el borde derecho de la costa, camino de La Graña. A su lado caminaban otros con menos suerte cargando mantas y viandas envueltas en papel aceitado, silenciosos y cabizbajos. Era una decisión muy delicada, atreverse a marchar hasta la cárcel para procurar algún bienestar a sus seres queridos encerrados sabiendo que, por el simple hecho de hacerlo, reconocían públicamente que alguien de su familia era un delincuente convicto. Aquello los marcaría en adelante ante sus vecinos como si les hubieran quemado la frente con el hierro del ganado.

—Le voy a decir que pare en La Graña —dijo Miguel, después de un largo silencio—. Yo voy al castillo y tú esperas allí a que vuelva.

—No.

—Es peligroso.

—Yo voy. Tengo que verlo.

—Lo sabrán, lo pondrán en tus cargos y perderás tu puesto.

Enma se arregló el pañuelo que llevaba cubriéndole el pelo; se lo echó más hacia la frente como si quisiera taparse la cara con él.

—No tiene por qué conocerme nadie.

Miguel la agarró por la barbilla y la obligó a mirarlo. Se enfrentó a él con decisión y más valor del que sentía.

—Si no lo haces por tu trabajo, hazlo por tu familia.

—Tengo que verlo —las palabras apenas salían de su boca—. Tengo que ver que está...

—Estará bien —aseguró Miguel, y con la mano que la sujetaba le acarició el mentón tembloroso.

—Déjala ir —dijo Pepe, sin levantar la vista de las riendas con las que guiaba el carro—. A lo mejor es la última vez que lo ve.

—¡No! —Enma elevó la voz tanto que su grito hizo eco entre los pinos—. No diga eso, por Dios.

—Tranquila. —Miguel la abrazó, sosteniéndola fuerte contra su pecho—. No le va a pasar nada, es de familia rica y poderosa, lo sacarán pronto de ahí, ya lo verás. Tranquila.

Enma asentía, queriendo creer sus palabras. El estómago le dio un vuelco cuando entraron en La Graña y cruzaron una calle tan estrecha que podían tocar las casas a ambos lados. Se pasó una mano bajo las costillas y más abajo, hasta que se dio cuenta de que no era un malestar lo que sentía. Con la palma abierta sobre el ombligo, podía notar la vida que albergaba en su interior como un revoloteo de mariposas.

—Todo va a ir bien —le susurró, pasando la mano una y otra vez por su vientre—. Todo va a ir bien.

Y sobre su mano otra: la de Miguel, grande, morena, áspera y cubierta de pequeñas heridas y cicatrices. Enma parpadeó para alejar las lágrimas y respiró hondo; una vez, dos, y tres, hasta conseguir que el aire llegara al fondo de sus pulmones y deshiciera el nudo que le cerraba la garganta. Ya no estaba sola, se dijo, contaba con un hombro donde apoyarse, fuerte y bien dispuesto. Una sensación tan desconocida que necesitaba recordárselo a sí misma a diario.

Cruzaban el pueblo de San Felipe. A su izquierda había una playa pequeña y sucia de algas secas, con algunos botes anclados en la orilla, moviéndose al compás de la marea, sus alegres colores contrastando con el cielo plomizo. A la derecha, casitas de pescadores, balcones de madera, un banco de piedra en la puerta y el humo de las cocinas saliendo por las chimeneas. Lo veía pasar todo como si le mostraran fotografías, sin movimiento, sin vida, solo imágenes captadas de un instante al azar.

Y por fin tuvieron a la vista el castillo, la fortaleza militar que desde el siglo XVI guardaba la entrada de la ría con el castillo de La Palma, en la otra orilla, con sus altos muros grises que parecían nacer directamente del mar.

Pepe detuvo el carro varios metros antes de la entrada, bajo unos robles que se mecían al compás del viento cada vez más fuerte que llegaba de la costa. La cercanía del mar abierto provocaba que allí las aguas estuvieran más revueltas. El olor intenso a salitre obligó a Enma a taparse boca y nariz para evitar aquella sensación de estar saboreando pescado en salazón.

Miguel la agarró del brazo y la guio por el camino sobre el foso hacia la gran puerta principal con su arco de piedra. Los guardias los dejaron pasar después de algunas explicaciones y regateos a los que Enma no pudo atender. La congoja que sentía en el pecho amenazaba con ahogarla y solo podía mirarse los pies y luchar por seguir respirando.

Pronto estuvieron rodeados de muros de piedra, no demasiado altos, que permitían ver el mar y el puerto de Ferrol allá a lo lejos, el de Mugardos en la orilla de enfrente. A la derecha, la boca de la ría, donde empezaba el océano. Allí les hicieron esperar torturando sus nervios exaltados con el sonido de las botas de los soldados sobre el suelo de piedra.

Frente a ellos, una verja que daba a un patio. Al poco, acompañado por un soldado que lo apuntaba con un rifle, apareció un muchacho sucio y demacrado que tuvo que agarrarse a los barrotes de hierro para mantenerse en pie.

—¿Cómo estás, rapaz? —preguntó Pepe, acercándose hasta que el soldado le dijo que no siguiera—. Tu madre te manda algo de comer. Y una manta.

Enma no quería ver aquello, no quería oír el sonido metálico de las armas que parecían siempre prestas a dispararse ni oler el aire viciado que les llegaba desde las celdas, de cuerpos sudados, de orines y sangre.

—Ahí está —dijo Miguel, empujándola suavemente hacia la verja.

No podía verlo, no veía nada en realidad. Nubes grises cubrían sus ojos y su vista se desenfocaba.

—No tendrías que estar aquí —dijo su voz serena.

Su vista se despejó como por ensalmo obligándola a descubrir la temida realidad. Tenía un ojo tan hinchado que dolía mirarlo, el pelo revuelto, la camisa manchada de sangre seca... Apretó fuerte los párpados, incapaz de seguir contemplando aquello.

—No deberías haberla traído.

Miguel se encogió de hombros. El brazo que sujetaba a Enma se relajó. Si alguna vez había sentido animosidad hacia Elías por su culpa, era evidente que verlo en aquella situación le hacía olvidarlo.

—No pude negarme. Estaba dispuesta a venir sola y a pie, si era preciso.

Elías miró al padre de Amparo, parado unos pasos más allá, con la boina entre las manos.

—¿Cómo está la familia, Pepe?

—Bien, gracias, señorito Elías. Menos este pobre, ya ve. —Señaló al muchacho, al que le habían dado un cigarro que fumaba con fruición—. Que dicen que andaba con los anarquistas, pero si no sabe leer ni escribir, ni nada de política...

El hombre se calló al ver que el soldado que vigilaba a los presos lo miraba con cierto interés.

—Si no tienen nada de qué acusarlo, lo juzgarán y lo soltarán, no te preocupes.

—¿Mirará usted por él?

Elías asintió y Pepe se despidió, de vuelta hacia el carro.

—¿Y quién mirará por ti? —preguntó Enma, sintiendo de repente una rabia que le hacía perder toda cautela.

—No te preocupes, lo peor ya ha pasado. Esto es como cuando las revueltas de octubre, se cansarán de tenernos aquí y nos dejarán marchar.

Mentía con poco convencimiento; tanto que el soldado soltó una risa por lo bajo, acariciando el gatillo de su arma.

—Tienen que irse ya —les advirtió el que hacía guardia en la garita de la entrada.

Enma abrió la boca para protestar. Miguel la detuvo, chistándole por lo bajo.

—Volveremos —dijo, y por fin lo miró a los ojos.

Fue como mirar al fondo de un precipicio.

—No —dijo Elías, y luego se volvió hacia su esposo—. No lo permitas.

—No soy su amo —dijo Miguel; el soldado rio en voz alta, muy divertido con aquellas palabras.

—Por tus hijos —insistió Elías.

Enma levantó la cara y miró al soldado, un muchacho tan joven como el sobrino de Pepe, con la barba apenas asomándole en el mentón. No iba a permitir que se siguiera riendo en una situación como aquella. Enderezó la espalda y cuadró los hombros, se echó atrás el pañuelo que le cubría la cara y siguió mirándolo hasta que lo hizo sonrojarse y bajar la cabeza. Luego giró a su alrededor, mirando a los soldados que los vigilaban desde los distintos puestos de guardia. Por todas partes había uniformes, rifles y cañones. Frente a todo aquel despliegue, ella solo tenía su orgullo y la conciencia limpia.

—Vámonos —pidió Miguel, tirando de su brazo para obligarla a avanzar.

—No me asustan —dijo ella, con voz más temblorosa de lo que esperaba.

—No les hagas frente —le susurró al oído—. Cualquier pretexto les valdría para detenerte. ¿Acaso quieres que lo hagan? ¿Quieres quedarte aquí? ¿Con él?

Elías se había dado la vuelta y se alejaba, con paso lento, cojeando un poco de la pierna derecha. Enma se llevó una mano a la boca y clavó los dientes en los nudillos.

—No lo entiendes... —balbució, sin despegar el dorso de los labios.

Miguel le rodeó los hombros con un brazo, la estrechó tan fuerte contra su pecho que ella tuvo que rendirse y aceptar su brusco consuelo.

—Sí que lo entiendo. Creo que soy el único que lo entiende, Enma.

Salieron por fin de la fortaleza, sin dejar de abrazarse, bajo las miradas burlonas de los soldados, que no los perdían de vista. Pepe fumaba un cigarrillo delante del carro, con la vista perdida en el mar, cada vez más gris y revuelto.

A Enma le dolía la garganta, acuchillada por las palabras que no podía pronunciar, por las lágrimas que se negaba a derramar. No podía soportar ver así a Elías, malherido, indefenso, y tener el único consuelo de pensar que si no lo habían fusilado aún tal vez nunca lo hicieran.

El camino de regreso lo hizo en una nebulosa más oscura y asfixiante que el de ida. Nada podía consolarla, ni el carácter estoico de su marido ni la callada resignación de Pepe. Apenas cruzaron palabra durante el largo viaje. Si salían cada uno de sus pensamientos, era solo para mirar a los pobres desgraciados que caminaban a su lado, con las manos ya vacías de paquetes y ropa para los presos, y el gesto tan ausente y desesperanzado como el de los tres ocupantes del carro.

Pasada La Cabana, en un cruce, tuvieron que detenerse para dejar paso a un vehículo cargado de militares. Enma se echó el pañuelo sobre la cara. No quería verlos ni que la vieran, no podría soportar en ese momento sus risas sardónicas y sus ademanes autoritarios.

Una rueda se hundió en un bache y salpicó agua sucia a dos mujeres, que se apartaron de un salto y trastabillaron. Una de ellas cayó a la cuneta. Tal como Enma había supuesto, aquel grupo de imberbes se rieron de su hazaña y el conductor refrenó la marcha; no para ayudar, sino para recrearse en el apuro de las pobres caminantes. Pepe detuvo el carro sin mirar atrás ni hacer gesto alguno hacia el vehículo militar y bajó para ayudarlas. Miguel bajó también. Entre los dos se aseguraron de que la caída no les había causado daño.

Enma volvió la cabeza, incapaz de resistirse a mirar a los causantes de aquel incidente. Y entonces lo vio. Con su uniforme de la Falange, su gorra ladeada, su arma a la cintura, tan soberbio y endiosado como siempre. Parecía ocupar un puesto de relevancia entre sus compañeros, que se daban codazos entre ellos para no perderse el espectáculo de cada pobre caminante que iba o venía de la prisión mientras que él se limitaba a observarlo todo con gesto calculador.

Intentó dejar de mirarlo, agachar la cabeza, ocultarse tras el pañuelo. Demasiado tarde. Él también la había visto y su mirada de serpiente la recorrió con una mezcla de interés y burla.

Recordó la última vez que se vieron, la pelea con Elías, las amenazas sobre la limpieza que iban a hacer de comunistas y sindicalistas. ¿Acaso sabía algo aquel muchacho sobre lo que se tramaba para atentar contra el gobierno? Sea como fuere, ahora pertenecía al bando de los que mandaban en la comarca, una sola palabra suya podía ser suficiente para que la detuvieran y acabara en la prisión del castillo si no se le ocurría otro destino peor para ella.

Miguel y Pepe subieron al carro. Sin una palabra, lo pusieron en marcha. Enma notaba los oídos taponados y un vértigo que tiraba de ella hacia atrás, tan segura de que los obligarían a detenerse que le parecía oír ya las voces de los militares dando órdenes. Cuando se atrevió a volverse y mirar atrás, descubrió que el vehículo se perdía ya en una vuelta del camino.

Un frío terrible se le había metido en los huesos; se encogió sobre sí misma, tiritando. Sabía que tarde o temprano aquel muchacho volvería a intentar acabar con lo que comenzó tanto tiempo atrás, en el colegio, cuando las chicas la salvaron de sus indeseadas atenciones. Aquello debía de ser como una espinita clavada en su orgullo y ahora tenía más fuerza que nunca para quitársela de una vez.

Maldijo al destino que había provocado aquel encuentro. Quizá hasta entonces ni se acordaba de ella, estaría muy ocupado con esa «limpieza» que tanto deseaba hacer. Pero ahora que la había visto, Enma supo que la guerra acababa de empezar también para ella.

La suspensión era de sueldo, no de empleo, así que Enma seguía adelante con sus clases sin la ilusión ni las expectativas de los dos años anteriores. Sobre su cabeza pendía ominosa la espada de Damocles de los cargos que en cualquier momento le comunicarían, que podrían suponer la baja en el escalafón, la separación definitiva de la carrera e incluso la inhabilitación como maestra.

A su alrededor las noticias eran confusas. La prensa publicaba las palabras del coronel comandante militar de La Coruña, don Enrique Cánovas, que al frente del ejército de Galicia «se unió, gozoso, a sus hermanos de armas de otras regiones, dispuesto a vencer o a morir en la noble empresa de la salvación de la Patria». En las noticias breves se destacaba el avance arrollador de la columna del general Franco por el sur de España, las declaraciones del coronel Aranda, jefe de las fuerzas de Asturias, afirmando que no encontraba enemigos a su paso, y la ocupación de El Pardo por las tropas del general Mola, que titulaban «A las puertas de Madrid».

Nada se hablaba de cómo la Guardia Civil y los falangistas entraban en las casas, asustando a mujeres y niños, deteniendo sin cargos ni explicaciones a padres de familia que en muchas ocasiones no volvían a ser vistos, ni siquiera dentro de un féretro para consuelo de sus familiares. No se hablaba de los fusilamientos nocturnos, de las cunetas por las que corría la sangre en lugar del agua fresca del monte, de los que se ocultaban en desvanes y sótanos para escapar de aquella locura que parecía no tener fin o de los que huían a los montes, donde eran acosados y cazados como alimañas.

Enma aún se temió lo peor, personalmente, cuando comenzó el reclutamiento para el ejército del coronel Cánovas. Se decía por la aldea que era mejor apuntarse voluntario, porque de todos modos se iba a reclutar a todos los hombres en edad de pelear, y el que fuera forzoso sería maltratado por sus superiores por cobarde o, peor, por tener ideas marxistas.

—No puedes ir —le dijo a Miguel, que limpiaba el establo aquella mañana a falta de otro trabajo que hacer, puesto que los vecinos no estaban para pensar en obras ni reparaciones en sus casas—. No pueden obligarte a ir —rectificó—, tienes que ocuparte de tu familia.

—Si vienen a buscarme, será mejor por las buenas que por las malas.

—¿Vestirás su uniforme y aceptarás sus armas? —Enma era consciente de que su voz sonaba demasiado aguda, como si estuviera al borde de la histeria—. ¿Dispararás a tu vecino solo por no pensar igual que tú?

—No es tan sencillo.

—Nada es sencillo, nunca volverá a serlo. —Se sentó sobre un tocón, agotada entre las clases y la preocupación constante—. Estamos en guerra, una guerra civil, la más terrible de las guerras. —Inspiró por la boca, a borbotones, como si en vez de aire fuera agua lo que tomaba—. Hermanos matándose entre sí, luchando por ideas que ni siquiera comprenden, siguiendo ciegamente a quienes solo ansían el poder y la gloria personal, sin importar el rastro de sangre que van dejando a su paso...

Miguel levantó una mano y ella se calló, escuchando, temiendo que alguien se acercara en silencio para espiar su conversación. Él se acercó a la puerta, se asomó y comprobó que no había nadie. Luego la cerró.

—No hables así —le dijo, y sonó casi como una orden—. Recuerda tu expediente, recuerda tus amistades... No puedes permitirte cometer una sola equivocación más.

Enma se llevó una mano al pecho para aliviar el dolor que le desgarraba el corazón al pensar en Elías, del que no tenía noticias desde hacía demasiado tiempo.

—No soy una cobarde.

—A lo mejor deberías serlo. Si no por ti, por tus hijos.

No conocía a aquel hombre inflexible que la estaba derrotando con sus argumentos.

—Tú nunca..., nunca me dices qué piensas, cuáles son tus opiniones de política, de la guerra...

—No pienso nada, Enma. Ya te lo dije una vez, no me meto en esas cosas. Yo solo quiero cuidar de mi familia, que no les falte de nada, y que podamos vivir en paz.

Se secó de dos manotazos las lágrimas que habían comenzado a correrle por las mejillas. Odiaba sentirse tan débil, tan asustada siempre. Le echó la culpa a su embarazo y a los cambios de su cuerpo.

—¿Cómo vamos a vivir en paz en medio de una guerra?

Miguel se acercó, le besó la frente y la envolvió entre sus brazos. Ella se dejó hacer con un suspiro amparándose en su fuerza, algo que en otro tiempo hubiera rechazado y que ahora aceptaba como el mejor de los refugios. Ya no podía seguir luchando sola, tenía que ceder y dejarse cuidar, era demasiado tentador como para seguir evitándolo.

—Rezaremos para que no dure mucho. Mientras tanto, simplemente trataremos de sobrevivir.

CAPÍTULO 25

Solo una buena noticia recibieron en medio de aquel caos. Debido al alistamiento de los hombres en edad de pelear, las tierras y cosechas se veían abandonadas, sin manos suficientes para recogerlas. La Junta de Defensa Nacional dictó un decreto organizando un servicio de prestación personal en ayuda de aquellas familias cuyos padres o hijos estuvieran luchando en el frente. Miguel se presentó voluntario para aquella prestación personal alegando que no podía abandonar su hogar y a su esposa embarazada y su hija pequeña. Así logró evitar el reclutamiento, al menos temporalmente.

Se pasaba de sol a sol trabajando en los cultivos, recogiendo patatas o maíz, mientras Enma se ocupaba de la casa y aprendía a cuidar el pequeño huerto y los animales criados para su consumo. Tal y como se lo había pedido, Maruja vino en su ayuda, y así le quedaba algún rato libre para dedicarse a preparar el curso.

—Ese no es trabajo para usted —le decía cuando llegaba a la casa y la encontraba frotando alguna olla ennegrecida por el fuego o lavando pequeñas prendas en la pila—. Ande, deje, que se le van a estropear las manos.

Enma se rendía con facilidad, agradecida; se sentaba con sus libros en la mesa de la cocina, redactando lecciones y ejercicios para sus alumnas.

—Nunca me han gustado las tareas del hogar, es cierto, y sin embargo no es tan duro como pensaba —reflexionó un día en voz alta, mirando a Maruja, que amasaba una empanada en la artesa—. Al menos ahora no las hago para mí sola.

—No es lo mismo para una que para tres. —Maruja señaló su vientre con un gesto de la barbilla—. Y ya verá cuando venga la criatura.

—Por suerte te tengo a ti, si no, ¿cómo iba a aprender a hacer empanada? —bromeó.

—A mí siempre me va a tener, señorita —dijo Maruja, solemne.

El secreto que compartían había creado un lazo entre ellas. Un lazo que Maruja no traspasaba, manteniendo siempre la distancia y la debida consideración a la maestra. Enma le correspondía del mismo modo, respetando su forma de actuar y de pensar, dejando que fuera ella la que decidiese si debía acortarse tal distancia poco a poco, a su manera.

❀❀❀

Una mañana, después de que Miguel se hubiera levantado, lo oyó volver y acercarse a la cama. Supo que algo grave pasaba y los restos del sueño que espesaban su cabeza desaparecieron al instante.

—Emilio Lamas está aquí, lo acabo de encontrar durmiendo en el pajar.

Enma se pasó una mano por la frente, obligando a su cabeza a pensar. Emilio Lamas, el periodista, el que los había ayudado a huir de la ciudad el día del levantamiento militar.

—¿Qué ha pasado? Elías...

—Dice que ayer detuvieron y fusilaron a todos los que trabajaban para *Renovación*.

—No... —Se tapó la boca con la mano para ahogar un grito.

—Me pide que lo ocultemos un par de días. Conoce a alguien que le ayudará a llegar a un barco y huir del país.

La habitación estaba a oscuras, en esa hora del amanecer en que la luna ya se ha retirado y el sol aún no aparece; el cielo por la ventana era de color negro, como si no hubiera nada tras el cristal.

—¿Qué vamos a hacer? —preguntó a su marido, incapaz de pensar, embotada por la preocupación.

—Se puede quedar en la escuela. Hay un espacio entre el techo de la vivienda y el tejado. No es cómodo y es frío, pero servirá para un par de días.

—¿Y si alguien lo descubre? Si lo denuncian...

—Forzaremos la cerradura y juraremos no saber nada, ni conocerlo siquiera.

Se envolvió en las mantas, tiritando. No podía ver la cara de su esposo, solo su voz serena, con la decisión tomada. Era un riesgo muy grande, pero Emilio Lamas les había ayudado y ahora los necesitaba. Buscó su mano sobre la colcha y la agarró con fuerza, llevándosela a la boca para besarla.

—Gracias —dijo—. Gracias.

Una palabra que contenía todo su amor y respeto. Gracias por ser tan buen hombre, por salvarme, por ser la luz que me guía en medio de esta oscuridad.

—Duerme un poco más. No te preocupes por nada.

—¿Le has preguntado por Elías?

—Dice que él tampoco tiene noticias.

Su mano se le escurrió entre los dedos. Oyó el suelo de madera crujir con sus pasos y supo que se había detenido apenas un instante en el marco de la puerta antes de desaparecer. Tendida en la cama, bocarriba, mirando un techo que no podía ver, Enma se preguntó si la falta de noticias podía considerarse una buena noticia. Aunque trataba de no hundirse en el pesimismo, cada vez era más difícil encontrar un madero que la mantuviese a flote.

Fueron los dos días más largos de la vida de Enma. Las horas diurnas se arrastraban, no encontraba tareas suficientes en las que ocuparse para hacerlas más ligeras. Las nocturnas las pasaba en vela, atenta a cada ruido, a cada crujido de una rama o el ladrido de algún perro.

Era jueves por la tarde. Fuera caía una lluvia monótona que oscurecía el día antes de tiempo. Enma miraba entre los cristales a las niñas que saltaban los charcos camino de casa. Cerró la puerta del colegio con pestillo y pasó el borrador por la pizarra con parsimonia, eliminando la lección del día y deseando que fuera tan fácil borrar sus inquietudes.

Notaba el cuello y los hombros doloridos, como si cargara con un gran peso a su espalda. Se frotó despacio bajo la nuca, un poco mareada. El borrador se le escurrió entre los dedos y cayó al suelo, rebotando con un sonido hueco. Al momento siguiente estaba en el piso de arriba, sin saber muy bien cómo había llegado hasta allí, parada bajo la trampilla por la que se accedía al tejado.

—Lamas —susurró tan bajo que casi ni ella misma se oyó. Insistió con más fuerza—. Lamas.

—¿Es usted, señorita Enma?

Ella no se podía subir a la escalera de mano para acceder al altillo, no se atrevía con aquel mareo. La trampilla no se abría desde dentro, así que tendrían que hablar sin poder verse.

—¿Está usted bien?

Notó que se arrastraba sobre la madera, probablemente de rodillas sobre las vigas; o tendido, para oír mejor.

—Sí, sí, no se preocupe.

Había subido para hacer una pregunta, otra pregunta distinta, pero necesitaba reunir todo el valor de su corazón para formularla. Se apoyó en su vieja cocina, fría y cubierta de una capa de polvo. Ya no quedaba ninguno de sus artículos personales en la vivienda. Al mirar alrededor, le parecía un lugar abandonado muchos años.

—¿Sigue usted ahí? —preguntó el periodista, inquieto por su silencio.

—Ya me iba, si no necesita nada...

—Quiero darle las gracias, a usted y su esposo. Sé que les pongo en peligro con esto; no tenía adonde ir.

—No se preocupe...

—Si todo sale bien... Si llego sano y salvo a mi destino, sepan que les estaré agradecido siempre, y que si en algo pudiera servirles...

—Todo va a salir bien.

Enma caminó hasta la puerta, la abrió y miró el hueco de las escaleras. Tuvo que apretar fuerte el pomo para contener un nuevo mareo.

Cerró la puerta y volvió de nuevo la vista al techo.

—¿Usted sabe algo? —preguntó al fin, porque tenía que preguntarlo. Temía la respuesta, pero ya no soportaba vivir con la incertidumbre.

—Solo lo que le dije a su marido.

—No me ha querido dar detalles.

Hubo otro largo silencio. Cuando por fin el periodista recuperó la voz, sonaba ahogada por la emoción.

—Lo juzgaron y condenaron a muerte hace una semana.

Enma buscó una silla y se dejó caer, aferrándose con las uñas a sus propias rodillas. Respiró hondo por la boca para serenarse, para que Lamas no supiera que estaba recibiendo la noticia y que Miguel se lo había ocultado.

—¿Y ya...?

La respuesta tardó otra pequeña eternidad en llegar. Enma la oyó no como si le llegara a través de la madera, sino como si Lamas se hubiera alejado de ella un kilómetro y solo fuera un eco lejano en el viento. Se puso de pie, quizá se despidió, no estaba segura, y para cuando recuperó la conciencia ya estaba ante la puerta del pajar. Dentro, Miguel cortaba leña. El sonido de la macheta al caer era similar al de las últimas palabras de Emilio Lamas, que se repetían una y otra vez en su cabeza. «Ese mismo día, en el arsenal». «Ese mismo día, en el arsenal». «Ese mismo día...».

Tal vez hizo algún ruido, tal vez gritó o pidió auxilio. Enseguida Miguel estaba allí, abrazándola, sosteniéndola, dejando que descargara sobre él la pena y la ira. «Me mentiste», sollozaba entre sus brazos, pegándole en el pecho al mismo tiempo que buscaba su consuelo. «Me mentiste, me mentiste, me mentiste».

Y él hizo lo que mejor se le daba: guardar silencio, sentarla sobre su regazo y acunarla como si fuera una niña que despierta de una pesadilla.

✤✤✤

No podía dormir. Cada vez que cerraba los ojos le asaltaba el recuerdo de la última vez que lo había visto, de su ojo amoratado, de su ropa manchada de sangre. Así estaría ahora, tirado en alguna fosa, el rostro amado cubierto de cal.

Y al dolor venía a sumarse la inquietud. Si de nada le había servido el dinero de su madre, su apellido, sus familiares y conocidos, a él, que había nacido en cuna de plata, ¿podía sentirse alguien a salvo ante aquella barbarie?

—Deberíamos irnos —dijo, con la voz rota de dolor—. Irnos ahora que aún estamos a tiempo.

Miguel se volvió en la cama y la envolvió entre sus brazos. Suspiró al sentir su calor, apoyando la cara contra su pecho.

—Nadie nos va a echar de nuestro hogar.

—El expediente... Me inhabilitarán, no volveré al colegio...

—Si no te dejan dar tus clases en el colegio, las darás en casa, nadie te va a quitar tu título de maestra.

—¿Y si me acusan de algo grave? Quizá me detengan, me juzguen...

—No va a pasar nada, nada.

—¿Cómo lo sabes?

Enma no podía controlar su voz, que apenas reconocía. Ella no era esa mujer histérica, aterrorizada, superada por los acontecimientos en aquella noche interminable.

—Están pidiendo informes sobre ti, a don Jesús, a los vecinos... Ya hablé con todos. No tienes nada por qué preocuparte, te aprecian y no dirán nada que te inculpe.

—¿A don Jesús? Contará que quité el crucifijo de la escuela el día de mi llegada. Se lo di para que se lo llevara a la iglesia.

—El crucifijo vuelve a estar colgado sobre tu pupitre.

—Dirá que me negué a dar clases de religión.

—Dirá que asistías a misa los domingos y que te casaste con su bendición. Que eres una buena cristiana.

Enma notaba cómo el dolor del pecho empezaba a disolverse. Un buen informe del cura de la parroquia era fundamental para su defensa.

—¿Y los vecinos? No soy una persona sociable, apenas trato a unos pocos.

—No esperaban que los trataras de tú a tú. Eres la maestra, una mujer con estudios, consideran que estás por encima de ellos. Lo que les importa es que cuidaste bien de sus hijas, las niñas iban contentas al colegio y nunca se quejaron de castigos ni de que les pusieras la mano encima.

Nunca haría tal cosa, lo había jurado de niña mirándose los dedos enrojecidos por los golpes recibidos con la regla de madera de la maestra. Entonces ya sabía cuál era su vocación y que tenía que haber mejores maneras de mantener la disciplina en el aula.

—¿Y las mujeres? Hemos tratado muchos temas delicados en la escuela de adultas.

—¿Crees que se lo querrán contar a alguien?

Eso casi hizo que sonriera, pero era mucho el dolor que llevaba en el corazón. No podía dejar de pensar en Elías, su amigo, su

393

hermano, su paladín desde el día que llegó al valle. Lloraría por él el resto de los días de su vida. Y cuando toda aquella locura hubiera pasado, esperaba tener al menos una lápida en el cementerio a la que llevarle flores y rezar por su alma.

Suspiró hondo, dos, tres veces, tragándose las lágrimas que de nuevo amenazaban con desbordarse. Su esposo la estrechó más fuerte, ella le envolvió la cintura con los brazos.

Tenía que dar gracias a Dios por poner a Miguel en su camino, por hacerle vencer sus prejuicios y temores y entregar su corazón a un hombre bueno, que la amaba y la cuidaba incluso cuando ella se resistía. Si no lo tuviera a su lado, no sabía si podría soportar más tiempo todas las pérdidas que acumulaba en su vida y la incertidumbre del futuro que les aguardaba.

—Parece que te has estado ocupando de mi problema sin decirme nada.

—No quiero verte tan preocupada, no es bueno para ti ni para nuestro hijo. Ya no estás sola, Enma, ya no cargas con el mundo a tus espaldas.

Ese era el hombre con el que se había casado. El hombre callado, oscuro, distante, que tanto la había impresionado desde el día que se conocieron a pesar de negarse a reconocerlo incluso para sus adentros. Recordó la fiesta de su boda; entonces había sido otro, desbordando una alegría que de nuevo le había sido arrebatada con aquella terrible guerra que se extendía por el país.

Enma subió los brazos para envolverle el rostro con las manos. Tenía la cara áspera, con la sombra de la espesa barba cubriéndole el mentón. Incluso en la oscuridad se adivinaban las profundas ojeras que enmarcaban sus ojos, casi tan negros como el carbón.

—No podría seguir adelante sin ti.

Él volvió la cabeza para besarle una mano, luego la otra.

—Lo haremos juntos.

Había muchas otras palabras que no se decían, pero flotaban en el aire entre ambos, envolviéndolos, calmando sus corazones, atrayendo por fin el sueño esquivo en aquella noche sin fin.

❊❊❊

—Será esta noche —dijo Miguel al tercer día, mientras cenaban.

Sentada junto a la *lareira,* Claudia peinaba a su muñeca sin prestar atención a la conversación. Enma dejó caer su tenedor sobre el plato. Apenas había probado bocado desde la noticia, solo removía el contenido y lo amontonaba a los lados, como un niño inapetente.

—Gracias a Dios —susurró.

—Se marchará en cuanto se ponga el sol.

En cuanto dieron por finalizada la cena, Enma se llevó a la niña a casa de Maruja, a la que le contó que al día siguiente tenían que ir muy temprano a hacer unos recados a Ferrol y no podían llevarla. Claudia se quedó encantada de poder dormir con su amiga María. Maruja aceptó el embuste sin hacer ni una pregunta.

—Yo voy con vosotros a la playa —dijo a su marido, de vuelta en casa.

—Es mucho camino en tu estado.

—No me importa.

—A mí sí.

—Quiero saber que está a salvo... Que por lo menos él está a salvo.

No podía decir en voz alta lo que los dos pensaban. Todos los días recibían noticias de fusilamientos, amparados o no por una sentencia condenatoria. Los periódicos publicaban listas de muertos como si fueran caídos en la guerra; pero allí no había batalla ni frente en el que luchar, solo un bando tenía las armas, la fuerza y la justicia de su lado.

El sol se ponía tras los montes; apenas quedaba ya más luz en la pequeña cocina que la que proporcionaba el fuego de la *lareira*. Enma miraba hipnotizada el juego de las llamas, parpadeando cuando una rama se partía y lanzaba chispas a su alrededor. Si se concentraba lo suficiente en la luz y el calor, podía vaciar su mente, dejar que aquella sensación plácida la envolviera y penetrara bajo su piel, sosegándola.

—Enma... —Miguel le puso una mano en el hombro y tiró de ella para alejarla del fuego—. Vamos, estás demasiado cerca, te vas a quemar.

«Como una polilla fascinada por la luz», pensó; pero no fue capaz de decirlo en voz alta. Hasta hablar era un trabajo excesivo en aquel momento. Había pasado el día en la casa, incapaz de decidirse a poner un pie fuera, rendida por la pena. El dolor de su corazón era tan grande que a cada rato se frotaba el pecho, tratando de aliviarlo. Miguel se había encargado de ir a buscar a Amparo y María Jesús. Entre las dos se hicieron cargo de las niñas en la escuela diciendo a todos que la señorita estaba enferma.

Puso una mano sobre la que Miguel tenía en su hombro. Ya que las palabras se le atascaban en la garganta, se comunicaría por gestos. Le apretó fuerte los dedos y apoyó la mejilla sobre su dorso. Le vino a la cabeza una cita bíblica, «en tus manos encomiendo mi alma». Era hora de dejar atrás a la mujer independiente y desconfiada que había sido para entregarse al amor incondicional de su esposo. Un amor que le demostraba cada día no con palabras, puesto que no contaba entre sus virtudes con el don de la expresión, sino con pequeños o grandes gestos. Con sus cuidados, su manera de consolarla aun cuando lloraba por otro y la tenacidad con la que la defendía en las batallas que solo a ella le tocaba librar.

—Lamas me contó que había unas listas —dijo él, cortando el hilo de sus pensamientos para traerla de vuelta a la terrible realidad.

—¿Unas listas?

—Antes de que todo comenzara, los que sabían lo que iba a ocurrir se reunían para hacer esas listas...

Enma no quería entender lo que su marido le contaba. Se resistía a aceptar que personas que tal vez conocía, que se habían sentado a su lado en un café o en el cine, trabajaban preparando el golpe de estado que los había llevado a aquella situación, con decenas de muertos y desaparecidos, con los vecinos encerrados en sus casas rezando cada noche para que no les tocara a ellos.

—¿Listas? ¿De gente? —preguntó sin poder resistirse.

—De los más significados en política, o en la prensa, como los del periódico de Lamas.

—Elías estaba en esas listas —dijo Enma, sentándose sobre el taburete al lado de la *lareira*, incapaz de sostenerse en pie.

—Ya pasó bastante tiempo... Los de esas listas ya estarán detenidos todos.

—O se habrán ido del país, con suerte.

—El resto... Los que no somos importantes... No hemos de preocuparnos.

No podía sentir alivio por aquel pensamiento. Los mismos que habían tenido la sangre fría de confeccionar las listas de vecinos que debían caer, para asegurarse la victoria en el golpe de estado, eran ahora los que mandaban en la comarca. Cualquier motivo sería válido, incluso los personales o los económicos, para seguir redactando sus listas de muerte y llenar las cárceles de detenidos o las zanjas de cadáveres sin nombre.

Dos golpes en la puerta, tan fuertes que parecían querer derribarla, la levantaron de un salto de su asiento.

—Tranquila —susurró Miguel, poniéndose un dedo sobre los labios para pedirle silencio.

Abrió la puerta y se encontró de frente con un joven que le apuntaba con una pistola. La escasa luz del crepúsculo apenas permitía reconocer su uniforme azul.

—¡Que salga la maestra!

—¿Quién la busca?

—Esta —contestó el muchacho, agitando el arma delante de su cara.

—Estoy aquí.

Enma se acercó a la puerta. Miguel la detuvo.

—¿Qué quieren de mi mujer?

—Alguien ha entrado en la escuela... O lo dejaron entrar...

El joven falangista sonrió bajo el ralo bigote que le cubría el labio superior, una sonrisa de perro a punto de lanzar una dentellada.

—No sabemos nada.

—¡Que salga de una vez, cojones! —gritó otra voz desde fuera—. ¿O tengo que entrar yo a buscarla?

Lo reconoció al instante. Sabía que tarde o temprano vendría. Creía estar preparada para aquel enfrentamiento, pero lo único que podía sentir ahora que llegaba el momento era un cansancio infinito.

—Déjame salir —le pidió a Miguel.

—Yo primero —dijo él, haciendo frente al muchacho, que se separó de la puerta con una irónica reverencia.

Emilio Lamas estaba de rodillas en medio de la era con las manos cruzadas tras la cabeza gacha y el cañón de una pistola sobre la coronilla.

—Buenas tardes, señorita, tiempo sin verla —dijo el muchacho que empuñaba el arma.

Arrastraba un poco las palabras, como su compinche, que apestaba a aguardiente. No estaban allí de manera oficial, en ese caso vendrían acompañados por la Guardia Civil; aquello era algo personal y Enma era consciente de que todo era por su culpa. Emilio Lamas iba a morir por ella.

—¿Qué quieren? —preguntó forzando la voz para que sonara con una firmeza que no sentía.

—Usted y yo tenemos algo pendiente, ¿recuerda? Aquel beso que me dio en la escuela, hace tanto tiempo, me supo a poco.

—Llegas tarde, Manolo —se burló el otro a su espalda, señalando su vientre redondeado—. Esta yegua ya tiene quien la monte.

Enma vio aterrorizada cómo el muchacho levantaba la pistola de la cabeza de Lamas hasta apuntar a su marido.

—Puede enviudar de repente.

—¿Y vas a cargar con el hijo de otro? Venga, hombre, ni siquiera es tan bonita como decías. Hay fulanas haciendo la calle en Esteiro mucho mejores.

El joven del bigotito se acercó a Enma y dio un rodeo alrededor de ella como un tratante de ganado en la feria decidiendo una compra.

—Eres un imbécil, Rivas, y estás más ciego que un topo.

Lamas intentó incorporarse. El falangista lo agarró por el cuello de la camisa y le volvió a poner el cañón sobre la coronilla.

—A lo mejor es que hay poca luz aquí —dijo el otro, inclinándose para mirar a Enma a los ojos, tan cerca que ella tuvo que hacer uso de toda su fuerza de voluntad para no echarse atrás—. ¿Y el bastardo de quién es? ¿Del marido o del sindicalista?

Miguel dio un paso adelante, los puños apretados al costado.

—Si le tocas un solo pelo, te arranco la cabeza.

El muchacho, Rivas, levantó la pistola y le puso el cañón en la garganta.

—No es el momento de hacerse el héroe, ¿sabes? Todos saben que tu mujer era la fulana de ese sindicalista. Roja, republicana y atea. —Escupió entre los dientes manchados de tabaco—. Acabará como él, con una bala en la cabeza y sin una lápida en el cementerio siquiera.

Enma se tapó la boca para ahogar un grito. Aún no había asimilado aquella noticia, muy en el fondo pensaba que quizá Lamas estaba equivocado, que Elías se habría librado gracias al dinero y las amistades importantes de su madre. Y ahora venían aquellos dos emisarios de la muerte a confirmárselo.

—Mírala como llora por su amiguito. ¿O era tu amiguito, Lamas? —El otro se inclinó hacia el periodista, hablándole casi al oído—. Vamos, ahora que está muerto, puedes contarnos su secreto, cómo os divertíais en su pisito de la calle María... ¿Qué pasó cuando ella se metió en medio? ¿Eh? ¿Estabas celoso?

—A lo mejor el bastardo tiene tres padres —dijo Rivas, separando la pistola del pecho de Miguel para mirar a su compinche y al periodista.

Tan confiado estaba que no vio venir el golpe que lo tumbó en el suelo y le hundió la cara en un charco.

Con el mismo impulso con el que derribó al muchacho, Miguel se puso delante de Enma y le pisó la mano al caído para hacerle soltar la pistola.

—Tómala —le dijo a Enma.

—¡Ni se os ocurra! —gritó Manolo.

—Si me dispara, tú le disparas a él.

—¡Os mataré a los dos!

Enma escuchaba las órdenes de su marido. Su vista no se separaba del otro, que les seguía apuntando por encima de la cabeza de Emilio Lamas.

—Tendrás que matarnos a los tres —dijo el periodista.

—Tú calla, ¿no ves que ya estás muerto?

Todo ocurrió muy despacio, tanto que a Enma le pareció que estaba viendo un álbum de fotografías y que las hojas se deslizaban ante sus ojos movidas por una mano invisible.

El falangista giró el arma para golpear a Lamas con la culata, el periodista logró esquivar el golpe y desde su posición de rodillas lo embistió con la cabeza y lo tiró al suelo. Pudo oír el sonido de un brazo al romperse acompañado de un aullido de dolor. Al momento, los dos hombres forcejeaban, tratando de hacerse con la pistola caída. Luego, un disparo. La detonación provocó tal eco en el valle que Enma esperó que los vecinos corrieran a ver lo que había ocurrido. Nadie hizo acto de presencia, ni una cabeza se asomó por puertas o ventanas; y si alguien se ocultaba tras los visillos, lo hacía en el más absoluto de los silencios.

—Está muerto —anunció Lamas, sentado en el suelo, con la vista perdida.

—Este está inconsciente —dijo Miguel.

Enma se dejó caer sobre el banco de piedra de la entrada, con la boca abierta, buscando el aire que no llegaba a sus pulmones.

—¿Qué vamos a hacer?

—Tenemos que sacarlos de aquí, a los dos.

—Pero si... Si lo dejamos marchar... Nos denunciará cuando recupere el sentido... Vendrán a por nosotros.

—No sabe lo que ha pasado, no ha visto nada. Podemos esconder el cadáver.

—Entonces vendrán a buscarlo —dijo Lamas—. Tenemos que hacer que parezca un accidente, que se ha disparado su arma solo o algo así... —Se colocó las lentes, sujetándose una mano con la otra para controlar su temblor—. Diría que han venido por su cuenta, sin comunicárselo a sus superiores. La Falange colabora con la Guardia Civil en el registro y detención de acusados, pero estos dos venían solos... Parece que era algo personal.

Enma asintió, sin aclarar las razones, que ni ella misma entendía del todo, de aquel miserable para atacarla una y otra vez desde el desgraciado día en que se habían conocido.

—Usted tiene que ir a la playa, ya casi es la hora —dijo Miguel—. Vamos a tener que cambiar un poco los planes.

Metieron los dos cuerpos en el pajar. Amordazaron al muchacho del bigote por si se despertaba y los cargaron a los dos en el carro. Emilio Lamas se tendió también a su lado. Miguel los cubrió con una lona y amontonó encima algunas pacas de hierba seca.

Enma corrió a la casa y volvió con una botella de aguardiente en la mano.

—¿Y eso?

—Estaban borrachos los dos. Puede ser que se les disparara el arma jugando con ella, ¿no?

Miguel asintió, comprendiendo su planteamiento.

—Entonces daremos un rodeo.

Fue un largo y tenso viaje hasta la playa de Doniños. Ni un alma les salió al camino, parecía que vagasen por un desierto. Enma imaginaba a todos los vecinos ocultos al calor del hogar rezando para que aquella noche no se presentase una patrulla en su puerta.

Depositaron a los dos muchachos escondidos entre las dunas. Cuando le quitaron la mordaza al del bigote, comenzó a recuperar el sentido e intentó gritar auxilio. Emilio Lamas lo calló de un nuevo golpe.

Enma miró su cara ensangrentada, probablemente con la nariz rota; luego al otro, con la herida abierta en el pecho, que empapaba de sangre sus ropas. Desde el aciago día en que se conocieron, solo había recibido malos tratos, insultos y abusos de su parte. Ahora, sin embargo, solo podía ver a un muchacho, poco más que un niño, que tendría una madre y un padre esperándole en casa. Debería estar divirtiéndose con sus amigos, cortejando a alguna chica, planeando su futuro. No allí, con el corazón detenido por una bala, enfriándose sobre la arena.

No había tiempo para condolencias. Buscó una piedra y le agarró la mano derecha. La sensación de tocar aquella carne inerte la superó y al momento lo soltó y se tapó la boca para contener las arcadas.

Miguel entendió lo que quería hacer. Le quitó la piedra de la mano y golpeó los nudillos del muerto, la falsa prueba de que le había roto la nariz a su compañero. Lamas le puso la pistola disparada en el puño al otro. Luego los regaron a los dos bien con el aguardiente y dejaron la botella vacía.

—Bebieron demasiado y se pelearon —dijo Lamas, observando la escena como si fuera a redactar la noticia en su diario al día siguiente—. Demasiado sencillo, quizá; pero las autoridades tienen mucho de lo que ocuparse para encima andar aclarando riñas de borrachos.

—¿Y si lo cuenta? —preguntó Miguel, con el rostro pálido, desencajado—. Si da nuestros nombres...

Lamas volvió a agacharse ante el muchacho del bigote. De espaldas a ellos, no sabían si reflexionaba sobre lo que iba a hacer a continuación o rezaba por aquellas pobres almas.

—Aléjense un poco —pidió. Le agarró la mano armada y le metió la pistola entre los labios—. No mire, Enma, por favor.

Escondió la cara en el pecho de su esposo y él la envolvió con sus brazos y le tapó los oídos. Aun así pudo oír la detonación, ahogada entre las dunas.

El periodista tardó unos minutos en reunirse con ellos. Tras los cristales gruesos de las gafas se veían sus ojos enrojecidos y húmedos. El pelo, demasiado largo, parecía haber encanecido de repente, al tiempo que flotaba al compás de la brisa sobre sus hombros hundidos.

Volvieron al carro para desandar el camino, esta vez en dirección a la playa de San Jorge, donde Lamas esperaba que lo recogiera un barco de pesca en el que viajaría hasta Francia.

❀ ❀ ❀

Miguel obligó a Enma a quedarse en el carro, amparada tras la madera de la fuerte brisa marina. Había marejada y durante más de una hora esperaron y rezaron, aunque a esas alturas a los tres se les hacía difícil creer en la benevolencia divina. Al fin, cuando la noche era más oscura y nubes negras cubrían hasta la estrella más brillante, el mar se fue calmando y al poco vieron una lucecita temblorosa que se acercaba a la orilla.

Escuchó las palabras de Lamas, de agradecimiento y de pesar, mientras se despedía de Miguel estrechándole la mano. Cuando se acercó a hablarle, Enma se pasó una mano por la cara para tratar de contener el río de lágrimas que no dejaba de manar de sus ojos.

—Me voy debiéndoles una gran deuda. Si en el futuro puedo servirles, ayudarles en lo que sea...

—No se preocupe ahora por eso y prométame que tendrá mucho cuidado.

—Lo tendré.

—Vamos —dijo Miguel—, no le van a esperar toda la noche.

Mientras Emilio Lamas caminaba con paso inseguro sobre la arena, Enma notó que por fin las lágrimas se le habían agotado. Le dolían el pecho y la garganta. El bebé se removía inquieto, contagiado por sus nervios y su dolor.

Se acomodó sobre el duro suelo de madera y pasó una y otra vez las manos abiertas por el vientre, acunando a su hijito con un suave siseo.

—¿Te encuentras bien?

Miguel estaba de pie al lado del carro. Extendió un brazo para pasarle la mano por la frente. Enma se dejó acariciar apoyando la cara sobre su palma.

—No sé si hacemos bien en quedarnos.

Parpadeó para enfocar la vista en la orilla. El cielo se había despejado un poco y una estrella solitaria iluminaba el bote que ya se alejaba mar adentro, al encuentro del barco pesquero oculto en la oscuridad del horizonte.

Miguel se subió al carro, la abrazó y la sentó en su regazo.

—Todo va a salir bien. No te preocupes más.

Le frotó la espalda, haciéndola entrar en calor. El mundo se desmoronaba a su alrededor y a su marido le preocupaba que no se enfriara. Hubiera sonreído, si no fuera porque sentía la cara rígida, como cubierta de una máscara de hielo.

—No haré nada... No haré nada que os ponga en peligro, a ti y a Claudia, y a nuestro hijo... Seré una buena esposa, buena madre y buena cristiana. Nadie tendrá que decir nunca una palabra sobre mí. Te lo prometo.

No era el miedo lo que la hacía hablar así, lo que la animaba a renunciar a su forma de ser y a sus principios. Nada podía atemorizarla tanto, antes bien le plantaría cara a cualquiera que tratara de imponérsele. Pero ahora tenía una familia. Había encontrado el amor de un esposo, de una hija que sentía tan suya como nacida de sus entrañas y del bebé que llevaba en su vientre. Por protegerlos a ellos, estaba dispuesta a cualquier sacrificio.

—Lo haremos juntos, Enma. Cuidaremos de nuestros hijos y saldremos adelante.

—Sí, sí, lo haremos.

Lo rodeó con los brazos, cobijó la cara en el hueco de su cuello y le dijo muchas otras palabras que antes no había dicho, que se negaban a salir de su boca por extraños motivos que no podía recordar. Palabras de amor, confesiones y promesas, con las que abría su corazón de par en par, jurando unos votos más sagrados que los pronunciados en la iglesia.

Miguel solo asentía, aferrado a su silencio. Sus manos le acariciaban la espalda, dibujando arabescos sobre su piel. La besó en la frente y la dejó a su lado, en el duro asiento de madera, para tomar las riendas y poner el carro en marcha. Volvían a casa, a su hogar.

EPÍLOGO

Mientras esperaba que llegara el resto de alumnas adultas, Enma leía y releía un pequeño tomo que tenía entre las manos, regalo de Elías en su último cumpleaños.

—¿Es poesía, señorita? —preguntó María Jesús, sentándose en el primer pupitre cuando Enma asintió con la cabeza—. ¿Nos lee algo?

—Es un poemario de Rosalía de Castro, se titula *En las orillas del Sar...*

—Serán de amor, eso seguro —dijo Amparo, acercándose también.

—De amor y de muchas otras cosas. El mundo entero cabe en un poema si el poeta es diestro y sabe sacar lo que lleva dentro.

—¿Tiene alguno favorito?

—Hoy solo puedo leer uno.

De hecho, el libro se abría ya por la misma página, como si una mano invisible hiciera de marca, impidiendo que se cerrase. Tragó saliva, empujando el nudo que le cerraba la garganta.

—«Al huir de este mundo, ¡qué sosiego en su frente!
Al verle yo alejarse, ¡qué borrasca en la mía!».

Entró Maruja y se detuvo en la puerta al oír la voz de Enma. Con todo el cuidado, se quitó los zuecos y caminó de puntillas hasta sentarse cerca de las chicas.

> —«Tierra sobre el cadáver insepulto
> antes que empiece a corromperse... ¡tierra!».

Llegó Fina, dando las buenas tardes, y las chicas se volvieron prestas a chistarle para que no interrumpiese.

> —«¡Jamás! ¿Es verdad que todo
> para siempre acabó ya?
> No, no puede acabar lo que es eterno,
> ni puede tener fin la inmensidad».

Amalia y Carmiña entraron del brazo, amparándose mutuamente del fresco de la tarde; no llegaron ni a saludar, silenciadas por los gestos de sus compañeras.

> —«Mas... es verdad, ha partido
> para nunca más tornar».

Llegó Chelo, sorprendida ante aquel silencio de iglesia, cerró la puerta con mucho cuidado y se quedó en la entrada, para no molestar.

> —«Nada hay eterno para el hombre, huésped
> de un día en este mundo terrenal
> en donde nace, vive y al fin muere,
> cual todo nace, vive y muere acá».

María Jesús lloraba, y las demás también tenían la mirada empañada, incluso Amparo, que miraba a Enma esperando la explicación que se resistía a darles.

—Entonces es verdad lo que se dice... —dijo Maruja, llevándose una mano al corazón—. El señorito Elías...

Enma cerró el libro y lo guardó en su cajón para que no volviera a abrirse por la página maldita.

—De esas cosas no se habla —ordenó Fina, y toda la clase estuvo de acuerdo.

Cuántas veces en adelante repetirían aquellas mismas palabras. El silencio estaba a punto de convertirse en su único aliado.

Una hora después estaba en su casa, su nueva casa, pelando patatas en la pila de piedra, ante la ventana. Sentada a su lado, Claudia peinaba a su muñeca y le cantaba una nana. Desde el establo les llegaba el sonido del hacha.

Algo iba mal. Enma trató de respirar hondo, pero el aire se negaba a pasar de su garganta. Sus pulmones no trabajaban como debían, el oxígeno no les llegaba y se los imaginó como una flor que se va marchitando por falta de su elemento esencial. Estaba enferma. Las fiebres intermitentes que padecía la pequeña se le habían contagiado. ¿Acaso estaba condenada a repetir la misma historia? Claudia se había criado con una madre enferma, y ella también, derrochando su juventud en cuidados y desvelos. ¿Sería ese también el destino de sus hijos?

No, ella no. Ella iba a cuidar a su pequeña, y al que venía en camino, y los iba a sacar adelante, fuertes, felices y preparados. Nada le importaba la guerra, ni que mandase este o el otro; cada uno debía librar en adelante sus propias batallas, y la suya era mantener a salvo a su familia.

Abrió la boca para inhalar el aire a borbotones, obligar a sus pulmones a trabajar, a su sangre a oxigenarse y devolver el color a su rostro. Dejó caer la patata que estaba pelando y se pasó una mano por el vientre, calmando a su hijito con un leve siseo. En la otra mano aún sostenía el cuchillo. Apretó con fuerza el mango de madera, alzándolo ante su rostro como para defenderse de un enemigo invisible. Miró el filo mellado hasta que se le nubló la vista. Luego levantó la cara para mirar a través del cristal que la helada comenzaba a empañar.

Fuera, en la era, el viento arremolinaba las primeras hojas secas de aquel otoño.

BIBLIOGRAFÍA Y CITAS

Descripción de una joven madrileña de la época:

> Adora el cine y los buenos vestidos, como corresponde a una muchacha de su tiempo. Ella se tiene por «moderna»; lo que ella llama una «chica moderna». Va sola al cinema con sus amigas y amigos e imita los ademanes y las miradas de la «estrella» de moda. Ahora le corresponde a Marlene Dietrich.

> (CARNÉS, LUISA. *Tea Rooms. Mujeres obreras*. 1934. Hoja de Lata, 2016).

Sobre la Institución Libre de Enseñanza:

> Había siempre niñas matriculadas en la ILE, aunque constituían una notable minoría en aquel comienzo de siglo (...). Muchas hicieron historia al incrementar la incipiente presencia femenina en la secundaria y la universidad.

> (DE LA FUENTE, INMACULADA. *El exilio interior. La vida de María Moliner*. Turner Publicaciones, S. L., 2011).

Yo me decía: No puede existir dedicación más hermosa que esta. Compartir con los niños lo que yo sabía, despertar en ellos el deseo de averiguar por su cuenta las causas de los fenómenos, las razones de los hechos históricos. Ese era el milagro de una profesión que estaba empezando a vivir (...). Tenía que pasar mucho tiempo hasta que yo me diera cuenta de que lo que me daban los niños valía más que todo lo que ellos recibían de mí.

(ALDECOA, JOSEFINA. *Historia de una maestra*. 1990. Debolsillo, 2016).

Sobre la revuelta de octubre de 1934:

Fueron detenidos en Ferroterra alrededor de doscientas personas, ciento treinta de ellos socialistas (las dos terceras partes de su militancia). Las torturas a los detenidos se aplicaron frecuentemente en las cuadras de la Guardia Civil en la calle del Raposo (travesía de Vigo). Un joven de la Guardia Civil, Juan Rincón Téllez, no pudo soportar lo que veía y abandonó el cuerpo, denunciando las torturas en varios artículos publicados por *El Obrero*.

Sobre la represión en la comarca tras el golpe de estado de 1936:

Los sindicalistas de clase y los maestros fueron especialmente represaliados, pero no lo fueron en menor medida los intelectuales, artistas y librepensadores laicos. Los literatos pertenecientes al realismo fueron exterminados o represaliados, salvo que tuvieran la ocasión de escapar.

(BARRERA BEITIA, ENRIQUE. *Ferrol, 1931-1952. De la República a la posguerra*. Edicións Embora, 2005).

Sobre la depuración de maestros y maestras tras el golpe de estado:

> Nada más estallar la Guerra Civil, en aquellos lugares controlados por Franco, se inició una purga radical sobre los maestros y maestras como pieza clave de la reforma pedagógica republicana. La insistencia de los golpistas en terminar, en liquidar, en borrar todo cambio en el modelo educativo tradicional por considerar que rompía «con la verdadera esencia» española fue la causa de que los docentes de todos los niveles educativos fueran un objeto prioritario de la represión franquista.

> (VV.AA. *Las maestras de la República*. Los libros de la catarata, 2012.)

OTRAS OBRAS CONSULTADAS

BARRERA BEITIA, ENRIQUE. *Lembranzas desde o silencio*. Enrique Barrera Beitia. Muiño do Vento, 2014.

Ferrol 1936, documental de Jorge Gil.

FRANCO, ANXO y ESCRIGAS, GUILLERMO. *Memoria do comercio ferrolano*. Anxo Franco y Guillermo Escrigas. Acof, 1999.

LLORCA FREIRE, GUILLERMO. *La Ibense: una heladería artesana en Ferrol*. Guillermo Llorca Freire. Edicións Embora, 2012.

Retallos da Memoria, I y II. Asociación Memoria Histórica Democrática, 2009.

VIGO, ENRIQUE. *Memorias dun antifranquista*. Enrique Vigo. Edicións Embora, 2004.

VV.AA. *Homenaxe a Ferrol Vello*. Varios autores. Edicións Embora, 2015.

Descarga la guía de lectura gratuita
de este libro en:
https://librosdeseda.com/